Dhanavati war fünf, als ihre Mutter bei Visby von den Klippen sprang. Danach brach alles auseinander. Die spirituelle Kommune, in der sie gelebt hatten, löste sich auf, Eglund, der Kopf der Gruppe, wurde wegen Drogenhandels verhaftet. Sogar Adrian, der sich stets liebevoll um Dhanavati gekümmert hatte, ließ sie allein. Jetzt, über zwanzig Jahre später, will die junge Mathematikerin endlich Klarheit. Warum hat ihre Mutter Selbstmord begangen? Und wer ist ihr Vater? Adrian, der inzwischen mit Annika zusammenlebt? Oder der charismatische Guru Eglund?
Eine Spurensuche beginnt – und nimmt schnell eine bedrohliche Wendung, als sich herausstellt, dass Eglund inzwischen im internationalen Waffengeschäft tätig ist. Zwei Unbekannte heften sich an Dhanavatis Fersen, sie wird beschuldigt, Forschungsgeheimnisse ihres Instituts verraten zu haben. Plötzlich ist niemand mehr auf Dhanavatis Seite, und ihre Suche gerät zur Flucht.

Barbara Slawig, 1956 in Braunschweig geboren, lebt in Berlin. Sie hat Biologie studiert und eine Doktorarbeit über Meningitis-Epidemien in Afrika geschrieben, bevor sie der Wissenschaft den Rücken kehrte und sich dem Schreiben widmete.

BARBARA SLAWIG

VISBY

Roman

Berlin Verlag Taschenbuch

MIX
Papier aus verantwortungsvollen Quellen
FSC® C019821
FSC
www.fsc.org

Januar 2014

Umschlaggestaltung: ZERO Werbeagentur, München
unter Verwendung des Originallayouts von Rothfos & Gabler, Hamburg,
Foto: © Steven Nourse/Getty Images
Gesetzt aus der Berling von Greiner & Reichel, Köln
Druck und Bindung: C.H. Beck, Nördlingen
Printed in Germany
ISBN 978-3-8333-0927-4

www.berlinverlag.de

Ein leerer Himmel. Eine weiße Ebene: dünn zugeschneit. Um sie herum eine Gruppe von Menschen, in sommerlicher gelb-orange-grüner Kleidung, frierend und stumm.

Der Himmel ist endlos. Die Ebene endet in einer Kante. Davor steht ein schwarzes Auto. Neben dem Auto steht ein Mann.

Ihre Mutter ist zu ihm gegangen. Sie trägt ihren orange-gelb-grünen Rock, ihre braunen Haare flattern im Wind. Der Mann vor ihr lacht. Sie holt aus und schlägt ihm ins Gesicht.

Er packt sie am Handgelenk. Sie reißt sich los. Sie rennt davon. Nicht zu der Gruppe, sondern in die andere Richtung. Auf den Rand der Ebene zu, mit langen, zeitlosen Schritten. Noch ein Schritt, und noch ein Schritt.

Dann ist sie weg.

Schreie. Drei aus der Gruppe laufen zur Kante und starren hinunter. Sie will auch hinlaufen. Adrian hält sie fest. Der Mann ist in sein schwarzes Auto gestiegen. Andere Autos kommen, weiß, rot. Leute steigen aus und rennen umher. Sie kann den einen Mann nicht mehr sehen, sie kann die Kante nicht mehr sehen.

Adrian hält sie weiter fest. Viele Stunden lang. Sie sitzen in Autos, auf Gängen, in Zimmern. Jemand hat ihr einen Pullover gegeben. Sie friert trotzdem. Leute reden, in einer Sprache, die sie nicht versteht. Irgendwann geht Adrian weg und kommt nicht wieder. Jetzt sind nur noch Fremde um sie.

Yesterday don't matter
cause it's gone

ANNIKA

Sie war vor zehn Tagen bei uns. Am späten Vormittag stand sie in Westerkoog an der Tür zur Werkstatt. Ich kam gerade aus Tönning zurück, mit alten Zeitungen im Laderaum und Holz von einem der Bauern. Ich bog auf unser Grundstück ein und bremste vor dem Haus, und da stand sie. Jung, schlank, mittelgroß. Braune Haare, Jeans, dunkle Wachsjacke. Ich hielt sie für eine Touristin.

Ich stieg aus, öffnete die Hecktür und hob das Bündel Zeitungen heraus. Die Frau beobachtete mich. Als ich zu ihr hinüberging, trat sie einen Schritt beiseite und sagte: »Hej.«

Ich war verdreckt und nicht in der Stimmung für muntere Verkaufsgespräche, aber Maike und ich können es uns nicht leisten, eine Kundin wegzuschicken. Also lächelte ich ihr zu, setzte das Zeitungsbündel ab und schloss auf.

»Kommen Sie rein, sehen Sie sich schon mal um. Ich bin gleich so weit.«

Als ich die Zeitungen an der Rückwand des Raums gestapelt hatte und mich umdrehte, stand sie zwar in der Werkstatt, aber immer noch dicht bei der Tür. Ich ging wieder nach draußen und zog den Sack Kleinholz von der Ladefläche – eine Zugabe des Bauern, der wie jedermann in Eiderstedt weiß, dass Adrian fort ist. Das übrige Holz war unzerkleinert, nur in Blöcke gesägt; ich würde es später mit der Schubkarre zum Holzplatz schaffen müssen. Jetzt schlug ich die Hecktür zu, trug den Sack nach drinnen und schüttete das Brennholz in den Korb. Dann richtete ich mich auf und klopfte mir den Staub von den Händen.

Sie stand noch immer an derselben Stelle. Ohne sich etwas anzusehen. Ich dachte, sie wäre zu schüchtern, oder zu durchgefroren, es war ein kalter, nebliger Tag. Also schloss ich die Tür und schaltete das Licht ein, dann hockte ich mich vor den Ofen, knüllte Zeitungspapier zusammen und machte Feuer, obwohl es sich eigentlich nicht lohnte: Maike betreute den Laden in Sankt Peter, und ich musste spätestens in einer Stunde für Nina Mittagessen kochen. Aber ich wollte höflich sein. Vielleicht würde die Frau dann doch etwas kaufen, eine von Maikes Keramikschüsseln, einen meiner Leuchttürme aus Pappmaché.

Sie beobachtete mich. Schweigend und wachsam. Ich ging zum Waschbecken, wusch mir die Hände, nahm das Handtuch vom Haken und trocknete mich ab, und die ganze Zeit spürte ich ihren Blick in meinem Rücken.

»Ist Adrian da?«

Ich drehte mich um und sah sie an, und sie verwandelte sich vor meinen Augen. Das schmale Gesicht, die geraden Brauen. Dieser direkte, abwägende Blick. Auch die Art, wie sie dastand – so still, und trotzdem sprungbereit. Wie vor zweiundzwanzig Jahren. Als ich neunzehn war und sie sechs. Damals brauchte sie keine zwei Stunden, um mich in die Flucht zu schlagen.

Dhanavati.

»Nein«, sagte ich. Es klang sehr laut in der stillen Werkstatt, und sie runzelte die Stirn, als wollte sie mich gleich fragen, weshalb ich so aggressiv sei.

»Wann kommt er wieder?«

Ich öffnete den Mund, um sie anzuschreien – und da begriff ich, was ihre Fragen bedeuteten.

»Soll das heißen, du weißt nicht, wo er ist?«

Danach war es still. Sehr lange. Ich kann diese Stille immer noch hören, ich muss nur die Augen schließen, schon ist sie da. Der Wasserhahn tropft. Feuchtigkeit zischelt aus dem Holz im Ofen.

»Er ist weg«, sagte ich schließlich. »Er ist seit drei Monaten auf der Suche nach dir.«

Ich hängte das Handtuch an den Haken, sehr sorgfältig. Ich bot ihr Kaffee an, füllte Wasser in den Kocher, schaltete ihn ein. Ich legte Holz nach, blieb dann vor dem Ofen stehen und hielt die Hände in die Wärme. Dhanavati sah mir zu. Sie wartete wohl darauf, dass ich etwas sagte. Mir fiel nichts ein. Der Wasserkocher fing an zu summen. Dann stand plötzlich Nina in der Tür, die Schultasche in der Hand, und rief: »Sport fällt aus! Kann Jennifer bei uns essen?«

Und die Welt setzte sich in Bewegung. Ich sagte: »Ja, klar«, winkte Jennifer zu, die draußen wartete, und fragte Nina, wie der Englischtest gelaufen war. Nina verzog das Gesicht und musste plötzlich dringend aufs Klo. Ich rief ihr nach, dass wir in einer halben Stunde essen würden. Dann sah ich Dhanavati an und bemerkte, dass sie noch immer Nina hinterherstarrte wie einem Geist. Ja, dachte ich, ja, du hast richtig geraten. Das ist Adrians Tochter.

Sie drehte sich zu mir um.

»Das war Nina«, sagte ich. »Ich heiße Annika. Wir sind uns schon mal begegnet, das ist allerdings lange her. Du kannst mit uns essen, wenn du willst. Aber nur, wenn du Adrian nicht erwähnst.«

»Wieso …«

»Du kannst dich daran halten oder gehen.«

Sie hat sich daran gehalten. Wir aßen zu viert in der Küche, danach verschwanden Nina und Jennifer nach oben, und ich begann, Fragen zu stellen. Oberflächliche Fragen nach den Stationen ihrer Reise, die sie höflich beantwortete. In den Pausen sah sie mich an, als würde sie darauf warten, dass ich andere, wichtige Themen ansprach. Aber ich hatte nichts zu besprechen. Nicht mit ihr. Drei Monate lang hatte ich mir vorgestellt, dass Adrian zu ihr gefahren war. Zu seinem ersten Kind, dem, das er sich ausgesucht hatte. Ich hatte mir vorgestellt, dass er glücklich war. Endlich mit der Vergangenheit im Reinen. Im Frieden mit ihrer toten Mutter. Ich war wütend gewesen, ich hatte mich verraten und hilflos gefühlt. Aber ich hatte wenigstens geglaubt, dass ich wüsste, weshalb er fortgegangen war. Und nun stellte sich heraus, dass ich mich geirrt hatte. Er war gar nicht bei ihr gewesen.

Nachdem sie sich verabschiedet hatte, räumte ich das Geschirr weg, zog Jacke und Schuhe an und ging zum Deich. Den üblichen Weg. Den Weg, den Adrian und ich früher gingen, wenn wir abends oder am Sonntag noch vor die Tür wollten, wenn wir uns erzählten, was sich an diesem Tag ereignet hatte, und planten, was am nächsten zu erledigen war. Dort stand ich dann, allein, und schaute von der Krone des Deichs auf die Bucht. Die Wolken rissen auf, fahles klares Licht breitete sich über die Salzwiesen im Vorland, und jeder Fußbreit Boden begann zu leuchten, in allen Farben des Herbstes. Grün und gelb und ocker und braun.

So schön, dachte ich, wie ich es an diesem Ort schon oft gedacht habe. Aber mitten in die Worte hinein hörte ich Adrian, wie er sagte: Was für Farben. Und plötzlich sah ich nichts mehr von der Wärme, von dem Leuchten, vor mir lag eine kalte, leere Ödnis, in der Pflanzen faulten und Würmer und Krebse erstarrten. Spät abends dann, als Nina schlief und ich im Wohnzimmer saß, konnte ich spüren, wie die Kälte in alle Winkel kroch, sie besetzte die Nacht, den nächsten Tag, unsere Zukunft. Zum ersten Mal seit Adrians Abreise gestand ich mir ein, wie dünn und schäbig die Hoffnung geworden war, dass er zurückkommen würde, weil er zu uns gehörte. Ich war allein, mit meiner zwölfjährigen Tochter allein, in einem Haus, dessen Fenster und Dachrinnen leckten, dessen Heizölvorrat nicht für den Winter reichen würde, allein und fast ohne Einkünfte, jetzt, da die Urlaubersaison vorbei war. Adrian hatte eine Anzahlung für eine Bootsreparatur erhalten, die Reparatur nicht durchgeführt, aber das Geld auf die Reise mitgenommen – nicht mehr lange, und der Kunde würde es von mir zurückfordern. Ich könnte das Haus verlieren. Ich könnte alles verlieren, was ich Nina und mir aufgebaut hatte, was Adrian und ich uns aufgebaut hatten. Ich könnte alles verlieren, und ich saß da und tat nichts, sah zu, wie die Tage kürzer und dunkler wurden, sah zu, wie sich Nina immer tiefer in ihre eigene Trauer verkroch, saß da und wartete ab.

In dieser Nacht, dort im Wohnzimmer, habe ich beschlossen, nach ihm zu suchen. Noch einmal alles, was ich wusste, bis in jeden Winkel hinein zu prüfen, in der Hoffnung, eine andere, bessere Antwort darauf zu finden, wohin er gefahren war. Ich setzte mich an meinen Schreibtisch und schrieb alle Orte, Namen und Daten auf, die Dhanavati mir genannt hatte. Am nächsten Morgen rief ich sie an, verabredete ein Treffen in Tönning und ließ sie noch einmal genauer erzählen. Danach holte ich Nilssons Berichte hervor und fand ein Blatt mit Notizen wieder, die ich vor drei Monaten gemacht hatte, als sie alle zu mir kamen und nach Dhanavati fragten. Die ich später weggepackt hatte, weil ich mir gesagt hatte, dass Adrian Zeit brauchte, um mit seiner Vergangenheit Frieden zu schließen, dass es falsch wäre, ihn zu bedrängen. Ich fand auch den Zettel wieder, den ich nach Adrians Abreise neben unserem Computer entdeckt hatte, auf dem in seiner Handschrift stand: *Aber wo wohnt sie jetzt?* Eine Frage, die ich stets auf Dhanavati bezogen hatte. Ich las alles, wieder und wieder, saß nachts grübelnd im Wohnzimmer, und langsam, fast widerstrebend, nahm eine neue Idee Gestalt an.

Am nächsten Morgen rief ich Nilsson an und überredete ihn zu einem weiteren Treffen. Ich lieh mir Geld von dem Konto, auf dem Maike und ich gemeinsam für die überfällige Renovierung unseres Ladens sparen. Dann sprach ich mit Nina. Ich erklärte ihr genau, was ich vorhatte, gegen ihr hartnäckiges Schweigen an, damit sie wusste, dass ich nicht einfach wegbleiben würde wie Adrian. Ich schlug ihr vor, bis zu meiner Rückkehr bei Paula und Bernd auf dem Reiterhof zu wohnen.

Sie hat Angst. Ich habe es beim Telefonieren in ihrer Stimme gehört. Aber sie spricht nicht mit mir darüber.

Am neunundzwanzigsten November fuhr ich los. Von Westerkoog mit dem Auto zum Hamburger Flughafen, mit dem Flugzeug nach Kopenhagen, nach Stockholm, nach Visby und mit einem Mietwagen nach Ljugarn. Seit fünfzehn Jahren bin ich nicht mehr so weit gereist.

Begonnen hat alles mit Jens Nilssons erstem Besuch, am einunddreißigsten August, einem Mittwoch. Ein frischer Tag, sonnig und windig, weiße Wolken, die sich in Pfützen spiegelten, Stare und Schwalben in der Luft. Das Ende des Sommers: Die Tage wurden kürzer, die Schatten waren klar und scharf, abends roch es nach Holzfeuer und feuchtem Laub.

Als Nilsson kam, war es Nachmittag, und ich kramte in der Werkstatt herum. Ich hatte zwei Wochen lang an einem großen Auftrag gearbeitet: einer Arche Noah mit dreiunddreißig Figuren. Am Abend zuvor hatte ich die letzten Pappmaché-Tiere bemalt, am Vormittag hatte ich sie mit Klarlack überzogen. Nun wusste ich nichts mit mir anzufangen. Seit dem Mittagessen hatte ich schon alle Pinsel gesäubert, die Farben im Regal umsortiert, den Zeitungsstapel umgeschichtet und längst überholte Artikel im *Eiderstedter Boten* gelesen. Ich war in dieser Nach-der-Arbeit-Katerstimmung, in der man weiß, dass einem nichts gelingen wird und man dennoch nicht zur Ruhe kommt. Maike war in unserem Laden in Sankt Peter, Nina beim Basketball und danach bei einer Freundin, Adrian hatte angekündigt, dass er nach Feierabend noch an einem Boot arbeiten und erst spät nach Haus kommen würde. Niemand in der Nähe, der mir einen Vorwand gab, mich mit etwas anderem zu befassen.

Als ich gerade wieder einmal vor dem Arbeitstisch stand und missvergnügt die sechs Figuren betrachtete, die dort noch aufgereiht standen, um zu trocknen, hörte ich draußen Stimmen. Kundschaft war auch nicht das, was ich mir wünschte, und einen Moment lang erwog ich ernsthaft, die Tür von innen zu verriegeln. Aber Touristen schrecken nicht davor zurück, durch Fenster zu spähen, wenn sie etwas besichtigen wollen. Ich stieß die Tür auf und trat in den Wind hinaus.

Es stand nur ein Mann dort, was mich wunderte, denn mit wem hatte er dann gesprochen? Er trug Stadtschuhe und einen dünnen dunklen Blouson, den der Wind flach an seinen Rücken blies. Sein Auto hatte er neben der Zufahrt zu unserem Grundstück am Straßenrand abgestellt: groß und dunkel, ein Auto für Vielfahrer.

Er stand zehn Meter von mir entfernt auf der Kiesfläche, auf der wir unseren Lieferwagen parken, und blickte um sich. Nicht wie ein Urlauber, eher wie ein Immobilienmakler, der das Grundstück verkaufen soll und überlegt, wie man Wohnhaus, Werkstatt und Schuppen am besten anpreist. Jetzt sah ich auch, dass er telefonierte. Im gleichen Moment bemerkte er mich, blickte kurz zum Haus hinüber, sprach noch etwas in das Handy und steckte es ein.

Ich schaute auch zum Haus. Die Hintertür war nicht abgeschlossen, ich schließe tagsüber nie ab, wenn ich auf dem Grundstück bin. Jeder hätte hineinspazieren können. Unbemerkt.

Der Mann war inzwischen näher gekommen und musterte mich von oben bis unten. Als wollte er meine Geistesgegenwart einschätzen. Oder meine Schnelligkeit. Meine Fähigkeit, laut zu schreien.

»Kann ich Ihnen helfen?«

Er blieb stehen. Drei Schritte vor mir. Groß und

schwer. Er schien nicht zu wissen, was er antworten sollte. Ich sagte mir, dass ein Einbrecher mir nicht so offen entgegentreten würde. Außerdem sah man unserem Haus an, wie wenig es hier zu stehlen gab. Nur Ninas Musikanlage und den Computer, den Adrian vor vier Wochen bei Aldi gekauft hatte.

Und mein Portemonnaie. Es lag im Wohnzimmer, sofort sichtbar auf dem Couchtisch. Es enthielt meinen Ausweis, meine EC-Karte, meine Kreditkarte für unser gemeinsames Konto.

An der Hausecke tauchte ein zweiter Mann auf. Als hätte der erste es gespürt, blickte er sich um, und der andere schloss zu ihm auf. So standen sie vor mir, auf gespenstische Art identisch, obwohl der zweite einen Kopf kleiner war als sein Begleiter und sicherlich kaum die Hälfte wog. Aber die Mienen waren die gleichen. Wachsam. Verschlossen.

»Suchen Sie jemand?«, fragte ich.

Der Kleinere trat einen Schritt vor und setzte ein Lächeln auf. »Ja, guten Tag, entschuldigen Sie, dass wir einfach so reinschneien. Wir suchen Adrian Barnes. Er wohnt doch hier?«

»Worum geht es denn?«

»Um ein Boot. Ein altes Segelboot aus Holz. Wir wollen es renovieren lassen – es hat meinem Onkel gehört. Herr Barnes übernimmt doch solche Arbeiten, oder?«

»Wo liegt es denn?«

»Das Boot?« Ein winziges Zögern. »In Tönning. In Tönning im Hafen. Da haben wir auch diese Adresse bekommen. Wie gesagt, das Boot hat meinem Onkel gehört – ich verstehe nichts davon. Aber im jetzigen Zustand ist es nichts wert. Wir dachten, wir lassen es überholen und verkaufen es dann. Falls Herr Barnes meint, dass es sich lohnt. Wo können wir ihn denn wohl finden?«

Ich glaubte ihm nicht. Ich misstraute seinem Lächeln und seiner Stimme. Ich glaubte weder, dass es dieses Boot gab, noch dass jemand aus Tönning sie hergeschickt hatte. Die Leute am Hafen hätten gewusst, wo Adrian um diese Uhrzeit zu finden war: auf dem Bauhof des Wasser- und Schifffahrtsamts. Sie hätten die Männer entweder dorthin geschickt – oder gar nicht zu ihm, sondern zu der kleinen Werft im Ort, die auf Holzboote spezialisiert ist.

Aber mir selbst misstraute ich ebenso. Ich kannte diese Müdigkeit nach langer Arbeit, auf meine Eindrücke ist dann wenig Verlass, die Dinge verlieren ihre Proportionen, Kleinigkeiten rufen wilde, verwirrende Bilder hervor.

So standen wir dort auf der Grasfläche vor unserer Werkstatt, die Männer wartend, während ich nach einem Halt inmitten meiner vagen, spukhaften Befürchtungen suchte. Am Ende erwiesen sich unsere Geldsorgen als fester Grund. Falls es das Boot tatsächlich gab, konnten wir den Auftrag gut gebrauchen.

Ich sah auf die Uhr. Es war Viertel vor vier. »Er ist bei der Arbeit. In Tönning.« Ich beschrieb ihnen den Weg. »Danach fährt er zu einem Kunden. Aber wenn Sie sich beeilen, erwischen Sie ihn noch. Oder er ruft Sie an.«

Die letzten Sätze schien der Mann kaum noch zu hören. Sein Blick war glasig geworden. Als wäre ich für ihn nicht mehr vorhanden. Dann lächelte er plötzlich, ein unfreundliches Lächeln.

»Da beeilen wir uns mal. Vielen Dank.« Er hob die Hand an die Stirn, als wollte er salutieren. Ich hatte das

Gefühl, dass er sich über mich lustig machte, nur dass ich den Witz nicht begriff. Sie drehten sich um und gingen davon.

Als sie fast die Straße erreicht hatten, bog ein Auto in die Zufahrt. Statt auszuweichen, blieben sie in der Mitte der Fahrspur stehen, so dass der Wagen halten musste. Ich sah, wie der kleinere der beiden sich vorbeugte und durch die Windschutzscheibe spähte. Als er sich aufrichtete, hob er kurz beide Fäuste vors Gesicht, die ausgestreckten Daumen nach oben, als wollte er dem Fahrer gratulieren. Dann gingen die zwei am Auto vorbei zur Straße.

Das Auto fuhr wieder an. Ein dunkelroter Audi mit dänischem Kennzeichen, auf der Fahrertür das Logo einer Mietwagenfirma. Der Wagen hielt, ein Mann stieg aus. Er blieb beim Auto stehen und sah den beiden nach. Erst als sie davonfuhren, drehte er sich zu mir um.

Jens Nilsson. Ich sehe ihn dort stehen, durch das Stück Wiese von mir getrennt. In Jeans und weißem Freizeithemd. Hinter ihm die dunklen Bäume, deren Kronen der Wind schüttelt, über ihm ein blanker Himmel. Die Angst, die den Wortwechsel mit den Männern gefärbt hatte, wehte augenblicklich davon. Er sah so vertraut aus. Norddeutsch. Glattrasiert, blond. Er kam über das Gras auf mich zu, blickte mir offen ins Gesicht, lächelte, sagte: »Guten Tag, mein Name ist Nilsson«, und reichte mir eine Visitenkarte.

Jens Nilsson. Dipl.-Ing. Institut für Angewandte Informatik. Köln.

»Ich suche Adrian Barnes. Er wohnt doch hier?«

Als würde man dieselbe Szene zweimal spielen. Schon

war die Angst wieder da. Er tarnt sich, sagte jemand in mir. Er ist einer von ihnen.

»Er ist bei der Arbeit. Beim Schifffahrtsamt in Tönning.«

Nilsson schwieg, und ich hatte dasselbe Gefühl wie eben: dass ich mir eine Blöße gegeben hatte und nicht wusste, wodurch.

»Geht's um ein Boot?«, fragte ich laut.

»Ein Boot? Nein, wieso?«

Dann blickte er zur Straße hinüber, dorthin, wo die beiden Männer geparkt hatten, und ebenso gut hätte er aussprechen könnten, dass er wusste, dass die zwei auch nach Adrian gefragt hatten. Und dass er den Grund dafür kannte, im Gegensatz zu mir.

»Nein. Es geht um Dhanavati Reinerts. Ich bin auf der Suche nach ihr. Ich hoffe, Herr Barnes kann mir helfen.«

Dhanavati. Ihr Name verscheuchte all die unkonkreten Ängste und ließ eine klar fassbare Sorge zurück. Ich weiß noch genau, was ich als Erstes dachte: Sei froh, dass Adrian noch nicht wieder da ist.

»Wir wissen nichts von ihr«, sagte ich. »Überhaupt nichts. Wir haben seit zwanzig Jahren keinen Kontakt mehr zu ihr.«

Nilsson schwieg. Es war ein Schweigen voller Unterströmungen, wie Wasser, das oberflächlich still wirkt und einen doch ins Tiefe zieht. Ich wollte ihn wegschicken, und zugleich wollte ich ihn packen und zwingen, mir genau zu erzählen, was hier vorging. Dabei spürte ich schon, dass ich ihm nicht gewachsen sein würde.

»Können wir uns trotzdem kurz unterhalten?«, fragte er schließlich. Ein Windstoß trieb uns erste Regentropfen ins Gesicht, und Nilsson fröstelte sehr überzeugend. »Vielleicht drinnen?«

Wir gingen in die Werkstatt. Ich wischte meinen Arbeitshocker für ihn sauber, holte Maikes alten Korbsessel dazu, setzte Kaffeewasser auf und spülte zwei Becher. Nilsson schlenderte an den Regalen entlang. Auf die Keramikarbeiten in Maikes Hälfte der Werkstatt warf er nur einen flüchtigen Blick, mit meinen Leuchttürmen und bunten Schmuckschalen war er ähnlich schnell fertig. Vor den Tierfiguren auf dem Tisch blieb er etwas länger stehen. Dann betrachtete er die Chemikalien und Farbtöpfe im Regal. Ich löffelte Kaffeemehl in die Becher und goss Wasser auf.

»Milch oder Zucker?«

»Nichts, vielen Dank.«

Ich trug die Becher zum Arbeitstisch und stellte sie vorsichtig am Rand ab. Dann schob ich die Tierfiguren mit den Fingernägeln Richtung Fenster.

Zwei Spinnen, zwei Schildkröten, zwei Schlangen. Eine wohlhabende Hamburgerin hatte die Arche Noah bei mir bestellt, um sie ihrem Seniorenheim zu Weihnachten zu schenken. Endlich mal keine Krippe, hatte sie gesagt, und ich hatte zugestimmt und gedacht: Endlich mal keine pfeiferauchenden Seebären. Zwei Wochen lang hatte ich mit Begeisterung Giraffen, Antilopen, Tiger, Krokodile, Emus, Mäuse und Schnecken modelliert. Jetzt fragte ich mich plötzlich, was die Kundin davon halten würde, dass Noah lauter wilde, nutzlose Tiere vor der Flut rettete. Nicht ein einziges Rind oder Schwein oder Pferd.

Draußen kam die Sonne hinter einer Wolke hervor, die Figuren glänzten auf. Ich bewegte den Kopf, so dass die

Lichtreflexe über Spinnenkörper und Schildkrötenbeine wanderten. Keine matten Stellen. Immerhin.

Nilsson war zu mir getreten. »Haben Sie das gemacht?«

Was für eine blöde Frage, dachte ich, aber er meinte gar nicht die Tiere. Sondern mein Mobile, ein schwebendes Etwas aus Draht, Fäden, Treibholz, Möwenfedern, Stein und rundgeschliffenen Glasscherben. Die meisten Besucher der Werkstatt sehen es gar nicht.

»Ist das so eine Art Traumfänger?«

Ich nahm meinen Kaffeebecher vom Tisch. »Es hängt einfach da, weiter nichts.«

Der Becher hinterließ einen nassen Ring. Ich wischte die Tischplatte mit dem Hemdsärmel trocken, setzte mich in den Korbsessel und stützte den Becher auf die Armlehne. Nilsson setzte sich auf den Hocker und griff nach seinem Kaffeebecher.

»Erst umrühren«, sagte ich, »damit das Mehl nach unten sinkt.«

Er blickte verblüfft umher. Vermutlich fragte er sich, ob wir uns nicht einmal eine Kaffeemaschine leisten konnten.

»Was ist nun mit Dhanavati? Und warum kommen Sie deshalb zu uns?«

Er antwortete nicht sofort, sondern sah mich an, offen abschätzend. Sosehr ich mich bemüht hatte, ihm zu zeigen, dass er hier auf meinem Terrain war, dieser Blick bewies mir, dass er meine Manöver gar nicht bemerkt hatte. Er fühlte sich als Herr der Lage. Seine Zurückhaltung war nur eine höfliche Pose.

»Nehmen Sie es mir bitte nicht übel – aber verraten Sie mir erst einmal, wer Sie sind?« Er lächelte, ein sehr charmantes Lächeln. »Nichts für ungut, aber die Sache ist eigentlich vertraulich.«

Eigentlich. Eigentlich hatte *er* darum gebeten, mit mir sprechen zu dürfen. »Ich heiße Annika Otten. Ich wohne hier. Mit Adrian Barnes. Ich bin seine Freundin. Lebensgefährtin.«

»Und Sie kennen Frau Doktor Reinerts?«

»Doktor? Ist sie Ärztin geworden wie ihr Onkel?«

»Sie ist Mathematikerin.« Er zögerte kurz. »Sie sollte bei einem unserer Projekte mitarbeiten. Im Moment ist sie aber unauffindbar, und sie hat auch niemandem gesagt, wann sie wiederkommt. Dadurch hängen wir jetzt ziemlich in der Luft.« Er griff nach dem Kaffeebecher und trank einen Schluck. »Sie haben nicht zufällig von ihr gehört?«

»Ich habe seit zwanzig Jahren nichts von ihr gehört.« Er setzte zum Sprechen an. »Und Adrian auch nicht. Das hätte er mir erzählt.«

Er schwieg.

»Wir werden Ihnen da kaum weiterhelfen können«, sagte ich in die Stille hinein.

Regentropfen liefen über die Scheibe. Die Sonne war hinter dichten Wolken verschwunden. Ich fror. Ich wollte, dass Nilsson ging. Ich wollte, dass Adrian nach Haus kam, ich wollte mit ihm im Wohnzimmer sitzen und ihm von der Arche Noah erzählen und hören, wie er Nina gute Nacht sagte, und ihn neben mir im Bett spüren, warm, schwer und vertraut.

»Aber er hat sie einmal gut gekannt?«

»Was? Ja, früher, als sie ein Kind war. Er war mit ihrer Mutter befreundet. In Schweden. Nach dem Tod ihrer

Mutter hat er sie noch ein paarmal besucht. Bei ihren Verwandten. Hier in Deutschland. Aber irgendwann wollten die Verwandten nicht mehr, dass er kommt, und das war es dann. Danach hat er den Kontakt verloren.«

»Wieso wollten die Verwandten nicht, dass er sie besucht?«

»Woher soll ich das wissen? Es waren einfach engstirnige Leute. Tiefstes Westfalen, vor zwanzig Jahren. Was kann man da schon erwarten?«

Er warf einen Blick aus dem Fenster, und ich hörte ganz deutlich seine Gedanken: Was ist der Unterschied zu diesem Kaff? Es erdrückte mich, wie er dort saß, auf dem Hocker, groß und selbstsicher. Als wäre es sein natürliches Recht, mich über mein Leben auszufragen. Ich stand auf, ging zur Tür, zog sie auf. Feuchte Luft wehte herein. Das Rauschen der Bäume. Die vertrauten Gerüche. Nässe. Erde. Das ferne Meer.

Meine Welt. Der Ort, an den ich gehöre. Ich lehnte mich an den Türpfosten, der Wind fuhr kalt in mein Hemd. Aber ich fror nicht. Ich drehte mich zu Nilsson um.

»Wieso glauben Sie, dass wir wissen, wo sie sein könnte?«

Er war auch aufgestanden, eine höfliche Geste, die ihn mir noch fremder machte. »Sie hat sich Ihre Anschrift beschafft. Die von Herrn Barnes, genauer gesagt. Also hatte sie wohl vor, sich bei ihm zu melden. Aber sie hat es nicht getan?«

»Wieso? Wieso sollte sie sich bei ihm melden, nach so vielen Jahren?«

Ich höre noch meine Stimme, so hoch, so dünn. All

meine Angst lag in dieser Stimme, ich breitete sie vor ihm aus und merkte es nicht.

»Sie ist wohl auf der Suche nach ihrem Vater.«

Ich versuchte zu lachen. »Na, da ist sie hier aber an der falschen Adresse.«

All meine Angst.

Zwanzig Jahre lang hatte ich sie begraben. Sehr tief. Sie mit all dem zugedeckt, was Adrian und mich verband. Und das war viel. Achteinhalb Jahre in Berlin, sieben Jahre in Eiderstedt. Der gemeinsame Alltag. Die vielen Gesten und halben Sätze, die beweisen, wie gut man sich kennt. Die gemeinsamen Freunde. Der gemeinsame Kampf mit Rechnungen, Ämtern und zahlungsunwilligen Kunden. Nina. Vor allem Nina. Egal welche Unruhe in ihm weiterlebt, seine Tochter wird er nie im Stich lassen: Das habe ich sehr lange geglaubt.

Als ich Adrian kennenlernte, war ich neunzehn, wohnte seit drei Monaten in Berlin und studierte lustlos Germanistik und Geschichte. Adrian wohnte in Kassel, besuchte aber oft Freunde in Berlin, und bei diesen Freunden trafen wir uns, auf einer Silvesterparty. Wir redeten ein bisschen, tanzten miteinander, schliefen miteinander, ließen uns fünf Tage lang nicht aus den Augen. Ich habe mich Hals über Kopf in ihn verliebt. Er war so anders als jeder Mensch, den ich kannte. Sohn eines GI, in Deutschland unter Amerikanern aufgewachsen, seit langem mit seinen Eltern zerstritten. Er hatte auf Großmärkten gearbeitet und Lastwagen durch die Sahara gefahren, er hatte Indien bereist und auf Gotland in einer Kommune gelebt, die eine Art Naturreligion praktizierte. Er war überall gewesen und nirgendwo heimisch geworden, sprach ein ungepflegtes Englisch, ein fehlerhaftes Deutsch, etwas Indisch, etwas Französisch, etwas Arabisch, etwas Schwedisch. Nach dieser einen Woche in Berlin war er für mich der Angelpunkt des Universums. Alles, was ich tat, bezog sich auf ihn. Selbst mein Studium, selbst der Beruf, den ich mir ausgesucht hatte – Lehrerin –, der mich schon langweilte, bevor ich ihn ausübte. Ich dachte, durch meine Solidität könnte ich Adrian Halt geben. Ja, das habe ich tatsächlich gedacht. Ich war zehn Jahre jünger als er, ich hatte fast mein ganzes Leben in Husum verbracht –, aber ich wollte ihm Halt geben.

Adrian lebte damals seit einem Jahr wieder in Deutschland, er jobbte in einer Gärtnerei und versuchte das Abitur nachzuholen. Warum er sich ausgerechnet Kassel als Wohnort ausgesucht hatte, fragte ich mich nicht. Über seine Vergangenheit wusste ich kaum mehr als die Geschichten, die er manchmal erzählte, wenn wir mit Freunden zusammensaßen. Geschichten von seinen Reisen, von kleinen und großen Abenteuern, denen ich glücklich lauschte, stolz, dass dieser Mann am Ende des Abends mit mir nach Hause gehen würde. Dass ich kaum etwas über die Menschen erfuhr, die er auf seinen Reisen getroffen hatte, fiel mir nicht auf. Adrian und ich gehörten zusammen – nur das war wichtig. Was früher geschehen war, konnte auf unsere Liebe doch keinen Einfluss haben.

Sieben oder acht Wochen nach unserer ersten Begegnung fragte er mich, ob ich mit ihm ins Sauerland fahren wollte. Zu einem kleinen Mädchen, der Tochter einer Frau namens Gisela, die auch zu der Kommune auf Gotland gehört hatte und inzwischen gestorben war. Es klang so harmlos. Natürlich sagte ich ja.

Damals lebte Dhanavati noch bei den Großeltern, Giselas Eltern, in Henglinghausen, einem winzigen Dorf.

Mit Adrians altem Opel brauchten wir von Kassel aus eineinhalb Stunden. Adrian war sehr still, was ich auf seine Müdigkeit schob: Am Abend vorher waren wir erst spät eingeschlafen. Das Wetter war trist, graue Häuser mit Schieferdächern unter einem grauen Himmel. Im Auto wurde es nicht warm. Ich fror und sehnte mich in Adrians Umarmung zurück.

Die Großeltern begrüßten uns höflich. Trotzdem fühlte ich mich nicht wohl. Als ich hörte, wo wir hinfuhren, hatte ich mir so etwas wie das Zuhause meiner eigenen Großeltern vorgestellt: ein weiter Garten, ein kramiges Haus, eine große warme Küche voller Nachbarn und Katzen, ein Durcheinander von Gerüchen, Kaffee und Lageräpfel, feuchte Lappen und Holzfeuer und Brot.

Bei den Reinerts roch es sauber. Wir saßen im ordentlichen Vorderzimmer an einem Tisch mit weißer Tischdecke und tranken Kaffee aus Tassen mit verblichenem Goldrand. Die Großmutter stellte mir Fragen, höflich aber unerbittlich. Wo meine Eltern wohnten. Was mein Vater von Beruf war. Ob ich gern kochte. Ob ich mich darauf freute, als Lehrerin zu arbeiten, und ob ich denn in Berlin bleiben wollte, es müsse doch sehr bedrückend sein, in einer eingemauerten Stadt zu leben. Ob ich mir Kinder wünschte. Bei dieser Frage wurde ich tatsächlich rot.

Und während die Großmutter mich verhörte, saß stumm und wachsam die kleine Teufelin neben mir. Dhanavati. Dünn, blass, riesige Augen. Mittelbraunes Haar, das zu straffen Zöpfen geflochten war. Sie hatte mich als Feindin identifiziert, kaum dass ich das Haus betreten hatte. Eine halbe Stunde lang ließ sie mich nicht aus den Augen, dann schritt sie zur Tat. Sie stieß meinen Kuchenteller vom Tisch, als gerade niemand hinsah. Sie goss mir ihren Saft über die Hose und behauptete, ich hätte sie geschubst. Später, als sie und Adrian und ich im Kinderzimmer auf dem Fußboden saßen und ihre seltsamen, unkindlichen, abstrakten Malereien betrachteten, spürte ich plötzlich Papier unter dem Fuß – und schon zerrte sie an dem Blatt, bis es entzweiriss, und fing erbärmlich an zu schreien.

Wie dieses Kind schreien konnte. Adrian versuchte sie zu beruhigen, aber sie schrie nur noch lauter, und ich stand da und begriff nicht, was ich falsch gemacht hatte. Ich hatte Kinder gehütet, seit ich zehn war: bei den Nachbarn, bei Bekannten, später bei meinen älteren Brüdern. Mit ihnen allen kam ich zurecht. Ich verstand nicht, was diesmal anders war. Dass ich die Frau war, mit der Adrian – ihr Adrian, der bisher nur für sie existiert hatte – sich abgab, wenn er von ihr wegfuhr.

Schließlich kam die Großmutter ins Zimmer, lotste mich hinaus und schickte mich mit ihrem Mann zum Spazierengehen. An diesem kalten Februartag stapften wir einen endlosen Hang hinauf – langsam, weil der Großvater dick und kurzatmig war – und einen frostharten Feldweg entlang, zwischen fahlen Wiesen und nackten Bäumen, und ebenso langsam wieder zurück. Dort wartete Adrian schon im Auto auf mich. Wir fuhren los, ohne dass ich das Haus noch einmal betrat.

Adrian erwähnte diesen Ausflug nie wieder. Heute kann ich mir zusammenreimen, weshalb er mich zu den Reinerts mitnahm: Er hoffte, es würde einen soliden Eindruck auf sie machen, wenn er eine Freundin vorweisen konnte. Und die Reinerts glaubten vermutlich, ihnen würde an diesem Tag seine Verlobte vorgestellt. Dhanavatis künftige Stiefmutter. Sicherlich hielten sie Adrian für Dhanavatis Vater. Wenn er verheiratet gewesen wäre, hätte er ihnen das Kind abnehmen können. Was für eine Enttäuschung es gewesen sein muss, dass ich nie wiederkam.

Aber wir redeten nicht darüber, und ich schob die Erinnerung an die Reinerts beiseite. Es war so schön mit Adrian. Wir verstanden uns so gut. Wir sahen uns regelmäßig, mal in Kassel, meist in Berlin. Bald lebte ich nur noch für diese Treffen. Ich war unglücklich in Berlin. Ich interessierte mich nicht für Germanistik, ich fürchtete mich davor, in ein paar Jahren halberwachsene Großstadtkinder unterrichten zu müssen – aber unsere Liebe bewies, dass es trotzdem richtig gewesen war, von zu Hause wegzugehen, auf die mahnende Stimme zu hören, die mir gesagt hatte, ich müsste aus Husum hinaus in die große weite Welt. Für mich war Adrian die große Welt. Das eine Stück dieser Welt, mit dem ich zurechtkam.

Ein Jahr später, am letzten Wochenende im April 1985, bat er mich plötzlich, noch einmal mit ihm zu den Reinerts zu fahren. Ich glaube, ich stimmte nur deshalb zu, weil ich nicht zugeben wollte, dass ich vor einer Siebenjährigen Angst hatte. Ich verschob sogar meine Rückkehr nach Berlin um einen Tag, weil Adrian unter der Woche fahren wollte. Das sei einfach günstiger, sagte er.

Das Wetter war schön, in den Gärten blühten die Obstbäume. Adrian legte Musik von den *Doors* auf. Ich versuchte nicht daran zu denken, dass am Ende unserer Fahrt eine Teufelin wartete. Irgendwann unterwegs erwähnte Adrian, dass Dhanavatis Großmutter ein Herzleiden hatte und sich nicht mehr um ein kleines Kind kümmern konnte, so dass Dhanavati jetzt bei ihrem Onkel wohnte. Giselas Bruder. In Marsberg, der benachbarten Kleinstadt. Und als wir in Marsberg aus dem Auto stiegen, sagte er wie beiläufig, dass er schon zweimal am Wochenende dort gewesen war, aber nie jemanden angetroffen hatte. Deshalb waren wir an einem Montag gekommen: weil der Onkel dann in seiner Arztpraxis arbeiten würde.

Da begriff ich zum ersten Mal, welche Bedeutung die Nachmittage mit Dhanavati für ihn hatten. Wie viel Unausgesprochenes daran hing. Sonst habe ich nichts von diesem Ort im Gedächtnis behalten, aber an den Moment erinnere ich mich: vor uns die geschlossene Bahnschranke, neben uns eine lange Kolonne wartender Autos, jenseits der Bahnstrecke graue, hässliche Nachkriegshäuser, dahinter düstere Berghänge. Und neben mir Adrian, in Jackett und Krawatte, die langen schwarzen Locken stumpfgewaschen und zu glattgekämmt. Vor der Abfahrt, als er sich anzog, hatte ich mich noch darüber lustig gemacht: »Die Kleine fängt an zu schreien, wenn sie dich sieht.« Jetzt war ich es, die ihn ansah, als sei er ein Fremder.

Dann die Arztpraxis: Grünpflanzen, makelloser Teppichboden, eine etwas zu dicke, etwas zu stark geschminkte Arzthelferin hinter dem Tresen. Und der Arzt, Doktor Reinerts, Dhanavatis Onkel: weiße Jacke, weiße Hose, ein Gesicht, das man sofort wieder vergisst. Er musterte Adrian von oben bis unten, warf einen Blick auf meine Haare – lang, kraus, störrisch wie Drahtwolle und in jenem Jahr außerdem hennarot – und sagte genau einen Satz: »Wir wollen unsere Nichte von allem fernhalten, das sie an ihre unglückselige Vergangenheit erinnert.«

Das war alles. Adrian ging. Ich folgte ihm, und wir kehrten nach Kassel zurück. Unterwegs fragte ich ihn, ob Dhanavati seine Tochter war. Er verneinte. Ich glaubte ihm.

Am nächsten Morgen fuhr ich nach Berlin. Am Wochenende hätte Adrian zu mir kommen sollen, aber er sagte ab: Er sei erkältet. Am Sonntag rief ich ihn an und fragte ihn, wie er sich fühlte. Besser, sagte er, nur etwas zerschlagen. So klang er auch, also redeten wir nicht lange.

Am Mittwoch bekam ich seinen Brief. *Liebste Annika, ich gehe weg* ... In seiner krakeligen Handschrift, in seinem immer noch fehlerhaften Deutsch. Ohne Erklärung, ohne etwas zu versprechen. Ich rief an: Es meldete sich niemand. Ich fuhr zum Bahnhof und stieg in den nächsten Zug nach Kassel. Lief zu Adrians Wohnhaus und klingelte. Es öffnete niemand. Ich überquerte die Straße und schaute vom anderen Bürgersteig zu seinen Fenstern hinauf. Sie waren geschlossen. Nirgendwo bewegte sich etwas.

Aber ich wollte es nicht glauben. Ich sagte mir, dass Adrian vermutlich einfach in der Abendschule war oder mit Freunden in der Kneipe. Ich müsste nur warten. Eine halbe Stunde lang stand ich auf der Straße. Dann ging ich um das Karree von Mietshäusern, sicherlich acht oder zehn Mal. Dann in die Innenstadt. Zur Fulda hinunter. Wieder zurück. An einer Imbissbude aß ich irgendetwas. Es wurde dunkel. Die Läden hatten längst geschlossen. Die Straßen waren leer. Ein Mann sprach mich an, in gebrochenem Deutsch. Als ich einfach weiterging, kam er mir nach. Ich fing an zu laufen und hörte ihn hinter mir rufen, aber er folgte mir nicht mehr. Ich hatte Mühe, Adrians Wohnhaus wiederzufinden. Als ich endlich davor stand, waren die Fenster dunkel. Niemand öffnete mir.

Was ich dann gemacht habe, weiß ich nicht mehr. Aber ich muss in dieser Nacht einen Schutzengel gehabt haben, denn irgendwann war ich wieder im Bahnhof, es wurde hell, und am Bahnsteig stand ein Zug nach Berlin. Ich stieg ein, fand ein leeres Abteil, zog die Vorhänge zum Gang zu und schlief ein.

Ich habe Adrian nie davon erzählt. Als er acht Wochen später abends an meiner Tür klingelte und mir sagte, dass es ihm leid täte, war ich viel zu misstrauisch und verletzt, um ihm so etwas anzuvertrauen. Später dann behielt ich es für mich, um seine Schuldgefühle nicht zu verstärken. Sie schienen ohnehin riesengroß. Er fühlte sich schuldig, weil er mich verlassen hatte – aber auch, weil er mit mir zusammen war. Weil er zugelassen hatte, dass ich mich in ihn verliebte. Weil er mich nicht gewarnt hatte, wie viel Müll es in seinem Leben gab. Das war sein Wort dafür: Müll. Seine vergeudete Jugend. Die missglückte Liebe zu Gisela. Giselas Tod, für den er sich aus irgendeinem Grund verantwortlich fühlte. Seine Unfähigkeit, sich um ihre Tochter zu kümmern, obwohl er es ihr versprochen hatte.

Ein Gestrüpp. Aus dem er nicht mehr herausfand. In dem ich mich ebenfalls verhakte, wenn ich versuchte, mehr zu erfahren.

Aber er war zurückgekommen. Daran hielt ich mich von nun an fest. Er war zu mir zurückgekommen, und er blieb. Viele Jahre lang. Er zog nach Berlin, bekam eine Stelle in einem kleinen Betrieb, der alte Möbel aufarbeitete, machte schließlich sogar eine Lehre als Tischler. Er schien glücklich mit dieser Art von Leben, zu der es mich immer stärker hinzog, einem sehr privaten Leben, bei dem die große Welt und auch ein Großteil Berlins zunehmend ausgesperrt wurden. Für mich war er immer noch das wärmende Zentrum meines Lebens, aber ich hatte gelernt, dass es kein stabiles Zentrum war, dass ich für die Stabilität selbst sorgen musste. Als wir uns zum zweiten Mal trennten, war dies der Grund. Ich war schwanger, ich hatte mein Referendariat begonnen und wusste, dass ich danach keine Stelle bekommen würde. Die Mauer war geöffnet, Berlin war deutsche Hauptstadt und bewarb sich um die Olympischen Spiele, überall wurde gebaut. Ich wollte endlich weg aus dieser Stadt.

Adrian hatte nichts dagegen, aber er stellte sich vor, irgendwo in Griechenland ein altes Segelboot zu kaufen, es zu modernisieren und mit mir und unserem Kind und einer Bootsladung Touristen von Insel zu Insel zu segeln. Ich dagegen wollte nach Hause. Sesshaft werden. Ich hatte begriffen, was mir guttat. Am Ende ging ich ohne ihn.

Und auch diesmal kam er zu mir zurück. Zunächst nur auf Besuch, für ein paar Stunden, dann mietete er ein Zimmer in Tönning und suchte sich Arbeit, fuhr nach Feierabend zu uns heraus, half mir im Haus und spielte mit Nina. Ein halbes Jahr später zog er bei uns ein. Da waren wir längst wieder ein Liebespaar. Nina stellte ihn überall vor: »Das ist mein Vater.«

Sieben Jahre ist das her. In all diesen Jahren hat er nie mehr von Gisela und Dhanavati gesprochen. Ich dachte, er hätte das endlich hinter sich gelassen. Ich dachte, ich hätte gewonnen.

Es ist ganz leicht, sie heraufzubeschwören. Sie sitzt dort drüben – am Fuß dieser Felssäule, im schütteren Gras. Sie lehnt sich nicht an. Sie hat die Arme um die Knie geschlungen und raucht eine selbstgedrehte Zigarette. Ihr Blick ist aufs Meer gerichtet, auf den Streifen aus schwarzem Fels zwischen Wasser und Land. Wellen schwappen um flachgespülte Buckel, fließen in Mulden voller Algen und Miesmuscheln und rinnen zurück. Leise. Beiläufig. Unaufhörlich.

Sie ist umgeben von Türmen aus Kalkstein. Von Meer und Wind und Regen zu Skulpturen geschliffen: schlafende Bären, die Köpfe von Riesen. Grauer Stein, dessen Grau aus der Nähe betrachtet zerflimmert, in Rosa, Türkis, Grün und Gelb, jede Schicht eine andere Farbe, krumm und faltig und von Blasen durchbrochen, unter milchigem, schon dämmrigem Himmel, an einem fremden, stillen Meer.

Labyrinth. So ist der Ort auf der Karte eingetragen, die mir der Hotelbesitzer geliehen hat. Ein Naturschutzgebiet. Eine Attraktion für Touristen.

Dort sitzt sie, nur ein Gespenst, und wartet auf ihre eigenen Gespenster. Ihre Mutter vermutlich. Ihren Vater. Adrian, der früher zwischen den Felsen mit ihr gespielt hat, wenn ihre Mutter beten und singen musste und keine Zeit für sie hatte. Sie sitzt dort und wartet. Und Adrian, der sie sucht, geht an ihr vorbei. Ohne sie zu bemerken.

Dies ist kein Ort, an dem man jemanden findet. Hier gehen die Menschen eher verloren, sie treten hinter einen

Felsen und sind nicht mehr da. Man schlendert ein paar Schritte ohne sie weiter, bleibt stehen und schaut aufs Meer, und man hört nur noch das unrhythmische Klatschen der Wellen und das Rascheln und Pfeifen und Sausen des Windes, eine rauschende Stille, die Ohren und Gedanken betäubt: bis man aufschreckt, weil man schon zu lange allein ist, und man kehrt um und ruft und schaut hinter den Felsen, hinter dem der andere verschwunden ist, aber dort sind nur weitere Felsen. Und Wind, und ein Möwenschrei, und Stille.

Als Nilsson fort war, nahm ich meine Schlüssel vom Regalbord und ging zum Haus hinüber. Die Hintertür war geschlossen, in der Küche war nichts verändert. Mein Portemonnaie lag noch immer im Wohnzimmer auf dem Couchtisch, darin steckten Geld und Karten. Der Tisch, an dem ich meine Schreibarbeiten erledige, war so unaufgeräumt wie immer. Ebenso der Tisch in dem kleinen Nebenzimmer, in dem seit kurzem der Computer stand.

Aber es lag ein fremder Geruch in der Luft. Rasierwasser, Haaröl – irgendetwas jedenfalls, das keiner von uns benutzte. Einer von ihnen war im Haus gewesen. Während der andere – der Große – draußen Wache stand, war der Kleinere durch unsere Zimmer spaziert, hatte in unsere Schränke geschaut, unsere Briefe gelesen, vielleicht sogar den Computer eingeschaltet. Ich stieg die Treppe hinauf, schaute ins Bad, in unser Schlafzimmer, in Ninas Zimmer: überall. Er war in jedem Zimmer gewesen.

Ich kehrte in die Werkstatt zurück, goss die Kaffeereste weg, schloss ab, ging ins Haus und kochte frischen Kaffee. Wartete. Um sieben Uhr kam Nina, hungrig und voller Geschichten über zwei Jungen, die heimlich beim Basketballtraining zugeschaut hatten. Ich machte Abendbrot, aß mit ihr, überlegte mit ihr, was wir ihrer Cousine zum Geburtstag schenken sollten. Räumte die Küche auf, während sie in ihrem Zimmer Musik hörte. Schaltete im Wohnzimmer den Fernseher ein und sah mir die Nachrichten an. Ging ins Schlafzimmer, sortierte schmutzige Wäsche und stellte die Waschmaschine an. Legte saubere Wäsche zusammen.

Wartete.

Es wurde dunkel. Nina ging schlafen. Adrian war immer noch nicht zurück. Wenn er wirklich an einem Boot arbeitete, wieso blieb er so lange aus? Wieso rief er nicht an? Er stand jeden Morgen um halb sechs Uhr auf, normalerweise gingen wir um zehn oder halb elf ins Bett. Er hatte nicht erwähnt, mit wessen Boot er beschäftigt sein würde und wo.

Weil er es vergessen hatte?

All meine Angst. Im Februar 1984 hatten wir Dhanavati besucht. Im April 1985 waren wir zusammen nach Marsberg gefahren und von ihrem Onkel weggeschickt worden. Zwanzig Jahre waren seitdem vergangen. Wir hatten ein Kind in die Welt gesetzt, hatten zusammengelebt und uns getrennt und am Ende doch wieder zueinander gefunden. Zwanzig Jahre. Mein gesamtes Erwachsenenleben.

Aber nicht Adrians gesamtes Leben. Über die Jahre, bevor wir uns begegnet sind, wusste ich noch immer fast nichts. Er hatte zusammen mit Gisela Reinerts in einer religiösen Kommune auf Gotland gelebt, er hatte sie geliebt und ihr versprochen, sich immer um ihre Tochter zu kümmern. Obwohl es nicht seine Tochter war. Wie er sagte. Wer war dann der Vater? Jemand, der auch dort auf Gotland lebte? Warum hatte sich die Kommune aufgelöst? Wann war Gisela gestorben? Wie war Gisela gestorben? Was glaubte Adrian ihrer Tochter heute noch schuldig zu sein? Woraus bestand der Müll in seinem Leben?

All meine Angst.

Um zehn Minuten vor elf hörte ich ein Auto vorfahren. Ich schaltete den Fernseher aus und lauschte: Es war unser Lieferwagen. Er hielt gleich vorn in der Einfahrt, wo wir ihn immer parkten, wenn einer von uns spät heimkam und Nina schon schlief. Ich stand auf und ging zur Haustür, schloss auf, drückte die Klinke herunter und öffnete. Da hörte ich jemanden sprechen.

»Adrian Barnes?«

Leise drückte ich die Tür wieder zu. Ohne Licht zu machen, ging ich in die Küche und durch die Hintertür ins Freie. Es war kühl geworden. Der Mond segelte zwischen eiligen Wolken. Ich tastete mich an der Hauswand entlang, in Hausschuhen durchs feuchte Gras, um die Ecke und weiter zur Vordertür. Das Licht über dem Eingang brannte, der Holunderstrauch neben der Vortreppe warf einen langen Schatten in meine Richtung, aber von dort aus konnte ich nicht genug sehen. Ich trat zwei Schritte vor, auf die Rasenfläche hinaus, bis ich die Einfahrt überblickte.

Die Männer bemerkten mich nicht. Der größere beobachtete die Haustür, der kleinere stand an der offenen Fahrertür des Lieferwagens, mit dem Rücken zu mir. Den dritten, Nilsson, sah ich nirgendwo.

Adrian war offenbar eben ausgestiegen. Der Kleinere sprach auf ihn ein, leise, so dass ich nichts verstand. Adrian hörte schweigend zu. Sein Gesichtsausdruck verriet mir, dass er ärgerlich war und seinen Ärger nicht zeigen wollte.

»Ich habe keine Ahnung, wovon Sie reden«, sagte er laut. Der andere sprach leise weiter. Adrian bückte sich, griff ins Auto und nahm seine Jacke vom Beifahrersitz, dann schlug er die Tür zu und schloss ab. »Sie sind an der falschen Adresse. Gehen Sie bitte. Sie wecken meine Familie.«

»Oh, wir können gern vor Ihrer Freundin darüber reden.« Der andere hob jetzt auch die Stimme. »Die freut sich bestimmt, wenn sie davon erfährt. Die Gute weiß ja nicht mal, dass Sie heute nicht bei der Arbeit waren!«

Ich rührte mich nicht. Adrian sagte leise etwas, nahm das Handy aus der Jackentasche, drückte mehrere Tasten und hielt das Gerät ans Ohr.

»Bernd? Tut mir leid, dass ich so spät störe, aber kannst du mal kurz rüberkommen? Hier sind zwei Männer, die nicht von unserem Grundstück verschwinden wollen. Kommst du? Gut. Bring den Hund mit.«

Er legte auf und sah seinem Gegenüber ins Gesicht. Der Mann wandte sich ab, klatschte mit der Hand laut auf den Kotflügel, drehte sich zu seinem Begleiter um und deutete mit dem Kopf Richtung Straße.

Sie gingen. Adrian sah ihnen nach. Ich zog mich in den Schatten zurück und tastete mich an der Hauswand entlang. Auf der Straße schlugen Autotüren. Ein Motor sprang an. Ich machte in der Küche Licht und setzte Wasser auf. Ich wollte etwas Warmes in den Händen halten, während ich mit Adrian sprach.

Aber Adrian kam nicht herein. Ich stand in der Küche und wartete, aber ich hörte nichts. Keine Schritte, kein Klappern von Schlüsseln. Als das Wasser im Kessel zu rauschen begann, trat ich in den Flur hinaus, schloss die Küchentür hinter mir und lauschte: nichts. Ich löschte das Licht im Wohnzimmer, zog den Vorhang beiseite und spähte hinaus.

Der Lieferwagen stand noch da, leer. In der Windschutzscheibe spiegelte sich die Lampe über der Haustür. Hinter dem Wagen fing die Dunkelheit an. Nirgendwo bewegte sich etwas. Ich öffnete leise das Fenster. Nachtgeräusche. Der Wind in den Bäumen. Ein Auto, weit entfernt. Ein Vogel flatterte auf. Ich schloss das Fenster, zog Schuhe an und eine Jacke über und verließ das Haus. Ging bis zur Straße vor: Sie war leer.

Warum bin ich ihm nicht gefolgt? Ich wusste, wo ich ihn finden würde: drüben am Deich. Wo wir so oft gemeinsam standen, wo wir schon so vieles besprochen hatten. Dort hätte ich ihn fragen können, was die Männer von ihm wollten. Ob er von Dhanavati gehört hatte. Ob er wusste, weshalb die Männer nach ihr suchten.

Warum habe ich nicht gefragt?

Damals, dort auf der Straße, sagte ich mir, dass es nicht unsere Art sei. Wir bedrängten uns nicht mit Fragen. Wir vertrauten einander, aber dieses Vertrauen war ein Geschenk, nichts, das man beim anderen einfordern durfte.

So schöne Worte. Und wie feige sie inzwischen klingen. Denn in Wirklichkeit war es so, dass ich gar nicht wissen wollte, in welche Schwierigkeiten sich Dhanavati gebracht hatte. Sie sollte sich nur von uns fernhalten, von meiner kleinen heilen Welt. Aber ich wusste, dass ich das nie verlangen konnte. Ich konnte nicht zu Adrian gehen und sagen: Vergiss diese Frau. Vergiss das kleine Mädchen mit den Zöpfen, für das du einmal das Einzige warst, was von ihrer Kindheit übriggeblieben war. Ich will nicht, dass du sie wiedersiehst, dass sie dich an ihre Mutter erinnert und an die Zeit auf Gotland, über die ich nichts weiß. Lass sie mit ihren Schwierigkeiten allein fertig werden. Du hast die alten Geschichten so erfolgreich begraben. Grab sie jetzt nicht wieder aus.

Ein paar Tage schien es, als ginge mein Wunsch in Erfüllung. Denn es ereignete sich nichts. Die drei Männer kamen nicht wieder. Dhanavati rief nicht an. Adrian ging seiner Arbeit nach wie gewöhnlich, kam pünktlich nach Hause, spielte mit Nina Federball, arbeitete nach dem Essen an dem alten, halb überholten Segelboot, das er vor über einem Jahr billig von einem Kollegen gekauft hatte und das seitdem bei uns im Schuppen lag.

Alles schien genau wie immer. Nur wenn wir allein waren, stellte sich befangenes Schweigen ein, aber wir waren nicht oft allein. Mir war vorher nie bewusst geworden, wie ausgefüllt unsere Tage waren. Wie selten es nichts zu erledigen gab. Wie häufig Freunde mit uns in der Küche oder im Wohnzimmer saßen. Erst nachts, vor dem Einschlafen, wenn wir nebeneinander im Dunkeln lagen, entstand eine Stille, die wir mit Reden hätten füllen können. Dann spürte ich manchmal, wie Adrian neben mir auf Fragen wartete. Aber die Fragen, die ich gern gestellt hätte, ängstigten mich zugleich, und mit jeder Nacht, in der ich sie nicht aussprach, wuchs die Angst. Und dann kam schon der Sonnabend, an dem ich vor dem Abendessen irgendetwas aus der Kammer holen wollte und Adrian vor dem Computer antraf. Als ich hereinkam, fuhr er mit dem Mauszeiger nach rechts oben und ließ das Fenster verschwinden, aber da hatte ich schon den Schriftzug unserer Bank erkannt und darunter das Wort *Kontenübersicht.*

»Ich wusste gar nicht, dass wir übers Internet an unser Konto kommen«, sagte ich.

Erst saß er still da, dann öffnete er das Fenster wieder. »Ich hab das vor ein paar Tagen eingerichtet. Wir können unsere Rechnungen jetzt von hier aus bezahlen. Das ist bequemer.«

Wann, hätte ich fragen sollen. Wann hast du das eingerichtet? Nachts, während ich schlief? Und warum hast du es nicht längst erwähnt?

»Was ist unbequem daran, in der Mittagspause zur Bank zu gehen? Ich finde es unbequem, den Computerkram zu lernen.«

»Du musst es nicht lernen.« Er drehte sich nicht zu mir um. »Du kannst trotzdem zur Bank gehen und deine Formulare einwerfen. Ich finde das hier übersichtlicher.«

»Übersichtlicher. Wozu brauchen wir mehr Übersicht, bei einem Konto und den paar Überweisungen im Monat?«

Er antwortete nicht, sondern schob den Mauszeiger auf *Abmelden*, schloss alle Fenster und schaltete den Computer aus. Dann drehte er sich vom Schreibtisch weg und sah zu mir auf. Setzte zum Sprechen an, zögerte, setzte neu an.

»Ich muss für ein paar Tage verreisen.«

Liebste Annika, ich gehe weg …

Ich weiß nicht, was ich geantwortet habe. Gar nichts vielleicht. Vielleicht stand ich nur da und hörte zu, während er mir irgendetwas von Zugfahrplänen und Bussen erzählte und dass er das Auto hierlassen würde, für den Fall, dass er doch etwas länger wegblieb.

Für den Fall.

»Warum?«, fragte ich schließlich in sein Gerede hinein. Meine Stimme war so rau, dass ich das Wort selbst kaum verstand. Ich räusperte mich und versuchte es neu. »Warum wirfst du alles weg, sobald sie in Schwierigkeiten ist?«

Er schien nicht zu wissen, was er antworten sollte. Viel später erst wurde mir klar, dass er vermutlich tatsächlich nicht sicher war, wen ich mit *sie* meinte und wie viel die Männer mir erzählt hatten. Ich war gefangen in meinen Ängsten und Hoffnungen, genau wie er. Wir konnten beide nicht mehr unterscheiden, was wir dachten und was wir ausgesprochen hatten.

»Ich werfe doch nichts weg«, sagte er endlich, »ich komme doch wieder.«

Und er wiederholte diesen Satz, wann immer ich an diesem Abend mit ihm zu reden versuchte. Während er packte. Während er die Nummer seines Chefs wählte, um ihm mitzuteilen, dass er am Montag nicht zur Arbeit kommen konnte: »Ein Notfall«, sagte er am Telefon, und »ein paar Tage«. Und zu mir, nach dem Auflegen: »Ich werfe doch nichts weg.« Als wäre der Satz ein Zauberspruch, der einen Wunsch in eine Tatsache verwandeln konnte. Aber sein Blick war der eines Menschen, der an der Zugtür »Auf Wiedersehen« sagt und dabei schon an sein Fahrtziel denkt. Innerlich war er längst fort. Bei Dhanavati. Dem kleinen Mädchen mit steifen Zöpfen. Der Mathematikerin.

Das dachte ich damals. Als er am nächsten Morgen noch vor Sonnenaufgang das Haus verließ und am Straßenrand auf das Taxi wartete, das ihn zum Bahnhof fahren sollte – als ich ihm vom Mansardenfenster aus nachschaute, sah ich ihn in Gedanken irgendwo auf der Welt aus dem Zug steigen und eine junge Frau in den Arm nehmen, die zwar nicht seine Tochter war, aber auf erschreckende Art das Ebenbild ihrer Mutter: seine Chance, alles wieder ins Lot zu bringen, was vor über zwanzig Jahren schiefgegangen war.

Wer weiß. Wenn dort draußen wirklich nur Dhanavati gewartet hätte, wäre er vielleicht wiedergekommen.

Vielleicht.

DHANAVATI

FORUM: VERMISST

Recherchen Schweden 1982

Autor	Beitrag
Recherchen Schweden 1982	Verfasst am: Sa Aug 28, 2004 0:45 am
Dhan ★	Hallo. Meine Mutter ist 1982 in Schweden ums Leben gekommen. Ich war damals fuenf. Ich moechte herausfinden, was genau passiert ist. Wer dabei war. Was die Ursache war. Dieses Forum ist mir empfohlen worden, weil es hier Leute gibt, die sich mit solchen Recherchen auskennen. Habt ihr Ratschlaege für mich? Wer will, kann mir auch eine Mail schicken an searchdhan@gmx.de Danke für eure Hilfe. Dhan
Re: Recherchen Schweden 1982	Verfasst am: Sa Aug 28, 2004 3:27 am
Roxi ★★★	Ich will nicht unhöflich sein, aber du bist im falschen Forum. Hier geht es um die Suche nach Leuten, bei denen niemand weiß, wo sie sind. Bei deiner Mutter weißt du es doch. Wieso fragst du nicht einfach bei der schwedischen Polizei nach?

Re: Recherchen Schweden 1982	Verfasst am: Sa Aug 28, 2004 9:17 am
Serendip ★★★★★	Bei den mageren Angaben lässt sich kaum was dazu sagen, Dhan. Wir brauchen mindestens Ort, Datum und Name. Mindestens. Verrat uns doch mal ein paar Details!

Re: Recherchen Schweden 1982	Verfasst am: Sa Aug 28, 2004 11:05 am
Dhan ★	@Roxi: Stimmt, wo das Grab ist, weiss ich. Ich weiss auch, was auf dem Totenschein steht. Das reicht mir aber nicht. @Serendip: Danke, aber die genauen Daten moechte ich hier nicht bekanntgeben. Ich will ja auch nicht, dass jemand fuer mich sucht. Ich hoffe auf Tipps, wie ich selbst etwas herausfinden kann.

Re: Recherchen Schweden 1982	Verfasst am: Sa Aug 28, 2004 5:08 pm
Mastriani ★★	Wieso willst du denn nichts erzählen? Hier können nur registrierte Mitglieder mitlesen. Ich stimme Serendip zu: Ohne genaue Fakten braucht man gar nicht erst anfangen. PS: Kannst du bitte mal deine Umlaute in Ordnung bringen? Danke.

Re: Recherchen Schweden 1982	Verfasst am: Sa Aug 28, 2004 9:58 pm
Invisible Man ★	*Wieso willst du denn nichts erzählen? Hier können nur registrierte Mitglieder mitlesen.* Seid ihr eigentlich so naiv oder tut ihr nur so?

Re: Recherchen Schweden 1982	Verfasst am: So Aug 29, 2004 1:12 am
Roxi ★★★	Ich sag's noch einmal: Du bist im falschen Forum! Das hier ist kein kostenloser Ermittlungsdienst.

Re: Recherchen Schweden 1982	Verfasst am: So Aug 29, 2004 12:09 pm
Lee ★★	Hallo Dhan, bevor hier die übliche Paranoia-Debatte ausbricht: Ich hab solche Ermittlungen schon gemacht, mit Erfolg. Und ich kann sogar Schwedisch. Falls du die Sache mit mir besprechen willst, schick mir eine Mail: Lee41278@web.de

Re: Recherchen Schweden 1982	Verfasst am: So Aug 29, 2004 6:25 pm
Dhan ★	@Lee: Danke. Ich werd's mir ueberlegen. @Roxi: Sieht ganz so aus. @all: Ich melde mich jetzt ab.

Sie schaltete das Notebook in den Ruhezustand und ging in die Küche. Im Kühlschrank lagen noch drei Carlsberg. Sie nahm eins heraus, öffnete das Mansardenfenster, öffnete die Dose, trank einen Schluck und stützte die Arme aufs Fensterbrett.

Druck auf den Unterarmen. Kühles Prickeln auf der Zunge und am Gaumen. Der Geruch des Biers, kaltes Metall zwischen den Fingern. Draußen: die Dächer von Århus, kleinformig, ungeordnet und doch aufeinander bezogen, die Kamine scheinbar – nur scheinbar – zufällig darüber verteilt. Verkehrslärm. Möwengeschrei.

Sehen. Fühlen. Schmecken. Hören. Im vieldimensionalen Phasenraum den Ort wiederfinden, an dem man stand.

Jetzt, hier. Real. So vieles, was Orientierung bot. Komm, trink, noch einen Schluck, das Summen im Kopf gibt sich gleich.

Aber was für eine Ansammlung von Idioten. Wieso konnten sie nicht klare Antworten auf eine klare Frage geben? Oder wenn sie nichts wussten: den Mund halten? War das Internet nur noch von Schwätzern bevölkert? Timo behauptete das seit langem; aber Timo trieb sich in politischen Foren und Weltanschauungsgruppen herum, die zogen solche Leute an. Fanatiker, die jedem Neuen ihre Theorien entgegenbliesen, ob es einen Bezug zur Frage gab oder nicht. Frustrierte Nichtskönner, die nur Gelegenheiten suchten, andere Leute niederzumachen.

Wie aufgezogen. Wie die Figuren in mechanischen Uhren, die aus ihren Häuschen kamen, wenn es zwölf schlug. Raus, zwölfmal den Hammer heben und senken; und zurück ins Häuschen, mit dummem Grinsen auf dem Gesicht, als hätten sie etwas Tolles geleistet.

In Mathematikerforen war das anders. Da stellte man eine Frage: Hi, wie übersetze ich diesen Matlab-Code in C++?, bekam eine sachliche Antwort, und gut. Wieso funktionierte das bei anderen Themen nicht auch?

Egal. Sie legte den Kopf in den Nacken und leerte die Dose. Es war sowieso eine dumme Aktion gewesen. Unreflektiert. Wozu stellte sie diese Frage? Wozu grübelte sie immer wieder darüber nach? Als wäre sie auch eins dieser Figürchen aus Blech, das sich auf seiner Schiene bewegen musste, vor und zurück, vor und zurück, keine andere Wahl. Sie hatte das doch längst durchdacht, mehr als ein Mal, seit sie die amtlichen Unterlagen über den Tod ihrer Mutter gelesen hatte. Es spielte keine Rolle, wie ihre

Mutter gestorben war, ob sie wirklich gesprungen war, warum sie gesprungen war – das zu erfahren, würde nichts ändern. Was ihr fehlte, war nicht ein Stück Vergangenheit, sondern –

Ein Anker. Diese innere Gewissheit, dass man in die Welt hineingehörte. Was Timo besaß. Und Maria natürlich, kein anderer Mensch so stark wie Maria. Die sich nie treiben ließ. Die genau wusste, weshalb sie die Arbeit als Ärztin in Afrika aufgegeben hatte, um ein Forschungsinstitut in Århus zu leiten, Artikel über die Ausbreitung der Tuberkulose zu schreiben, auf Fachtagungen der WHO mit Kollegen und Politikern zu streiten, statt einzelne Kranke zu heilen. Innere Schwere. Das Gefühl von Substanz.

Was auch jeder Spießer besaß. Onkel Robert, Tante Doris. Jeder einzelne Mensch damals in Marsberg. Was ihnen diese Unverrückbarkeit gab. Dass man sich an ihnen Kopf und Fäuste wund stieß und am Ende doch keine andere Lösung fand, als zu gehen.

Blei in den Knochen. Sie dagegen ging übers Wasser. Sie konnte sich überall verankern. Freunde finden, heimisch werden. Jetzt, hier. Sie verdiente mehr Geld, als sie brauchte, sie hatte ihrem Forschungsthema treu bleiben können, trotz der Beinahe-Katastrophe in Hamburg, und hatte durch den Wechsel nach Århus sogar gewonnen: Epidemien zu modellieren war interessanter als die rein mathematischen komplexen Systeme, um die es in Hamburg ging; und Maria ließ ihr freie Hand. Sie scherte sich nicht darum, was andere ihr erzählt hatten, sie kannte sie gut genug, um ihr zu vertrauen. Maria, auf die immer Verlass war. Patentante und Chefin. Die sich ihrer Ziele so sicher war, dass sie Sicherheit abgeben konnte. Aus dem

Projekt ließ sich definitiv etwas machen – und wenn alles so lief wie erwartet, würde Maria die Stelle am Ende der zwei Jahre verlängern, ihre Anträge auf Fördermittel wurden fast immer bewilligt. Maria wusste, was sie tat. Bei ihr konnte man sich etwas aufbauen.

Das dachtest du in Hamburg auch.

Na gut. Ja. Aber noch einmal würde ihr so etwas nicht passieren, so dumm war niemand, nicht zweimal hintereinander. Jetzt kannte sie die Warnsignale. Hier war alles besser. Hier hatte sie Freunde.

Gut, aber dann streich auch diese Foren. Lass das zweite Bier im Kühlschrank. Geh nach draußen. In die Stadt? Nein, rüber zum Strand. Wind, weicher Sand, Abendsonne, Wasser. Hineinlaufen und schwimmen, schwimmen, gegen die Wellen, geradeaus. Irgendjemand aus der Clique würde sicher noch da sein, Arne, Christina, vielleicht sogar Timo mit seiner Katta.

Im warmen Sand liegen.

Nicht mehr nachdenken.

Date: Wen, 13 Jul 2005 06:42:08 +0200
From: lee@personensuche-schmitz.de
To: searchdhan@gmx.de
Subject: Letztes Jahr, Forum »vermisst«

Hallo Dhan,
erinnerst du dich? Du warst im Forum, weil du mehr über den Tod deiner Mutter erfahren wolltest. Ich habe dir damals meine Hilfe angeboten, aber du hast dich nie gemeldet.

Falls dich die Sache noch interessiert: Ich mache solche Recherchen jetzt beruflich. Genaueres kannst du auf meiner Website nachlesen:
http://www.personensuche-schmitz.de

Das Ganze ist noch im Aufbau, aber ein paar Aufträge dieser Art habe ich schon erledigt.

Ich schicke dir einfach einmal einen Vertrag als pdf mit. Du kannst es dir ja überlegen.

Gruß
Lee

So viel Licht. Die Sonne war nicht grell, denn es hing immer Dunst in der Luft, aber ihr Licht verteilte sich über den Himmel und sickerte überall hinein; es bleichte die Schatten unter den Weiden, mischte Weiß in das Grün der Wiese.

So leer. Sie drückte die Stirn ans Fenster ihres Arbeitszimmers und drehte den Kopf weit nach links, weit nach rechts. Im gesamten Gesichtsfeld nur drei Personen. Ein Mann stieg gerade vor dem Naturkundemuseum aufs Rad; unterwegs zum Strand oder nach Haus, um endlich auch für den Sommerurlaub zu packen. An dem Teich in der Mitte der Wiese fütterte ein kleines Mädchen mit Mami die Enten.

Mami mit Kind. Fünf Jahre alt.

Nein. Fang nicht wieder an.

Sie ging zum Schreibtisch zurück und setzte sich vor den Rechner. Der Bildschirm war dunkel, sie bewegte die Maus. Eine Website: *Offene Fragen der Ergodentheorie*. Dahinter schaute ein anderes Fenster hervor, NetLogo, das Simulationsprogramm für Anfänger, mit dem sie zu viele Stunden verbrachte. Seit zehn Tagen schon kam sie mit der Arbeit nicht weiter, seit zehn Tagen steckte sie in diesem weißgrauen Zustand; seit zehn Tagen, seit der Mail von Lee.

Nein.

Sie klickte das NetLogo-Fenster an. Dort liefen immer noch die Turtles umher, kleine bunte Pfeilspitzen ohne Schäfte; sie bewegten sich zappelnd und simulierten – was noch einmal? Schwarmverhalten, ja, richtig, benachbarte

Turtles zogen sich an und einigten sich auf eine Zugrichtung. Derzeit wanderten die meisten in einem Haufen über den Bildschirm, aber sie hatte die Parameter so eingestellt, dass einige immer wieder quer hindurchschossen, und manchmal brachten sie den gesamten Schwarm durcheinander; dann herrschte erneut chaotisches Gewimmel. Man konnte ihnen minutenlang zusehen und sich einbilden, dass man etwas lernte; während die Gedanken immer weiter verschwammen, als würden die Turtles sie mit sich wegtragen.

Es lag am Licht. Diesem gleichmäßigen Licht. Es füllte das Zimmer, obwohl die Fenster nach Norden gingen. Es füllte jeden Raum, jeden Winkel, es bleichte die Nächte und dünnte den Schlaf aus; es filterte, was von der Außenwelt zu ihr drang. Als schwebte sie in der Mitte eines Ballons, der mit diesem Licht gefüllt war, so dass alles, was draußen lag, schemenhaft wurde, zweidimensionale Formen auf der Außenhülle des Ballons.

»Lunch?«

Maria. Sie stand in der Tür, leicht außer Atem, die Bluse zerknittert: alles wie immer. Wach und direkt. Maria, die nichts Dumpfes oder Verschwommenes duldete, deren Stimme jeden Ballon durchdrang. Maria, deren Absatzklackern den Rhythmus des AIMSEP bestimmte, Klackklack den Gang hinunter, kurze Stille, Klackklack wieder zurück; ständig und überall, stets in Eile, der Taktgeber des Instituts.

»Okay.« Sie schaltete den Computer in den Ruhezustand.

»Timo's coming too.« Marias britisches Englisch war voller Kanten. »Where's Rukman?«

Dass sie Englisch miteinander sprachen, fühlte sich fremd an, ihre Sprache war immer Deutsch gewesen; obwohl Maria mit dem Deutschen kämpfte wie mit einem störrischen Reittier, trotz deutschstämmigem Vater, trotz Studium in Gießen. Auf Deutsch hatten sie sich kennengelernt. Auf Deutsch hatte Maria ihre Geschichten erzählt, wenn sie in Marsberg zu Besuch war, Geschichten von ihrer Arbeit in Afrika, voller Staub und fremder Gerüche, weite, freie Geschichten.

»Photocopying«, sagte sie, und Maria verdrehte die Augen: Rukman musste in vier Wochen nach Sri Lanka zurückkehren und wollte offenbar die gesamte Bibliothek des AIMSEP kopiert und säuberlich geheftet exportieren.

Sie nahm ihr Portemonnaie aus dem Fahrradkorb, die Schlüssel vom Schreibtisch, und folgte Maria hinaus. Timo wartete auf dem Gang, er lächelte ihr zu und warf den Kopf zur Seite: »Hej.« Katta beschnupperte ihre Hand und wedelte gemessen mit dem Schwanz.

»Hej, Timo.« Sie beugte sich über Katta und zauste ihr das kurze Fell.

»Wir wollen zum Italiener«, sagte Timo auf Dänisch.

»Okay.«

Sie schloss ab; dabei spürte sie Marias Blick, und als sie sich umdrehte, fragte Maria leise auf Deutsch: »Kopfschmerzen?«

Sie hob nur die Schultern, sie wollte nicht darüber reden. Reden half nicht. Sich zu bewegen war besser, laufen, tanzen, jemanden lieben: dass man die Dinge wieder spürte, dass man sich einreden konnte, man sei wie Timo; Timo, der nichts vom Ausdünnen der Welt wusste, der immer er selbst war, Datenbankexperte und Freund.

Sie ging zum Treppenhaus, stieß die Glastür auf, lief die Treppe hinunter und hinaus in den Sommer. Es war Ferienzeit, die Fahrwege und Fahrradständer leer, der Campus still wie ein schallgedämpfter Raum. Die anderen folgten ihr ins Freie. Sie bogen nach rechts ab, den Hügel hinunter. Dhanavati hob einen Stock vom Rasen auf und hielt ihn Katta hin. Die Hündin schnupperte flüchtig und wandte sich ab.

»Sie ist heute schon genug gelaufen«, sagte Timo. »Wir waren am Strand, vor der Arbeit.«

»Wieso hast du mich nicht angerufen?«

Er sah sie kurz an. Du hättest doch keine Lust gehabt, sagte der Blick. Drei Mal hatte sie abgelehnt, ihn zu begleiten; sie war zu müde gewesen, zu träge, weil sie nachts nur wenig schlief.

»Morgen komme ich mit«, sagte sie.

Er sah sie wieder an und schwieg. Er hatte sich so weit entfernt; sie spürte nicht mehr, was in ihm vorging. Katta trottete neben ihm her. Dhanavati warf den Stock weg; Katta drehte nicht einmal den Kopf.

»Halb sieben?«

Timo klopfte Katta den Hals. »Halb sieben an der Eisenbahnbrücke.« Er lächelte ihr zu.

Sie fragte ihn nach der Radtour, die er Ende Juni unternommen hatte: nordwärts bis nach Skagen, mit Zelt und Katta. Er erzählte auf Dänisch von Wanderdünen und einer fast zugewehten Kirche. Sie erzählte ihm von einem Diskussionsforum zu einer Krimiserie im Fernsehen, in der es um die Suche nach Vermissten ging. Seit Tagen strich sie so um das Thema herum; seit Timo von der Fahrradreise zurück war. Sie wusste nicht, ob sie Lee erwähnen sollte. Timo würde skeptisch sein, vernünftige Fragen stellen; wollte sie das? Maria klackerte vor ihnen die Straße hinunter. An der Einmündung in die Hauptverkehrsstraße holten sie auf.

»Ich habe eine Website zur Ergodentheorie entdeckt«, sagte sie auf Englisch. »Von einer tschechischen Uni. *Offene Fragen.* Da steht genau das Problem auf der Liste, für das ich auch gern eine Lösung hätte. Zusammen mit einem halben Dutzend anderer Fragen.«

»Pech«, sagte Timo.

»Richtig.«

»Wenn du natürlich ein Genie wärst …«

»Ach, halt den Mund.«

Maria drehte sich zu ihnen um. »Was wäre, wenn sie ein Genie wäre?«

»Dann hätte ich längst eine fertige Abhandlung zu dem Thema in der Schublade, die ich mit neunzehn oder so geschrieben und nur noch nicht veröffentlicht habe. Timo hat den Wikipedia-Eintrag über Gauß gelesen, seitdem findet er, dass ich keine richtige Mathematikerin bin.«

»*Ich* hätte das der Chefin nicht verraten«, sagte Timo.

Maria blickte nach rechts und links, setzte einen Fuß auf die Fahrbahn und sprach über die Schulter. »Es würde reichen, wenn du unser Problem löst, Dhani.«

Sie stürmte über die Straße.

Timo und Katta folgten.

Dhanavati blickte ihnen nach. Was war das eben für ein Tonfall gewesen? Ärger in Timos Sticheleien, in Marias Antwort Ungeduld? Oder bildete sie sich das ein? Wenn die Dinge ihre Konturen verloren, begann man Schatten zu interpretieren. Als nächstes kämpfte man dann mit den Schatten, versuchte ihnen Form und Substanz aufzuzwingen. Das kannte sie doch. Das würde nicht noch einmal passieren.

Ein Radfahrer fuhr vorbei. Lautlos. Danach ein Auto; dann sprangen an der Kreuzung die Ampeln um, und ein ganzer Pulk rauschte heran; die Luft füllte sich mit Lärm. Auf der anderen Straßenseite gingen Maria und Timo, einträchtig, durch weißes Rauschen von ihr getrennt.

Der Autostrom riss ab. Sie überquerte die Straße und folgte den beiden, in die Seitenstraße, ins Restaurant. Sie saßen schon an einem der hinteren Tische, der Kellner stand neben ihnen, Maria bemerkte sie und winkte. »Salat?«

Sie nickte.

»Und einen Salat.« Maria deutete auf den Eintrag in der Speisekarte. »Und Mineralwasser. Vand. Stor.« Sie zeigte mit der Hand, wie groß die Flasche sein sollte. Maria sprach etwa zehn Wörter Dänisch, obwohl sie seit neun Jahren in Århus lebte, sie hatte nie eingesehen, wieso man diese Sprache brauchte, wenn doch alle Dänen Englisch beherrschten.

Der Kellner ging. Sie setzte sich Maria gegenüber. Maria lächelte. Freundlich. Oder? Hatte sie so nicht auch gelächelt, wenn sie Onkel Robert und Tante Doris ihre Mitbringsel überreicht hatte? Ein bunt bedrucktes Baumwolltuch, eine Halskette aus dicken Steinperlen – Dinge, die man in Marsberg nicht tragen konnte, ohne angestarrt zu werden; was Maria genau gewusst hatte, denn sie *hatte* solche Dinge getragen. Bunte Hemden. Tücher im Haar.

»Ich arbeite durchaus an eurer Fragestellung.«

Maria hob die Augenbrauen. »Ehrlich gesagt, habe ich

Zweifel, ob du überhaupt weißt, wie unsere Frage lautet, liebe Dhani. Dieser Aufsatz, den du mir im Herbst gezeigt hast …«

»Der war für eine mathematische Zeitschrift.« Warum fing Maria damit an? Das hatten sie doch längst geklärt, vor eineinhalb Jahren, als sie die Stelle am AIMSEP angenommen hatte. Meine Herangehensweise ist abstrakt, Maria, hatte sie damals gesagt; und Maria hatte geantwortet: Macht nichts, solange sich das Ergebnis aufs Lassa-Fieber anwenden lässt, habe ich damit kein Problem. »Ich habe dir auch ein Epidemiemodell gezeigt. Im Januar.«

»Stimmt. Ich glaube, damit ließ sich vorhersagen, wie sich eine völlig fiktive Krankheit in einem geschlossenen Raum mit tausend Leuten ausbreiten würde.«

»Das ist ein Prototyp! Ich benutze ihn, um neue Ansätze auszutesten. Er ist überhaupt nicht dazu gedacht, auf reale Epidemien angewendet zu werden.«

Der Kellner brachte das Mineralwasser und verteilte Gläser und Besteck. Maria schenkte ein.

»Ich sage ja gar nicht, dass ich unzufrieden bin, Dhani. Im Gegenteil, dein Ansatz gefällt mir. Die meisten Epidemiemodelle generieren nur statistische Daten – wie viel Prozent der Bevölkerung sind nach wie vielen Tagen krank, wie lange wird es durchschnittlich dauern, bis Europa ausgestorben ist …«

»Genau. Weil sie von der Molekularfeldtheorie her kommen. Ich gehe von Verallgemeinerungen der zellulären Automaten aus.«

»Und damit sind wir beim Problem.« Maria hob ihr Wasserglas und trank ihr zu. »Wir sollten mehr darüber reden, wohin du willst, nicht woher du kommst. Hier.«

Sie kramte in der Handtasche, die sie über die Stuhllehne gehängt hatte, und legte ein Faltblatt auf den Tisch. »Hier. Schau mal her.«

Dhanavati zog das Blatt zu sich heran. Hochglanzpapier, cremefarben. Eselsohrig wie jedes Blatt Papier, das Maria schon einmal in den Fingern hatte. *Modern Epidemics – Strategies for a New Century. EuroShield Consortium 2005 Annual Conference, August 21–24, Seehotel Sennewitz near Berlin, Germany.*

»Das ist das Konsortium, das uns finanziert, Dhani. Deine Stelle inbegriffen. Ich möchte, dass du dieses Jahr zu der Tagung mitkommst.«

EuroShield. Natürlich wusste sie, wer das war: Marias Geldesel. Ein Konsortium von fünfzehn Instituten aus sechs europäischen Ländern, die an einem gemeinsamen Projekt arbeiteten: ein Frühwarn- und Reaktionssystem aufzubauen, das Europa vor Epidemien schützte. Das Konsortium erhielt Geld von der EU und verteilte es an die Institute – und zwar offenbar nach Belieben, denn Marias Projekte drehten sich eher um Afrika als um Europa, um den Kampf gegen Tuberkulose in Ghana und das Sammeln von Daten über Lassa-Fieber und ähnlich obskure Krankheiten.

Sie schlug das Faltblatt auf. Begrüßungsempfang mit Buffet. Sitzung des Vorstands. Rechenschaftsbericht. Vorträge und Präsentationen. *Global Outbreak Alert. Vaccine Design. Proteomics. Host Genetics Database.*

»Da kann ich doch überhaupt nicht mitreden.«

Maria verschränkte die Hände auf dem Tisch und beugte sich vor. »Das ist unwichtig. Du sollst nur sehen, wie deine Arbeit ins Gesamtkonzept passt. Was das überhaupt für ein Konzept ist.« Der Kellner brachte das Essen; Maria lehnte sich zurück und gab den Platz für einen Teller mit Pasta frei. »Ich habe neulich mit ein paar Leuten von EuroShield über deinen … Prototyp gesprochen. Sie waren sehr interessiert.«

Timo wandte sich ab, mit einem Ruck, als hätte ihn etwas verärgert. Sie sah ihn an. Er winkte dem Kellner.

»Ich konnte ihnen natürlich kein einziges konkretes Detail nennen. Also schlage ich vor, du kommst mit und erklärst es ihnen selbst. Und vorher überlegst du dir, wie du es anstellst, dass man dich auch ohne Mathematikstudium versteht.«

Der Kellner kam. Timo bat um einen Napf mit Wasser für Katta. Dann griff er nach Messer und Gabel und zersäbelte seine vegetarische Pizza.

»Timo kommt auch mit. Er trifft sich da mit den Leuten, die unsere Datenbanken nutzen werden. Deshalb hat EuroShield uns nämlich all die neuen Server finanziert. Damit wir unsere Tuberkulose-Daten den übrigen EuroShield-Instituten zugänglich machen.«

»Und die Lassa-Fieber-Daten«, sagte Timo plötzlich. »Vergiss die nicht.« Er wandte sich an Dhanavati. »Das sind die Daten, mit denen du arbeiten solltest. Wenn du irgendwann mit deinem Programm weit genug bist. Lassa, Dengue, Ebola, Krim-Kongo – ein halbes Dutzend Viren, von denen noch nie jemand gehört hat …«

»Das weiß sie«, unterbrach Maria.

»Hast du die Unterlagen mal gesehen, Dhani? Hingekritzelte Laborprotokolle, zwei Schränke voll, völlig chaotisch. Wir haben drei Jahre gebraucht, um eine Datenbank daraus zu machen. Die legt sie nun einfach diesen Leuten zu Füßen – wir werden überhaupt nicht kontrollieren können, was sie damit anfangen.«

»Warten wir ab«, sagte Maria. In dem Tonfall, dem sich keiner ihrer Mitarbeiter je widersetzte.

Dhanavati sah von Timo zu Maria. Maria lächelte ihr zu, mit einer Spur Zorn im Blick. »Er ist sauer, weil er denkt, dass wir seine Arbeit wegschenken.«

»Nicht weg*schenken*«, sagte Timo, »davon ist nicht die Rede.«

»Warten wir ab!«

Timo schwieg. In die Stille hinein gab Katta einen langgezogenen Ton von sich, halb Knurren, halb Winseln. Maria beugte sich zur ihr hinunter und klopfte ihr den Hals. »Ich tu ihm schon nichts, Mädchen.« Katta leckte ihr die Hand.

Dhanavati nahm das Faltblatt erneut in die Hand. So hatte sie Timo noch nie erlebt. Verbissen. Nichts von der Gelassenheit, dem *Darüber müssen wir doch nicht streiten*, das so wesentlich zu ihm gehörte wie das Fahrradfahren oder die Politik. Sie überflog noch einmal die Liste der Vorträge. *AIDS – AIDS – Influenza – SARS*. Nirgendwo ein Wort von Lassa-Fieber. Kein Hinweis darauf, worum es Timo ging. Schließlich fand sie Marias Vortrag: *Multiple Resistances – Monitoring Tuberculosis in Africa and Europe*. Alles vertraut, alles wie immer.

»I won't understand a word of what you're talking about«, sagte sie.

Maria griff nach ihrer Gabel. »It will be good for your soul, child.«

Date: Sun, 24 Jul 2005 23:55:04 +0200
From: searchdhan@gmx.de
To: lee@personensuche-schmitz.de
Subject: Re: Letztes Jahr, Forum »vermisst«

Interessantes Angebot, Lee. Wieso nennst du dich Researcher und nicht Privatdetektiv?
Was mir auf deiner Website fehlt, sind Referenzen. Kannst du mir da ein paar nennen?

Dhan

Date: Mon, 25 Jul 2005 07:19:55 +0200
From: lee@personensuche-schmitz.de
To: searchdhan@gmx.de
Subject: Re: Letztes Jahr, Forum »vermisst«

Hallo Dhan,
wie stellst du dir das mit den Referenzen denn vor? Ich kann doch nicht die Geheimnisse meiner Kundschaft ausplaudern! Stell dir nur mal vor, dein Name würde eines Tages auf meiner Website auftauchen …

Aber ich verstehe natürlich, dass du nicht die Katze im Sack kaufen willst, wie man so schön sagt. Darum schlage ich Folgendes vor: Du überweist mir 100 Euro, und dafür arbeite ich zwei Stunden für dich. Auf Probe sozusagen. Wenn die zwei Stunden aufgebraucht sind, schreibe ich dir, was ich herausgefunden habe und wo man meiner Ansicht nach weitermachen könnte. Danach entscheidest du dich, ob du mich engagieren willst.

Wie wäre es damit?

Gruß
Lee

Date: Thu, 28 Jul 2005 21:16:35 +0200
From: searchdhan@gmx.de
To: lee@personensuche-schmitz.de
Subject: Re: Letztes Jahr, Forum »vermisst«

Und wie waere es hiermit: Du schreibst mir eine Mail an die Adresse, die ich beruflich benutze. Ausserdem findest du meine Postanschrift heraus. Dann denke ich ueber deinen Vorschlag nach.

Dhan

Date: Mon, 1 Aug 2005 04:17:53 +0200
From: lee@personensuche-schmitz.de
To: dreinerts@aimsep.dk
Subject: Re: Letztes Jahr, Forum »vermisst«

Also:
Du heißt Dhanavati Reinerts.
Du arbeitest am Århuser Institut für Medizinische Statistik und Epidemiologie. (Muss ich die Adresse wirklich abtippen?)
Du bist promovierte Mathematikerin, Spezialgebiet Analyse komplexer Systeme.
Leiterin des Instituts ist Professor Dr. med. Maria Kingsley.
Überzeugt dich das jetzt?

Gruß
Lee

Hi – ich konnte der Versuchung nicht widerstehen, dir gleich noch eine Ansichtskarte zu schicken, damit du siehst, dass ich deine Privatadresse auch rausgekriegt habe (war nicht schwer). Ich dachte übrigens die ganze Zeit, du bist ein Mann. Weiß auch nicht, warum. Sollen wir uns vielleicht mal treffen, um alles Weitere zu bereden? Ich wohne in der Nähe von Oldenburg, es wäre gar nicht so weit.

Lee

Date: Sun, 7 Aug 2005 22:13:38 +0200
From: searchdhan@gmx.de
To: lee@personensuche-schmitz.de
Subject: Test

Na gut. Dann wollen wir es mal versuchen.

Es geht um Folgendes: Meine Mutter – Gisela Reinerts, geboren 1955 in Marsberg, Westfalen – ist am 3. November 1982 in Visby (Gotland, Schweden) ums Leben gekommen. Nach Auskunft der Behoerden durch einen Unfall. Ich moechte wissen, wie das passiert ist. Wer damals bei ihr war. Ueberhaupt alles, was sich ueber die Umstaende herausfinden laesst.

Die 100 Euro habe ich auf dein Konto ueberwiesen. Bis in zwei Stunden.

Dhan

Date: Sun, 7 Aug 2005 23:14:08 +0200
From: lee@personensuche-schmitz.de
To: searchdhan@gmx.de
Subject: Re: Test

> Bis in zwei Stunden.
Sehr witzig.

Vergiss nicht, wie lange das alles zurückliegt. Da dauert es immer etwas, bis ich auf meine Fragen Antwort bekomme. Vor allem wenn die einschlägigen Dokumente nicht online verfügbar sind, und das sind sie in deinem Fall garantiert nicht. Mit zwei bis drei Wochen musst du schon rechnen. Also bitte etwas Geduld, meine liebe Dhan.

Wie wäre es mit einem Treffen in drei Wochen?

Gruß
Lee

Date: Mon, 8 Aug 2005 20:26:41 +0200
From: searchdhan@gmx.de
To: lee@personensuche-schmitz.de
Subject: Re: Test

Schon gut, lass dir Zeit. Es hat keine Eile. Ich dachte nur, du willst mit der Sache Geld verdienen ...

Ein Treffen finde ich ueberfluessig. Das laesst sich alles per Mail klaeren. Ausserdem bin ich in drei Wochen auf einer Tagung. Melde dich einfach, wenn du etwas herausfindest.

Dhan

Sonntagmorgen.

Timo ohne Katta, aber mit Notebook.

Maria mit drei schweren Taschen Gepäck.

Timo schweigsam und unzugänglich, meist in sein Buch vertieft, ein politisches Buch, über das er trotzdem nicht sprach. Maria nervös, kurz angebunden. Kein privates Wort auf Deutsch zur Begrüßung, nur Fragen nach Bordkarten und Umsteigezeiten.

Als hätte jemand über Nacht alle Parameter und Regeln verändert, mit denen das System AIMSEP bisher operiert hatte.

Sie kaufte noch am Århuser Flughafen einen Thriller und füllte die Warte- und Flugzeiten mit Lesen. Bei der Ankunft in Berlin mussten sie lange auf das Gepäck warten. Maria sah ständig auf die Uhr. Endlich setzte sich das Förderband in Bewegung, Timos Tasche erschien, Marias, ihre zuletzt. Maria hängte sich zwei Taschen über die Schultern, nahm die dritte in die Hand und stürmte in die Halle hinaus.

Vorbei an dem Mann, der ein Schild *Seehotel Sennewitz* hochhielt.

»He«, rief sie hinter Maria und Timo her, aber die beiden kämpften sich schon zwischen den wartenden Menschen vor dem nächsten Abflugschalter hindurch, plötzlich ganz einträchtig. Zum Eingangsbereich, durch die Drehtür ins Freie und zu einer Bushaltestelle. Ein Bus stand abfahrbereit, Menschen wuchteten ihre Koffer hinein. Timo zeigte zu den Taxen, aber Maria schüttelte den Kopf und zwängte sich samt Taschen durch die Bustür.

Der Fahrer wollte Fahrscheine sehen und akzeptierte keine Kreditkarte.

Timo hatte nur einen Fünfzig-Euro-Schein im Portemonnaie.

Sie kramte ihr Kleingeld aus der Hosentasche und bezahlte. Sie war seit eineinhalb Jahren nicht mehr in Deutschland gewesen, die Euro-Münzen fühlten sich fremd an. Als würde man nicht in das Land zurückkehren, in dem man Schulzeit und Studium verbracht hatte, sondern in eine überarbeitete Version. Berlin war ihr ohnehin unbekannt, sie war nur einmal von Hamburg aus für zwei Tage hergekommen und gleich am ersten Abend krank geworden, Darmgrippe. Sie setzte sich hinter Maria und Timo ans Fenster.

Schnellstraßen, Gewerbegebiete. Ein breiter trister Boulevard. Ein riesiger Kreisverkehr mit einem Springbrunnen; Maria zeigte geradeaus: »Siegessäule«, dann bog der Bus schon wieder ab; eine Eisenbahnbrücke; ein Platz voller Busse und Taxen.

Sie stiegen aus. Maria sah auf die Uhr und marschierte geradewegs auf ein dunkles, hässliches Gebäude zu: den Bahnhof. Durch Glastüren und eine überfüllte Halle, eine Treppe und dann eine Rolltreppe hinauf. Ein Bahnsteig, auf dem sich Menschen drängten; plötzlich stand ein junger Mann vor ihnen, dunkelhäutig und müde; er umarmte Maria. Sie unterhielten sich auf Englisch; ein Zug fuhr ein und ertränkte ihre Stimmen in Lärm; Menschen schoben sich auf die Waggontüren zu; ein Gespräch, von dem Dhanavati nichts verstand; dann drückte der Mann ihnen allen die Hand. »Thank you, thank you, my friends.« Er stieg in den Zug, die Türen klappten zu, Maria steuerte die Rolltreppe an; und erst auf der Fahrt nach unten bemerkte Dhanavati, dass Maria nur noch zwei Taschen trug.

»Sie kennt ihn aus Ghana«, sagte Timo auf Dänisch, während sie zu zweit das Gepäck bewachten, Fixpunkte im Gewoge von Menschen und Koffern; Maria war zur Toilette gegangen. »Er hat an dem Krankenhaus gelernt, an dem sie damals gearbeitet hat. Jetzt arbeitet er selbst da.«

Wenigstens manche Dinge waren also wie früher. »Was hat sie ihm mitgegeben?«

Er hob die Schultern. »Er wird ihr wohl eine Liste geschickt haben.«

»Am Flughafen war jemand, der uns abholen wollte. Habt ihr das nicht gesehen?«

Er hob wieder die Schultern.

»Und wie kommen wir jetzt zu diesem Hotel?«

Er lächelte und deutete mit dem Kinn an ihr vorbei. »Das kriegt sie schon geregelt.«

Sie drehte sich um. Maria kam durch die Menge auf sie zu. Sehr zufrieden. »I didn't think we'd make it in time«, sagte sie zu Timo; dann zu beiden: »Anybody else want a coffee?« Sie griff nach ihren zwei Taschen und marschierte zur Espressobar hinüber.

Der Kleinbus des Tagungshotels fuhr ein weiteres Mal von Sennewitz bis in die Innenstadt von Berlin und holte sie am Bahnhof ab. Um Viertel vor sechs – fünfzehn Minuten vor dem offiziellen Tagungsbeginn – stürmte Maria in die Hotelhalle, gefolgt von Timo, gefolgt von ihr, und steuerte auf die Rezeption zu.

Neben der Rezeption öffnete sich die Tür eines Fahrstuhls. Ein Mann trat heraus. Weißhaarig, schmal. Elegant im schwarzen Abendanzug. Er bemerkte Maria, blieb stehen und hob die Hand, als wollte er grüßen.

Maria hielt so plötzlich inne, dass Timo fast in sie hineinrannte. Sie warf den Kopf zurück, halb grüßend, halb abwehrend. Der Mann blickte an Maria vorbei, erst auf Timo, dann auf sie; einen Moment stand er bewegungslos da, dann wandte er sich ab und ging. An der Tür zum Speisesaal schaute er noch einmal zurück.

»Wer war das?«, fragte sie auf der Fahrt nach oben.

Maria antwortete nicht.

Langwierige Begrüßungsreden, voller Scherze, die sie nicht verstand. Applaus nach jedem dritten Satz. Applaus für die eigenen Leistungen und für die Ziele von EuroShield: neue Diagnosemethoden, neue Medikamente. Frühwarnsysteme. Ein Europa, in das kein gefährlicher Keim mehr eingeschleppt werden konnte, ohne dass Alarmglocken schrillten.

Die meisten Wissenschaftler waren im Anzug erschienen, die Frauen in dunklem Rock, dunklem Blazer. Selbst Timo trug ein Jackett zu schwarzen Jeans. In ihrem grünweißen Sommerkleid fiel sie auf. Am Buffet gab es Sekt und Wein, aber kein Bier. Um das Essen musste man kämpfen. An einem Nachbartisch unterhielten sich drei Männer unüberhörbar darüber, dass es völlig sinnlos war, ständig Geld in die medizinische Versorgung der afrikanischen Länder zu pumpen, da die Regierungen allesamt korrupt waren und die Menschen durch ihren Aberglauben und ihre Unzuverlässigkeit sowieso jede Behandlung sabotierten. Maria aß Fleischbällchen mit Kartoffelsalat und schwieg.

Nach dem Empfang saß Dhanavati mit Timo in der Hotelbar und trank Bier; Timo war schweigsam, und sie hatte keine Lust, ihn jetzt schon zu fragen, was sie auf dieser Tagung verloren hatten. Er schaute immer wieder zur Tür. Beim zweiten Bier kam ein Mann herein und setzte sich zu ihnen: Steffen Wiebecke vom Institut für Angewandte Informatik in Köln. Als Timo sie vorstellte, hob er die Augenbrauen und betrachtete sie von den Haarspitzen bis zu den Zehen; als wäre es unerhört, dass Mathematiker Sommerkleider trugen.

An seinem Institut kam das vermutlich nicht vor.

Die beiden fingen ein Gespräch über Datenbanken an. Es war offensichtlich, dass sie sich zu diesem Zweck hier verabredet hatten; auch, dass es Probleme zu klären gab. Sie hörte eine Weile zu, während sie austrank, dann ging sie wortlos in die Halle hinaus. Durch den Speisesaal gelangte man auf eine Terrasse, an der Rückseite des Hotels gelegen, mit Blick auf den See.

Wissenschaftler saßen in Gruppen zusammen. Sie stieg die breite Treppe hinunter und überquerte die Wiese. Wenn Timo Katta mitgebracht hätte, hätte sie jetzt die Sandalen ausziehen, für Katta Stöcke werfen und mit ihr zum Seeufer rennen können. Bis dorthin war die Tagung nicht vorgedrungen; die Wissenschaftler klebten aneinander wie die Turtles im Schwarm-Modell, nur dass dieser Schwarm nicht umherstreifte, sondern sich an der Terrasse verankert hatte.

Das Seeufer war flach und sandig. Auf dem Wasser spiegelten sich Reste von Tageslicht, umgeben von Baumschatten. An einem Steg waren ein paar Ruderboote vertäut. Sie ging auf den Steg hinaus und beugte sich über das Geländer an seinem Ende. Das Wasser war schwarz. Sie drehte sich um, lehnte sich mit dem Rücken an und schaute zum Hotel.

Überall Lichter. Überall Menschen. Zehn Uhr abends: noch zweiundsechzig Stunden bis zum Ende der Tagung. Die würden sich totschlagen lassen; ärgerlich war, dass sie sie totschlagen *musste*. Als gäbe es sonst nichts zu tun. Und wenn sie sich mit dem Notebook in die Hotelhalle setzte und arbeitete, während die Vorträge liefen, würde das Maria auch nicht gefallen.

Child. It will be good for your soul.

Zwei Menschen hatten sich vom Hauptschwarm auf der Terrasse entfernt. Sie saßen in Gartenstühlen auf der Wiese, am Rand der Halbellipse, die das Lampenlicht um die Terrasse zog.

Maria. Vorgebeugt, Ellbogen auf den Knien, redend. Ihr fast gegenüber, um höchstens fünfzehn Grad seitlich gedreht, der Mann, den sie bei der Ankunft getroffen hatten. Der sie nicht begrüßt hatte. Weil Maria es abgewehrt hatte. Er hörte zu. Den Blick nicht auf Maria gerichtet, sondern an Maria vorbei. Zum See. Zum Steg.

Er hatte sie bemerkt. Er beobachtete sie.

Sie gehörte nicht auf diese Tagung. Die Referate verstand sie nicht, den Menschen hatte sie nichts zu sagen. Maria war keine Hilfe: Bei den Vorträgen saß sie in der vordersten Reihe und stellte in jeder Diskussion Fragen; während der Pausen war sie in Gespräche verwickelt oder unauffindbar.

Timo dagegen kam zu keiner Veranstaltung, sondern hockte mit Steffen aus Köln in der Hotelhalle, jeder mit seinem Notebook, der Deutsche ernst und gepflegt, Timo verschlafen und zerzaust, ein Student neben einem Banker; beide hochkonzentriert. Bis zur Mittagspause. Da standen sie plötzlich vor ihr, als sie den Vortragsraum verließ, wollten gemeinsam mit ihr essen, und kaum saßen sie zu dritt am Tisch, der Kellner hatte noch nicht die Suppe gebracht, fragte Steffen vom Institut für Angewandte Informatik, woran *sie* eigentlich derzeit säße. Auf Deutsch und damit unhöflich an Timo vorbei.

»Ich entwickle mathematische Modelle, die den Verlauf von Epidemien nachbilden«, antwortete sie auf Englisch.

»Das weiß ich, ich kenne Ihren letzten Artikel, wir arbeiten schließlich am selben Thema.« Er sprach jetzt auch Englisch, flüssig, aber mit hartem Akzent, eine Stimme, die Ärger ausdrückte. »Sie haben doch einen Prototyp für die Simulation entwickelt. Wie steht's denn damit?«

Also gehörte er zu den Leuten, die laut Maria so neugierig auf ihren Prototyp waren. Denen sie ihre Arbeit in einer Weise erklären sollte, dass man es ohne Mathematikstudium verstand.

Wiebecke. So hieß er mit Nachnamen. Steffen Wiebecke vom IAI.

Der Kellner servierte die Suppe. Timo entfaltete seine Serviette und begann zu essen. Unbeteiligter Zuhörer. Keine Hilfe.

»Ich gehe von einer verallgemeinerten Form von zellulären Automaten aus.« Sie sah Wiebecke an. Er wartete. »Jede Zelle entspricht einer Person. Es gibt fünf verschiedene Zustände: gesund, infiziert, krank, genesen und tot.

Welchen Zustand eine Zelle im nächsten Rechenschritt annimmt, hängt von den benachbarten ab – jede Zelle hat vier Nachbarn, oben, unten, rechts und links – und natürlich vom eigenen Zustand.« Wiebecke öffnete den Mund; sie sprach weiter, ohne auf seinen Einwurf zu achten. »Das meiste ist fertig, nur das Interface für die Parameter und Anfangsbedingungen fehlt noch. Und die Subroutinen für die Auswertung sind rudimentär. Daran arbeite ich gerade. – Ja, das war's so ungefähr.«

Sie griff nach dem Löffel. Wiebecke sah Timo an. Der hob die Schultern.

»Natürlich ist das Ganze noch ein bisschen komplizierter«, fügte sie ungeduldig hinzu. »Es gibt Variablen, die den Zustand der Zellen direkt beeinflussen, unabhängig von dem der Nachbarzellen. Es gibt zeitverzögerte Reaktionen; es soll die Möglichkeit geben, Gradienten oder Felder über das Gitter zu legen ... Aber da wird's schnell kompliziert, das kann ich jetzt nicht in drei Sätzen erklären.«

Sie fing an zu essen. Die Männer schwiegen. Der Kellner räumte die Suppenschalen ab und servierte das Hauptgericht. Wiebecke zersäbelte die Bratenscheibe, als gäbe es für Kerben im Porzellan einen Bonus. Er wurde fertig, während sie am vierten Bissen kaute, stand auf, ohne sich zu entschuldigen, sagte zu Timo »See you at three o'clock« und ging.

Timo sah sie an.

»Was ist?«, fragte sie.

»Du hast ihm Conways *Spiel des Lebens* erklärt. Für Anfänger.«

»Maria hat gesagt, ich soll mich verständlich ausdrücken.«

»Er ist Informatiker. Ich wäre mir auch verarscht vorgekommen.«

»Dir wäre aber eine bessere Reaktion eingefallen.«

Er fing an zu grinsen, erst widerwillig, dann von Herzen. »Ja, er hat so viel Humor wie eine Strohpuppe. Aber blöd ist er nicht!« Er seufzte. »Nur anstrengend.« Er schob seinen Teller weg. Viel hatte er nicht gegessen: Das vegetarische Hauptgericht bestand aus drei Gemüsebeilagen, mit weißer Soße übergossen.

»Nachher gibt's Kuchen«, sagte sie.

»Und abends Erdnüsse in der Bar. Gestern Abend habe ich nur Petersilie und Tomatenscheiben gegessen. Die hatten sogar in den Bohnensalat Speck reingemischt. Ich habe die Bedienung gefragt, welche Gerichte fleischfrei sind – weißt du, was sie geantwortet hat?«

»Na?«

»›Was dürfen Sie denn nicht essen?‹«

Sie blickte auf seine breiten Schultern und die sonnengebräunten Arme. »Du siehst nun mal schwach und kränklich aus, da kann sie doch nichts für.«

Er warf mit der zusammengeknüllten Stoffserviette nach ihr. Sie schlug sie zur Seite und schob ihren Teller ebenfalls weg. »Wer ist das, mit dem dein Freund jetzt da drüben am Tisch sitzt?«

Steffen Wiebecke war zu einem Tisch nah bei der Terrassentür gegangen und unterhielt sich dort mit dem Mann, mit dem Maria am Abend im Park geredet hatte. Der sie so verstohlen begrüßt hatte.

»Das ist sein Chef. Ulrich Frohnert. Direktor des IAI.«

»Sind das die Leute, die Marias Datensammlung benutzen wollen?«

Timo schien einen Moment zu zögern. »Die übers Lassa-Fieber. Genau.«

»Seit wann arbeitet das IAI überhaupt an Epidemiemodellen? Ich dachte immer, die berechnen eher Luftströmungen an Tragflächen und so.«

»Und so. Genau.«

Diesmal schwieg er sehr lange. Dabei sah er sie an, als müsste sie sich vor die Stirn schlagen und rufen: Jetzt begreife ich alles. Aber sie begriff gar nichts. Außer dass jedes Institut gern neue Projekte erfinden würde, wenn es dadurch an das EuroShield-Geld herankam. Denn das war das Einzige, was sie hier gelernt hatte: dass EuroShield viel zu verteilen hatte.

»Die interessieren sich schon seit einer ganzen Weile für Seuchen«, fuhr Timo endlich fort. »Sie arbeiten an den gleichen Fragen wie du. Nur dass sie echte Simulationsprogramme entwickeln. Virtuelle Katastrophenübungen. Und so. Beinhart praxisorientiert. Nicht so abgehobenes Zeug.«

Sie lachte. »Mein abgehobenes Zeug scheint den guten Steffen durchaus zu interessieren. Sonst hätte er kaum derart sauer reagiert.«

Timo sah sie an. Wie eine Fremde. Als hätte er ihr erzählt, dass Katta morgen eingeschläfert würde, und sie hätte einen Witz gemacht. »Die nehmen sich immer, was sie brauchen. Darin sind sie sehr, sehr gut.« Bevor sie nachfragen konnte, warf er einen Blick auf die Uhr und stand auf. »Ich muss los. Wir sehen uns bei Marias Vortrag.« Er machte einen halben Schritt an ihr vorbei, blieb stehen und legte ihr eine Hand auf die Schulter. »Du hast keine Ahnung, was Lassa-Fieber ist, richtig?«

»Nein!«

»Dann mach dich mal schlau, Dhani. Sonst begreifst du nämlich gar nichts.«

In Marias Vortrag ging es um Tuberkulose. Und um Afrika, ausschließlich. Programme zur Bekämpfung der Krankheit. Diagnoseverfahren, ihre Vor- und Nachteile. Die Schwierigkeit, Daten zu erheben, mit denen sich arbeiten ließ.

I won't understand a word of what you're talking about. Nicht dass sie den Vortrag nicht verstand – nach eineinhalb Jahren am AIMSEP hatte sie genug über Tuberkulose gelernt, um folgen zu können, und als unabhängige Einheit betrachtet war der Vortrag in sich schlüssig. Widersprüchlich wurden die Dinge, wenn man ihn als Teil des Gesamtsystems sah.

Was hatte ein Vortrag wie dieser auf einer Tagung verloren, deren Veranstalter sich EuroShield nannten? Oder präziser: Warum hatten die Organisatoren ihn auf die Tagesordnung gesetzt? Denn weshalb Maria ihn hielt, war klar: Ihrer Ansicht nach hatten die reichen Länder der Welt sich nicht nur um ihre eigene geschützte Enklave zu kümmern, sondern auch um die Länder, deren Reichtümer sie sich jahrzehnte- oder jahrhundertelang angeeignet hatten.

Weshalb ließen sie Maria hier darüber reden? Gleich nach einem Vortrag, in dem es um ein Frühwarnsystem ging, das weltweit das Internet nach Meldungen über ungeklärte Krankheiten absuchen sollte, so dass man bei Bedarf ausreichend Zeit hatte, Flughäfen und Grenzen zu schließen? Die europäischen Grenzen, damit kein unerwünschter Keim aus der großen weiten verseuchten Welt ins wohlbehütete Innere gelangte. Weshalb fragte in der anschließenden Diskussion niemand nach dem Europa-Bezug von Marias Arbeit? Stattdessen herrschte Schweigen, bis Marias Bekannter – Steffen Wiebeckes Chef, Ulrich Frohnert vom IAI – aufstand und fragte, wann ihre Datenbanken zugriffsbereit sein würden. Gleich darauf war alles vorbei, im Vortragsraum stieg der nächste Redner aufs Podium, und Maria, Frohnert und fünf andere Männer diffundierten in die Sonne hinaus. Ein, zwei Minuten lang drifteten sie unschlüssig auf dem Rasen umher, dann setzten sie sich auf die Terrasse. Sieben Turtles, die sich vom übrigen Schwarm gelöst hatten, untereinander jedoch zusammenklebten. Und sie, Dhanavati, die ziellos mit ihnen hinaustrieb; Turtle Nummer acht.

Maria bestellte Wasser mit einem Schuss Weißwein darin. Man lächelte. Jemand machte eine Bemerkung über das Wetter. Jemand fragte Maria, wie lange sie in Afrika gearbeitet hatte und wo; und plötzlich steckten sie mitten in einer von Marias Geschichten über ihr Praktikum in Botsuana und die vielen Jahre in Ghana. Denselben Geschichten, die sie damals in Marsberg erzählt hatte: ohne sich darum zu scheren, dass Onkel Robert mit dem Fuß wippte und Tante Doris ihr starres Lächeln aufgesetzt hatte und zum Kaffeetisch schielte, wo die Sahne in sich zusammenfiel. Denselben Geschichten; nur dass sie jetzt wie die Anekdoten klangen, die andere Professoren von ihrer Zeit als Versicherungsmathematiker erzählten. Und als einer der jüngeren Wissenschaftler sagte, Tuberkulose in Afrika sei doch aber ein ganz anderes Thema als Tuberkulose in Europa, erklärte Maria ihm in ihrem präzisen

Englisch, dass es völlig aussichtslos sei, die Ausbreitung von Epidemien in Europa vorhersagen zu wollen, wenn man keine zuverlässigen Zahlen über die Länder der Dritten Welt habe. Man lebe ja nicht auf einer Insel. Maria sah den Chef des IAI an, nahm ihr Glas und trank ihm zu; und Frohnert lächelte, vielleicht ein wenig ironisch.

Keine Turtles. Das Modell war zu simpel. Sie klebten nicht einfach aneinander, weil der Zufall sie zusammengebracht hatte; es gab komplexe Interaktionen. Nach Parametern und Regeln, auf die sich niemand offen bezog, die das Verhalten des Systems aber entscheidend bestimmten. So dass es wirkte wie von Geisterhand gesteuert; während es tatsächlich brav seinem Entwicklungsgesetz folgte. Wie ein chaotisches Pendel, das aufgehängt an seinen zwei Fäden unvorhersagbar durch die Luft schießt, scheinbar wie verhext; erst wenn man sich die Dynamik der Bewegungen klarmacht, versteht man, warum es sich so verhält.

Sie hatte recherchiert, wie Timo ihr empfohlen hatte. Während er mit seinem Steffen in der Halle zusammenhockte und im Vortragsraum das erste Referat des Nachmittags gehalten wurde, war sie auf ihr Zimmer gegangen, hatte sich mit dem Notebook beim Hotelnetz angemeldet und einschlägige Webseiten besucht: Wikipedia, World Health Organization, die Centers for Disease Control and Prevention der USA. Lassa-Fieber war eine Tropenkrankheit, die von einem Virus verursacht und von Mäusen übertragen wurde. Für die Tiere war das Virus offenbar harmlos; beim Menschen löste es schweres Fieber, Blutungen, Durchfall und eine Menge anderer Symptome aus.

Eine Krankheit, über die man wenig wusste und für die sich anscheinend kaum jemand interessierte. Es gab keinen Impfstoff und keine leicht handhabbaren Diagnosemethoden. Weil das Fieber in Europa nur selten auftrat, hätte Maria vermutlich behauptet. Immerhin registrierte die WHO alle gemeldeten Fälle von Lassa-Fieber in ihren wöchentlichen Bulletins, und auch auf den Seiten der CDC tauchte es auf.

Und zwar als ein Virus aus einer ganzen Gruppe, die hämorrhagisches Fieber auslösten. Lassa. Dengue. Krim-Kongo-Virus.

Ebola-Virus.

Marburg-Virus.

Timo hatte sie aufgezählt, als er in Århus beim Italiener mit Maria stritt. Und da Timo sorgsam mit seinen Worten umging, gehörten sie im Kontext seiner Arbeit wohl tatsächlich zusammen. Was bedeutete, dass Marias Sammlung von afrikanischen Laborprotokollen, die Timo in den letzten drei Jahren digitalisiert hatte, nicht nur Daten zum Lassa-Fieber enthielt, sondern auch zu den anderen Viren.

Viren, die auf der Webseite der CDC auf einer Liste besonders gefährlicher Biowaffen standen, zusammen mit Pest, Anthrax und Pocken.

Daten, für die sich das IAI interessierte. Ein Institut, das sonst eher Strömungsverhältnisse an Tragflächen und die Durchschlagskraft von Geschossen berechnete. Und so.

Und Timo, der sonst über alles offen sprach und der jährlich zu Friedensmärschen fuhr, veranstaltete Rätselraten mit ihr, statt ihr die Zusammenhänge zu erklären.

Da saßen sie nun. Maria und Frohnert. Auf der Terrasse in der Sonne: der eine, der die Daten wollte, vermutlich um irgendwelche virtuellen Kriegsübungen zu programmieren, die andere, die sie nicht herausrücken wollte – oder nur zu einem hohen Preis? Zwei Go-Spieler, die ihre Steine setzten, während sie so taten, als hielten sie Vorträge oder erzählten Geschichten aus Afrika. Denn geeinigt hatten sie sich noch nicht, dazu waren sie zu wachsam, dazu lächelten beide zu viel. Marias Vortrag war ein Angriff gewesen, oder eine Herausforderung: Dies ist mein Gebiet, ich werde auch in Zukunft über Afrika forschen, und wenn ihr mir das streitig macht, werde ich euch an anderer Stelle blockieren.

Und Frohnert? Er redete wenig und widersprach Maria nie; man hätte ihn für den Schwächeren halten können; wenn sich die fünf anderen, die echten Turtles, nicht so stark auf ihn bezogen hätten. Als der eine von ihnen Maria seine kritische Frage stellte, suchte er mit einem Blick Frohnerts Beifall; als Maria eine Pointe brachte, fragten ihn die Turtles stumm um Erlaubnis, bevor sie lachten.

Frohnert saß im Vorstand von EuroShield. Auch das wusste sie nur aus dem Internet.

Er sah zu ihr herüber. Sie hatte ihr Päckchen Tabak aus der Hosentasche genommen und drehte sich eben eine Zigarette, da spürte sie seinen Blick. Sie verteilte den Tabak entlang der Mittelfalte des Blättchens, drückte ihn mit den Zeigefingern zusammen, rollte und hob die Zigarette an den Mund, um das Blättchen anzulecken; zugleich sah sie auf. Er hatte sehr helle Augen und ein feingliedriges Gesicht. Überhaupt ein eher zierlicher Mann. Als ihre Blicke sich trafen, bemerkte sie ein leises Erschrecken bei ihm; als kostete es ihn Überwindung, nicht sofort wegzusehen. Dann erwiderte er ihren Blick, bis schließlich sie zuerst wegschaute. Sie legte die fertige Zigarette in die

Tabakpackung zurück, stand auf und ging nach drinnen. Marias Stimme folgte ihr: noch eine Anekdote aus Afrika; und auch Frohnerts Blick folgte ihr, ein kühler Schatten.

In der Hotelhalle saßen Timo und Wiebecke mit einem Dritten zusammen, vermutlich ein weiterer Datenbankbastler. Sie ging wortlos an ihnen vorbei, fuhr zu ihrem Zimmer hinauf und versuchte zu lesen; schaltete ihr Notebook ein und lud die neuen E-Mails aus ihren Postfächern herunter, doch es war nichts Interessantes dabei. Sie schaltete den Rechner wieder aus, zog Laufkleidung an, verließ das Hotel durch eine Seitentür und lief am Ufer des Sees entlang.

Als sie zum Hotel zurückkam, war die Terrasse leer. Im Speisesaal brannte Licht. Dort saßen sie alle vor ihren Tellern, zufrieden oder unglücklich, je nachdem, ob sie sich das Geld für ihre Projekte gesichert hatten; ob die richtigen Leute ihnen zugenickt hatten; ob man ihnen zugehört hatte oder ob sie für die großen Männer unsichtbar blieben.

Unmöglich, sich dazuzusetzen. Als wäre man einverstanden. Als wollte man eine von ihnen sein. Sie hielt nichts von symbolischen Gesten – Handlungen, die nichts in Bewegung setzten –, aber um Symbolik ging es auch gar nicht, sie brauchte Zeit, um nachzudenken, die Fakten zu sichten und nach Strukturen zu suchen, in Ruhe.

Sie betrat den Bootsanleger, stieg auf das Geländer an seinem Ende und setzte sich auf den obersten Holm. Sie hätte gern etwas getrunken; eine Zigarette geraucht; später.

So viele Unbekannte. Marias Motive: Wusste sie irgendetwas darüber? War das, was sie zu wissen geglaubt hatte, nur ein Überbleibsel von Kinderträumen? Die Ärztin, die zehn Jahre lang in Afrika gearbeitet hatte, statt in Europa reich zu werden; deren Vater Nazi-Deutschland verlassen hatte, weil er Pazifist war – nicht Kommunist, nicht Widerstandskämpfer, nein, Pazifist. Die sich auf Bahnhöfen mit jungen Ärzten aus Ghana traf und ihnen Koffer voll medizinischen Materials in die Hand drückte.

Die steckte den Kopf mit Rüstungsforschern zusammen, weil diese Einfluss darauf hatten, wie gut ihr Institut finanziert wurde. Die überließ ihnen Daten über gefährliche Viren, an die sie ohne ihre Hilfe nicht kämen. Daten für virtuelle Katastrophenübungen, hatte Timo gesagt. Daten für Kriegsspiele. Mit Biowaffen.

Und bekam dafür Geld – nicht nur für die Modernisierung ihrer Datenbanken und ein eigenes mathematisches Forschungsprojekt, sondern für Studien über Tuberkulose. Die zu einem großen Teil in einer Klinik in Ghana durchgeführt wurden.

Die Sonne verschwand hinter den Bäumen. Wind kräuselte die Wasseroberfläche, strich über ihren schweißfeuchten Rücken, die nackten Arme, die feinen Härchen stellten sich auf. Zeit hineinzugehen und sich umzuziehen.

Warum hatte Maria ihr nichts von dem Tauschhandel gesagt?

Zwei Möglichkeiten.

Maria glaubte, es würde sie nicht kümmern, es wäre ihr egal, wer ihre Stelle finanzierte, so lange sie nur frei arbeiten konnte.

Oder Maria glaubte, es würde sie so schockieren, dass sie sich weigerte, am AIMSEP zu bleiben.

War sie schockiert? War diese graue Leere das, was andere Leute Erschrecken nannten? Sinnlose Frage: Gefühle ließen sich nicht vergleichen, die Begriffe, die zu dem Zweck benutzt wurden, beschrieben keine inneren Zustände, sondern Handlungsaufforderungen, an die Umwelt oder sich selbst. *Ich habe Angst* hieß *Hör damit auf* oder *Ich muss hier weg,* je nach Lage; *Ich freue mich* hieß *Sorg dafür, dass alles so bleibt.* Dieses innere Gestrudel an Empfindungen ordnen zu wollen, war aussichtslos; besser, man wartete ab, bis daraus Handlungsimpulse entstanden; mit ihnen ließ sich besser umgehen.

Sachlich betrachtet gab es für sie keinen Grund, irgendetwas zu unternehmen. An ihrer Arbeit war nichts bedenklich. Falls Maria ihren Handel mit dem IAI schloss, würden noch andere Leute mit denselben Daten arbeiten wie sie; nun gut. Vermutlich würden diese Leute versuchen, ihre Epidemiemodelle für sich nutzbar zu machen; aber sie würde ihre Ergebnisse ohnehin publizieren, und danach hatte man nie die Kontrolle darüber, wer was für welche Zwecke benutzte. Das gehörte dazu, das musste jeder akzeptieren, der etwas Neues zu schaffen versuchte.

Der Konflikt zwischen Maria und Frohnert brauchte sie nicht zu kümmern. Er betraf sie nicht.

Sie ging auf ihr Zimmer, trank Leitungswasser und rauchte eine Zigarette am geöffneten Fenster, dann duschte sie und zog sich um. Als sie wieder nach unten kam, war das Abendessen vorbei, also kaufte sie in der Hotelbar Salzstangen, Erdnüsse und Bier. Die Bar war voll, aber Timo oder Maria entdeckte sie nicht. Wiebecke saß mit dem Mann zusammen, der sich schon nachmittags in der Halle zu ihm und Timo gesellt hatte. Er bemerkte sie nicht oder tat jedenfalls so. Sie verstaute ihr Abendessen in den weiten Taschen der Kargohose, nahm ihr Bier und wanderte durch die Hotelräume, bis sie in einem dunklen Seminarraum auf ein Grüppchen von Leuten stieß, die sich unter Spott und Hohngelächter einen Katastrophenfilm über den Ausbruch einer gefährlichen Seuche in einem Flugzeug ansahen. Sie setzte sich dazu, aß und trank und stellte das Nachdenken ein.

Als sie spätabends zum Fahrstuhl ging, saß Maria in der leeren Halle und telefonierte. Ihre Stimme trug gut: »They don't give a damn about people who can't pay their prices.« Kurzes Schweigen, ein gemurmelter Gruß, dann klappte sie das Telefon zu und blickte ins Leere.

Sie machte einen halben Schritt auf Maria zu. Maria rührte sich nicht. Sie blieb stehen, der Fahrstuhl kam, sie zog die Tür auf.

»Dhani?«

Sie ließ die Tür zufallen und ging zu Maria hinüber. Müde sah sie aus. Die störrischen Haare zerwühlt, das Geschäftsfrauenkostüm zerknittert. Das Gesicht faltig.

Alt. So alt wie ihr Onkel Robert – auch wenn sie ein völlig anderes Leben führte, manchmal galt die Zahl der Jahre. So alt, wie ihre Mutter jetzt wäre.

Maria klopfte neben sich auf das Sofa. Sie setzte sich, mit Abstand.

»Unterhältst du dich gut?«, fragte Maria auf Deutsch.

Unterhältst du dich. Unterhältst du dich gut, während du zusiehst, wie ich mit Leuten um Geld schachere, die ich eigentlich verachten müsste. Wie ich plaudere und lächle, obwohl ich weiß, dass sie mich ebenfalls verachten, mich für dumm und borniert und politisch überholt halten.

»Es ist – interessant.« Sie suchte nach weiteren Sätzen. »Anders als Mathematikerkongresse.«

Maria lachte auf. »Ja. Mehr wie die Werbeveranstaltung eines Pharmakonzerns, was? Schöne heile Welt des medizinischen Fortschritts …«

Sie versank in Schweigen. Dhanavati schwieg mit. Was hätte sie auch sagen sollen: Wenn es dir so zuwider ist, warum bist du dann hier?

Maria blickte geradeaus durch die Hotelhalle; so konzentriert, dass sie ebenfalls hinsah. Aber da war niemand. »Ich hatte vorhin ein Gespräch mit dem EuroShield-Vorstand. Es ist noch nicht offiziell, aber ich fürchte, sie werden deine Stelle nach dem Herbst nicht weiter finanzieren.«

Und wieder Stille. Eine schwarze Stille diesmal, in der das Atmen schwerfiel wie in einem abgeschlossenen, lichtlosen Raum.

»Sie wollen die Arbeit an den Epidemiemodellen an einem Ort bündeln. Du weißt doch, dass noch eine andere Gruppe daran sitzt?«

Nicht von dir, dachte sie. Nicht von dir. Du hast mir gar nichts erzählt. Du hast mich in dem Glauben gelassen, ich wäre nur hier, um zu lernen. Dabei hast du mich besichtigen lassen. Wie ein Stück … Handelsware.

Sie räusperte sich. »Am IAI, meinst du. In Köln.«

Maria wandte sich ihr zu. »Ja. Am IAI.« Sie lächelte, angestrengt. »Ich habe schon mit dem Direktor über dich gesprochen, Dhani. Frohnert heißt er, Ulrich Frohnert. Er hätte dich sehr gern an seinem Institut. Sie sind dort erstklassig ausgestattet. Du kannst da viel mehr aus deinen Ideen machen als bei uns.«

»Ich weiß. Ich kann da Kriegsspiele programmieren.«

Maria schnaubte. »Wer hat dir das erzählt – Timo? Das ist seine fixe Idee. Es kann schon sein, dass das IAI manchmal Aufträge für die Rüstungsforschung übernimmt, aber wir reden hier von dem EuroShield-Projekt. Das ist zu hundert Prozent zivil. Lies dir die Unterlagen für den EU-Antrag durch, wenn du mir nicht glaubst. Da steht genau drin, welche Ziele EuroShield verfolgt.«

Maria verstummte, aber sah sie weiter an. Sie schien auf etwas zu warten. Worauf? Dass sie sagte: Keine Angst, ich glaube dir ja? Dass sie sie beschimpfte: Du hast mich fallen lassen? Sie wusste es nicht. Sie waren so weit voneinander entfernt. Zwei autonome komplexe Systeme, die nichts verband. Nicht als wären die Taue zwischen ihnen gerissen – als wären sie nie vorhanden gewesen. Als hätte jemand die Welt, die es bisher gab, durch eine andere ersetzt. Eine, in der nichts verlässlich war. In der man sich nirgendwo festhalten konnte.

»Was ist, wenn ich nicht ans IAI will?«

»Dann musst du dir etwas anderes suchen.« Maria seufzte. »Ich bin nicht Gott, Dhani. Mehr als dieses Stellenangebot habe ich nicht herausholen können. Ich hätte dein Projekt gern am AIMSEP behalten, aber in dem Fall hatte Frohnert alle Argumente auf seiner Seite. Es ist nicht effektiv. Nicht in dem Sinne, wie EuroShield sich das vorstellt. Für diese Leute ist das, was du bei uns machst, Luxus. – Und spring mir nicht gleich ins Gesicht, so hat Frohnert es ausgedrückt, nicht ich.« Sie legte ihr die Hand auf den Arm. »Schlaf doch erst mal drüber, Dhani. Frohnert will morgen selbst mit dir reden. Glaub mir, er möchte unbedingt, dass du ans IAI gehst. Hör dir einfach an, was er sagt. Danach kannst du dich immer noch dagegen entscheiden.«

Schlaf drüber. Wie sollte man schlafen, wenn alles auseinandertrieb? Sie hatte sich in Århus so sicher gefühlt. Eine Spinne in einem gut gewobenen Netz. Nur dass die Fäden im Nichts verankert waren, an substanzlosen Schatten.

Sie döste ein und träumte von Räumen voller Menschen, die Unverständliches miteinander sprachen, unter denen sie vergeblich nach jemandem suchte; nach Maria? Ein Traum ohne Farben und Kontraste, ohne Anfang und Ende; sie wachte auf, weil das weiße Licht in den Räumen sie erstickte. Um halb sechs Uhr morgens zog sie sich an und lief zum See, um zu schwimmen. Das Wasser roch nach Algen, es kühlte sie, und es trug. Danach ging es ihr besser, die Welt war wieder vorhanden. Sie absolvierte die Vorträge, ohne mit jemandem zu reden, aß mittags allein, setzte sich nachmittags unter eine Birke ans Seeufer und rauchte. Im Wasser spiegelten sich die Bäume, die Wolken; die Wellen zerlegten die Bilder in Farbtupfer, weiß, grau, braun, weiß, blau, blau. Als sie auf der Terrasse Stimmen hörte, drückte sie ihre Zigarette aus, stand auf und ging langsam zurück.

Und dort saßen sie. Frohnert und Wiebecke. Allein an einem Tisch am Rand der Terrasse, ein Stück vom Hauptschwarm der Turtles entfernt. Sie sahen ihr entgegen. Frohnert stand auf und rückte ihr einen Stuhl zurecht. Sie setzte sich zu ihnen.

Date: Tue, 23 Aug 2005 0:37:04 +0200
From: lee@personensuche-schmitz.de
To: dreinerts@aimsep.dk
Subject: Neuigkeiten

Hallo Dhan,
jetzt habe ich etwas für dich. Aus der Visbyer Lokalzeitung.

An dem Tag, als deine Mutter starb, ist in Visby ein Drogenhändler verhaftet worden. Bei der Verhaftung gab es einen Unfall, eine Frau kam ums Leben.

Das allein ist natürlich recht vage, aber ich habe es mir von den Behörden bestätigen lassen: Der Name des Opfers war Reinerts. Der Mann, der verhaftet wurde, hatte eine Art Sekte gegründet und lebte mit seinen Anhängern auf einem großen Grundstück an der Ostküste von Gotland. Außerdem besaß er noch ein Haus am Stadtrand von Visby, direkt an der Steilküste, und dort ist es passiert. Ein paar seiner Anhänger sollen dabei gewesen sein.

Mehr war in zwei Arbeitsstunden nicht zu erfahren. Fall nicht gleich über mich her, aber kann es sein, dass deine Mutter zu dieser Sekte gehört hat? Dem Zeitungsartikel nach war das ein internationaler Haufen. Der Anführer – dieser Drogendealer – war allerdings Schwede.

Ich sehe jetzt zwei Punkte, an denen man ansetzen könnte. Einmal bei dem Dealer – der Name stand in der Zeitung, Bengt Eglund. Er lässt sich vermutlich ausfindig machen. Zum anderen könnte man versuchen, weitere Sektenmitglieder aufzuspüren. Ich hätte schon eine Idee, wie man zumindest die Namen erfährt.

Aber das kostet alles Zeit. Du wirst dich wohl entscheiden müssen: Willst du es wissen oder nicht?

Gruß
Lee

Date: Tue, 23 Aug 2005 23:13:38 +0200
From: searchdhan@gmx.de
To: lee@personensuche-schmitz.de
Subject: Deine Mail

Ja, Lee. Geh dem weiter nach. Vor allem finde heraus, wo dieser Eglund jetzt ist. Ich will mit ihm reden. Den Vertrag werde ich gleich ausdrucken und abschicken – falls das hier im Tagungshotel moeglich ist.

Das Attachment enthaelt Fakten ueber meine Mutter. Vielleicht ist etwas dabei, das dir weiterhilft.

Was du herausgefunden hast, passt gut zu meinen Erinnerungen. Aber es bleiben eine Menge Luecken. Zum Beispiel gab es da in Schweden jemand namens Adrian (englisch ausgesprochen), ein Freund meiner Mutter vermutlich. Er hat sich bei ihrem Tod um mich gekuemmert. Und er muss mich auch spaeter noch mal besucht haben, denn ich bin sicher, dass ich einmal mit ihm durch den Bach von Henglinghausen gewatet bin. Das waere dann waehrend der Zeit bei meinen Grosseltern gewesen – 1983 oder 84.

Ich habe meine Tante nach ihm gefragt, aber sie erinnert sich nur noch vage, dass einmal jemand in der Praxis meines Onkels aufgetaucht ist und mich besuchen wollte und dass mein Onkel ihn weggeschickt hat, weil er eine zu »unerfreuliche Erscheinung« war. Sie weiss weder den Nachnamen, noch wann das gewesen sein koennte. Es ist also nicht mal sicher, dass es wirklich dieser Adrian war.

Ich bin sowieso gerade in Deutschland, also werde ich morgen vor der Rückkehr nach Aarhus bei meinem Onkel und meiner Tante vorbeifahren. Vielleicht bekomme ich noch etwas aus ihnen heraus. Oder ich finde etwas bei den Sachen meiner Mutter, die noch im Haus meines Grossvaters liegen. Allzu grosse Hoffnungen habe ich aber nicht.

Das war gute Arbeit bisher, Lee. Mach so weiter.

Dhan

PS: Bitte schreib mir von jetzt an ausschliesslich an die gmx-Adresse. Ich moechte diese Sache von der Arbeit getrennt halten.

Gisela Reinerts
Geboren am 14.2.1955 in Marsberg, Westfalen
Eltern: Alfons und Greta Reinerts, Henglinghausen bei Marsberg

Alfons Reinerts war Anwalt. Giselas Bruder Robert – drei Jahre aelter als sie – ist Arzt und lebt mit seiner Frau Doris in Marsberg. Gisela ging mit 16 von der Schule ab und machte eine Ausbildung als Arzthelferin. Mit 20 verliess sie Henglinghausen und tauchte erst zwei Jahre spaeter wieder auf. Als sie schwanger war.

Ich wurde am 18.12.1977 geboren. Vater: unbekannt. Mein Onkel Robert behauptet, sie haette den Namen nie erwaehnt. In den zwei Jahren, in denen sie fort war, ist sie offenbar viel gereist, unter anderem war sie wohl in Indien. An Details wie Ortsnamen oder die Namen von Freunden kann er sich nicht erinnern.

Gisela weigerte sich, mich taufen zu lassen, und beharrte darauf, mich Dhanavati zu nennen (nach einer indischen Prinzessin). Ich bekam aber zusaetzlich einen »christlichen« Namen: Daniela.

Fuenf Monate nach meiner Geburt zog meine Mutter mit mir aus Henglinghausen weg. In den naechsten Wochen hat sie ihren Eltern noch ein- oder zweimal geschrieben. So weit Robert sich erinnern kann, arbeitete sie zunaechst in Kassel in einer Kneipe, dann zog sie nach Hamburg zu Leuten, die sie aus der Zeit vor meiner Geburt kannte. Dort ist sie offenbar meinem Vater wiederbegegnet und mit ihm und mir nach Schweden gegangen.

Danach hoerten ihre Eltern mehrere Jahre lang nichts von ihr. Im Spaetherbst 1982 wurden sie von der deutschen Botschaft in Schweden benachrichtigt, dass ihre Tochter bei einem Unfall ums Leben gekommen war. Als Todesdatum wurde der 3. November 1982 genannt, als Ort Visby. Ueber die naeheren Umstaende wissen sie nichts. Anscheinend haben sie sich auch nicht dafuer interessiert.

Die schwedischen Behoerden brachten mich zunaechst in einem Heim unter. Dann kam ich nach Deutschland – zuerst zu meinen Grosseltern und spaeter, als meine Grossmutter krank wurde, zu meinem Onkel und seiner Frau in den Nachbarort Marsberg. Meine Grossmutter ist 1996 gestorben. Mein Grossvater lebt noch, aber er ist in einem Pflegeheim und selten ansprechbar. Mein Onkel und meine Tante erfreuen sich bester Gesundheit. Sie werden sich aber kaum von einem Fremden ausfragen lassen. Diesen Teil der Nachforschungen uebernehme ich selbst.

ANNIKA

Fünf Uhr nachmittags, und es ist dunkel. Schon als ich vom Labyrinth zurückkam, sickerte Dämmerung in den Dunst zwischen den Häusern. Ljugarn ist ein Ferienort, still, so wie es in Eiderstedt still wird, wenn die Urlauber wieder fort sind. Nur dass die Stille hier tiefer ist. Es fahren kaum Autos. Die Siedlungen liegen weit über die Insel verstreut, getrennt durch Wälder und weite Felsflächen, auf denen Gras und Wacholder wachsen. Die Häuser in Ljugarn stehen einzeln, von Wiesen und alten Bäumen umgeben, am Ortsrand verlieren sie sich im Wald. An der Hauptstraße gibt es zwei Läden, ein Café, ein Restaurant. Alles Übrige scheint für den Winter geschlossen. Die Laternen beleuchten leere Straßen.

Sogar das Meer klingt hier fremd. Ich stehe im Hafen am Ende der Mole und höre, wie es träge zwischen die Felsblöcke schwappt. So still. Ist unser Meer jemals so still?

Kein Stern ist zu sehen. Kein Rest von Abendlicht am Himmel. Alle acht Sekunden wischt der Strahl des Leuchtturms, der hinter mir am Ufer steht, durch den Dunst über dem Wasser. Weit draußen blinkt ein zweiter Leuchtturm, in anderem Rhythmus. Rechts davon und in größerer Nähe brennt eine einzelne Laterne. Was sie wohl beleuchtet? Einen einzelnen Bauernhof vielleicht, die Zufahrt zum Wohnhaus, in dem unbekannte Menschen ein unbekanntes Leben führen. Um einen Küchentisch sitzen, essen und sich unterhalten, dann die Vorhänge zuziehen, die Türen abschließen, den Fernseher einschalten, später schlafen gehen. Unberührt von dem, was mir Angst macht. Unberührt. Ich höre dem Meer zu, das so leise, so unauffällig gegen das Land brandet, und die Annika, die hier steht und lauscht, die durch den Ort irren kann, ohne dass jemand sie erkennt und grüßt, diese Annika erscheint mir wie ein Geist. Als wäre ich nicht wirklich nach Gotland geflogen, sondern hätte nur meinen Schatten hinübergeschickt. Und nun zeichnet sich dort über dem Wasser, vor dem feuchten, winderfüllten, fast schwarzen Grau, die eigentliche Annika ab. Sie ist in Eiderstedt geblieben und folgt vertrauten Pfaden. Betreut den Laden in Sankt Peter, modelliert Seebären und Möwen in der Werkstatt. Holt Nina vom Sport ab. Kocht Essen, wäscht ab, räumt die Küche auf. Überlegt, wann sie wieder einkaufen muss und ob morgen früh zwischen dem Bezahlen von Rechnungen und dem Zerkleinern von Brennholz noch Zeit bleiben wird, die Obstflecken aus Ninas Lieblings-T-Shirt zu reiben, es zu waschen, zu trocknen und zu bügeln, damit Nina es am nächsten Tag wieder anziehen kann.

Mein Leben. Mein Zuhause. Fast unverändert. Nur dass seit ein paar Monaten Adrian fehlt.

A long way from little

NILSSON

KÖLN/SENNEWITZ
18. BIS 23. AUGUST 2005

Ich erwarte, dass Sie diesen Bericht anschließend wegwerfen. Es gibt nur dieses eine Exemplar. Die Datei habe ich bereits von meinem Rechner entfernt. Ich habe sogar daran gedacht, das Ganze mit der Hand zu schreiben, aber das schien mir doch übertrieben. Schließlich habe ich nicht vor, berufliche Interna zu verraten. Die würden Sie ohnehin nicht interessieren. Aber es gibt ein oder zwei Vorfälle, die man mit etwas bösem Willen benutzen könnte, um bestimmte Personen in Schwierigkeiten zu bringen – und auch wenn mir die Betreffenden nicht sonderlich am Herzen liegen, wäre ich nicht gern derjenige, der sie bloßstellt. Deshalb möchte ich nicht, dass dies hier außer Ihnen noch jemand liest. Ich verlasse mich darauf, dass Sie das respektieren.

Ich bin Dhanavati Reinerts zum ersten Mal an einem Badesee begegnet. Früh am Morgen, etwa eine Woche vor Ende August. In Sennewitz in Brandenburg. »Begegnet« heißt in dem Fall nicht, dass wir miteinander geredet hätten. Ich sah sie vom Bootssteg ins Wasser springen und um eine Landzunge herum davonschwimmen. Das war alles. Ich wusste nicht einmal, wer sie war. Im Seehotel Sennewitz fand zu diesem Zeitpunkt eine wissenschaftliche Tagung statt, und ich konnte mir ausrechnen, dass sie zu den Teilnehmern gehörte, doch als ich beim Frühstück im Speisesaal nach ihr Ausschau hielt, erkannte ich sie nicht wieder.

Ich war am Nachmittag zuvor von Köln aus nach Sennewitz gefahren, um mit meinem Chef zu sprechen, Ulrich Frohnert, dem Leiter des Instituts für Angewandte Informatik in Köln. Am Abend hatte Frohnert keine Zeit für mich gehabt, da eine Vorstandssitzung des Konsortiums stattfand, das die Tagung organisiert hatte. Also hatte ich mit einem Kollegen vom IAI ein oder zwei Bier getrunken, war früh schlafen gegangen und früh aufgewacht, und um mir die Zeit zu vertreiben, bis ich unseren Direktor guten Gewissens ansprechen konnte, war ich vor dem Frühstück schwimmen gegangen.

Manche Erlebnisse kondensieren im Rückblick zu Bildern, die im Gedächtnis bleiben, ohne dass man genau weiß, warum. Es war ein schöner Morgen. Die Sonne stand niedrig über den Bäumen, im Schatten hing Dunst über dem Wasser. Drinnen im Hotel herrschte hinter den Kulissen vermutlich längst geschäftiges Treiben, doch hier draußen am See konnte man glauben, dass alles noch schlief.

Ich war weit über die Seemitte hinausgeschwommen und hatte mich dann treiben lassen. Als ich wieder zum Hotel schaute, stand jemand auf dem Anleger. Eine Frau. Ihre Kleidung lag neben ihr auf den Bohlen. Sie stieg auf das Geländer am Ende des Stegs – erst auf die untere Stange, dann auf die obere – und richtete sich auf. Sie stand dort, als hätte sie ein Mittel gegen die Schwerkraft gefunden. In Wirklichkeit dauerte es sicher maximal eine halbe Sekunde, aber es sah aus, als könnte sie ewig so stehen bleiben. Das Sonnenlicht streifte flach über Körper und Gesicht, die kurzen Haare leuchteten. Sie hob die gestreckten Arme, ließ sich nach vorn fallen und tauchte kopfüber ins Wasser.

Der Name Dhanavati Reinerts war mir schon etwas früher begegnet. Mitte August war in dem Online-Magazin *Peace Moves* ein Artikel über unser Institut erschienen, in dem behauptet wurde, am IAI fände illegale Rüstungsforschung statt. In Planspielen am Computer würden Strategien für einen Angriffskrieg mit Biowaffen erprobt. Solche Legenden tauchen in den Kreisen der Friedensbewegung immer wieder einmal auf, und normalerweise bringen sie niemanden um den Schlaf. Aus diesem Artikel ging jedoch hervor, dass der Autor – *blind seer* nannte er sich – über Insider-Kenntnisse verfügte. Manche Details konnte er nur von jemandem erfahren haben, der an einem unserer Projekte beteiligt war.

Das IAI betreibt keine Grundlagenforschung. Wir entwickeln handfeste Lösungen für konkrete Probleme, im Auftrag der Privatwirtschaft oder des Staates. Keiner unserer Auftraggeber wäre begeistert, Einzelheiten seiner Forschung im Internet nachlesen zu können.

Ich hatte den Artikel nicht selbst entdeckt. Ein ehemaliger Kollege hatte mich per E-Mail auf ihn hingewiesen, mit dem Kommentar: »Dein Chef wird sich freuen.« Er hatte recht. Frohnert war außer sich. Er verlangte, dass ich die undichte Stelle umgehend aufspürte und eliminierte, wie er sich ausdrückte. Zu dem Zeitpunkt bewarb sich das IAI gerade um einen Auftrag, für den ein höherer Level an Geheimhaltung notwendig sein würde. Ein Mitarbeiter, der Interna ausplaudert, war da untragbar.

Als Technischer Leiter des IAI bin ich auch für Sicherheitsfragen zuständig, das Problem fiel also in mein Ressort. Die naheliegenden Verdächtigen waren natürlich diejenigen Personen, die an besagtem Projekt mitarbeiteten. All diese Männer und Frauen waren jedoch entweder seit mehreren Jahren am IAI oder hatten vorher an ähnlichen Instituten gearbeitet. Das IAI ist auf das Entwickeln von Computerprogrammen spezialisiert, mit denen sich komplexe natürliche Prozesse simulieren lassen – das Wetter, der globale Klimawandel, die Luftströmungen am fahrenden Auto und so weiter. Es ist eine anspruchsvolle, stark anwendungsorientierte Arbeit, und die Leute, die zu uns kommen, sind entsprechend motiviert. Über die unausgegorenen Friedenspredigten von *blind seer* hätten sie nur den Kopf geschüttelt.

Andererseits wäre auch keine dieser Personen so unvorsichtig gewesen, außerhalb des Instituts derart offenherzig über die eigene Arbeit zu reden, dass ein Dritter daraus den Artikel hätte zusammenstückeln können. Damit blieb die Möglichkeit, dass einer von ihnen den Artikel aus Bosheit lanciert hatte, um sich für irgendein Unrecht zu rächen.

Auch das kam mir wenig wahrscheinlich vor. Trotzdem ging ich kurz vor Feierabend bei Steffen Wiebecke vorbei, einem Informatiker, der zu der fraglichen Arbeitsgruppe gehört. Ich wusste, dass sein Auto in der Werkstatt war, und bot ihm an, ihn in die Stadt mitzunehmen – das Institut liegt einige Kilometer außerhalb. Unterwegs ließ er sich leicht dazu überreden, noch ein Bier trinken zu gehen. Wir schwatzten über alles Mögliche, hauptsächlich Sport – Steffen ist einer dieser Menschen, die einem alle gängigen Schlagarten beim Badminton aufsagen können, aber schon beim Federballspielen im Park keinen Ball treffen. Zwischendurch schob ich Fragen zu seiner Arbeitsgruppe ein, und das Ergebnis war: Alles in bester Ordnung. Es herrschte ein gutes Klima, jeder arbeitete engagiert mit, niemand wirkte unzufrieden.

Schön für Steffens Arbeitsgruppe, wenig hilfreich für mich. Und dann erwähnte Steffen dort am Tresen unserer Kneipe noch etwas, das mich zusätzlich beunruhigte: Im Augenblick befasste sich seine Arbeitsgruppe gerade mit einem neuen Denkansatz für die Simulationen, einer Idee, die unser Direktor an sie herangetragen hatte und die mit zellulären Automaten zu tun hatte.

Blind seer kam in seinem Artikel ebenfalls auf zelluläre Automaten zu sprechen, als eine neue, besonders perfide Methode, Kriegsspiele zu programmieren. Offensichtlich war er nicht nur über die Ziele der Gruppe informiert, sondern über jedes neue Konzept, das dort diskutiert wurde.

Ich überlegte kurz, ob ich Steffen einweihen und um Hilfe bitten sollte, aber Steffen ist nicht zum Lügner geschaffen. Es wäre ihm schwergefallen, sich bei der Arbeit nichts anmerken zu lassen. Also tranken wir noch ein Kölsch, und ich ging nach Hause, besorgt und keinen Schritt weiter.

Am nächsten Tag musste ich ein langwieriges Problem mit dem Kundendienst für unsere Kopierer lösen und hatte erst spät am Nachmittag wieder Zeit für die Suche nach *blind seer*. Von *Peace Moves* war keine Auskunft zu erwarten – im Gegenteil, man hätte den Leuten dort keine größere Freude machen können, als aufgeregt nach dem Autor des Artikels zu fragen. Ohne viel Hoffnung startete ich eine Serie von Suchanfragen auf den Mailservern des IAI, nach Begriffen wie *blind seer, Peace Moves,* der E-Mail-Adresse des Magazins und so weiter. Vergeblich natürlich. Wer wäre auch so dumm gewesen, eine Mail, in der man Geheimnisse verriet, vom Institut aus zu versenden.

Es gab jedoch noch eine Gruppe von Menschen, die zumindest theoretisch über Steffens Arbeit informiert sein konnten: die Mitarbeiter des AIMSEP, des Århuser Instituts für Medizinische Statistik und Epidemiologie. Um ein Computerprogramm zu entwickeln, das den Verlauf von Epidemien vorhersagt, braucht man medizinisches Fachwissen, und vor allem braucht man solide Daten über reale Epidemien. Diese Daten bezog Steffens Arbeitsgruppe vom AIMSEP – vielmehr sollte sie sie von dort beziehen, noch waren die Bedingungen für die Zusammenarbeit nicht geklärt. Trotzdem konnte auch ein Mitarbeiter des AIMSEP genug über unser Projekt erfahren haben, um *blind seer* den Stoff für seinen Artikel zu liefern.

So kam Dhanavati ins Spiel. Als ein Name unter vielen, die ich von der Website des AIMSEP abschrieb. Ich wusste nichts über sie, außer dass sie Mathematikerin war und über komplexe Systeme publiziert hatte und folglich verstanden hätte, worum es bei Steffens Projekt ging. Sie war nicht verdächtiger als die Sekretärin der Institutsleiterin, die es sicherlich geschafft hätte, eine Projektbeschreibung vom Schreibtisch ihrer Chefin zu entwenden und für *blind seer* zu kopieren.

Der nächste Ansatzpunkt für meine Suche fiel mir ein, während ich am Wochenende das Fahrrad meiner Tochter reparierte. Menschen, die sich für ihre Internetauftritte ein Pseudonym zulegen, benutzen es häufig mehrfach.

Sie verlieben sich in ihren Decknamen, identifizieren sich mit ihm, bauen unter diesem Namen gewissermaßen eine zweite Persönlichkeit auf. Ohne sich bewusst zu machen, wie viel man so über sie herausfinden kann.

Ich setzte mich an den Computer und begann, in Newsgroups, Weblogs und Internetforen nach *blind seer* zu suchen. Und tatsächlich. In einem englischsprachigen Forum stieß ich auf jemanden, der Tipps für den Fahrradurlaub in Nordjütland gab.

Nordjütland. Sicherheitshalber sah ich im Atlas nach: Die Region beginnt keine fünfzig Kilometer nördlich von Århus. Natürlich konnte das Zufall sein: ein anderer *blind seer*, oder jemand, der von Deutschland aus in Nordjütland Urlaub gemacht hatte. Aber es war die erste vielversprechende Spur.

Zu diesem Zeitpunkt kannte ich noch niemanden vom AIMSEP persönlich. Ich wusste nur, was Steffen gelegentlich erzählt hatte: dass die Leiterin, Maria Kingsley, eine renommierte Tropenmedizinerin war, dass sie viele Jahre in Afrika gearbeitet hatte und Verbindungen zur WHO und anderen internationalen Organisationen besaß, dass sie dank ihrer Kontakte zu afrikanischen Kliniken im Laufe der Jahre eine erstklassige Datensammlung zusammengetragen hatte, vor allem auf ihrem Spezialgebiet Tuberkulose, aber auch zu den sogenannten hämorrhagischen Fiebern – und dass sie diese Daten als ihren Privatbesitz betrachtete. Unser Direktor verhandelte seit Monaten mit ihr über die Zugriffsrechte, bislang ohne Erfolg.

Für mich gab es nun zwei Möglichkeiten. Ich konnte das Problem an den Sicherheitsbeauftragen des AIMSEP weiterleiten – falls es so jemanden gab –, oder ich konnte selbst nach Århus fahren. Die zweite Variante zog ich entschieden vor. Aber natürlich musste ich die Reise mit unserem Direktor und mit Maria Kingsley abklären.

Ulrich Frohnert war an eben diesem Sonntag zu der Tagung nach Sennewitz abgereist. Steffen Wiebecke begleitete ihn, und von ihm wusste ich, dass Maria Kingsley auch teilnehmen würde. Ich hielt das für eine gute Gelegenheit. Also packte ich meine Tasche, fragte im Tagungshotel an, ob noch ein Zimmer frei war, brachte am Montagvormittag meinen Schreibtisch in einen Zustand, in dem ich ihn einige Tage allein lassen konnte, stieg ins Auto und fuhr los.

ÅRHUS/MARSBERG
23. BIS 27. AUGUST

Fünf Tage später saß ich wieder im Auto, diesmal als Beifahrer neben Maria Kingsley, auf der Fahrt von Århus nach Westfalen.

Bis nach Århus zu gelangen, war schwieriger gewesen, als ich erwartet hatte. Unser Direktor war keineswegs begeistert, als er erfuhr, dass ich ausgerechnet am AIMSEP nach *blind seer* suchen wollte. Nur wenige Tage zuvor hatte noch die Zukunft des IAI davon abgehangen, dass ich die undichte Stelle fand. Jetzt war es plötzlich nicht mehr so wichtig. Wie ich später von Steffen erfuhr, hatte Frohnert am zweiten Abend der Tagung eine wahre Schlacht mit Maria Kingsley ausgefochten und ihr schließlich abgerungen, dass Steffens Arbeitsgruppe freien Zugang zu den Datensammlungen des AIMSEP bekam. Offensichtlich war er nicht versessen darauf, erneut ihren Zorn auf sich zu ziehen.

Am Ende setzte ich mich trotzdem durch. Steffen hatte mir nämlich auch erzählt, dass unser Direktor eine Mathematikerin des AIMSEP zu Steffens Projektgruppe ans IAI holen wollte – eben jene Mathematikerin, von der der neue Ansatz bei den Epidemiemodellen stammte, mit dem sich die Gruppe seit kurzem befasste. Also wies ich Frohnert darauf hin, dass wir es uns nicht leisten konnten, eine Mitarbeiterin an Bord zu holen, die möglicherweise schon einmal vertrauliche Informationen ausgeplaudert hatte. Das Argument schmeckte ihm nicht. Aber er gab nach.

Bei der Mathematikerin – muss ich das extra erwähnen? – handelte es sich um Dhanavati. Sie war immer noch nicht verdächtiger als jeder andere am AIMSEP. Aber sie war wichtiger geworden. Was immer ich über die übrigen Mitarbeiter herausfand, bei ihr musste ich sicher sein, dass sie nichts mit *blind seer* zu tun hatte.

Wie Frohnert es schaffte, Maria Kingsley dazu zu bewegen, dass sie mich an ihrem Institut herumschnüffeln ließ, habe ich nie erfahren. Am Freitag nach der Konferenz flogen Steffen und ich mit ihr nach Århus: Steffen, um sich in die Datenbanken des AIMSEP einweisen zu lassen, ich angeblich, um ihn zu unterstützen. Maria Kingsley verkraftete meine Anwesenheit, indem sie mich ignorierte. Wir wechselten während des ganzen Flugs kein Wort.

In Århus fand ich schnell heraus, weshalb Frohnert – und auch Steffen – so großen Respekt vor ihr hatten. Bis dahin hatte sie mich nicht sonderlich beeindruckt. Klein, rundlich, unordentliche schwarze Haare, die mit Grau durchzogen waren, ein Kostüm, das schon beim Abflug zerknittert war. Wäre es nicht so offensichtlich gewesen, dass Frohnert – und Steffen – Angst vor ihr hatten, hätte ich sie als mürrisches Muttchen abgehakt. Aber ihr Institut hatte sie vorbildlich im Griff. Sie brauchte genau fünfundzwanzig Minuten, um ihre Post durchzusehen und mit ihrer Sekretärin zu sprechen, die Mitglieder ihrer IT-Gruppe zusammenzurufen und ihnen mitzuteilen, dass die Arbeit an den Epidemiemodellen ganz ans IAI verlagert werden sollte und dass Steffen Wiebecke die technische Umsetzung mit ihnen durchsprechen würde. Sie erklärte ihnen auch, dass dafür die Finanzierung der übrigen Projekte langfristig gesichert war. In der folgenden

Debatte stellte niemand ihre Entscheidungen auch nur mit einem Halbsatz in Frage. Es war offensichtlich, dass ihre Leute ihr vertrauten.

Dhanavati war zu dem Treffen nicht erschienen und nahm auch an der folgenden Besprechung der IT-Gruppe nicht teil. Zu dem Zeitpunkt erklärte ich mir das damit, dass sie erstens Mathematikerin war und keine IT-Expertin, und dass sie zweitens das AIMSEP demnächst verlassen würde. Also fragte ich nicht nach. Sie war schließlich nur eine von mehreren Personen, die ich mir genauer anschauen wollte. Timo Helm, der Leiter der IT-Gruppe, stand ebenfalls auf meiner Liste, genau wie zwei seiner Mitarbeiter.

Erst als wir spätnachmittags zusammen mit Helm und seiner riesigen Hündin Katta das Gebäude verließen, erfuhr ich ganz nebenbei, dass Dhanavati nach der Euro-Shield-Tagung gar nicht nach Århus zurückgekehrt war. Statt wie vereinbart gemeinsam mit Helm von Berlin aus zurückzufliegen, hatte sie sich in der Innenstadt von ihm getrennt und gesagt, sie würde in ein paar Tagen nachkommen. Angeblich wollte sie Verwandte besuchen.

Und dann erwähnte Helm noch, dass Maria Kingsley am nächsten Tag zu ihr fahren wollte.

»Die hat Nerven«, sagte Steffen, sobald alle anderen außer Hörweite waren. »Dabei weiß sie genau, dass ich mit ihr über ihr Epidemiemodell reden muss. Ich sage dir, auf die Kollegin freue ich mich.«

»Steht denn schon fest, dass sie ans IAI kommt?«

Er wusste es nicht. Bei dem Gespräch in Sennewitz hatte sie um Bedenkzeit gebeten. Frohnert und er hatten jedoch den Eindruck gewonnen, dass sie zusagen würde.

Und nun ließ sie ihren zukünftigen Kollegen hängen, noch bevor der Vertrag unterschrieben war. Ihr prinzessinnenhaftes Verhalten war jedoch nicht mein Problem – was mich irritierte, war die Art, wie Maria Kingsley darauf reagierte. Diese Frau war eben erst von einer anstrengenden Tagung und schwierigen Verhandlungen zurückgekehrt. Trotzdem hatte sie offenbar vor, am nächsten Tag gleich wieder nach Deutschland zu fahren. Um mit ihrer Mathematikerin zu reden.

Worüber? Über den Wechsel vom AIMSEP zum IAI? Oder darüber, dass der Sicherheitsbeauftragte des IAI in Århus war und nach dem Verfasser eines Artikels in *Peace Moves* suchte? Dhanavati war ihr Patenkind, das hatte ich von Frohnert erfahren. Der einen oder anderen Bemerkung hatte ich außerdem entnommen, dass sich Maria Kingsleys politische Ansichten nicht allzu stark von *blind seers* unterschieden. Falls ihre Patentochter den Artikel geschrieben hatte, würde sie sicherlich versuchen, sie zu schützen.

Ich drückte Steffen meine Reisetasche in die Hand, schickte ihn allein ins Hotel und kehrte ins AIMSEP-Gebäude zurück. Maria Kingsley war in ihrem Arbeitszimmer und packte gerade Papiere und einen Laptop in ihre Aktentasche. Ich erklärte ihr sehr ruhig, dass ich sie nach Deutschland begleiten würde. Dass ich mit Dhanavati Reinerts sprechen müsse, so wie mit jedem, der mit dem Epidemieprojekt vertraut war. Und zwar bevor sie von einem Kollegen erfuhr, dass am AIMSEP nach jemandem gesucht wurde, der Interna ausplauderte. Dass Professor Frohnert Frau Reinerts kaum einstellen würde, wenn Zweifel bestünden, ob sie etwas mit dem Artikel zu tun hatte. Dass damit doch niemandem geholfen wäre.

Sie hörte mir zu. Sie sah mich an, als wäre ich eine ganz besonders widerwärtige Form von Mikrobe, aber sie schwieg. Und am Ende sagte sie mir, wann und wo sie am Morgen losfahren würde.

Das war natürlich der Punkt, an dem ich den entscheidenden Fehler beging. Ich glaubte, ich hätte meine undichte Stelle gefunden. Maria Kingsleys rasches Nachgeben bestärkte mich noch darin, denn ich interpretierte es als Resignation. Ich dachte, sie sähe keine Möglichkeit mehr, mich von Dhanavatis Spur abzubringen, und wollte nur noch bei der unvermeidlichen Konfrontation zwischen mir und ihr anwesend sein, um ihr Patenkind zu beschützen. Also beschloss ich, das Verfahren abzukürzen, indem ich handfeste Beweise herbeischaffte. Ich trug Steffen auf, sich während meiner Abwesenheit Zugang zum Mailserver des AIMSEP zu verschaffen, Dhanavatis Post aus den letzten vier Wochen durchzugehen und sämtliche Namen, auf die er stieß, an einen Bekannten von mir weiterzugeben. Ich hätte besser daran getan, damit zu warten, bis ich Dhanavati kennengelernt hatte. Aber hinterher ist man immer klüger.

Maria Kingsley fuhr wie eine Verrückte. Vollgas, Bremse, Vollgas, Bremse. Auf der Überholspur so dicht zum Vordermann aufschließen, dass man den Dreck auf dessen Windschutzscheibe sah. Es passte ihr überhaupt nicht, dass ich mit im Wagen saß, und die armen Autofahrer, die in dieselbe Richtung wollten wie wir, mussten es ausbaden.

Nach der Hälfte der Strecke hatte sie endlich genug davon, ihren Ärger mit dem Gaspedal abzureagieren, und ließ mich ans Steuer. Eine Weile vergnügte sie sich noch damit, mir Anweisungen zu geben oder meinen Fahrstil zu kritisieren. Dann telefonierte sie mit ihrer Sekretärin. In der Gegend von Göttingen wurde sie plötzlich gesprächig und erzählte mir, dass ihr Vater Pazifist war und während der Nazizeit emigrieren musste. Er ging nach London, änderte seinen Namen von Königer zu Kingsley und schwor sich, nie wieder deutschen Boden zu betreten. Nach ihrem Tonfall zu urteilen, hätte man glauben können, dass ich persönlich daran schuld war.

Immerhin erfuhr ich auch einige Dinge über die Beziehung zwischen ihr und Dhanavati, die sich später als hilfreich erwiesen. Maria Kingsley hatte in Göttingen Medizin studiert – offenbar war sie doch neugierig auf das Land gewesen, in dem ihr Vater seine Kindheit verbracht hatte. Beim Studium lernte sie Dhanavatis Onkel Robert kennen, und obwohl Robert Reinerts anschließend in seine Heimatstadt zurückkehrte, während sie für viele Jahre nach Afrika ging, blieben die beiden in Verbindung. Wann immer Maria Kingsley in Deutschland war, besuchte sie die Reinerts. Angeblich war sie diejenige gewesen, die begriff, wie intelligent das kleine Mädchen war, das bei ihnen aufwuchs. »Die Tochter von Roberts Schwester. Unehelich. Er und seine Doris hätten sie am liebsten im Keller versteckt. Ich habe dafür gesorgt, dass sie in ein Internat kam. Das haben sie mir bis heute nicht verziehen.«

Kurz hinter Göttingen lotste sie mich von der Autobahn. Ich bat sie, die Route nach Marsberg im Straßenatlas nachzuschlagen – ein Navigationssystem gab es in ihrem Auto natürlich nicht –, aber das fand sie unnötig, sie kannte die Strecke schließlich. Wir landeten geradewegs in einer verstopften Kleinstadt. Jede Straße führte nach hundert Metern auf eine Brücke. Zwei Mal mussten wir umkehren, weil wir den falschen Fluss überquert hatten. Nachdem wir eine halbe Stunde im Stau verbracht hatten, schafften wir es schließlich bis aufs freie Land, und dort verfuhren wir uns endgültig. Nichts sah mehr so aus wie früher, keins der Dörfer war im Straßenatlas zu finden. Jedenfalls fand Maria Kingsley sie nicht. Im Auto war es inzwischen heiß geworden – die Sonne brannte aufs Dach, und von einer Klimaanlage konnte man nur träumen. Ich fuhr stur geradeaus, bis wir zu einem Ort kamen, der aus mehr als drei Häusern bestand, hielt an, nahm ihr den Atlas aus der Hand und suchte den kürzesten Weg zur Bundesstraße.

In Marsberg irrten wir noch einmal umher, weil Maria Kingsley das Haus der Reinerts nicht erkannte, aber dann standen wir endlich vor der richtigen Tür. Ich klingelte. Es öffnete niemand.

Inzwischen war auch meine Laune nicht mehr die beste. Zum Glück für uns beide konnte uns eine Nachbarin sagen, dass Doris Reinerts im Haus ihres Schwiegervaters in Henglinghausen war: ein Stück den Berg hinauf, ein enges Tal entlang, einmal links abbiegen, dann war man da.

Diesmal mussten wir nicht lange suchen. Dorfstraße 27, das drittletzte Grundstück in dem winzigen Ort. Ein altes westfälisches Bauernhaus, in den Siebzigern gnadenlos modernisiert, und jetzt ging es ihm wieder an den Kragen. Am Straßenrand stand ein Baucontainer, im Vorgarten lag ein zertrümmertes Waschbecken.

Als ich ausstieg und die Vortreppe hinaufging, wurde die Tür von innen geöffnet. Die Arztgattin trat heraus. Um die fünfzig, übergewichtig und rot im Gesicht. Offensichtlich war sie im Begriff zu gehen. Ich sprach sie an. Sie kehrte mir erst einmal den Rücken zu und schloss ab, dann warf sie einen zutiefst misstrauischen Blick auf das Auto mit dem ausländischen Kennzeichen. Nein, ihre Nichte sei nicht da. Nein, sie wisse auch nicht, wo sie sei, vielleicht in Marsberg im Hotel? Oder essen. Oder im Wald spazieren – sie verriet einem ja nie, was sie vorhatte …

Da endlich stieg Maria Kingsley aus. Sie machte sich nicht die Mühe, zu uns herüberzukommen, aber sie trat so weit hinter der Autotür hervor, dass die Arztfrau sie gut erkennen konnte. »Hello, Doris.«

Doris erstarrte. »Maria.« Ihre Stimme war plötzlich eine Oktave höher. »Was machst du denn hier?«

»Wir wollen zu Dhanavati. Wo steckt sie denn?«

Bei keiner späteren Gelegenheit habe ich erlebt, dass sie Dhanavatis vollen Vornamen benutzte. Immer sagte sie Dhana oder Dhani oder Dhan. Aber jetzt ließ sie alle vier Silben geradezu auf der Zunge zergehen. Und die Tante verzog augenblicklich den Mund. Diesen Namen hätte sie wohl auch gern im Keller versteckt.

»Das weiß ich nicht. Sie war schon weg, als ich herkam. Spazieren vielleicht.« Diesmal zeigte sie in eine bestimmte Richtung: die Straße entlang dorfauswärts. »Sie wollte abends noch mal bei uns vorbeischauen.« Eine deutliche Pause. »Wollt ihr bei uns auf sie warten?«

Selten habe ich eine Einladung gehört, die so wenig überzeugend klang. Doch Maria Kingsley strahlte, als könnte sie sich nichts Schöneres vorstellen. »Wie lieb von dir. Aber wir gehen sie besser suchen.«

»Wie du willst.« Doris Reinerts ging an mir vorbei die

Treppe hinunter. Vor Maria Kingsley blieb sie kurz stehen. Es schien sie einigen Mut zu kosten. »Wir sehen uns dann sicher noch?«

»Aber natürlich!«

Als die Tante weg war, stiegen wir ins Auto und fuhren weiter. Die Dorfstraße endete nach einigen hundert Metern an einem Weidezaun. Links führte eine Fahrspur den Hang hinauf, doch sie war mit einem Schlagbaum versperrt. Schatten gab es nirgendwo. Ich fuhr auf den Grasstreifen neben der Straße und stellte den Motor ab.

»Ich rede erst mal allein mit ihr«, sagte Maria Kingsley.

Ich sah sie nur an. Das konnte ja wohl kaum ihr Ernst sein. »Haben Sie denn eine Ahnung, wo sie ist?«

»Ja. Wenn sie nicht schon wieder in Marsberg ist.«

Sie stieß die Tür auf, mühte sich aus dem Sitz und stapfte den Hang hinauf. Ich ließ ihr eine Minute Vorsprung, dann folgte ich ihr. Sie drehte sich nicht nach mir um. Ihr Rock war zerdrückt, die Bluse klebte ihr am breiten Rücken, die verschwitzten Haare standen im Nacken ab wie Stacheln, und ich hörte sie schnaufen. Aber sie marschierte den Hang hinauf wie ein Legionär auf dem Weg in die Schlacht. Ich will nicht behaupten, dass ich sie in mein Herz geschlossen hatte. Aber man musste sie schon respektieren.

Auf halber Höhe schwenkte sie am Waldrand nach rechts in einen Seitenweg ab. Hier oben war es etwas windiger und kühler. Wir passierten ein abgeerntetes Feld und eine Scheune. Maria Kingsley bog um einen flachen Bergrücken. Ich folgte ihr.

Und da saß sie. An einem Picknicktisch für Wanderer, die nackten Füße auf der Bank, die Unterarme auf den

Knien, den Blick in weite Ferne gerichtet. Vielleicht lag es daran, dass wir ihretwegen neun Stunden lang quer durch Europa gefahren und in Ostwestfalen herumgeirrt waren – mein erster Eindruck war jedenfalls Enttäuschung. Sie sah so unscheinbar aus. Eine dieser weiten Hosen mit aufgesetzten Taschen, ein weißes T-Shirt, kurze hellbraune Haare, verwuschelt, als hätte sie vergessen, sie nach dem Waschen zu kämmen. Ich weiß noch, wie ich dachte: Was, dieses Kind?

Sie sprang auf, als Maria Kingsley sie ansprach, und ließ sich von ihr umarmen, zog sich jedoch schnell zurück. Man spürte sofort eine Spannung zwischen den beiden. Maria legte ihr eine Hand auf die Schulter, und sie setzten sich nebeneinander auf die rechte Bank. Maria Kingsley drehte sich zu ihr um und stützte den Arm auf die Rücklehne. Sofort rutschte sie weiter bis ans Ende der Bank und stellte den linken Fuß auf den Sitz, das Bein angewinkelt: eine Schranke zwischen ihr und der Chefin.

Kein Zweifel, die beiden hatten sich gestritten.

Ich setzte mich ihnen gegenüber. Zwischen Maria Kingsley und mir lag ein aufgeschlagenes Notizbuch auf dem Holztisch. Der Wind blätterte durch die Seiten. Maria Kingsley schlug es zu, und ich erinnere mich genau, wie behutsam sie vorher die Seiten glattstrich. Es verriet mehr über die beiden als alles, was sie mir je erzählten.

Unter dem Notizbuch hatte ein loses Blatt gelegen. Als sie das Buch zu Dhanavati hinschob, wehte es vom Tisch. Dhanavati versuchte es zu greifen, doch es flatterte unter der Bank hindurch und davon.

Mit schnellen, sparsamen Bewegungen stand sie auf, stieg mit dem einen Fuß auf den Sitz, mit dem anderen auf die Lehne, balancierte einen Sekundenbruchteil dort oben und sprang auf der anderen Seite hinunter.

Da erkannte ich sie. Dieselbe Haltung. Dieselbe völlige Gewissheit, dass sie nicht stürzen würde. Es hatte nichts Akrobatisches an sich. Im Gegenteil, es wirkte selbstverständlich und beiläufig, wie unsereins über eine Pfütze hinwegsteigt, fast ohne es zu bemerken.

Sie lief dem Notizzettel nach, faltete ihn und steckte ihn in die Hosentasche. Dann kam sie zurück. Diesmal stieg sie nicht auf die Lehne, sondern über sie hinweg auf den Sitz. Sie setzte sich und sah mich an. Vielleicht hatte sie gemerkt, dass ich sie beobachtet hatte. Es war, als würde ich für sie erst in diesem Moment anfangen zu existieren.

»Das ist Jens Nilsson vom IAI, Dhani«, sagte Maria Kingsley. »Er möchte etwas mit dir bereden, deshalb habe ich ihn mitgebracht. Das hat aber Zeit bis später.« Sie sprach Deutsch, mit starkem Akzent und einem werbenden, fast bittenden Unterton, den ich nie wieder von ihr hörte.

An Dhanavati glitt er ab. Sie sah weiterhin mich an. »Ich habe Ihrem Direktor gesagt, dass ich Bedenkzeit brauche. Er war einverstanden.«

»Ich weiß, und ich will Sie auch gar nicht drängen ...«

»Gut!«

»Ich bin aus einem anderen Grund hier.«

»Dhani ...« fing Maria Kingsley wieder an.

Sie wehrte mit einem Kopfschütteln ab. »Welchem?«

Ich hätte lieber noch etwas gewartet, bis ich sie besser einschätzen konnte. Aber ihr Blick war fordernd. Was Unnachgiebigkeit anging, hatte sie offenbar einiges von ihrer Patentante gelernt.

Also erzählte ich ihr von dem Artikel über unsere Epidemiemodelle. Natürlich behielt ich sie dabei im Auge – und in ihrer Mimik konnte man lesen wie in einem Buch. Als ich *Peace Moves* erwähnte, runzelte sie flüchtig die Stirn. Bei *blind seer* sah sie weg, holte ein Päckchen Tabak hervor und fing an, sich eine Zigarette zu drehen. Als ich aufzählte, welche Punkte in dem Artikel erwähnt wurden, hielten ihre Finger inne, ihr Blick hüpfte erst zu mir, dann zu Maria Kingsley, dann beugte sie sich tief über das Tabakpäckchen, als wäre sie plötzlich kurzsichtig geworden.

Nachdem ich meinen Bericht beendet hatte, blieb alles still. Ich hatte erwartet, dass Maria Kingsley das Gespräch sofort wieder an sich reißen würde, doch auch sie schwieg beharrlich.

Schließlich sah Dhanavati auf. »Und? Stimmt das, was in dem Artikel steht?«

Meine erste Reaktion war Ärger. Ich habe nichts gegen dumme Leute. Aber Leute, die nur zu faul sind, ihre Klugheit auf die Welt anzuwenden, gehen mir regelmäßig auf die Nerven. In dem Artikel wurde behauptet, dass am IAI gegen geltendes Recht verstoßen wurde. Wenn das stimmte, hätte ich es wohl kaum ganz nebenbei auf einer Parkbank ausgeplaudert. »Ich weiß nicht, wie es in Dänemark ist, aber in Deutschland ist das Vorbereiten eines Angriffskriegs eine Straftat. Die UN haben 1972 …«

»Das weiß ich alles«, unterbrach sie mich, in einem Tonfall, als wäre ich der Idiot. »Niemand hat vor, Sie anzuzeigen. Wenn die US-Armee am Pockenvirus herumbastelt, ist das schließlich auch rein defensiv. Ich wollte wissen, ob die Details stimmen. Sind Sie wirklich vor ein paar

Monaten dazu übergegangen, zelluläre Automaten für die Modelle zu benutzen?«

Die Frage brachte mich aus dem Konzept. Ich sah von ihr zu ihrer Chefin, aber Maria Kingsley schwieg weiter. Als würde sie auf etwas warten. »Ja. Ja, sicher. Auf der Grundlage Ihrer Arbeit. Oder nicht?«

Wieder Stille. Aber diesmal hörte man förmlich die Zündschnur zischeln. Dhanavati drehte langsam den Kopf, bis sie Maria Kingsley ins Gesicht sah. »Du hast meine Ergebnisse ans IAI weitergegeben.«

Maria Kingsley saß ruhig da, die Unterarme auf den Tisch gestützt – vielleicht etwas röter um die Wangenknochen als sonst, aber nicht einmal darauf hätte ich einen Eid abgelegt.

»Ja.«

»Ohne mich zu fragen!«

»Du arbeitest an meinem Institut, Dhani. Ich entscheide, mit wem wir kooperieren. Die Arbeit an den Epidemiemodellen war immer als Gemeinschaftsprojekt geplant. Das habe ich dir auch gesagt. Als du bei uns angefangen hast. Du hast es vielleicht vergessen, weil es dich nicht interessiert hat. Aber du hast es gewusst.«

»Du hast sie hinter meinem Rücken weitergegeben. An ein Institut …«

»Das dir eine Stelle angeboten hat«, unterbrach Maria Kingsley mit einem schnellen Blick zu mir. »*Wegen* dieser Ergebnisse. Andere Leute würden sich freuen …«

»Wie soll ich das denn verstehen? Habt ihr etwa schon länger verabredet, dass ich ans IAI gehe? Ich dachte, meine Stelle wäre eben erst gestrichen worden?«

»Das stimmt auch, aber …«

»Wieso hast du dann schon Reklame für mich gemacht?«

Mein Handy klingelte. Die Frauen fuhren zu mir herum. Ich hob entschuldigend die Hände, stand auf und ging rasch davon.

Um ehrlich zu sein, ich war froh, aus der Schusslinie zu kommen. Mit einem solchen Knall hatte ich nicht gerechnet. Kein Wunder, dass Maria Kingsley gern allein mit Dhanavati geredet hätte, bevor sie mich an sie heranließ. Klüger wäre es allerdings gewesen, mich zu warnen. Wenn ich gewusst hätte, dass sie ihr eigenes Patenkind nicht darüber informiert hatte, was sie mit Frohnert ausgehandelt hatte, wäre ich nicht so vorgeprescht. Auch wenn ich ihre Vorgehensweise etwas anmaßend fand – vorsichtig ausgedrückt –, wäre ich ihr kaum in den Rücken gefallen. Schließlich *wollte* mein Chef, dass Dhanavati ans IAI wechselte. Aber vermutlich hatte Maria Kingsley einfach verlernt, wie man mit Menschen umgeht, die nicht blind ihrer Führung vertrauen.

Etwas Gutes hatte das Ganze immerhin: Nichts hätte mich gründlicher davon überzeugen können, dass Dhanavati den Artikel in *Peace Moves* nicht verfasst hatte. Sie wusste einfach nicht genug über unsere Arbeit am IAI. Auch das hätte ich lieber herausgefunden, ohne neun Stunden lang im Auto zu sitzen – von der Rückfahrt ganz zu schweigen –, aber das war Berufsrisiko. Sinnlos, sich darüber zu ärgern.

Inzwischen war ich so weit vom Picknickplatz entfernt, dass die beiden nicht mehr verstehen würden, was ich am Handy sagte. Ich blieb im Schatten einer Birke stehen und meldete mich.

Es war Steffen. Aufgeregt. Er war auf meine Bitte hin ins AIMSEP gegangen, obwohl Samstag war, hatte einen Blick in die E-Mails geworfen, die Dhanavati in den letzten Wochen erhalten hatte, und alle Namen und Adressen darin an meinen Bekannten weitergegeben. Eben hatte sich dieser Bekannte wieder gemeldet. Einer der Namen sei ein Volltreffer. Steffen sollte ihm den genauen Wortlaut der E-Mail schicken.

Im ersten Moment war ich einfach sprachlos. Ich hatte geglaubt, die Angelegenheit wäre abgeschlossen, es ginge höchstens noch darum, unserem Direktor schonend beizubringen, dass Dhanavati vermutlich doch nicht ans IAI kommen würde. Und nun stellte sich heraus, dass wir möglicherweise ein viel größeres Problem am Hals hatten. Ich hatte meinen Bekannten um Hilfe gebeten, weil er Zugang zu Listen von politischen Extremisten hatte. Seine eigentlichen Ressorts waren jedoch organisierte Kriminalität, internationaler Drogen- und Waffenhandel und Terrorismus. Wenn er jetzt eine von Dhanavatis E-Mails anforderte, konnte das nur bedeuten, dass er sich aus eigenen Gründen für die Mail interessierte.

Ich sagte Steffen, dass ich mich später wieder melden würde, trennte die Verbindung und rief meinen Bekannten an. Während ich darauf wartete, dass er abhob, sah ich zu den Frauen hinüber. Sie saßen noch am Picknicktisch. Im nachmittäglichen Sonnenschein, vor dem Hintergrund von Wiesen und bewaldeten Bergen. Maria Kingsley redete auf Dhanavati ein, Dhanavati rauchte und schwieg. Bockig. Kindlich bockig. Das kann doch nur ein Irrtum sein, dachte ich. Eine zufällige Namensgleichheit. Mehr nicht.

Endlich hatte ich meinen Bekannten am Apparat.

»Jens? Gut, dass du anrufst. Hattest du schon Kontakt zu der Reinerts?«

»Ja.« Dhanavati redete jetzt, vorgebeugt, mit kurzen scharfen Handbewegungen. »Was ist denn mit ihr? Steffen sagt, ihr habt einen ihrer Mail-Kontakte in der Datei?«

»Genau. Bengt Eglund. Riga. Internationaler Waffenhandel. Ein sehr aktiver Zeitgenosse. Glück für uns, dass du schon an der Sache dran bist. Hör zu. Lass sie nicht aus den Augen. Erzähl ihr irgendwas, weswegen du hingefahren bist – irgendeinen Unsinn, der sie nicht nervös macht. Aber bleib an ihr dran. Und schaff sie so schnell wie möglich wieder nach Århus. Wir brauchen unbedingt einen direkten Kontakt.«

Und da stand ich nun. Auf einem Feldweg in Ostwestfalen. Über mir flirrten die Blätter der Birke im Wind, hangabwärts lagen schwarzweiße Kühe im Gras und käuten wieder. Eine durch und durch idyllische Szenerie – und plötzlich wollte mir jemand einreden, dass die junge Frau dort am Picknicktisch in internationale Waffengeschäfte verstrickt war.

Die Frage war natürlich, wie ich damit umgehen sollte. Einerseits wollte ich meinem Bekannten helfen – weil man sich nun einmal gegenseitig hilft und weil außerdem ich derjenige gewesen war, der als Erster um einen Gefallen gebeten hatte. Andererseits machte ich mir Sorgen um dieses Mädchen.

Während ich hinüberschaute, drückte Dhanavati ihre Zigarette aus, bückte sich und holte einen Schuh unter der Bank hervor. Und den zweiten. Sie zupfte die Socken heraus, zog sie an und fuhr mit den Füßen in die Schuhe.

Ich steckte das Handy ein und kehrte zum Picknicktisch zurück. Die Frauen blickten mir entgegen. Maria Kingsley schien tatsächlich erleichtert, dass ich dazukam, das Gespräch war für sie wohl nicht sehr günstig verlaufen. Dhanavati vergaß mich augenblicklich wieder, stützte erst den linken, dann den rechten Fuß gegen die Tischkante und band die Schnürsenkel, stand auf und griff nach dem Notizbuch. »Ich habe Hunger. Bis später.«

Diesmal stieg sie nicht über die Lehne, sondern ging um die Bank herum und davon, in die Richtung, aus der wir gekommen waren.

Maria Kingsley blieb sitzen. »Neuigkeiten?«

»Nichts Wichtiges. Wo will sie denn hin?«

»Essen. In Marsberg, nehme ich an. Hier gibt es jedenfalls keine Lokale.«

»Ich denke, sie hat kein Auto?«

»Sie wird wohl zu Fuß gehen. Durch den Wald ist das nicht weit. Eine Stunde, eineinhalb.«

Ich sah ihr nach. Sie verschwand gerade hinter einigen Büschen. *Lass sie nicht aus den Augen.* Aber ich konnte ihr kaum durch den Wald nach Marsberg folgen. Maria Kingsley würde wissen, in welchem Hotel sie übernachtete. Und Marsberg war klein. Ich konnte sie gar nicht ganz aus den Augen verlieren.

Maria Kingsley stemmte sich in die Höhe. »Fahren wir zum Hotel.«

Sie ging langsam, als täten ihr die Füße weh. Hinter der Wegbiegung kam Dhanavati wieder in Sicht, eine hell gekleidete, schmale Gestalt.

»Und, ist der Streit beigelegt?«

Maria Kingsley blickte verärgert. Sie fand wohl, dass

mir die Frage nicht zustand, aber ich hatte keine Lust, all die Stunden bis zur Rückkehr nach Århus so zu tun, als wäre ich taub und blind.

»Vielleicht wäre es mir gelungen«, sagte sie schließlich, »wenn Sie nicht dabei gewesen wären.«

»Das hätte sich ganz leicht verhindern lassen. Sie hätten mir nur erzählen müssen, dass Sie ohne ihr Wissen über ihre Zukunft verhandelt haben. Seit Monaten. Und dass Sie ihr das erst einmal schonend beibringen müssen, bevor ich damit herausplatze. Das hätte ich schon verstanden. Dann wäre ich vermutlich gar nicht mitgekommen.«

»Unsinn. Sie hätten doch immer noch herausfinden müssen, wer diesen Artikel geschrieben hat. Diesen völlig *unwahren* Artikel.«

Wie viel Wut in diesem Nachsatz lag. So viel, dass ich einen Moment lang überlegte, ob *sie* den Artikel verfasst hatte. »Wenn Sie eine so schlechte Meinung von uns haben«, sagte ich, »wieso arbeiten Sie dann mit uns zusammen?«

Natürlich hätte ich den Mund halten sollen. Wir waren beide müde, dazu hatte sie sich mit ihrem Patenkind zerstritten und war sicherlich nicht in der Stimmung, sich von einem Außenseiter anzuhören, dass es ganz allein ihre Schuld war. Aber ich war eben auch verärgert. Schließlich verdankten wir ihrer Geheimniskrämerei nicht nur eine völlig überflüssige Autofahrt – ihretwegen musste ich mich auch mit der absurden Frage befassen, ob ihr Patenkind in den internationalen Waffenhandel verstrickt war.

Aber natürlich trug mir mein Ärger nur einen Vortrag ein. Maria Kingsley blieb stehen und fixierte mich mit kaltem Blick. »Wissen Sie, wie viel von meinem Etat übrig wäre, wenn ich nicht bei EuroShield mitmachte? Genau die Hälfte. In Afrika sterben jährlich eine halbe Million Menschen an Tuberkulose, weil es nicht genug Medikamente gibt, weil das Personal zu schlecht ausgebildet ist, weil niemand den Leuten erklärt, dass sie die Tabletten auch dann weiter einnehmen müssen, wenn es ihnen besser geht, weil die Leute von Flüchtlingslager zu Flüchtlingslager ziehen und weil sie sowieso schon AIDS haben, so dass ihr Körper einer Infektion nichts entgegenzusetzen hat … In der EU sind es jährlich 8000 Menschen. Aber wenn ich ein Forschungsprogramm durchsetzen will, bei dem wirklich epidemiologisch gearbeitet wird – nicht nur Neuerkrankungen und Tote gezählt –, dann bekomme ich zu hören, ich sollte mich doch wenigstens auf Asien und Osteuropa konzentrieren, weil uns von dort die größte Gefahr droht. Nicht von Afrika. Wen interessiert denn, was in Afrika passiert. – Und dann kommt jemand wie Ihr Chef und bietet mir an, seinen Konsortiumsgenossen zu erklären, dass Afrika auch nicht auf einem anderen Stern liegt – vorausgesetzt, er bekommt etwas dafür. Er hat mir nicht nur meine Datensammlung abgehandelt und mein kleines, kluges mathematisches Forschungsprojekt – er hat mich auch um das Vertrauen von zwei Mitarbeitern gebracht, an denen mir sehr viel liegt. Also tun Sie mir jetzt wenigstens den Gefallen und halten Sie mir nicht noch Vorträge über Moral.« Sie wandte sich ab und stapfte davon.

Date: Thu, 25 Aug 2005 23:45:02 +0200
From: lee@personensuche-schmitz.de
To: searchdhan@gmx.de
Subject: Re: Deine Mail

Hallo Dhan,
ich habe Eglund gefunden. Durch einen Zufall ging es sehr schnell. Ich weiß, wo er wohnt und was er so treibt.

Das war die gute Nachricht. Die schlechte ist: Anscheinend ist er kein ganz harmloser Mensch. Nach der Vorgeschichte kommt das zwar nicht völlig überraschend, aber es macht die Sache doch brisant. Worum es genau geht, breite ich hier lieber nicht aus, aber es ist schon ziemlich heftig.

Das heißt jetzt nicht, dass ich aussteigen will (also fall nicht gleich über mich her;)). Ich denke aber, wir sollten uns unbedingt gut überlegen, wie wir uns ihm nähern. Uns eine Strategie mit ein paar Sicherungsnetzen ausdenken.

Ich schlage also noch mal vor, dass wir uns treffen. Entweder in Århus, falls du schon wieder zu Hause bist, oder irgendwo in Deutschland. Da richte ich mich gern nach dir. Nur per Mail kommen wir wohl nicht weiter. Dazu ist die Sache zu kompliziert.

Gruß
Lee

Date: Fri, 26 Aug 2005 19:51:34 +0200
From: searchdhan@gmx.de
To: lee@personensuche-schmitz.de
Subject: Re: Deine Mail

Tut mir leid, Lee, aber aus deinen vagen Andeutungen werde ich nicht schlau. Ich habe nie damit gerechnet, dass Eglund sich als vorbildlicher Bürger entpuppt – aber ich will eine rein private Sache mit ihm bereden, was spielt es da für eine Rolle, womit er sein Geld verdient? Also sag mir bitte, was du herausgefunden hast.

Dhan

Date: Fri, 26 Aug 2005 20:27:33 +0200
From: lee@personensuche-schmitz.de
To: searchdhan@gmx.de
Subject: Re: Deine Mail

Hallo Dhan,
ich glaube, dir ist nicht ganz klar, womit wir es zu tun haben. Meinst du wirklich, unser Freund vertraut einfach so deinem Wort, dass du rein privat etwas mit ihm bereden willst? Das kann er sich doch gar nicht leisten. Für solche Leute gibt es keinen Bereich im Leben, der nicht irgendwie auch mit ihren Geschäften zu tun hat. Das ist reiner Selbstschutz. Da kommst du nicht gegen an.

Ich will doch auch gar nicht sagen, dass wir die Finger von ihm lassen sollen. Natürlich nicht. Er ist vermutlich unsere beste Quelle. Aber wir sollten vorher ganz genau durchsprechen, wie wir vorgehen. Was wir ihm erzählen und was nicht usw. Und das sollten wir persönlich bereden, in aller Ruhe.

Also lass uns bitte ein Treffen vereinbaren. Am besten gleich übermorgen. Du hast mich engagiert, damit ich dir helfe. Dann hör jetzt bitte auf meinen Rat.

Gruß
Lee

Date: Fri, 26 Aug 2005 21:40:21 +0200
From: searchdhan@gmx.de
To: lee@personensuche-schmitz.de
Subject: Re: Deine Mail

Ich sage das ungern, Lee – aber ich habe dich als Researcher engagiert, nicht als Kindermädchen. Wieso reichst du nicht einfach die Infos an mich weiter und überlässt mir die Entscheidung, wer sich wem wie nähern soll?

Ich habe keine Ahnung, wo ich am Sonntag sein werde. Im Augenblick sitze ich in einem Kaff in Westfalen in einem schlechten Internetcafé. Falls ich überhaupt nach Aarhus zurückfahre, dann nur, um neu zu packen, bevor ich Eglund besuche. Mach mir da bitte keinen Strich durch die Rechnung. Ich kann mir nicht unbegrenzt freinehmen.

Dhan

Date: Fri, 26 Aug 2005 22:05:23 +0200
From: lee@personensuche-schmitz.de
To: searchdhan@gmx.de
Subject: Re: Deine Mail

Hallo Dhan,
dann muss ich wohl doch deutlicher werden. Überleg mal: Woher soll ich denn wissen, dass du wirklich Dhanavati Reinerts bist? Du könntest genauso gut ein Rivale von unserem Freund sein und versuchen, ihn in eine Falle zu locken. Mit mir als Komplize. Dann säße ich schön in der Scheiße. Eine Mail-Adresse kann schließlich jeder faken.

Versteh mich nicht falsch: Ich glaube nicht, dass es so ist. Aber ich möchte mich gern davon überzeugen. Das bin ich schon meiner Familie schuldig.

Ich habe jetzt für Montagabend ein Zimmer im Dom Hotel in Århus gebucht. Am Dienstag werde ich um zehn Uhr morgens am Haupteingang zum Dom stehen, mit einer roten Basecap auf dem Kopf mit gelber Aufschrift: CCO. Falls dir der Termin nicht passt, ruf mich vorher an unter 0163-1 737 743. Wenn du nämlich gar nicht kommst, werde ich nicht weiter für dich arbeiten. Tut mir leid, aber das ist mein letztes Wort.

Gruß
Lee
PS: Dafür bringe ich dir auch Nachname und Adresse von Adrian mit.

MARSBERG/ÅRHUS
27. AUGUST

Das Hotel lag in Marsberg, so nah an der Diemel, dass man bei offenem Fenster das Wasser rauschen hörte. Als ich mich ins Gästebuch eintrug, entdeckte ich zwei Zeilen höher den Namen Reinerts. Maria Kingsleys Methode war noch direkter: Sie fragte den Wirt nach der Zimmernummer. Während ich mein Waschzeug auspackte, hörte ich sie auf dem Gang an eine Tür klopfen und rufen. Vergeblich.

Wir aßen im Hotel, beide wortkarg, umgeben von einigen versprengten Urlaubern, die auch nicht sonderlich glücklich wirkten. Danach schlug ich einen Spaziergang durch den Ort vor, aber Maria Kingsley war angeblich zu müde. Also brach ich allein auf.

Acht Uhr an einem Samstag. Die Läden hatten längst geschlossen, auf den Straßen war kaum jemand unterwegs. Wie auch immer die Marsberger am Wochenende ihre Abende verbrachten, sie achteten offensichtlich darauf, dass nichts davon nach draußen drang.

Inzwischen hätte Dhanavati selbst zu Fuß längst in Marsberg angekommen sein müssen. Ich schlenderte am Haus der Reinerts vorbei – es wiederzufinden, war nicht schwierig, nicht wenn Maria Kingsley nicht dabei war –, doch die erleuchteten Zimmer waren hinter dicken Vorhängen versteckt. Also ging ich wieder hügelabwärts Richtung Diemel, umrundete das Hotel und zählte die Fenster ab. Ihres war dunkel. Von der Treppe zum Haupteingang aus konnte ich Maria Kingsley in der Gaststube sitzen sehen. Sie hatte ein Kaffeegedeck neben sich stehen und las.

Die Patentante wartete auf ihr Patenkind. Und dem Kind machte es vermutlich Freude, die Tante warten zu lassen. Nur deshalb war sie noch nicht wieder hier. Überhaupt kein Grund, sich Sorgen zu machen.

Trotzdem betrat ich nicht das Hotel, sondern überquerte die Diemel. Am anderen Ufer zog sich eine Grünanlage den Fluss entlang. Ich folgte dem unbeleuchteten Weg durch feuchte Wiesen und ein bewaldetes Steilufer hinauf. In einer Lücke zwischen den Bäumen blieb ich stehen und lehnte mich an das Geländer, das den Weg zum Fluss hin sicherte. Direkt unter mir rauschte und sprudelte es. Weiter rechts spiegelten sich die Straßenlaternen auf der Brücke.

Noch nicht mal neun Uhr, und es war niemand mehr unterwegs. Ungefähr alle fünf Minuten fuhr ein Auto über die Brücke. Ein alter Mann ließ sich von seinem Hund von Laternenmast zu Laternenmast ziehen. Ich legte den Kopf in den Nacken und hielt zwischen dem Laub nach Sternen Ausschau, aber es waren Wolken aufgezogen. Mit etwas Glück würde es auf der Rückfahrt nicht ganz so heiß werden.

Und dann sah ich sie. Helle weite Hose, helle Jacke. Große und schnelle Schritte. Sie kam von meiner Seite der Diemel und überquerte die Brücke in Richtung Hotel. Ich fragte mich, was sie hier gemacht hatte. Henglinghausen lag auf der anderen Seite, das Haus der Reinerts ebenfalls.

Ich ging ihr nach. Sie bog nicht zum Hotel ab, sondern folgte der Einkaufsstraße bergauf. Ich hielt mich dreißig

Meter hinter ihr, links auf dem Gehweg, so dass mich die parkenden Autos verdeckten. Sie ging in der Straßenmitte. Langsam jetzt, die Hände in den Hosentaschen, den Blick vor sich auf das Pflaster gerichtet. Nachdenklich oder müde.

Weiter unten am Hang wurde eine Autotür zugeschlagen. Sie drehte sich um. Ich wandte mich dem nächstbesten Schaufenster zu, der Auslage eines Schuhgeschäfts. Als ich das nächste Mal die Straße hinaufblickte, war sie verschwunden.

Der Schreck hielt höchstens eine Zehntelsekunde lang vor. Dann erkannte ich das Haus der Reinerts. Spätestens jetzt hätte ich ins Hotel zurückkehren können. Dhanavati hatte sich nicht im Wald verirrt und war auch nicht ohne Gepäck in einen Zug gesprungen, weil sie erfahren hatte, dass mein Bekannter und seine Kollegen ihr auf der Spur waren. Sie besuchte ihre Verwandten. Wie Tante Doris vorhergesagt hatte. Ich hätte mich im Hotelzimmer vor den Fernseher setzen und früh schlafen gehen können.

Stattdessen schlenderte ich weiter die Straße hinauf und setzte mich auf eine Bank, die an einer Böschung neben einem zwei Meter hohen Holzkreuz stand.

Von dort aus hatte ich freien Blick über den oberen Abschnitt der Straße. Hier gab es keine Geschäfte mehr, die schmalen Bürgersteige liefen vor zweistöckigen Wohnhäusern entlang. In die Lücken zwischen den Häusern waren Schuppen und Garagen gebaut, so dass sich eine durchgehende Front ergab. Jeder, der eins der Häuser verließ, musste in mein Blickfeld geraten, würde mich aber nicht bemerken, weil ich im Schatten einer Fichte saß.

Eine halbe Stunde lang geschah buchstäblich nichts.

Nicht einmal eine Katze schlich über die Straße. Nur ein Güterzug ratterte durchs Tal, und eine Kirchturmuhr schlug ein Mal: halb zehn.

Eine Tür quietschte. Keine Haustür, eher das Tor zu einem der Schuppen. Gleich darauf fiel es mit leisem Klappen zu. Ein paar Sekunden lang war es still, dann polterte etwas. Das Tor quietschte wieder. Jemand stolperte auf die Straße heraus, taumelte gegen ein Auto und sackte in sich zusammen.

Ich sprang die Böschung hinunter und rannte hin. Sie hockte neben dem Auto auf dem Bürgersteig, zusammengeduckt, das Gesicht auf den Knien. Ich legte ihr eine Hand auf die Schulter.

»He. Alles in Ordnung?«

Sie schoss in die Höhe. Bleich im Gesicht, die Augen riesig. Ich streckte erneut die Hand aus. Sie wich zurück, bis sie mit dem Rücken gegen das Auto stieß. Sie sah aus, als würde sie gleich ohnmächtig werden.

Ich trat auch einen Schritt zurück. Offensichtlich brauchte sie Abstand. »Hallo. Ich bin es. Jens Nilsson. Erinnern Sie sich? Was ist denn passiert? Geht es Ihnen nicht gut?«

Die dümmste Frage der Welt. Aber der Tonfall drang zu ihr durch, sie entspannte sich etwas, und ihr Atem beruhigte sich. Doch ihre Hände umklammerten weiter ihre Oberarme, als müsste sie sich an etwas festhalten.

»Ist etwas passiert?«

Allmählich wurde ihr Blick wieder klar, und sie schien mich zu erkennen. Sie ließ die Arme sinken und atmete tief ein. Zugleich machte sie einen Schritt zur Seite, so dass sie freien Raum im Rücken hatte.

»Das Tor ist zugefallen«, sagte sie endlich.

Ich sah mich um. Wir standen vor einem Anbau mit einem zweiflügeligen Holztor. Vermutlich die Garage der Reinerts. Etwas Bedrohliches konnte ich beim besten Willen nicht erkennen.

»Die Lampe drinnen ist kaputt. Die Tür zum Haus hat einen Schließer, deshalb habe ich das Tor aufgemacht, damit Licht reinkommt. Aber es ist wieder zugefallen.« Sie fuhr sich mit den Händen übers Gesicht und durch die Haare. Dann merkte sie wohl, dass ich immer noch nichts begriff. »Ich habe Angst im Dunkeln«, sagte sie ungeduldig. »In geschlossenen Räumen. Ich kriege dann Panik.«

»Klaustrophobie.«

»Ja, genau.«

»Ich habe Höhenangst.« Eine starke Übertreibung, aber es diente schließlich einem guten Zweck.

Sie lächelte unsicher.

»Was wollten Sie denn da drinnen?«

»Da stehen Sachen von meiner Mutter.« Sie machte sehr zögerlich einen Schritt auf das Tor zu. »Meine Tante hat sie zusammengepackt, als sie das Haus meiner Großeltern ausgeräumt haben. Sie wollen da selbst einziehen …«

Also darum ging es dem Haus an den Kragen. »In Henglinghausen? Netter Ort.« Falls es einem in Marsberg mal zu hektisch wird, ergänzte ich im Stillen.

Ich zog das Tor auf. Im Licht der Straßenlaterne glänzte ein dunkler Kombi, vorbildlich poliert. Dahinter und in den Winkeln war nichts zu erkennen.

»Wo stehen die Sachen denn?«

Sie kam zu mir herüber. »Gleich neben der Tür da. Ganz unten im Regal. Es ist nur eine Kiste.«

»Halten Sie das Tor auf, ja?«

Ich zwängte mich an dem Kombi vorbei. Im schwachen Widerschein der Laterne zeichnete sich rechts in der Wand ein Rechteck ab: der Durchgang zum Haus. Dahinter war nur noch Dunkelheit. Ich tastete umher. Regalböden aus Metall. Ich bückte mich und stieß auf Pappe. Ein Karton, etwa dreißig mal vierzig Zentimeter. Ich zog ihn heraus und trug ihn auf die Straße.

»Ist er das?«

Der Karton hatte keinen Deckel. Ganz oben lag ein Fotoalbum mit billigem türkisgrünem Plastikeinband. Dhanavati hob es heraus und schlug es auf. Darunter kamen alte Plastikschnellhefter zum Vorschein, außerdem eine Schneekugel mit einem weißgoldenen Engel darin und anderer Krimskrams. An der Seite steckten ein paar Schallplatten, bei der vordersten konnte man den Titel lesen: *Golden Hour of Melanie.*

»Ja.« Sie legte das Album zurück und wollte mir die Kiste abnehmen.

»Das kann ich doch tragen. Sie sehen immer noch ein bisschen wacklig aus.«

»Danke.« Sie ließ das Tor zufallen und drückte dagegen, damit das Schloss einschnappte. Abschließen musste man offenbar nicht. Auch nicht bei den Verwandten »Auf Wiedersehen« sagen, »Danke für den Wein/den Kuchen/das Wasser« oder »Bis zum nächsten Mal«. Wir gingen die Straße hinunter, ziemlich schnell. Sie schien es eilig zu haben.

»Wieso waren Sie eigentlich so plötzlich zur Stelle?«, fragte sie nach einer Weile. »Sind Sie mir nachgegangen?«

»Ich war spazieren.« Ich nahm den Karton unter den anderen Arm. »Aber ich habe auch nach Ihnen Ausschau gehalten, das stimmt schon. Ich wollte noch mal mit Ihnen reden. Unser erstes Gespräch ist ja etwas … entgleist.«

Sie schnaubte. »Was, glauben Sie immer noch, ich hätte diesen Artikel geschrieben?«

»Nein. Ganz sicher nicht.« Ich zögerte. Ein wenig spät wurde mir klar, dass ich mir keine Strategie zurechtgelegt hatte. Ich wusste nicht einmal genau, was ich mit dem Gespräch erreichen wollte. »Schaff sie so schnell wie möglich wieder nach Århus«, hatte mein Bekannter gesagt, aber wollte ich mich da wirklich einmischen? Meine Aufgabe war es, *blind seer* zu finden, sonst nichts. Alles andere brauchte mich nicht zu interessieren.

Sie war stehengeblieben. »Was?«

»Es täte mir einfach leid, wenn Sie wegen dieses verunglückten Anfangs die Stelle am IAI ausschlagen.«

Sie antwortete nicht.

»Ihre Stelle am AIMSEP läuft im Herbst aus und wird nicht verlängert. Daran können Sie nichts mehr ändern. Bei uns …«

»Sie sind ja bestens informiert.«

»Was ich weiß, weiß ich von unserem Direktor und von Steffen Wiebecke. Bei uns könnten Sie am selben Projekt weiterarbeiten. Praktisch ohne Unterbrechung. Die Alternative wäre, irgendwo anders ganz von vorn anzufangen. Das sollten Sie sich gut überlegen.«

Wieder schwieg sie eine Weile. Ich nahm den Karton unter den anderen Arm. Sie warf einen Blick darauf. »Können wir vielleicht irgendwo ein Bier trinken?«, fragte sie unvermittelt. »Wenn wir jetzt im Hotel auftauchen, stürzt sich Maria auf mich, dann komme ich überhaupt nicht mehr zum Nachdenken.«

Ich fragte mich, woher sie wusste, dass Maria Kingsley in der Gaststube wartete. Aus jahrelanger Erfahrung vermutlich. »Ja klar, gern. Schlagen Sie etwas vor. Sie sind hier zu Hause.«

Sie blickte sich flüchtig um, als wäre ihr der Gedanke noch nie gekommen. »Sie sind alle gleich schlimm.« Doch dann machte sie kehrt und steuerte auf eine Seitenstraße zu.

Die Kneipe war klein und fast leer. Am Tresen hockten drei Männer und unterhielten sich mit dem Wirt, an einem Tisch saßen zwei ältere Frauen. Alle blickten uns entgegen. Die Gespräche verstummten. Dhanavati sagte laut »'n Abend allerseits« und ging zu einem Tisch in der entferntesten Ecke. Wir setzten uns. Ich schob den Karton hinter meinem Stuhl an die Wand. Der Wirt kam. Wir bestellten Bier. Dhanavati drehte sich eine Zigarette und zündete sie an, stützte die Ellbogen auf und sah mir ins Gesicht.

»Das IAI betreibt Rüstungsforschung.« Ich wollte sie unterbrechen. Sie wedelte mit der Zigarette. »Ja, ich weiß. Alles rein defensiv. Finden Sie den Unterschied wirklich so groß?«

»Natürlich ist der groß. Mir wäre es auch lieber, wenn wir ganz ohne Rüstung auskämen, aber so lange andere Länder – und neuerdings nicht nur Länder – genug Waffen besitzen, um uns alle umzubringen, möchte ich dem schon etwas entgegensetzen können.«

Sie hörte mir zu, aber mit einem solchen Ausdruck gequälter Geduld, dass ich es nicht über mich brachte weiterzureden.

»Ja, ja«, sagte sie, »ich weiß, ich weiß. Darf man fragen, wie lange Sie bei der Bundeswehr waren?« Und als ich nicht gleich reagierte: »Na?«

»Zwölf Jahre.«

»Das ist die Höchststrafe, oder?«

»Es gibt auch lebenslänglich. Woher wussten Sie …«

»Die Aura des Kämpfers.«

»Das ist ja wohl der größte Blödsinn …«

Sie grinste. »Haben Sie bei der Bundeswehr studiert?«

»Geowissenschaften.«

»Und danach haben Sie den Frieden gesichert. Wieso haben Sie aufgehört?«

»Aus persönlichen Gründen.«

Sie warf einen Blick auf meinen Ehering. »Und das Persönliche lassen wir natürlich ganz aus dem Spiel.«

»Wieso reden wir eigentlich über mich? Eben ging es noch um die Frage, ob Sie ans IAI wechseln oder …«

»Wie soll ich entscheiden, was von Ihrem Rat zu halten ist, wenn ich nichts über Sie weiß?«

Sie blies Rauch zur Decke und sah mich an. Ohne zu lächeln. Als würde sie gespannt auf meine Antwort warten. Ich hatte nicht die leiseste Ahnung, ob sie wirklich einen Rat von mir wollte – von jemandem, den sie seit fünf Stunden kannte – oder nur neugierig war, wie weit ich mich aufs Glatteis locken ließ.

»Ich möchte nur nicht, dass Sie sich aus der Verärgerung heraus eine Chance verbauen«, sagte ich schließlich und kam mir wie mein eigener Großvater vor. »Einen echten Rat kann ich Ihnen nicht geben. Ich an Ihrer Stelle fände es attraktiv, ans IAI zu wechseln, aber ob das auch für Sie die vernünftigste Entscheidung ist …«

An dem Punkt erlöste mich der Wirt und stellte zwei perfekt gezapfte Bier auf den Tisch. Dhanavati drückte die Zigarette aus und fuhr mit der Fingerspitze durch einen Tropfen Schaum, der außen an ihrem Glas hing.

»Vernünftig.« Offenbar hatte sie mir tatsächlich zugehört. Sie strich den Tropfen zum Stiel der Biertulpe hin aus, dann tupfte sie die Fingerkuppe sorgfältig auf dem Bierdeckel trocken. »Finden Sie Maria vernünftig?«

»Na ja ...«

»Ich petze schon nicht. Maria arbeitet vierzehn Stunden am Tag und verdient weniger als ein niedergelassener Arzt. Jetzt will sie mich an ein Institut verkaufen, von dem sie politisch gar nichts hält – das ist Ihnen doch wohl nicht neu, oder?« Offenbar war ich zusammengezuckt. »Dabei weiß ich, dass sie mich gern hat. Aber sie schmeißt alles weg, was ihr sonst noch wichtig ist, um ihre afrikanischen Projekte zu retten. Ist das vernünftig?«

»Sie sieht das als ihre Mission ...«

»Ja. Eben.« Sie hob ihr Glas. Wir stießen an. »Wie heißt du mit Vornamen?«

»Jens.«

»Wie war das bei dir, Jens? Als du zur Bundeswehr gegangen bist. War das vernünftig?«

Es lag mir auf der Zunge, mit einem Witz zu antworten. Aber ich wusste, was sie meinte. »Zu neunzig Prozent war es die reine Vernunft, ja. Meine Eltern waren schon über ihren eigenen Schatten gesprungen, als sie mich überhaupt Abitur machen ließen – sie waren Obstbauern in der Nähe von Hamburg, inzwischen haben meine Schwester und ihr Mann den Betrieb übernommen. Sie hätten kaum akzeptiert, dass ich noch einmal Jahre vertrödele, ohne Geld zu verdienen. Außerdem, die Art, wie sich die Reiche-Leute-Kinder an der Uni auf Kosten ihrer Eltern ein schönes Leben machen …« Ich unterbrach mich. Sie grinste.

»Red nur weiter. Ich hatte ein Stipendium von der Studienstiftung. Und getrödelt habe ich nicht.«

»Ich will diese Art zu leben gar nicht schlechtmachen. Jeder, wie er mag. Ich hatte halt andere Prioritäten. Mein Studium war nach dreieinhalb Jahren beendet. Und ich habe vom ersten Tag an Geld verdient.«

»Und danach? Hat es dir gefallen?«

»Ja. Durchaus.«

Ich dachte, ich hätte völlig neutral geantwortet, aber etwas in meinem Tonfall muss sie aufmerksam gemacht haben, denn sie beugte sich vor, sah mich ein paar Sekunden lang schweigend an und bohrte dann nach.

»Und als du aufgehört hast, war das auch die reine Vernunft?«

»Da galt es, zwischen zwei Faktoren abzuwägen, die beide Gewicht hatten. In so einem Fall bleibt immer etwas auf der Strecke. Aber ja, ich denke, es war richtig.«

Sie schwieg wieder, als würde sie meine Antwort im Geist sezieren. »Danach habe ich aber nicht gefragt, oder?«

»Du …«

»Ich wollte nicht wissen, ob du zu deinen Entscheidungen stehst. Sondern ob da irgendwo, an irgendeinem Punkt der Kette, auch so etwas wie … Sehnsucht ins Spiel kam.«

Das Zögern war winzig und trotzdem unüberhörbar. Sie merkte es, senkte den Kopf und fing an, eine neue Zigarette zu drehen.

»Sehnsucht?«

Sie räusperte sich. Den Blick fest auf ihre unfertige Zigarette gerichtet. »Oder wie immer man das nennen soll. Ein Gefühl, dass man irgendwo unbedingt hinmuss. Was nichts mit irgendwelchen Gründen zu tun hat ...« Sie hob den Kopf. »Du hast keine Ahnung, wovon ich rede, oder?«

Ich sagte nichts. Nach ein paar Sekunden sah sie weg, suchte umständlich nach ihrem Feuerzeug und zündete die Zigarette an.

Was ich schließlich antwortete, ist privat, und ich habe nicht die Absicht, es hier ausführlich wiederzugeben. Im Wesentlichen ging es um ein Ereignis, kurz bevor ich die Bundeswehr verließ. Ich war damals im Kosovo stationiert und im Bergland an der albanischen Grenze im Einsatz. Da kam die Nachricht, dass meine sechsjährige Tochter verunglückt war – sie war auf ihren neuen Rollerblades vor ein fahrendes Auto gelaufen – und schwer verletzt im Krankenhaus lag. Ich wurde abgelöst und sollte auf dem schnellsten Weg nach Deutschland zurückkehren. Um den Geländewagen zu erreichen, mit dem mein Ersatzmann gekommen war, musste ich zwei Stunden zu Fuß ins Tal hinuntersteigen. Und auf diesem Fußmarsch am frühen Morgen gab es eine Situation, die ich Dhanavati beschrieb. Kein besonderes Erlebnis, einfach einen dieser Momente, in denen einem bestimmte Dinge plötzlich klar vor Augen stehen. Und mir wurde zweierlei bewusst. Erstens, dass dies mein letzter Auslandseinsatz war, weil ich meiner Frau nicht noch einmal zumuten konnte, ganz allein mit allen familiären Katastrophen fertigzuwerden, während ich auf Monate unerreichbar war. Und zweitens, dass ich eine Chance verpasst hatte, die nicht wiederkommen würde. Ich rede nicht von Aufstiegschancen. Es ging um etwas viel Wichtigeres. Etwas, das man eigentlich zum Leben braucht, aber bisher nicht gefunden hat.

Ob Sie damit etwas anfangen können oder nicht, ist letztlich nebensächlich. Wichtig ist, dass es ihr etwas sagte. Dass es ihr offenbar ähnlich ging. Damals glaubte ich natürlich, sie meinte ihre Arbeit, ihre berufliche Zukunft. Von der anderen offenen Frage in ihrem Leben wusste ich nichts.

Sie hörte mir sehr aufmerksam zu. Auch als ich zu Ende erzählt hatte, war sie noch eine Weile still.

»Hast du das später noch weiter verfolgt?«, fragte sie schließlich.

»Wie denn?«

Sie nickte, als hätte sie diese Antwort erwartet. Dann drehte sie sich die nächste Zigarette.

»Hör zu …« Ich unterbrach mich. »Wie soll ich dich eigentlich nennen? Dhani? Daniela? Dhanavati?«

»Dhani oder Dhan, wenn dir das lieber ist. Daniela nennt mich niemand mehr.«

»Dhani. Hör zu. Vielleicht solltest du, bevor du etwas entscheidest, erst mal mit uns nach Århus fahren.« In diesem Moment – das ist die Wahrheit – dachte ich nur daran, dass es für sie am besten wäre. Weil es nie klug ist, Entscheidungen aus einer Laune heraus zu treffen. Sie sollte mit nach Hause kommen, sich mit ihrer Chefin aussprechen, sich meinetwegen mit sämtlichen Freunden beraten. Dann sollte sie sich in Ruhe noch einmal fragen, ob ein Job mit guter Bezahlung, besten Zukunftsaussichten und einem klar umrissenen Arbeitsziel wirklich etwas so Furchtbares war. Die Wünsche meines Bekannten spielten in dem Gespräch keine Rolle. Sein Verdacht, Dhanavati könnte mit internationalem Waffenhandel zu tun haben, war so abwegig, dass ich ihn nicht ernst nahm. Ein Fehler natürlich, aber dazu kommen wir später.

»Daran habe ich auch schon gedacht. Maria wird sich sowieso nicht so leicht abhängen lassen.« Ich hatte keine Ahnung, was sie meinte, doch sie sprach weiter, bevor ich nachfragen konnte. »Wann wollt ihr denn los?«

»Wenn es nach mir geht, gleich morgen früh.«

»Okay. Morgen früh.«

Ich lächelte sie an. »Steffen Wiebecke wird sich freuen. Er will unbedingt mit dir über sein Epidemiemodell reden.«

Sie rümpfte nur die Nase.

»Hat dich eigentlich irgendjemand mal Dhanavati genannt?«

Sie sah weg und winkte dem Wirt. »Nur meine Mutter.«

Date: Sat, 27 Aug 2005 20:43:05 +0200
From: searchdhan@gmx.de
To: lee@personensuche-schmitz.de
Subject: Re: Deine Mail

Also gut. Ich muss meine Pläne vermutlich sowieso ändern. Wir sehen uns in Aarhus. Entweder Dienstag vor dem Dom, oder ich rufe dich vorher an. Bis bald.

Dhan
Adrians Nachnamen habe ich schon von meiner Tante erfahren: Barnes. Die Adresse wäre aber hilfreich.

DHANAVATI

Genau wie vor zwanzig Jahren. Um elf Uhr nachts, auf dem Weg zum Hotel, hatte sie die Kirche noch kalt und weiß über dem Ort strahlen sehen; jetzt war hier oben alles dunkel, die Straßenlaternen weit entfernt, ihr Licht gefiltert von den Bäumen. Im Schatten der Friedhofsmauer war der Pfad nicht zu sehen, doch ihre Füße kannten ihn noch, jeden Buckel, jede Kuhle.

Stolpern war nie erlaubt gewesen. Irgendjemand hätte sie hören können – ein Nachbar, der den Hund Gassi führte, ein paar Jungs, die sich hier verbotenerweise betranken –, dann hätte der ganze Ort davon erfahren, und jemand wäre zu Tante Doris gelaufen: Wie alt ist die kleine Daniela jetzt – was, erst sieben? Und da streunt sie nachts draußen herum? Das geht doch nicht, Frau Reinerts, das ist viel zu gefährlich! Sie müssen etwas unternehmen.

Da war die Bank. Die Kirchturmuhr schlug: das erste Viertel. Heutzutage hätte sie es auch ohne Bank geschafft, aber es sollte alles korrekt sein, also: auf den Sitz – auf die Lehne – auf die Mauer. So. Aufrichten und zwölf Schritte auf der Krone entlang. Ganz ruhig, Gleichgewicht ist eine Frage der Atmung. Auf den Eckpfeiler steigen. Sicheren Stand suchen. Den Kopf weit nach oben recken.

Höher hinauf konnte man in Marsberg nicht steigen; es sei denn, man fand den Schlüssel zum Kirchturm, und das war ihr nie gelungen. Außerdem wäre es dort drinnen eng und dunkel gewesen, stickig wie vorhin in der Garage … Nein. Sie war immer hierher gekommen. Wenn man den Laternen vor der Kirche den Rücken zukehrte, blickte man geradewegs ins Dunkle, die Lichter im Tal waren verborgen, die Silhouetten der Berge kaum vom Himmel zu trennen. Keine Mauern. Keine Stimmen, keine Blicke. Kein Gekicher und Gestöhne, weil sie im Unterricht wieder mal eine Frage gestellt hatte – Fragen zu stellen war hier nie erwünscht gewesen.

Still jetzt. Das war lange vorbei. Hinsetzen, Beine kreuzen, Arme verschränken. Sorgfältig den dunkelsten Himmelsbereich wählen und hinschauen. Bis er sich öffnete. Bis er kein Dach mehr war, sondern Leere.

Weit und offen. Dunkel. Diesen Zustand aufrechterhalten. Still auf dem Pfeiler sitzen, lokalisiert, und diesen Ort zum Zentrum eines Kreises machen. Der sich langsam weitete. Gleichförmig in alle Richtungen, ein Kreis auf einer unendlichen Ebene, homogen und isotrop, der schließlich den Horizont berührte, mit ihm eins wurde; zugleich blieb man ein Punkt, ausdehnungslos.

Wenn man das doch Maria erklären könnte.

Maria.

Maria, Maria. Wie sie sich in alles hineindrängte. In jeden Gedanken und jedes Bild. Als gäbe es auf der ganzen Welt nichts, das nicht über verschlungene Pfade mit ihr verbunden war. Maria, die Chefin. Die Patentante. Die abends an ihrem Bett gesessen hatte, hier in Marsberg, und noch eine Geschichte aus Afrika erzählt hatte, noch eine letzte Frage beantwortet – denn Maria hatte Fragen immer geduldet, darum hatte sie alle wichtigen bis zu ihren Besuchen aufbewahrt, oft monatelang. »Maria, warum fährt Onkel Robert nicht mit dir nach Afrika, statt sich um blöde Frauen zu kümmern, die gar nicht krank sind?« Ein kurzes Zögern und dann eine Antwort auf Englisch, die klang wie eine Zeile aus einem Lied: »Don't ask me why.« Und gleich darauf, mit einem Lachen in der Stimme: »But don't ask him either, child.« So dass sie wusste, obwohl sie die Worte nicht ganz verstand, dass sie nun ein Geheimnis hatten. Nur sie zwei. Sie und Maria.

Maria, die mit Frohnert sprach. Nachts auf der Rasenfläche hinter dem Hotel. Maria, die sagte: »Schlaf erst mal drüber«. Die auf der Bank am Feldweg saß und noch einmal erklärte, weshalb sie die EuroShield-Gelder brauchte, weshalb sie keine andere Wahl hatte, als das eine Luxus-Projekt zu opfern, um den Kernbereich ihrer Arbeit zu retten. Luxus. Das war jetzt die Bezeichnung für ihr Epidemiemodell, ihr Projekt. Luxus. Überflüssig.

Nein. Nicht noch einmal, nicht die gesamte Gedankenmühle von vorn. Sie streckte die Beine, rutschte zum Rand des Pfeilers und sprang hinunter. Der Pfad war jetzt deutlich zu erkennen; einzelne Grasbüschel hoben sich grau vom kahlgetretenen Boden ab. Der Trick war, nie zurück zu den Lichtern zu blicken. Ein Stück die Mauer entlang, und man stieß auf den Feldweg; nach rechts über die Wiese; in den Wald hinein; steil bergab.

Hier wurde es vollkommen dunkel. Es hatte schon immer Mut gekostet weiterzugehen, darauf zu vertrauen, dass der feste Untergrund nach wie vor existierte. Den Abhang hinunter, bis man in den Fußgelenken spürte, dass er zu Ende war, dann abbiegen, im stumpfen Winkel nach rechts. Endlich teilten sich die Bäume, der Boden löste sich aus dem Dunkel. Da stand der Festungsturm.

Sie tastete sich durchs holprige Gras, stieg die fünf Stufen hinauf und legte die Hände rechts und links an die Türöffnung. Diesen Teil der Übung hatte sie erst hinzuerfunden, als sie schon im Internat war und nur noch die Ferien in Marsberg verbrachte.

Die Mutprobe. Ins Dunkle hineingehen, in den engen, muffigen Raum, und die Holztür hinter sich schließen. Die Jacke über den Kopf stülpen, dass man die Luft nicht spürte, die durch den Zugang zum Dach herabwehte.

Stillstehen. Bis hundert zählen.

Es roch noch genau wie früher. Feuchter Stein, verschüttetes Bier. Ein Hauch von Pisse. Sie zog die Jacke über den Kopf. Etwas fiel klirrend auf den Fußboden. Sie hockte sich hin und tastete herum. Das Feuerzeug. Sie steckte es ein.

Die Jacke war heruntergerutscht. Egal. Es war sowieso nie eine echte Probe gewesen – man *wusste* von der Öffnung, der Treppe zum Dach, ob man den Luftzug spürte oder nicht. In der Garage …

Nein. Sie tastete sich zur Treppe vor, gegen das Aufwallen der Panik an. Einundzwanzig Stufen – und raus, schnell, ins Freie, auf Beinen wie Gummi. Die Probe hatte noch nie geholfen, nichts half, es war in ihrem Kopf fest verdrahtet. Es würde immer wieder passieren. Sie lehnte sich an das Geländer, packte die Stange mit beiden Händen. Wind im Gesicht. Atmen. Atmen.

Tief unter ihr die dunklen Hausdächer. Die parkenden Autos. Die leeren Straßen. Da war das Haus von Robert und Doris. Der Baum im Hof, über dessen Ast sie Nacht für Nacht ins Freie geklettert war.

Hatten sie es wirklich nie gemerkt? Wenn sie sich beim

Klettern die Hände aufschürfte – wenn ihr ein Zweig ins Gesicht schlug – wenn ihre Hosenbeine morgens vom Tau nass waren? Oder hatten sie es ausgesperrt, wie man hier alles aussperrte, was man nicht verstand?

Da war die Kneipe. Da das Hotel. Da lag Maria in ihrem Bettchen und träumte von den schönen Projekten, die sie vom EuroShield-Geld bezahlen würde.

Und Jens. Nett, dieser Jens. Ruhig. Witzig. Selbst die Bundeswehraura war irgendwie – nett. Übersichtlich. Leicht einzuordnen. Dachte man jedenfalls. Zunächst.

Aber er trug einen Ehering. Von so etwas ließ sie inzwischen die Finger.

Sie drehte sich eine Zigarette und steckte sie an, stieg über das Geländer und setzte sich mit den Beinen nach außen auf die oberste Stange. Da lagen sie alle und schliefen, in ihren hübschen Zimmern, in ihren niedlichen Häusern. Hinter den sieben Bergen. Die Turtles von Marsberg. Die Turmuhr schlug: drei Uhr morgens. Viel Raum.

NILSSON

AUTOBAHN
28. AUGUST

Wir brachen nach dem Frühstück auf. Es war eine schweigsame Reisegesellschaft: Maria am Steuer, müde, aber verbissen, und auf dem Rücksitz Dhanavati, den Kopf auf einer zusammengerollten Jacke, die Füße gegen die Seitenwand gestemmt. Kopfhörer im Ohr. Wann immer ich mich umdrehte, hatte sie die Augen geschlossen. Vielleicht schlief sie sogar. Wir waren am Abend nur für zwei Bier in der Kneipe geblieben, aber beim Frühstück hatte sie trotzdem so ausgesehen, als hätte sie keine drei Stunden geschlafen.

Maria fuhr ruhiger als am Vortag und versuchte auch keine Abkürzungen zu finden. Die Landstraßen waren voll von Sonntagsausflüglern, aber auf der Autobahn kamen wir schnell voran. Bei Hannover lenkte sie den Wagen auf den Parkplatz einer Raststätte, reichte mir den Autoschlüssel, stieg aus und ging zum Rasthaus hinüber. Wortlos. Dhanavati hatte sich aufgesetzt, als wir hielten, und blickte ihrer Chefin nach. Ebenfalls wortlos. Zwei Sekunden später rutschte sie zur Fahrerseite hinüber, zwängte sich ins Freie und folgte ihr.

Zu dem Zeitpunkt hatte ich eigentlich nur eine Sorge: ob wir die Fahrt ohne einen handfesten Streit zwischen den beiden überstehen würden. Die Suche nach *blind seer* hatte ich vertagt, bis ich wieder in Århus war und mir die übrigen Kandidaten anschauen konnte. Und was Dhanavatis Wechsel ans IAI betraf, hatte ich noch am Abend beschlossen, mich nicht weiter einzumischen.

Damit blieb die Komplikation mit meinem Bekannten und dem Waffenhändler, und die lag mir durchaus auf der Seele. Nach einem kurzen Abstecher zur Herrentoilette setzte ich mich am Parkplatzrand auf einen Betonpoller und rief Steffen an.

Er wollte augenblicklich wissen, wo ich war und wann ich nach Århus zurückkommen würde. Oder vielmehr: wann Dhanavati zurückkommen würde. Offenbar hatte sich mein Bekannter wieder gemeldet und Steffen gebeten, auf den Servern des AIMSEP nach weiteren E-Mails der Person zu suchen, von der die Mail mit dem Namen des Waffenhändlers stammte. Steffen hatte jedoch nur noch eine weitere Nachricht gefunden, die er außerdem unverständlich fand: Darin stand nur, dass Dhanavati mit Nachnamen Reinerts hieß und am AIMSEP arbeitete. Was man ihr ja, wie Steffen richtig bemerkte, nicht extra mitteilen müsste.

Mein Bekannter hatte daraufhin die Vermutung geäußert, dass Dhanavati noch ein privates Postfach besaß und alle wichtigen Mails an diese andere Adresse gingen. Weshalb es sehr wünschenswert wäre, einen Blick auf etwaige Mails zu werfen, die auf ihrem Laptop gespeichert sein mochten. Den Laptop hätte sie doch sicher dabei. Ob ich mir irgendwie Zugang verschaffen könnte?

Der Autoschlüssel steckte in meiner Hosentasche. Ich hätte nur zum Parkplatz gehen, den Kofferraum öffnen und Dhanavatis Laptop einschalten müssen. Wenn ihre

Festplatte nicht verschlüsselt war, hätte ich die Antwort in drei Minuten gehabt.

Aber ich dachte gar nicht daran. Ich fand es – milde ausgedrückt – schon erschreckend, dass Steffen noch einmal auf den Mailservern des AIMSEP herumgeschnüffelt hatte. Im Auftrag eines Mannes, über den er praktisch nichts wusste. Sicher, der Kontakt zu diesem Mann war über mich gelaufen – aber ich hatte Steffen auch schon einmal einen Autohändler empfohlen. Ob er dem auch geholfen hätte, die Kreditwürdigkeit eines Kollegen zu überprüfen?

Also fragte ich, wie er sich das vorstellte, worauf ihm zum Glück nichts einfiel. Stattdessen nannte er mir eine Handynummer, unter der ich Bescheid sagen sollte, wenn wir noch eine Stunde von Århus entfernt waren.

Ich machte mir nicht die Mühe, sie zu notieren. Stattdessen rief ich bei meinem Bekannten an, um herauszufinden, was da vorging. Dass er vorgewarnt werden wollte, bevor wir Århus erreichten, konnte eigentlich nur eins bedeuten: Er und seine Kollegen wollten Dhanavati überwachen lassen. Offenbar waren sie tatsächlich der Meinung, sie könnten auf diesem Weg mehr über die Geschäfte des Waffenhändlers erfahren. Was mir völlig abwegig erschien.

Mein Bekannter meldete sich nicht. Und an diesem Punkt habe ich es mir wohl zu einfach gemacht. Es hätte noch andere Wege gegeben, ihn zu erreichen. Mit etwas Hartnäckigkeit hätte ich es geschafft. Ich hätte auch Steffen noch einmal anrufen und ihn bitten können, mir sämtliche E-Mails, die er aus Dhanavatis Postfach herauskopiert und weitergereicht hatte, Wort für Wort vorzulesen. Dann hätte ich begriffen, was meinen Bekannten so neugierig machte. Dann hätte ich vielleicht vorausgesehen, was seine Kollegen planten, und das Schlimmste verhindern können. Doch ich sprach meinem Bekannten nur einen kurzen Gruß auf die Mailbox und bat ihn, mich anzurufen. Danach kaufte ich mir ein Sandwich und wartete darauf, dass die Damen vom Essen zurückkehrten. Was sie bald darauf auch taten – gemeinsam, immerhin, wenn auch nach wie vor schweigend.

Um halb acht Uhr abends erreichten wir Århus. Ich fuhr Dhanavati zu ihrer Wohnung in dem Viertel zwischen Altstadt und Uni und ließ mich dann von Maria beim Hotel absetzen. Als Steffen mich sah, wollte er augenblicklich den ganzen »Fall«, wie er es nannte, mit mir durchsprechen, doch ich wehrte ab. Auch das war natürlich ein Fehler. Nicht zuletzt, weil ich dadurch anderen das Feld überließ, Leuten, die nur zu gern über den »Fall« sprachen. Aber ich war müde. Und ich nahm die Sache nicht wirklich ernst.

Mein Bekannter rief nicht zurück. Stattdessen meldeten sich am nächsten Morgen zwei seiner Kollegen.

Wie gern hätte sie Jens hineingeschickt. Wieder ein Verschlag; die nächste Mutprobe. Keine Beleuchtung. Schimmelgeruch. Luft, die seit Jahren denselben Raum ausfüllte. Sie blieb in der Türöffnung stehen und leuchtete mit der Taschenlampe die Regale ab.

Dort stand der Plattenspieler. Eigentlich ganz leicht zu erreichen. Nur das rostige Fahrrad des Vormieters herauszerren, den Müllsack mit Teppichresten nach rechts schieben …

Wie gern hätte sie Jens hineingeschickt. Wie gern hätte sie ihn gebeten zu bleiben – es hatte zwei Sekunden gegeben, nachdem er die Tasche vor ihrer Wohnungstür abgestellt hatte, nachdem sie den Schlüssel aus der Tasche gefischt hatte, den Pappkarton aus Marsberg unter dem Arm … Sie hatten sich angesehen. Sie hatte nicht versucht, so zu tun, als würde sie an etwas anderes denken. Er hatte gelächelt. Zögernd – unsicher, außer dass man sich einen Jens nicht unsicher vorstellen konnte. Er hatte den Mund geöffnet, als wollte er etwas sagen; dann hatte er ihren Jackenkragen zurechtgezupft, hatte genickt und war die Treppe hinuntergelaufen.

Sie hätte ihm sagen sollen, dass sie noch einen Plattenspieler aus dem Kellerverschlag holen musste. Vielleicht wäre er dann geblieben. Aber wenn er geblieben wäre, wären sie bestimmt nicht als Nächstes in den Keller gegangen. Und unten im Auto hätte immer noch Maria gewartet. Von der Frage des Eherings ganz zu schweigen.

Also. Tief atmen. Die Schritte planen. Vorbeugen, das alte Fahrrad am Lenker fassen und ziehen. Es hing an einem der Stühle fest, die aufgestapelt neben ihm standen, kam frei, sie rollte es auf leeren Reifen in den Gang und lehnte es an die Bretterwand gegenüber. Die Tür zu ihrem Verschlag fiel zu. Sie öffnete sie wieder, machte einen Schritt in den Raum hinein, so dass ihr linker Fuß noch die Tür blockierte, packte einen der Stühle am Bein und richtete ihn auf, ein Bein fehlte, sie lehnte ihn dreibeinig gegen die Tür und trat zur Seite; es hielt. Wozu Vormieter-Gerümpel doch gut war.

Den Plattenspieler konnte sie nicht dem Vormieter anlasten. Ihn hatte sie selbst in den Keller getragen, gleich nach dem Einzug, als sie beschlossen hatte, Musik nur noch digital aufzubewahren. Wenn sie jemanden gekannt hätte, der ihn wollte, hätte sie ihn verschenkt. Warum Dinge aufheben, die man nicht mehr benutzte? Schränke und Kellerverschläge damit vollstopfen, dass man mit jedem Umzug schwerer bepackt war? Die Vergangenheit ließ sich nicht aufbewahren, sie existierte gar nicht. Was existierte, waren Erinnerungen, aber als Teil der Gegenwart, biochemische, elektrochemische Spuren im Gehirn, die im Jetzt wirkten, in dem Geflecht von Interaktionen, das man Ich nannte, dessen Zustand sich kontinuierlich änderte, ein kleiner, sich selbst stabilisierender Wirbel im Fluss. Die Vergangenheit war ein Konstrukt, Erinnerungsspuren, verwoben mit gegenwärtigen Wünschen und Ängsten, verwoben mit gegenwärtigen Sinneseindrücken von Fotos, Schriftstücken, Tonaufnahmen …

Was tat sie dann hier? Wieso holte sie einen Plattenspieler aus dem Keller, um sich Musik anzuhören, die jemand anders vor dreiundzwanzig Jahren gehört hatte? Eine Frau, die selbst als Erinnerung kaum Substanz hatte, weil es so wenige Spuren gab. Ein Pappkarton mit Krimskrams. Ein paar Bilder im Gedächtnis der Tochter, zusammenhanglos. Ein paar boshafte oder verächtliche Bemerkungen von Verwandten. Adrians Erzählungen.

Adrian. Mit den freundlichen Augen, der freundlichen Stimme. Groß und zerrupft. Der immer Zeit für sie hatte. Der mit ihr spielen ging, wenn ihre Mutter meditierte. Der ihr Gutenachtgeschichten erzählte, wenn sie oben in ihrer Dachkammer nicht einschlafen konnte. Hatte es ihn je gegeben? Oder hatte sie ihn erfunden, weil jedes Kind jemanden braucht, der wirklich da ist, den man anfassen kann, der nicht nur stumm ins Zimmer schwebt und gleich wieder hinaus?

Arme Dhani, gleich fangen wir an zu weinen. Da drüben steht der Plattenspieler. Schaffst du es ohne Panikattacke?

Drei Schritte. Bis zu den Stühlen; zwischen die Stühle; dicht an den großen Umzugskarton heran. Jetzt die Taschenlampe ausschalten und einstecken – und atmen, Dhani, weiteratmen, es drang genug Licht durch die Tür herein, man sah, was man sehen musste: den Müllsack mit Teppichresten – zur Seite schieben. Staub, der sich seit eineinhalb Jahren nicht bewegt hatte … Halt die Luft an. Du schaffst das. Die Glühbirne im Gang wird nicht verlöschen … Vorbeugen. Greifen. Zurück. Schnell zur Tür.

Im Gang lehnte sie sich an einen Mauervorsprung, tief atmen, aber da war zu wenig Luft, sie ging weiter, es hämmerte in ihrer Brust, um die Ecke in den Hauptgang, die drei Stufen hinauf, mit Ellbogen und Fuß die Tür aufzerren … und die Treppe hinauf in den Hof.

Luft. Windgeräusche. Nieselregen. Am liebsten wäre sie stehengeblieben, aber der Plattenspieler durfte nicht nass werden. Sie zog die Tür zum Hausflur auf, stieg die Treppe hinauf in den obersten Stock, stellte den Plattenspieler vorsichtig ab und schloss die Wohnungstür auf. Das Wohnzimmer war hell erleuchtet. Sie trug den Plattenspieler zum Couchtisch, öffnete die Balkontür und trat hinaus.

Dunkle Dächer. Schornsteine vor dem Himmel. Ein fast voller Mond schimmerte durch Wolken. Auf der anderen Hofseite schlief eine Möwe, ein stiller heller Fleck auf den Dachziegeln. Im Hof brannte Licht, es war angesprungen, als sie auf den Schalter im Treppenhaus gedrückt hatte: eine Lampe über dem Eingang zum Haus, eine am Schuppen. In den anderen Wohnungen im Haus und im Haus gegenüber war alles dunkel.

Halb zwei. Die Zeit, in der niemand zuschaute.

Sie ging wieder nach drinnen, riss in der Küche ein Stück Küchenkrepp von der Rolle, feuchtete es an und wischte den Staub vom Plattenspieler. Sie stellte ihn neben ihrer Musikanlage auf den Fußboden, verband ihn mit dem Verstärker und der Steckdose, verband das Notebook mit dem Kopfhörerausgang des Verstärkers und schaltete alle Geräte ein. Ihre Ohrstöpsel steckten noch in der Jackentasche, aber für diese Arbeit war der große Kopfhörer besser; sie fand ihn ganz hinten in der Schublade des Kleiderschranks.

Alles bereit. Sie ging zu dem Pappkarton und nahm die Schallplatten ihrer Mutter heraus. Die übrigen Sachen hatte sie sich schon kurz angeschaut, die Schneekugel geschüttelt, den ausgewaschenen bunten Baumwollschal auseinandergefaltet und wieder zusammengelegt, durch das Fotoalbum geblättert. Es roch muffig. Das Album enthielt Aufnahmen von Kindern, unter denen sie ihre Mutter nur erkannte, wenn sie neben Onkel Robert oder der Großmutter stand. Sie hatte sich darauf gefreut, diese Dinge anschauen zu können; und jetzt? Es war alles so lange her. Es war so unwichtig geworden. Tot. Aber warum blieb dann trotzdem diese bohrende Sehnsucht, diese Trauer, die mit nichts in Verbindung stand? Unerklärt, unbeeinflusst – als ginge es ihr gar nicht um Mutter und Kindheit und den unbekannten Vater; aber worum ging es dann?

Jens hatte gewusst, wovon sie sprach. Er hatte die Frage nicht beantworten können, aber er hatte das Gefühl wiedererkannt. Glaubte sie. Vermutete sie. Man müsste noch einmal darüber reden.

Hinten im Fotoalbum lag ein grauer Briefumschlag mit weiteren Fotos. Sie nahm ihn heraus und trug ihn mit den Schallplatten ins Zimmer. Drei waren es. Sie zog die oberste aus der Hülle, wischte sie mit trockenem Küchenkrepp sauber und legte sie auf.

Golden Hour of Melanie. Den ersten Titel hatte man schon viel zu häufig gehört. Sie setzte sich vor dem Notebook auf den Fußboden und startete das Audioprogramm. Eine Zeitlang sah sie den Ausschlägen der Pegelanzeige zu, dann setzte sie den Kopfhörer auf.

It's the only thing I could do half right, and they're turning it upside down, Ma.

Viel zu häufig.

Die Fotos im Briefumschlag zeigten erwachsene Menschen. Sie standen auf einer ungemähten Wiese, vor einem hellgelb gestrichenen Holzhaus. Sie waren jung, in grüne oder grüngelbe T-Shirts und flattrige orange-grün-gelbe Röcke oder Hosen gekleidet, dazu Sandalen oder gar keine Schuhe. Lange Haare. Diesmal erkannte sie ihre Mutter. Sie schaute an der Kamera vorbei, auf jedem Foto, ohne zu lächeln; zwischen ihr und den anderen blieb eine Lücke, die offenbar nie jemand füllen mochte.

She would never say where she came from.

Sie kannte diese Musik, kannte jedes einzelne Stück. Nicht nur die wenigen berühmten. Jedes. Jede einzelne Note. Als hätte jemand ihr Leben lang irgendwo im Hintergrund diese Lieder gesungen.

I'm going to Carolina in my mind.

Im Hintergrund ihrer Gedanken, im Hintergrund aller Erinnerungen. Der vagen Bilder von kahlen Räumen. Staub in der Sonne. Dämmerlicht in einer Dachkammer. Dazu stets diese Musik.

Kannte sie die Leute auf den Fotos? Kannte sie das Haus? Hatten sie dort gewohnt? Warum war Adrian nicht dabei? Oder war er dabei, und sie hatte vergessen, wie er aussah, hatte sein Gesicht in ihrem Gedächtnis durch ein anderes ersetzt? Würde sie ihn wiedererkennen, wenn sie sich jetzt mit ihm traf – falls Lee ihn wirklich gefunden hatte; falls er zu einem Treffen bereit war?

I'm not sleepy, and there is no place I'm going to.

Wer von diesen Männern war ihr Vater?

NILSSON

ÅRHUS
29. AUGUST

Der Anruf kam, als ich gerade frühstücken wollte. Eine Viertelstunde später traf ich mich mit ihnen an einem Hot-Dog-Stand auf dem Århuser Domplatz.

Nennen wir sie Schulz und Nagel. Schulz den Großen, Schweren, Nagel den Kleinen, der fürs Reden zuständig ist. Sie tranken Kaffee aus Plastikbechern, und Schulz aß tatsächlich schon einen Hotdog.

Nagel beklagte sich. Über das Tempolimit auf dänischen Autobahnen, über die Langsamkeit dänischer Bürokraten, darüber, dass vor dem Wohnhaus der Zielperson kein Parkplatz zu finden gewesen war, so dass sie abwechselnd in einer zugigen Einfahrt Wache gestanden und dazwischen stundenweise im Auto geschlafen hatten. Das alles bei Regen. Um sechs Uhr früh waren sie endlich von zwei Dänen abgelöst worden, aber um die Zeit hatte es in ihrem Hotel noch kein Frühstück gegeben, nicht einmal Kaffee, und dazu lag das Hotel so weit draußen, dass sie praktisch sofort wieder hatten losfahren müssen, um sich mit mir zu treffen …

»Dann machen wir's doch kurz«, sagte ich, aber Nagel dachte nicht daran, sich sein Tempo vorschreiben zu lassen. Zuerst musste er mir noch erzählen, wie viel er schon von mir gehört hatte, nur Gutes natürlich, vor allem über den Einsatz im Kosovo, sein bester Kumpel sei auch dabei gewesen. Das war natürlich ein Versuch, so etwas wie Kameradschaft zwischen uns herzustellen – plump, aber nicht völlig wirkungslos, wie ich zugeben muss: Denn auch wenn ich mich im Folgenden nicht von ihnen einspannen ließ, zögerte ich im entscheidenden Moment doch, ihnen die Arbeit zu erschweren. Ein kluges Köpfchen eben, dieser Nagel. Und ein Arschloch natürlich.

Als er spürte, wie ich lockerer wurde, kam er unvermittelt zur Sache: »Und, bist du an ihren Laptop rangekommen?«

»Bin ich nicht, nein.«

Schulz und Nagel wechselten Blicke, und ich fühlte mich tatsächlich beschämt. »Was wollt ihr denn überhaupt von ihr?«

Nagel sah mich schweigend an. Dann lächelte er. Kleine, ebenmäßige Zähne kamen zum Vorschein. »Erst mal nur einen Eindruck verschaffen. Ob es überhaupt Sinn macht, sie über unseren internationalen Freund auszufragen. Vielleicht weiß sie ja gar nichts. Oder sie haben so engen Kontakt, dass wir ihn aufscheuchen, wenn wir sie ansprechen. Beides wäre gar nicht gut, oder?«

»Ihr glaubt im Ernst, dass dieses Mädel im internationalen Waffengeschäft mitmischt?«

Wieder ließ sich Nagel mit der Antwort viel Zeit. Vermutlich konnte er kaum glauben, dass ich wirklich derart ahnungslos war. Dass ich nicht längst erraten hatte, was sie planten.

»Man steckt nie drin, oder?«, sagte er schließlich leichthin. »Wir versuchen gerade, mehr über den Absender der Mail rauszufinden. Diesen Lee, wie er sich nennt.« Er beobachtete mein Gesicht. Dann lächelte er, noch strahlender als vorher. »Aber jetzt erzähl mal von Marsberg. Was wollte sie da? Ist sie deine Artikelschreiberin?«

»Ist sie nicht, nein. Sie weiß viel zu wenig über unser Projekt. Und die Fahrt nach Marsberg war Zeitverschwendung. Sie hat Verwandte besucht. Ein paar Sachen geholt, die einmal ihrer Mutter gehört haben. Nichts Interessantes.«

Diesmal fiel mir auf, wie schmal und spitz sein Gesicht plötzlich wurde. Aber ich konnte mir keinen Reim darauf machen. Ich wunderte mich nur flüchtig, weshalb ihn ausgerechnet der Pappkarton aus der Reinerts'schen Garage so faszinierte. Denn das tat er: Nagel ließ sich zweimal beschreiben, was ich vom Inhalt des Kartons zu Gesicht bekommen hatte. Auch die Szene am Garagentor musste ich ihm genau schildern.

Als ich fertig war, zögerte er so übertrieben, dass es nicht einmal mich überzeugte, und sah seinen Kumpel an. »Na, ich denke mal, wir werden einfach mit ihr reden, was, Schulz?« Schulz antwortete nicht, und Nagel wandte sich wieder mir zu. »Kannst du da vielleicht was arrangieren? So um der alten Zeiten willen?«

Auch wenn ich keine Ahnung hatte, was er tatsächlich plante – er fing an, mir auf die Nerven zu gehen. »Kommt doch einfach mit ins AIMSEP. Da findet sich schon eine Gelegenheit.«

Er lächelte nachsichtig, ganz der höfliche Kollege, der einem nie ins Gesicht sagen würde, dass man Unsinn redet. »Na, das wäre vielleicht doch ein bisschen zu öffentlich. Nein. Ich denke, wir sollten sie zu Hause besuchen. Was, Jens? Nach Feierabend. Wir treffen uns hier und fahren zusammen hin, du stellst uns vor, wir reden ein bisschen, und dann sehen wir weiter.«

Dann sehen wir weiter. Das sagte er wörtlich. Und ich – begriffsstutzig, wie ich war – stimmte zu. Ich dachte, es könnte nicht weiter schaden. Es wäre die schnellste Methode, die zwei loszuwerden. Wenn sie Dhanavati kennenlernten, würden sie schnell merken, dass die junge Frau nichts von Waffenhandel verstand. Selbst jemand wie Nagel würde das begreifen. Außerdem würde ich die ganze Zeit dabei sein. Es konnte also gar nichts passieren.

Letztlich läuft alles auf eines hinaus: Ich habe Nagel unterschätzt. Von allen Fehlern, die mir unterliefen, war das sicher der verheerendste.

Die nächsten paar Stunden lassen sich kurz zusammenfassen – ich nehme kaum an, dass Sie sich noch sehr für meine Suche nach *blind seer* interessieren, und das war das Problem, dem ich mich wieder zuwandte. Ich vermutete den Artikelschreiber nach wie vor in Århus. Am Ende des Vormittags hatte ich ihn gefunden.

Eine Hündin brachte mich auf die richtige Spur. Timo Helms riesige, freundliche Katta. Ich entdeckte ihr Foto, als ich mir die Website des AIMSEP noch einmal genauer anschaute. Ein Link auf der Seite mit Helms Selbstdarstellung führte mich zu einer Website für Hundebesitzer, und dort saß sie. In einem Fahrradanhänger.

Von dem zugehörigen Fahrrad war gerade so viel im Bild, dass man die vollgepackten Satteltaschen erkannte. Und aus dem zugehörigen Artikel ging hervor, dass Timo Helm mit dem Rad bis nach Skagen gefahren war und seine Hündin in einem eigens umgebauten Fahrradanhänger mitgenommen hatte. Offenbar hätte selbst Katta nicht die ganze Strecke zu Fuß geschafft. Ein gemütliches Bild, oder? Der kräftige, unerschütterlich freundliche Helm, schwitzend auf dem mit Zelt und Kochgeschirr beladenen Fahrrad. Und dahinter die sicherlich dreißig Kilogramm schwere Katta, wie sie in ihrem Wagen lag und entspannt die Nase in den Wind hielt.

In dem Artikel erwähnte Helm ganz am Schluss, dass er im September mit derselben Ausrüstung zu einer Konferenz der WRI in Odense fahren wollte. Zwei Sekunden Recherche, dann wusste ich, dass WRI in diesem Fall für War Resisters' International stand, einen internationalen Verband von Kriegsdienstgegnern.

Da hatte ich also meinen Friedensaktivisten. Den Leiter von Marias IT-Gruppe. Bestens über alles informiert, was mit Marias Datensammlungen zu tun hatte – folglich auch über Steffens Projekt, bei dem diese Daten als Grundlage für Epidemiemodelle benutzt werden sollten.

Ich ging ins AIMSEP und unterhielt mich mit ihm. Das Gespräch verlief genau so, wie ich es mir vorgestellt hatte. Helm hörte geduldig zu, während ich ihm auseinandersetzte, warum ich ihn für *blind seer* hielt, und erklärte mir dann sehr freundlich, dass der Autor des Artikels erstens niemanden verleumdet hätte, da die Angaben in dem Artikel stimmten – oder wollte ich das etwa bestreiten? Und dass er selbst sich zweitens niemals dazu verpflichtet hätte, irgendwelche Geheimnisse zu wahren. Nicht einmal die des AIMSEP. Ganz bestimmt nicht die des IAI. Auf meinen Hinweis, es gebe auch so etwas wie Treuepflichten dem Arbeitgeber gegenüber, und er habe seine Chefin in eine verdammt schwierige Lage gebracht, antwortete er ruhig, das ginge aber nur ihn und seine Chefin etwas an.

Damit war eigentlich alles gesagt. Natürlich hätte ich mit der Geschichte zu Maria Kingsley gehen können. Nur glaubte ich nicht, dass sie dadurch etwas Neues erfahren hätte. Am AIMSEP geht es sehr familiär zu, und es hätte mich gewundert, wenn Mutter Maria nicht über alles, was ihre Mitarbeiter taten, bestens informiert gewesen wäre.

Mein Gespräch mit Helm fand nicht in seinem Büro statt, sondern draußen vor dem Eingang des AIMSEP. Auf einem Mäuerchen in der warmen Sonne, während Katta neben uns lag. Wir waren eben im Begriff, uns zu trennen – nicht allzu freundschaftlich: Ich hatte Helm erklärt, dass ich selbstverständlich meinen Chef über alles informieren würde, was ich herausgefunden hatte, und ihn gefragt, ob er eigentlich glaube, Frohnert würde dazu nur sagen: *Kann jedem mal passieren, Maria,* und die Sache auf sich beruhen lassen. Woraufhin Helm zurückgefragt hatte, ob ich wirklich so ein Arschloch sei oder mich nur wie eins benähme, weil ich glaubte, das würde von mir erwartet. In dem Moment trat Dhanavati aus der Tür.

Es war eine merkwürdige Begegnung zwischen den beiden. Sehr befangen. Katta sprang auf und lief zu Dhanavati hinüber, und sie bückte sich und zauste ihr das Fell, aber danach sahen sie und Helm sich an, als wüssten sie nicht, wie man miteinander redet. Ich war sicher, dass Dhanavati ihn noch am Abend, gleich nach unserer Rückkehr, angerufen und vor mir gewarnt hatte. Trotzdem schien Helm in ihr eine Fremde zu sehen. Eine, die letztlich nie zur Familie gehört hatte.

Schließlich deutete Dhanavati mit dem Kinn in meine Richtung und fragte Helm: »Well?«

Helm stand von der Mauer auf. »Well, I'm going back to work.«

Er marschierte an ihr vorbei zum Eingang. Im Gehen schnippte er mit den Fingern, und Katta folgte ihm nach drinnen.

Kaum dass er fort war, trat Steffen ins Freie. »Da bist du ja endlich«, sagte er auf Deutsch zu mir.

»Wieso, hast du mich gesucht?«

Er antwortete nicht, sondern sah mich nur an, als müsste ich seine Gedanken lesen. »Dein Handy war ausgeschaltet«, sagte er schließlich.

»Ich war beschäftigt. War denn irgendwas Wichtiges?«

Er sah mich immer noch an, als wollte er mich hypnotisieren. Dann schüttelte er den Kopf.

»Wir wollten gerade essen gehen«, sagte Dhanavati. »Dein Kollege wollte dich fragen, ob du mitkommst.«

»Gute Idee. Wo geht's hin?«

Sie zeigte quer über die Wiese auf ein flaches Gebäude mit Terrasse. Ein schmaler Plattenweg führte an einem Teich entlang hinüber. Dhanavati ging voran, ich folgte.

»He, wartet mal.«

Wir drehten uns um. Steffen stand noch vor dem Eingang des AIMSEP. Rot im Gesicht.

»Mir ist grade eingefallen, dass ich unbedingt meine Mails checken müsste. Kann ich das von deinem Rechner aus machen, Dhani?« Seine Stimme war flach und viel zu hoch. »Ich warte auf ein bestimmtes Dokument, und wenn das nicht da ist, muss ich den Absender mahnen. Ich brauche es, um weiterzukommen.«

Es war die unüberzeugendste Lüge, die mir je begegnet war. Wieso hatte er die Sätze nicht wenigstens vorher geübt? Und wieso, zum Teufel, wollte er schon wieder für fremde Leute schnüffeln gehen? Denn dass er das vorhatte, war offensichtlich. Ich hatte mich geweigert, auf Dhanavatis Laptop nach Mails zu suchen. Also sollte er das übernehmen.

Bevor ich auch nur daran denken konnte, einzugreifen, hatte Dhanavati schon ihren Schlüsselbund hervorgeholt und ihn Steffen zugeworfen. »Der mit der grünen Kappe ist fürs Zimmer. Mein Passwort für den Institutsrechner brauchst du auch, hast du was zu schreiben?«

Immer noch rot im Gesicht kramte Steffen einen Stift und einen Zettel hervor und schrieb auf, was sie diktierte. Dann murmelte er etwas, das vermutlich ein Dankeschön sein sollte, und verschwand im Institutsgebäude.

Ich stand da und sah ihm nach. Natürlich hätte ich protestieren müssen. Ich hätte ihm nachgehen und unmissverständlich klarmachen sollen, wie dumm es war, sich von Leuten als Spion einspannen zu lassen, über deren Motive man nichts wusste. Nur dachte ich ja, *ich* wüsste über Schulz' und Nagels Motive Bescheid. Ich dachte, sie wollten sich vergewissern, dass Dhanavati keine Komplizin des Waffenhändlers war. Als letzte Vorsichtsmaßnahme, bevor sie selbst mit ihr sprachen. Natürlich hätte es mich misstrauisch machen müssen, dass sie sich hinter meinem Rücken an Steffen gewandt hatten. Gleich nach unserem Treffen am Dom, bei dem sie sich so kollegial gegeben hatten. Ich hätte mich fragen müssen, was sie noch vor mir geheim hielten. Aber so weit dachte ich nicht. Ich war sicher, dass Dhanavati nichts mit internationalem

Waffenhandel zu tun hatte. Folglich würde Steffen nichts finden. Folglich schadete es auch nichts, wenn er den Geheimagenten spielte. Es war Dhanavati gegenüber nicht nett. Aber es war harmlos.

So stellte ich es mir jedenfalls vor.

Und das ist fast schon die gesamte Geschichte. Dhanavati und ich gingen essen, plauderten über alles Mögliche und verabschiedeten uns. Ich kehrte ins Hotel zurück und buchte für den nächsten Morgen einen Flug nach Köln. Danach schrieb ich einen Bericht über *blind seer* für Frohnert, schickte ihn am Ende aber doch nicht per E-Mail, sondern ließ mir für den übernächsten Vormittag einen Termin bei ihm geben, um alles persönlich mit ihm zu besprechen.

Steffen ließ sich nicht blicken. Wie ich später erfuhr, saß er den ganzen Nachmittag über mit Dhanavati zusammen und sprach ihr Epidemiemodell mit ihr durch – bis sie Kopfschmerzen vorschützte, sich aufs Fahrrad schwang und ihm davonfuhr. Ich selbst besichtigte am Nachmittag die Århuser Altstadt, ging dann zum Hafen und schlenderte an Kohlehalden, einem ausrangierten Eisbrecher und mehreren Containerstellplätzen vorbei. Beim Fähranleger setzte ich mich ganz am Ende des Kais auf eine Betontreppe und sah den Seglern zu, die jenseits der äußeren Hafenmauern in der Bucht kreuzten. Ein hübscher Anblick. So trügerisch friedlich.

Um zwanzig nach acht rief Nagel an und meldete, dass Dhanavati nach Hause gekommen war. Wir trafen uns wieder am Dom. Die Geschäfte waren geschlossen, aber die Straßen waren immer noch voller Menschen.

Auf dem Weg durch die Altstadt fragte ich Nagel, ob Steffens Recherchen etwas Interessantes ergeben hatten. Einen winzigen Moment lang brachte es ihn tatsächlich aus dem Konzept. Aber er fing sich sehr schnell. Im bühnenreifen Tonfall eines Mannes, der seinem besten Kumpel schlechte Nachrichten überbringt, teilte er mir die eine wesentliche Tatsache mit, die mir bisher entgangen war und die er angeblich ebenfalls erst an diesem Nachmittag durch Steffen erfahren hatte: dass Dhanavati auf der Suche nach ihrem Vater war.

Laut Nagel hatte sie zu diesem Zweck einen Privatdetektiv engagiert, den sie nur übers Internet kannte – und dieser Detektiv, Leander Schmitz, genannt Lee, hatte anscheinend die Absicht, ihr den Waffenhändler Bengt Eglund aus Riga als möglichen Vater zu präsentieren. Ob Schmitz in gutem Glauben handelte oder im Auftrag von Eglund, ließ Nagel klug in der Schwebe: Zweifel seien jedenfalls angebracht, behauptete er, denn eine rasche Nachfrage bei der örtlichen Polizei habe ergeben, dass Schmitz überhaupt kein Privatdetektiv sei, sondern ein Journalist, der von der Hand in den Mund lebte. Und ein enger Freund eines einheimischen Autohändlers, der nach Ansicht der Polizei das Drogengeschäft in der Region kontrollierte. Und Drogenhändler und Waffenhändler – das wüsste ich ja – bewegten sich nicht eben in unterschiedlichen Welten.

Das alles trug Nagel wortreich und in einem ungeheuren Tempo vor, während wir im Sturmschritt durch die Straßen marschierten. Es war eine geschickte Mischung aus Fakten und Lügen. Denn meine erste Reaktion war natürlich, mich zu fragen, worauf in aller Welt Dhanavati sich da eingelassen hatte. Bevor mir die sehr viel wichtigere Frage einfiel, wie Nagel und Schulz die Situation auszunutzen gedachten, standen wir schon vor ihrer Haustür, und Nagel drückte auf die Klingel.

Dhanavati meldete sich sofort. Ich rief meinen Namen ins Mikrophon der Sprechanlage. Eine Sekunde lang blieb es still, dann summte der Öffner.

Wir stiegen ins Dachgeschoss hinauf. Sie wartete an der Tür zu ihrer Wohnung. Man sah ihr an, dass sie enttäuscht war, weil ich nicht allein gekommen war – und leider muss ich sagen, dass mir das peinlich war, denn ich wusste, dass Nagel später Witze darüber machen würde. Ich stellte ihr Schulz und Nagel vor, und Nagel zeigte ihr einen hübsch gestalteten Dienstausweis, der angeblich vom Landeskriminalamt Berlin ausgestellt war.

Sie bat uns herein. Wir setzten uns im Wohnzimmer auf Sofa und Sessel. Nagel riss augenblicklich die Gesprächsleitung an sich und erklärte, dass er und seine Kollegen gegen einen international tätigen Waffenhändler ermittelten. Einen Schweden namens Bengt Eglund, der von Riga aus operierte. Was später in der Nacht geschah, war um vieles schlimmer, aber dies ist der Augenblick, an den ich am wenigsten gern zurückdenke. Der Moment, in dem ihr klar wurde, dass wir in ihren E-Mails geschnüffelt hatten.

Danach würdigte sie mich keines Blickes mehr, sondern wandte sich ausschließlich an Nagel. Genau wie bei unserem Treffen am Dom ließ er sich mit der Einleitung viel Zeit. Zunächst einmal erklärte er ausführlich, wie schwer es war, in Fällen von organisierter Kriminalität an wirklich gesicherte Informationen zu kommen. Er tischte ihr Geschichten über Schweigegebote bei der Mafia, über heldenhafte verdeckte Ermittler und den Wagemut einzelner Zeugen auf – Stoff für mehrere Kinofilme, und zugleich ließ er sie nicht aus den Augen, wartete auf das eine Lächeln, den einen Zwischenruf, der ihm einen Ansatz geboten hätte.

Denn natürlich hatte er vor, Dhanavati als Informantin in Eglunds Organisation einzuschleusen. Nur deshalb hatte er mich dazu überredet, ihn ihr vorzustellen. Die E-Mails zeigten deutlich, dass Dhanavati nichts über Eglund wusste, was man nicht ebenso gut in der Zeitung nachlesen konnte. Aber das interessierte Nagel gar nicht. Er wollte sie nach Riga zu Eglund schicken. Als dessen lange vermisste, endlich wiederentdeckte Tochter. Er wollte diese junge Frau – die schon fassungslos gewesen war, als sie herausfand, dass ihr Computerprogramm zum Schutz vor Biowaffen benutzt werden konnte – als Spitzel gegen einen kriminellen Waffenhändler einsetzen.

Genau in dem Moment, als selbst mir das endlich klar wurde, klingelte mein Handy. Es war Frohnert. Er wollte die Sicherheitsmaßnahmen für ein geplantes IAI-Projekt mit mir durchsprechen, bevor er sich am nächsten Vormittag mit dem potentiellen Auftraggeber traf.

Ich hätte ablehnen müssen. Ihn auf später vertrösten. Aber ich hinkte mental noch immer hinter den Ereignissen her. Nagel zischte mir schon zu, ob ich nicht draußen telefonieren könnte. Zugleich stellte Frohnert komplizierte Fragen, die sich nur nach einem Blick in meine Unterlagen beantworten ließen. Also versprach ich ihm, in zwanzig Minuten zurückzurufen.

Dann ging ich. Niemand versuchte mich aufzuhalten. Dhanavati blickte an mir vorbei. Schulz grinste, als wäre ich von meinem Chef dabei erwischt worden, wie ich mich während der Arbeitszeit auf Institutskosten betrank. Nagel nahm sich nicht einmal fürs Grinsen Zeit. Er konzentrierte sich voll auf Dhanavati.

Mich hätte ihre Haltung längst entmutigt: Sie schien kaum zuzuhören und antwortete auch auf direkte Fragen bestenfalls mit Achselzucken. Inzwischen weiß ich jedoch, dass Nagel glaubte, einen Trumpf im Ärmel zu haben. Einen Vorfall während Dhanavatis Zeit an der Hamburger Uni, die leichtsinnige Aktion einer Betrunkenen, bei der sie sämtliche Server des Rechenzentrums für Stunden lahmgelegt hatte. Die Sache hätte sie fast ihren Doktortitel gekostet, aber sie hatte sich mit den Geschädigten einigen können und war mit einer Verwarnung davongekommen.

Kaum jemand wusste davon. Doch Nagel hatte es herausgefunden – Menschen wie er ziehen immer gut vorbereitet in die Schlacht. Er hatte es herausgefunden, und als Dhanavati nach zweieinhalbstündigem Umworbenwerden schließlich nein sagte, drohte er ihr, jeden potentiellen neuen Arbeitgeber von dem Vorfall zu unterrichten. Er wird fest damit gerechnet haben, dass sie daraufhin nachgeben würde, doch anscheinend rümpfte sie nur die Nase wie über einen widerwärtigen Geruch. Da griff er zum nächsten, noch hässlicheren Druckmittel. Aber davon erfuhr ich erst, als Schulz mich um zwei Uhr nachts anrief.

DHANAVATI

Es gibt es noch, es ist alles noch da, hier, die Fliesen unter den Knien – nein, nicht schreien, nicht wieder schreien, sie kommen nicht, sie lachen, sie warten und lachen, niemand im Haus, sie wären längst da … Nicht wieder nach innen – dunkel – kein Ort – es ist alles noch da, fühl die Fliesen, die Kanten, die Ecke, zwei Kanten, zwei über Eck, zwei linear unabhängige Vektoren spannen eine Fläche auf, drei einen Raum … folg dieser Kante mit der Hand, nein, du hast nicht die Richtung verloren, nein, es kann nicht weit sein, weiter, weiter … Querschiene, Metall: Das ist sie, rutsch rüber, Stirn gegen Holz … lackiert, weiß lackiert ist sie, leuchtend weiß und ich seh nichts … Nichts. Da ist nichts Dimension Null ein Punkt keine Ausdehnung kein Atem kein Platz für den Atem drückt nach innen keine Luft Lüftungsschlitze aber keine Luft kein Platz nein nein!

Nicht wimmern. Hör auf zu wimmern! Sie sitzen draußen sie lachen sie dösen in deinen Sesseln. Steh auf. Doch. Steh auf. An der Türfläche nach oben. Handflächen. Hörst du es rascheln? Es ist alles noch da. Schwarz aber da. Auch Luft doch auch Luft. Aufstehen. Fuß. Fuß. Strecken. Aufrichten. Kühl an der Wange. Jetzt umdrehen. Rücken an die Tür. Doch. Es ist alles noch da. Drei Vektoren spannen einen Raum auf. Tür: Höhe. Tür: Breite. Fliesenkante: von der Tür weg. Folg ihr mit dem Schuh. Du spürst sie. Die

Kante der Sohle verhakt sich darin. Folg ihr. Lass die Tür los und folg. Drei Vektoren einen Raum alles vorhanden du hörst es doch tropfen! Da willst du hin. Waschbecken. Spiegelschrank. Feile Nagelschere Cremetiegel. Gleich bist du da, mach einen Schritt … einen Schritt! Jeder Ort im dreidimensionalen Raum ist durch eine Linearkombination dreier Vektoren erreichbar … Aber wenn man die Richtung verliert? Wo ist meine Hand? Weg einfach weg wie weit entfernt in einem Raum ohne Metrik ist der Begriff Entfernung ohne Bedeutung … Porzellan. Da. Porzellan. Fest. Halbrund. Fest aber kein Raum kollabiert kein Raum

Du musst dich bewegen. Doch. Festhalten. Anlehnen. Tasten. Metall. Wand. Hinauf. Weiter. Tropft. Weiter. Flach. Keine Luft. Kein Raum … Wo war der Schalter? Spiegelschrank! Da! Außen! Rechts! Da, Plastik, er hat sich bewegt bewegt klickt klickt tropft schwarz bunt Funken tropft splittert. Raus! Ich muss raus! Raus! Macht auf! Schlagt die Tür ein! Bitte macht Licht, Licht, hört auf, Licht, hört auf hört auf!

Licht. Da ist Licht. Grau. Fliesenboden. Flächen und Ritzen. Vor ihren Knien. Licht. Durch die Lüftungsschlitze der Tür endlich Licht. Goldsilbern in den Kanten der Scherben. Es brennt in der Hand. Dunkel. Schmierig. Brennt und pocht. Tropft. Da. Flecken zwischen den Scherben.

Das Schloss knackt. Steh auf. Kann nicht. Du musst raus, wenn sie öffnen. Grelles Licht direkt in die Augen.

Der Breite. Er flucht. Er schaltet das Deckenlicht ein.

Überall Blut.

Sie blieb knien. Sie stießen die Scherben mit dem Schuh aus dem Weg. Packten sie unter den Armen und zogen sie hoch. Hielten ihre Hand unters Wasser. Wickelten ein Handtuch darum. Fanden Verbandszeug im Spiegelschrank, nahmen das Handtuch weg, legten eine Kompresse auf und wickelten den Verband darum. Ihr war schlecht. Sie kotzte ins Waschbecken. Sie flüsterten in ihrem Rücken. Sie fassten sie jeder an einem Arm und brachten sie hinüber ins Wohnzimmer zu ihrem Sessel.

Der Breite telefonierte. Sie drückte sich in den Sessel. Ihr war kalt. Durch die Balkontür wehte es herein. Jemand schob eine Tasse in ihre unverbundene Hand, es schwappte heiß auf ihre Finger. Der Kleine nahm ihr die Tasse weg und hielt sie ihr an die Lippen.

Sie trank. Tee. Noch einen Schluck. Heiß und süß. Der Kleine legte ihr etwas um die Schultern, ihre Jacke, sie kannte den Stoff, den Geruch. Sie hörte sich atmen. Ihr Gesicht war nass. Sie nahm ihm die Tasse weg und trank. Er saß neben ihr auf der Armlehne, seine Hand lag auf ihrer Schulter.

Sie würden es wieder tun. So oft sie wollten. Wann immer sie nein sagte. Nicht schnell genug ja sagte. Lachte, wenn sie nicht lachen sollte. Sie würden sie packen und ins Bad sperren, und es wäre wie vorher, nein, nicht wie vorher, denn diesmal würde sie ihren Kopf gegen das Waschbecken schlagen, nur das half, nur Schmerz dehnte sich aus, nahm sich Raum, ließ sich nicht auf null Dimensionen bringen. Aus Schmerz konnte man die Welt aufbauen. Brennen in der Hand: Hand Arm Schulter vorhanden. Sie biss auf die Unterlippe. Da. Vorhanden.

Jens sprach. Wo kam er plötzlich her? Der Kleine stand

auf. Sie schob die verletzte Hand in den Ärmel der Jacke. Dann die andere. Ihre Jacke, Geld, Papiere, Schlüssel waren darin. Ihr Mobiltelefon lag auf dem Tisch, sie streckte die Hand aus, sie bemerkten es nicht. Sie stand auf, wich zur Balkontür zurück. Leise. Die Männer stritten.

Jens sah zu ihr her.

Sie glitt durch die halboffene Tür ins Freie. Ein Schritt zum Geländer, ein Bein hinüber, das andere auch. Im Hof brannte Licht. Jetzt erlosch es. Sie ließ das Geländer los und sprang.

And we all sang
the songs of peace

ANNIKA

Wie viel er verschwiegen hat. Dieser Jens. *Mein Bekannter und seine Kollegen. Nennen wir sie Schulz und Nagel.* Kein Wort darüber, was ihn mit diesen Leuten verbindet. Keinerlei Erklärung dafür, weshalb er ihnen geholfen hat. Nur Ausflüchte. *Ich begriff nicht. Mir war noch nicht klar.*

Was in der Nacht in Århus passiert ist, hat er mir erst viel später erzählt, mündlich und in Andeutungen. Ein Anruf auf seinem Handy, tief in der Nacht. Zwei Männer, die sich unter *Panikattacke* offenbar ein paar Angstschreie wie in der Geisterbahn vorgestellt hatten. Eine Fahrt im Taxi durch leere Straßen. Schulz an Dhanavatis Wohnungstür, schon fast wieder der alte Unerschütterliche, der ihn am liebsten ins Hotel zurückgeschickt hätte.

Dhanavati auf dem Balkon. Wie sie über die Brüstung stieg. Sprang.

Blut und Spiegelscherben im Bad.

Wie er nach dem Vorfall – ein Wort, das er besonders gern benutzt – zu Adrian und mir gefunden hat, verrät er ebenfalls nicht, aber das ist leicht zu erraten. Irgendwo in Dhanavatis Computer oder in ihren Papieren werden sie auf Adrians Namen gestoßen sein. Seine Adresse herauszufinden, wird ihnen noch schneller gelungen sein als Lee, Dhanavatis selbsternanntem Detektiv.

Er kam natürlich auch zu uns, der Detektiv. Einen Tag, nachdem Adrian Westerkoog verlassen hatte, stand er vor der Tür. Ein blasser junger Mann mit kantenlosem Gesicht, dem er durch lange, fein ausrasierte Koteletten und einen Bartfleck am Kinn etwas Form zu geben versuchte. Er klingelte, während ich im Wohnzimmer staubsaugte, und ich ließ den Schlauch fallen, ohne auszuschalten, und rannte zur Tür: Noch hoffte ich bei jedem Motorengeräusch, jedem Rufen, dass Adrian zurückgekehrt wäre. Wie alle anderen fragte auch der Detektiv zunächst nach Adrian und anschließend nach Dhanavati: als wäre ich in einer Fernsehserie gefangen, in der jede Episode gleich begann.

Leander Schmitz stellte sich immerhin vor. Er bezeichnete sich als Ermittler und behauptete, dass er Dhanavati wegen einer Erbschaftsangelegenheit suchte. Die Lüge machte mich so wütend, dass ich ihm die Tür vor der Nase zuschlug. Am nächsten Morgen, als ich die Post hereinholte, fand ich seine Visitenkarte im Briefkasten. Es stand auch eine Internetadresse darauf, und ich ging in die Kammer und schaltete den Computer ein und sah mir die Seite an. *Researcher* nannte er sich im Internet. Spezialisiert auf die Suche nach Vermissten.

Ich saß dort und las das Wort immer wieder. Vermisst. Jemand, der fehlt. Der verloren gegangen ist, der einem aus den Händen geglitten ist, als man unachtsam wurde, der sich verflüchtigt hat wie Dunst in der Sonne, von dem man bald nicht mehr genau wissen wird, wie er roch, wie seine Stimme klang, wie er sich die Augen rieb, wenn er müde war ... Ich habe Dhanavati damals gehasst, nicht nur, weil sie ihn fortgelockt hatte, sondern weil alle, die zu mir kamen, nur nach ihr fragten, wie eine Karawane von Pilgern zogen sie an unserer Haustür vorbei und fragten mich stets dasselbe. Wo ist sie, wie geht es ihr, was ist nur mit ihr geschehen, der armen Kleinen, die alle so lieb haben. Nach Adrian fragten sie nur, weil er sie auf Dhanavatis Spur bringen sollte. Nach Nina und mir fragten sie gar nicht. Sogar Dhanavatis Chefin kam aus Århus zu uns, gemeinsam mit einem netten, schweigsamen Dänen, dem Timo Helm aus Nilssons Bericht.

Aber das war später. An diesem Morgen schaltete ich den Computer aus, kehrte ins Wohnzimmer zurück und putzte Fenster. So sauber wie in jenen Wochen war unser Haus noch nie gewesen. Ich konnte mich auf nichts konzentrieren, schon gar nicht auf das Modellieren von Möwen, aber das Putzen gab mir das Gefühl, dass die Welt sich trotzdem weiterbewegte. Ich wischte also Fensterrahmen und Scheiben sauber, sagte mir den Satz vor, der in diesen Wochen mein Mantra wurde – er kommt wieder, er hat es versprochen –, und dachte darüber nach, ob ich Leander Schmitz damit beauftragen sollte, Adrian zu finden.

Stattdessen rief ich Jörg an, mit dem ich zur Schule gegangen bin und der mittlerweile in Husum Polizist ist. Wir trafen uns am nächsten Tag während seiner Mittagspause. Er erklärte mir, dass Adrian nach den Maßstäben der Polizei nicht als vermisst galt und dass sich in Deutschland jeder Dilettant Privatdetektiv nennen darf. Weniger bereitwillig erklärte er mir, wie ich selbst herausfinden könnte, wo Adrian sich aufhielt. Eine der Möglichkeiten, die er mir nannte, war: Kontobewegungen überwachen.

Am Nachmittag begleitete ich Nina zum Reiterhof und ließ mir von Paula zeigen, wie man übers Internet mit der eigenen Bank verkehrt. Am späten Abend, als Nina schlief, setzte ich mich an den Computer. Paula hatte mir verraten, wie ich die Internetadresse unserer Bank schnell herausfinden konnte: indem ich mir anzeigen ließ, welche Adressen Adrian zuletzt besucht hatte. Für das Konto wirst du ein Passwort brauchen, hatte sie mich gewarnt, es sei denn, Adrian hat seines gespeichert, und das wäre sehr unvorsichtig von ihm. Aber offenbar hatte Adrian seinem Gedächtnis stärker misstraut als irgendwelchen Betrügern, denn ich erhielt ohne Schwierigkeiten Zugang.

Ich fand zwei Abbuchungen, von denen ich nichts wusste. Jemand hatte an Geldautomaten im Ausland Geld abgehoben. Einmal am Montag, dem Tag nach Adrians Abreise. Und einmal an dem Freitag davor. Als Adrian noch in Eiderstedt war.

Dhanavati.

Und dann, als ich mir anschaute, welche Internetadressen Adrian außerdem besucht hatte, stieß ich auf ein Diskussionsforum. Es diente offenbar dazu, Geschichten rund um die Figuren einer Fernsehserie zu veröffentlichen – nur ganz oben in der Liste fand ich eine, die offenbar nicht recht hineinpasste. Jedenfalls beklagten sich die anderen Forumsmitglieder darüber. Ich las die Geschichte, las sie noch einmal, druckte sie aus. Las sie immer wieder.

Verfasst war sie von einer Person namens dh.rei.

Am nächsten Morgen rief ich Nilsson an.

DHANAVATI

Sein Telefon war eingeschaltet, doch er nahm nicht ab. Das sechste Summen, das siebte … Ansage. Sie unterbrach und wählte neu. Vier, fünf, sechs …

»Ja?« Kaum mehr als ein Murmeln.

»Wir müssen uns treffen. Zehn Uhr am Dom ist zu spät.«

»Wer ist da?« Rascheln. Dann etwas lauter: »Dhan?«

»Kannst du nach draußen kommen? Jetzt sofort?«

»Dhan? Bist du das? – Weißt du, wie viel Uhr es ist?«

»Zwei Uhr siebenundfünfzig. Komm zur Rückseite des Hotels. Zur Vordertür raus, links, gleich wieder links.«

»Was ist los?« Noch mehr Geraschel.

»Da ist eine Brücke über den Å …«

»Was? Wovon redest du?«

»Eine Brücke über den Fluss!« Zu schrill. Du schreckst ihn ab. »Den Kanal. Hinter deinem Hotel. In zehn Minuten. Kommst du?«

»Was ist los?«

»Bring alle Infos mit, die du hast.« Sie legte auf und schaltete das Telefon aus.

Drei Minuten war es eingeschaltet gewesen. Maximal. Genügte das, um sie zu orten? Genügte das?

Natürlich genügte es. Einmal einschalten, und sie wussten die Funkzelle, und in der Stadt waren Funkzellen nicht groß. Also beweg dich, los, lauf!

Bergab bis zum Åboulevard, dort nach links. Restaurants. Dunkel. Das große Kaufhaus. War es ein Fehler? Hätte sie später anrufen sollen? Erst Geld holen – erst die Stadt verlassen? Sich die Infos per Mail schicken lassen – aber sie lasen ihre Mails! Aber wenn sie ihn überwachten – wenn sie ihn bestochen hatten … Ihr Magen krampfte, die Luft blieb ihr weg, sie lief zu einem Hauseingang, zog sich in den dunkelsten Winkel zurück, lehnte sich an die Betonwand.

So. Atmen. Ruhig atmen. Nein. Ganz ruhig. Sie legte die Hände auf den Magen, erst die verletzte, darüber die heile. Augen schließen. Ruhig, ruhig. Es war still in der Stadt. Vollkommen still. Ganz Århus war still und lauschte … Nein. Ruhig. Du hast einen Plan. Der Plan ist gut. Übersichtlich. Ein Graph mit vier Knoten. Siehst du sie? Da, schau hin. Da ist der erste. Wo du stehst. Fast an der Ecke Frederiksgade. Da ist Nummer zwei: die Brücke hinter Lees Hotel. Nummer drei: der Geldautomat. Beim Rathaus, weil du dort am meisten abheben kannst. Nummer vier: der Bahnhof. Der kommt als letzter. Folglich gibt es nur zwei mögliche Pfade: Lee-Bank-Bahnhof oder Bank-Lee-Bahnhof; und die Bank liegt zwischen dem Bahnhof und Lees Hotel.

Und wenn sie dort warteten? Am Bahnhof – vor der Bank – wenn sie Lee überwachten …

Nein. Sie konnten nicht überall zugleich sein. Sie war schnell, sie war leise, das war die Chance – also los!

Sie streifte an den Mauern entlang. Horchte in die Frederiksgade hinein – alles still –, rannte hinüber zur Uferpromenade, rannte und rannte; lautes Dröhnen, als der Holzsteg begann; sie bremste ab, ging langsam weiter, setzte jeden Schritt mit Vorsicht, dicht an der dunklen Glasfassade entlang. Da war endlich die Sankt-Clemens-Brücke, auf hohen Betonpfeilern, über Kanal und Uferwege hinweg. Sie tauchte in die Schatten unter der Brücke, blieb stehen.

Die nächste Brücke war schon die richtige. Die niedrige Fußgängerbrücke dort, keine vierzig Meter entfernt.

Und am anderen Ufer stand jemand. Bewegte sich jetzt. Löste sich aus dem Dunkel zwischen den Häusern und trat auf den erleuchteten Uferweg. Näherte sich vorsichtig der Fußgängerbrücke.

Daunenjacke. Basecap. Kurze Haare. In der Mitte der Brücke blieb er stehen und blickte von Ufer zu Ufer.

Sie trat aus dem Schatten hervor und rief. »Lee!«

Er drehte den Kopf in ihre Richtung. Zögerte, überquerte die Brücke und kam näher. Blickte nicht über die Schulter zurück. Anscheinend rechnete er nicht damit, dass ihm jemand folgte.

Oder er hatte Übung darin, Leute in Fallen zu locken.

Sie waren jetzt fünf Schritte voneinander entfernt. Er blieb stehen. Rundes Gesicht. Der Bart wie mit dem Filzer gemalt. Er sah noch jünger aus, als sie gedacht hatte; sie hatte nie einen Vollprofi erwartet, aber dieses Kindergesicht …

»Dhanavati Reinerts?«

Er grinste. Grinste vor Aufregung. Ein Junge, der sich heimlich nachts aus dem Haus geschlichen hatte. Ein Grinsen aus einer anderen Welt.

Dann bröckelte es weg. Sein Blick sprang zu ihren Beinen hinunter, zu ihrer Hand, wieder zu ihrem Gesicht, und sie sah sich darin gespiegelt; nicht nur die dreckigen Knie, den Verband; die Stelle an der Wange, wo sie an der Regenrinne des Schuppens entlanggeschrammt war; auch die Schreie, der Schlag in den Spiegel; die Finsternis in allen Gedanken; das Zittern, das nicht mehr aufhören wollte. Sie sah, wie er schluckte. Darum kämpfte, lässig zu sprechen.

»Ist was passiert? Du siehst ein bisschen mitgenommen aus, wenn ich das so sagen darf.«

Ist was passiert. Nein, liebes Leanderlein. »Ich habe Ärger mit der Polizei. Wegen Eglund.«

Die richtige Antwort. Sofort blickte er nervös um sich; das war gut; er würde es eilig haben, von hier wegzukommen. Sie wich ins Dunkel unter der Sankt-Clemens-Brücke zurück. Er folgte.

»Der Polizei?« Er sprach leise. »Die dänische Polizei interessiert sich für Eglund?«

»Die deutsche. LKA Berlin.«

Sie hörte sich reden. So sachlich. Hörte sich sogar überlegen: Erzähle ich ihm, dass ich ans LKA nicht glaube? Als hätte jemand anders die Führung übernommen, jemand, der die Rolle beherrschte.

»Was wollen die denn von dir? Woher wissen sie überhaupt von dir und Eglund?« Und als sie nicht sofort antwortete: »Nicht von mir! Falls du das glaubst ...«

Auf den Gedanken war sie nie gekommen. »Nein, reg dich ab. Ich bin mit einem der Säcke im Auto aus Deutschland zurückgefahren. Da hat er wohl meine E-Mails gelesen, während ich auf dem Rastplatz auf dem Klo war.«

Nicht gut. Es tat gar nicht gut, von ihm zu reden. Plötzlich stand er vor ihr, so freundlich, lächelnd; hielt sie fest, als ihre Beine nicht trugen, weil das Garagentor zugefallen war; da schlug sie zu. Faust in den Magen. Knie in die Eier.

Tritt in die Rippen. Wieder. Wieder. Sie wandte sich ab, zum Pfeiler der Brücke, stemmte die verbundene Hand dagegen. Es half. Schmerz half immer. Sie war wieder hier, am Fluss.

Lee redete. Wie hinter Watte. »Verschlüsseln«, sagte er eben: Er hielt ihr einen Vortrag über den Schutz der Privatsphäre.

»Hör zu«, sagte sie mitten hinein, »lass uns das schnell erledigen, ja? Gib mir, was du an Infos hast, dann geh wieder rein.«

»Spinnst du? Du musst das doch nicht allein ausbaden.«

Fast hätte sie ihn angeschrien. »Wieso nicht? Es *ist* mein Problem. Und die Leute stehen früh genug bei dir auf der Matte. Sie verdächtigen dich nämlich, für Eglund zu arbeiten.« Ja, das erschreckte ihn. Gut so. »Jetzt gib her und halt mich nicht weiter auf.«

Er bewegte sich nicht. Sah sie nur an. Am liebsten hätte sie ihm die Jacke von den Schultern gezerrt und die Taschen durchwühlt. »Mach! Bevor sie uns finden!«

Endlich: Er öffnete die Jacke. »Ich hab's dir ausgedruckt. Hier.« Er holte einen weißen Briefumschlag hervor. Sie griff danach. Er zog ihn weg. »Du willst doch diesen Eglund nicht jetzt noch kontaktieren?«

Was ging ihn das an? Was, zur Hölle, ging ihn das an? Sie griff noch einmal nach dem Umschlag. Er riss ihn ihr zwischen den Fingern weg; wich vor ihr zurück.

Ruhig, Dhani, ganz ruhig. Wenn du ihn vertreibst, hast du verloren. Sie blieb stehen. Senkte die Stimme. »Ich habe keine Ahnung, wie es weitergehen soll. Vielleicht nehme ich mir einen Anwalt. Dann kann der mit den Bullen verhandeln. Und mit Eglund.« Ja. Das war genau der richtige Tonfall. Ungeduldig, aber keineswegs panisch. Und das Wort *Anwalt* würde ihn verunsichern. Einem Anwalt gegenüber fühlte sich jeder unterlegen. »Aber eben darum muss ich so viel wie möglich über Eglund wissen. Also gib mir bitte, was du hast.«

Sie streckte erneut die Hand aus. Auffordernd. Nicht drohend.

Er legte den Umschlag hinein.

»Gut. Jetzt pass auf.« Sie schob den Umschlag in die Innentasche der Jacke. »Morgen um zehn gehst du zum Dom wie geplant. Häng eine Weile rum und tu verärgert, dann schreib mir eine böse Mail, weil ich nicht gekommen bin, und schick mir die Rechnung. Ich bezahle, sobald ich kann. Und jetzt geh wieder ins Hotel, ich muss weiter.«

»Wo willst du hin?«

Das würde sie ihm gerade verraten. »Irgendwo abtauchen. Ich weiß noch nicht, wo. Danke noch mal, Lee. Mach's gut.«

Er wollte antworten; sie wandte sich ab. Nach wenigen Schritten begann sie zu laufen. Am Fluss entlang, wie sie gekommen war. Sie hörte ihn hinter sich noch rufen. »Viel Glück!«, hieß es vermutlich. Sie sah sich nicht um.

Drei Uhr achtzehn. Das Treffen war ihr endlos erschienen, aber es hatte nur Minuten gedauert. Das nächste Ziel war die Bank.

Knoten Nummer drei. Rådhuspladsen. Sie nahm den Weg durch die Christiansgade; immer dicht an den Gebäuden oder den parkenden Autos entlang, um schnell Deckung zu finden, falls jemand vorbeikam; doch es kam niemand vorbei. Es war still. Nur ihre Schritte pochten.

Das Laufen fiel leicht, und es tat gut, die Schwärze, die Schreie in ihrem Kopf – alles blieb hinter ihr zurück. An der Vester Allé links, langsamer jetzt. An der nächsten Querstraße in den Schutz der abgeschrägten Hausecke. Der Rathausplatz. Drei Türen weiter die Bank, die Geldautomaten noch vor dem Eingang in der Fassade. Sie stand still und lauschte, lauschte.

Nichts.

Sie ging weiter. Holte das Portemonnaie hervor, legte es in die verletzte Hand, zog mit der anderen die Karte heraus. Der erste Automat. Karte einschieben. Geheimzahl eingeben. Betrag. Knacken, Surren.

Motorengeräusch. Aus der Vester Allé. Ein Auto näherte sich langsam; als würde der Fahrer etwas suchen.

Ruhig, ruhig. Karte nehmen. Geld. Wegrennen? Nein! Sie hockte sich an die Kante des Gehwegs, dicht an ein parkendes Auto. Den Kopf gesenkt, still.

Das leise Singen von Reifen. Es kam näher. Noch näher.

Es zog vorbei. Sie zählte bis fünf und streckte den Rücken. Über die Kühlerhaube des parkenden Autos hinweg sah sie einen dunklen Wagen. Getönte Scheiben. Er bog nach rechts ab. Richtung Bahnhof.

Scheiße.

Was nun? Ungefähr um vier fuhr der erste Zug nach Kopenhagen, aber wenn sie den Bahnhof überwachten …

Überprüf das. Jeder Wichtigtuer fährt ein Auto mit getönten Scheiben.

Sie schob Geld und Karte in die Hosentasche und rannte los; nicht hinter dem Wagen her, sondern quer über den Platz. Zum Rathausgebäude und daran entlang, bis die Grünanlage begann. Hinein ins Dunkle, schneller und noch schneller; ihre Hand fing an zu pochen, aber ihr Brustkorb befreite sich, ihr Nacken schüttelte alles ab; sie lief zwischen Bäumen hindurch, an Rasenflächen vorbei, bis der Weg nach links schwenkte und zu der Straße führte, in die das Auto eingebogen war; an der Einmündung blieb sie stehen.

Park Allé. Hundert Meter bis zum Bahnhof.

Und dort stand der Wagen. Noch in ihrer Straße, vor einer blinkenden Ampel. Vor einer leeren Kreuzung. Die Rücklichter brannten; und jetzt rollte er an, rollte langsam über den Bahnhofsplatz und bog in die Zufahrt zum Taxihalt ein.

Zwei Taxen standen dort. Der Wagen hielt ein Stück hinter ihnen.

Niemand stieg aus. Vielleicht wollte der Fahrer jemanden abholen. Vielleicht wartete er auf den ersten Zug. Aber warum hatte er dann schon vorher, vor der Ampel gehalten?

Die Beifahrertür öffnete sich. Ein Mann stieg aus. Schmal, dunkel gekleidet. Er schlug aufs Wagendach, und der Wagen fuhr an. Der Mann sah ihm nach, dann drehte er den Kopf mit einem Ruck in Richtung Bahnhofseingang.

An dem Ruck erkannte sie ihn. Der Kleine. Der geschwätzigste der drei. Also saß der Zweite im Auto, und das Auto bog jetzt in die Straße ein, die über die Gleise hinwegführte … Und hielt. Auf dem Radweg. So dass er alle Treppen zu den Bahnsteigen im Blick hatte.

Sie bewachten die Zugänge.

Wo war der Dritte? Mit im Auto? Am Flughafen? In ihrer Wohnung, für den Fall, dass sie zurückkam?

Egal. Jedenfalls weg hier. Sie kehrte um, lief durch die

Grünanlage zum Rathausplatz; dort blieb sie im Schatten der Bäume stehen.

Kein Grund zur Panik. Es gab andere Möglichkeiten. Sie konnte zum Flughafen fahren. Ein Auto mieten. Maria anrufen und fragen ...

Nein. Nicht Maria und nicht Timo. Weiter. Sie konnte auf der Frederiks Allé nach Süden laufen, bis zum Autobahnzubringer, und trampen ...

Über was für Ressourcen verfügten diese Leute? Wenn sie zum LKA Berlin gehörten – wenn sie überhaupt zu irgendeiner Behörde gehörten –, wieso standen sie dann ganz allein da unten am Bahnhof? Wieso wimmelte es nicht von Polizisten?

Es wirkte alles so ... verstohlen.

Und Oberarschloch Jens war nie bei der Polizei gewesen. Sondern bei der Bundeswehr. Soldat auf Zeit. Da passte einiges nicht zusammen.

Gut. Nimm an, sie sind nur zu dritt. Zwei stehen am Bahnhof. Wo ist der Dritte?

Am Flughafen.

Oder er fährt die Straßen ab.

Oder er überwacht Lee, jetzt, zu spät.

Oder er versucht, dein Telefon zu orten.

Sie holte es hervor. Es war ausgeschaltet. Irgendwo hatte sie allerdings gelesen, man könnte Mobiltelefone einschalten, indem man von einem anderen Gerät einen bestimmten Befehl sandte.

Glaubte sie das?

Spielte es eine Rolle? Sie würde dieses Telefon sowieso nie wieder benutzen. Sie nahm es in die verbundene Hand, öffnete den Deckel des Batteriefachs, löste Akku und Karte heraus. Ging zur nächsten Parkbank und legte den Akku dort ab.

Und rannte los. In ruhigem Tempo, dem Tempo, das sie über Kilometer durchhalten konnte. Lockere Knie. Lockere Schultern. Diagonal über den Rathausplatz und in die Fußgängerzone, wieder rechts, links und rechts. Im Laufen warf sie das Telefon in einen Papierkorb. Weiter über den Fluss. Ins Hafengelände und am Wasser entlang bis zum Anlegeplatz der Fähren.

Noch war alles still. Menschenleer. Der Verkaufsschalter geschlossen. Auf dem Parkplatz standen zwei Dutzend Anhänger von Sattelschleppern, nebeneinander aufgereiht. Sie studierte den Fahrplan und lief dann quer über den Platz zum Anleger für die Autofähren nach Kalundborg.

Durch einen Anhänger vor Blicken geschützt, setzte sie sich auf einen Poller und warf die Telefonkarte ins Wasser. In den Wolken hing ein erster Schimmer von Grau. Weit weg, an einem anderen Pier, surrte ein Kranmotor und verstummte wieder. Das Meer war glatt, es spiegelte die Laternen an den Kais und weit draußen die Lichter eines Schiffes, das sich dem Hafen näherte.

Sie würde nicht wiederkommen. Nie wieder Eis essen auf den Betonterrassen am Fluss. Nie wieder mit Katta über den Strand laufen. Nie wieder mit Maria kochen oder mit Timo bis in die Nacht hinein schwatzen. Wieso machte sie das nicht traurig? Wieso war da nur dieses konturlose Grau; als hätte es die Menschen und Dinge, die ihr Leben in Århus ausgemacht hatten, nie wirklich gegeben; als hätte es auch sie selbst nicht gegeben? Nur leeren Raum, einen Ballon, auf dessen Hülle Bilder projiziert wurden, in dessen Zentrum sich nichts befand.

Vergiss es. Bestandsaufnahme. Sie leerte die Taschen und legte den Inhalt vor sich aus. Glättete die Geldscheine und schob sie ins Portemonnaie, schob die Kreditkarte an ihren Platz. Der Personalausweis steckte in seinem Fach.

Sonst fand sich nicht viel in ihren Taschen. Ein Feuerzeug. Blättchen. Aber kein Tabak. Lees Umschlag – sie warf einen Blick hinein: drei oder vier gefaltete Blätter. Ein Päckchen Papiertaschentücher. Ein Zettel mit Steffens Telefonnummer. Sie warf ihn ins Wasser.

Ihr iPod. Sie schaltete ihn ein, suchte die Musik heraus, die sie vor so wenigen Stunden überspielt hatte, und steckte sich die Stöpsel in die Ohren. Legte die verletzte Hand vorsichtig auf den Oberschenkel.

I'm going to Carolina in my mind.

ANNIKA

Nilssons zweiter Besuch fiel auf den Sonnabend, den sechsten Tag nach Adrians Abreise. Nina war mit einer Freundin zum Einkaufen in Tönning: Ich hatte sie praktisch gezwungen hinzufahren. In diesen ersten Tagen ging sie freiwillig nicht aus dem Haus, sie lief beim ersten Klingeln zum Telefon, war zu allen Anrufern kurz angebunden, fast grob, und umschlich mich mit bösen Blicken, wenn ich die Leitung zu lange blockierte.

Ich tat das Gleiche, wenn sie telefonierte. Und doch redeten wir nicht darüber. Wir waren kein gutes Team in diesen Wochen. Wie oft hatte ich vorher über Eltern gespottet, die glaubten, sie könnten irgendetwas Wichtiges vor ihren Kindern geheim halten, und nun schloss ich Nina von allem aus: Ich erzählte ihr, Adrian sei zu einer Bekannten gefahren, einer Freundin aus seiner Zeit in Schweden, die seine Hilfe brauchte, und werde sich bestimmt melden, sobald er Zeit hatte. Dabei *sah* ich, dass sie meine Unruhe spürte. Ich hätte genau den Augenblick benennen können, in dem sie anfing, meine Sätze auf versteckte Bedeutungen hin abzuklopfen, und aufhörte, mir zu vertrauen.

Nilsson klingelte auf die Minute pünktlich, selbst sein größter Feind wird ihm vermutlich nicht nachsagen können, dass er jemals unzuverlässig war. Ich hatte halb damit gerechnet, dass er die beiden anderen mitbringen würde – ja, meinetwegen nennen wir sie Schulz und Nagel –, doch er erschien allein. Ruhig. Höflich. So selbstsicher. Er saß mir am Küchentisch gegenüber, saubere Jeans, teures gebügeltes Hemd, die kurzen Haare gerade so unordentlich, dass es lässig wirkte – und ich sah plötzlich die abgeplatzten Stellen im Anstrich unserer Küchentür, die Flecken auf den alten Fußbodenfliesen, die welken Blätter an der Zitronenmelisse. Menschen, die ihr Leben auf diese offenkundige Art fest im Griff haben, verunsichern mich immer. Es hilft dann nichts, wenn ich mir sage, dass sich hinter der gepflegten Oberfläche alle möglichen Krisen verbergen können. In dem Punkt habe ich oft Adrian beneidet, der solche Dinge gar nicht wahrnimmt, an dem die Herablassung, die ich bei Leuten wie Nilsson spüre, unbemerkt abprallt.

Wir saßen also da und schwiegen uns an, zwischen uns Kaffeetassen, aus denen keiner von uns trank. So weit reichte seine Höflichkeit nicht, dass er mir den Einstieg erleichtert hätte. Ich suchte sicherlich fünf Minuten nach einem passenden Anfang – bis mir klar wurde, wie lächerlich das war.

»Ich weiß, wohin Dhanavati gefahren ist«, sagte ich.

Nichts an seiner Haltung veränderte sich, er beobachtete mein Gesicht und wartete.

»Wo sie letzten Freitag war. Zwei Tage, nachdem Sie zum ersten Mal hier waren. Ich weiß, was sie da gemacht hat und wohin sie von dort aus fahren wollte.«

»Aha.« Als ich nicht weitersprach, fragte er betont geduldig: »Und, wollen Sie es mir verraten?«

»Wenn Sie mir verraten, weshalb Sie sie suchen.«

Er hob die Augenbrauen. »Das habe ich Ihnen schon verraten. Sie sollte an einem unserer Projekte mitarbeiten, aber sie hat uns versetzt. Das Projekt ist dadurch ins Stocken geraten. Deshalb wollen wir sie ausfindig machen.«

»Ich weiß, das haben Sie mir erzählt. Aber ich glaube Ihnen nicht.«

»Meine liebe Frau Otten ...«

Ich sprach laut weiter. »Ich glaube, dass sie in Schwierigkeiten steckt. In großen Schwierigkeiten. Ich will wissen, was passiert ist.«

Er ließ sich mit der Antwort Zeit. »Und wie kommen Sie darauf? Dass sie ›in großen Schwierigkeiten steckt‹?«

Ich bin sicher, dass er absichtlich dieselben Worte benutzte wie ich. Und ihnen einen naiven Unterton gab – dass ich mich fragte: Habe ich so geredet? Er führte mir meine Unsicherheit vor, um mich noch stärker zu verunsichern. Er stellte mich als Idiotin hin, damit ich mich wie eine Idiotin benahm. Seine Abneigung war mit Händen zu greifen. Bis heute ist mir nicht völlig klar, worauf sie beruhte – außer dass es natürlich einiges gab, das er sich selbst übelnehmen konnte, und sicherlich war es leichter für ihn, auf jemand anders wütend zu sein als auf sich selbst. Doch damals wusste ich nicht einmal das, ich sah nur, dass er mir keinen Zentimeter weit entgegenkommen wollte.

»Adrian ist zu ihr gefahren«, sagte ich. »Weil sie offensichtlich Hilfe braucht.«

Zum ersten Mal wandte er kurz den Blick ab: Die Nachricht hatte ihn überrascht. »Adrian Barnes ist zu Frau Reinerts gefahren?«

»Ja.«

»Und er hat Ihnen gesagt, dass sie Hilfe braucht?«

»Das nicht, nein. Aber er wäre nicht so plötzlich weggefahren, wenn es nicht um etwas Wichtiges ginge.«

Und nun klangen meine Worte auch in meinen Ohren naiv. Das Dummchen vom Land, dem niemand je etwas erklärt. Nicht einmal der eigene Liebste. Weil alle wissen, dass sie doch nichts Hilfreiches beitragen könnte. Und die nun ausgerechnet von diesem wichtigen, vielbeschäftigten Mann verlangt, er solle ihr erklären, was in der großen Welt vorgeht.

Er sah mir wieder ins Gesicht. Und er zögerte mit der Antwort, als könnte er sich nicht entscheiden, wie er seine Verachtung am besten in Worte fassen sollte. »Habe ich das jetzt richtig verstanden: Er ist abgereist, ohne Ihnen zu sagen, was er vorhat?«

Ich räusperte mich. »Ja. Genau.«

»Und jetzt wollen Sie, dass ich ihn für Sie finde. Habe ich recht? Sie wollen mir einen Tipp geben, wo Frau Reinerts ist, in der Hoffnung, dass ich *ihm* auf die Spur komme. Ob Sie Frau Reinerts damit helfen oder noch mehr in Schwierigkeiten bringen, ist Ihnen egal – Hauptsache, ich finde für Sie heraus, wo Ihr Freund steckt, und schicke ihn zu Ihnen zurück. Also was soll dann dieses Getue? Wieso geben Sie mir nicht die Information, die Sie angeblich haben, und überlassen alles Weitere mir?«

Ich fand lange keine Antwort. Denn er hatte recht – in jedem Punkt hatte er recht. Ich wollte überhaupt nicht wissen, was Dhanavati zugestoßen war. Ich wollte nur, dass Adrian zurückkam, dass er Dhanavati wieder vergaß, dass er ihre Mutter und die Zeit auf Gotland und die alten Geschichten dort ließ, wo er sie vor über zwanzig Jahren begraben hatte. Es war eine ungeheure Versuchung, genau das zu tun, was Nilsson vorschlug. Ihm einfach zu sagen, wo Dhanavati sich aufhielt, ohne jede Gegenleistung.

Dann konnten er und seine Freunde in Ruhe ihre Geschäfte mit ihr regeln, was immer das für Geschäfte waren. Und Adrian würde einsehen, dass er nichts mehr für sie tun konnte. Er würde zu mir zurückkehren. Ganz von allein.

»Weil ich Ihnen nicht traue«, sagte ich. »Sie haben recht: Dhanavatis Probleme sind mir egal – aber Ihnen ist Adrian egal. Was aus ihm und mir und Nina wird, kümmert Sie einen Dreck. Sie wollen nur Ihre unverzichtbare Dhanavati finden. Aus welchen Gründen auch immer.«

Ganz kurz flackerte in seinem Blick etwas auf, das ich nicht verstand. »Wer ist Nina?«

»Unsere Tochter.«

Ich stand auf, goss meinen Kaffee in den Ausguss, spülte die Tasse aus und trank Wasser. Mit dem Rücken zu ihm. Ich war erschöpft, als hätte ich stundenlang auf eine Wand eingeschlagen. Ich beugte mich über den Spülstein und wusch mir das Gesicht, nahm das Handtuch vom Haken und trocknete mich ab.

»Ich wusste nicht, dass Sie eine Tochter haben«, sagte er.

Ich drehte mich um. Er war aufgestanden und lehnte am Tisch, die eine Hand lässig aufgestützt, die andere in der Hosentasche. Immer noch unerträglich selbstsicher.

»Natürlich wussten Sie das. Einer von Ihnen war im Haus, als Sie das erste Mal hier waren. Er war auch in Ninas Zimmer.«

Er antwortete erst nach langer Pause. »Sehen Sie, das wusste ich auch nicht. Welcher von ihnen war im Haus, der Kleine?«

Ich zuckte mit den Schultern: Was spielte das für eine Rolle? »Ich glaube, ja.«

»War etwas verändert? Hat er etwas mitgenommen?«

Ich schüttelte den Kopf. »Woran haben Sie denn gemerkt, dass er im Haus war?«

»Ich habe ihn gerochen.«

Er starrte mich an; dann lächelte er. Die erste spontane Reaktion, die ich bei ihm erlebte.

»Was sind das für Leute? Für wen arbeiten sie?«

Ein kurzes Zögern. »Fürs LKA Berlin, so weit ich weiß.«

Berlin. Es wurde immer sinnloser. »Und Sie? Was haben Sie mit ihnen zu tun?«

Noch ein Lächeln. Dieses war nicht mehr spontan. »Nichts. Wir sind uns früher schon mal über den Weg gelaufen, das ist alles. Hören Sie – wissen Sie, ob Herr Barnes mit Dhanavati telefoniert hat, nachdem die beiden hier waren?«

»Telefoniert? Nein, warum? – Glauben Sie, die hören unser Telefon ab?«

»Ich weiß es nicht. Wirklich nicht. Ich versuche nur, vorsichtig zu sein. Frau Reinerts hat also nicht angerufen?«

Ich versuchte mich zu konzentrieren. »Sie muss angerufen haben, oder? Mindestens ein Mal.« Über diesen Punkt hatte ich oft genug nachgedacht. An dem Abend, bevor Nilsson und die beiden anderen Männer nach Westerkoog kamen, hatte ich noch lange in der Werkstatt gearbeitet. An meiner Arche Noah. Ich hätte das Telefon nicht gehört. Und gleich früh am nächsten Morgen war Adrian weggefahren. Nicht zur Arbeit, wie ich dachte, sondern irgendwo anders hin. Zu einem Treffen mit ihr, sicherlich. »Aber das muss vorher gewesen sein. Nicht, nachdem Sie hier waren. Das hätte ich mitbekommen.«

»Hat Barnes Sie noch mal angerufen, nachdem er abgereist ist?«

»Nein! Was soll das alles? Was hat Dhanavati mit dem LKA Berlin zu tun?«

»Wie haben Sie rausgefunden, wo sie jetzt ist?«

Ich schwieg.

»Bitte, Frau Otten. Wenn diese Leute die Gelegenheit hatten, auch an die Information zu kommen …«

»Woher soll ich wissen, was sie können und was nicht?«

»Eben darum möchte ich ja …«

Ich fiel ihm ins Wort. »Ich sage Ihnen, was ich weiß, wenn Sie mir erklären, was hier vorgeht. Sonst nicht.«

Er fuhr sich mit der Hand durch die Haare. Anscheinend hatte er sich das Gespräch auch einfacher vorgestellt. »Das sagen Sie jetzt bestimmt schon zum dritten Mal.«

»Sie scheinen es ja nicht zu verstehen.«

Da lächelte er wieder. Und seufzte. »Also gut. Versuchen wir es mal andersrum. Was genau möchten Sie denn wissen?«

Wo Adrian ist, dachte ich. Wieso Dhanavati nur mit dem kleinen Finger winken muss, damit er zu ihr rennt.

Wieso sie sich nach zwanzigjährigem Schweigen plötzlich bei ihm meldet.

»Die ganze Geschichte. Von Anfang an. Was das für Schwierigkeiten sind, in die sie hineingeraten ist. Was Sie alle von ihr wollen. Weshalb sie sich vor Ihnen versteckt.«

»Das zu erklären, würde ziemlich lange dauern.«

»Dann treffen wir uns eben morgen noch einmal. Oder Sie schreiben es auf. Das ist mir sowieso lieber. Dann kann ich es mir in Ruhe durchlesen.«

Und nach den Lücken suchen. Nach den Lügen. Das sagte ich nicht, er wusste ohnehin, dass ich es dachte.

Er zögerte weiter, aber es wirkte nicht mehr ganz überzeugend. Sicherlich erwog er schon, wie er eine solche Zusage erfüllen konnte, ohne mir etwas Brauchbares zu verraten.

»Nun – gut«, sagte er schließlich. »Aber bevor ich mich hinsetze und diese ellenlange Geschichte aufschreibe, müssen Sie mir schon einen Tipp geben, was ich als Gegenleistung bekomme.« Sein Lächeln war wirklich sehr charmant. »Sonst stehe *ich* am Ende mit leeren Händen da.«

»Ich kann Ihnen sagen, wo sie vor acht Tagen Geld abgehoben hat.«

Das Lächeln verschwand, als hätte es jemand ausgeknipst. »Sie hat Barnes' Kreditkarte. Habe ich recht?« Und als ich nicht antwortete: »Natürlich habe ich recht. Sie haben die Abbuchungen von seinem Konto überprüft. So haben Sie es herausgefunden.«

»Von *unserem* Konto. Das Geld gehört uns beiden.«

Er hörte nicht zu. »Verdammt. Vor acht Tagen! Wieso haben Sie denn nicht früher nachgesehen? Konten zu checken ist für die zwei nun wirklich ein Kinderspiel, sie sind vermutlich längst da und …«

»Aber Dhanavati ist nicht mehr da. Am nächsten Tag war sie schon in einer anderen Stadt.«

»Ach ja? Und lassen Sie mich raten – da hat sie auch Geld abgehoben, richtig?«

»Nein. Das weiß ich aus einem anderen Grund.«

Ich sah, wie er tief einatmete. Vermutlich zählte er langsam bis zehn. »Und dieser andere Grund …«

»Den erfahren Sie, wenn Sie alles aufgeschrieben haben.«

Wir sahen uns an. Ich weiß nicht, wie lange – lange genug jedenfalls, dass all mein Unsicherheit zurückkehren konnte. Was mache ich, wenn er einfach nein sagt und geht? Wenn er heute Nacht bei uns einbricht und unseren Computer stiehlt und sich die Informationen, die er will, in aller Ruhe selbst zusammensucht? Wenn er mich aus dem Weg stößt und sich jetzt gleich nimmt, was er braucht? Aber er tat nichts von alledem, er stand nur da. Ich habe keine Ahnung, was er dachte. Schließlich wandte er sich ab und öffnete die Tür ins Freie.

»Ich komme morgen wieder her.«

DHANAVATI

Ein weißer Lieferwagen, zwanzig Minuten vor der vereinbarten Zeit. Er hielt auf dem Parkplatz hinter dem Rostocker Bahnhof. Jemand drückte die Fahrertür auf, bis sie fast gegen das Nachbarauto stieß, und zwängte sich heraus. Ein Mann. Struppige Haare, schwarz und grau. Er bewegte die Schultern, als wären sie steif, schloss ab, kam zwischen den Autos hervor und blickte sich um.

Groß und schwer. Jeans, T-Shirt, ein offenes Holzfällerhemd. Sie erkannte ihn wieder, als wäre er nur kurz zum Einkaufen fort gewesen, wenige Minuten lang, Zeit ohne Bedeutung. Sie stand auf; im gleichen Moment sah er zu ihr herüber. Sah sie über Parkplatz und Straße hinweg an und wurde ganz still. Nur sein Gesicht begann zu leuchten.

Dieses Lächeln. Unfassbar, dass sie es vergessen hatte. Jetzt kann mir nichts mehr passieren: Das hatte es immer bedeutet. Die Autos verschwammen. Sie rieb sich die Augen. Dann stand er vor ihr, sagte »Dhani« wie früher und nahm sie in die Arme.

»Ich bin Mathematikerin geworden.«

Wie merkwürdig, ihm das erklären zu müssen. Dinge aufzählen zu müssen, die jeder oberflächliche Bekannte über sie wusste. Wie einem Fremden; dabei war alles an ihm vertraut. Die Art, wie er die Augen zusammenkniff, wenn er etwas Heißes trank. Die Höflichkeit, mit der er jeden Menschen behandelte, auch übellaunige wie die Kellnerin des Cafés, die es so offensichtlich unmöglich fand, dass sie sich an den einzigen Fenstertisch setzten, obwohl das Geschirr dort noch nicht abgeräumt war.

Als hätte sie Nacht für Nacht von ihm geträumt. Als hätte sie jede Entscheidung, jedes kleine Ereignis mit ihm besprochen. Niemand sonst – nicht einmal Maria, ganz sicher nicht Robert oder Doris – strahlte so deutlich aus: Du bist zu Hause.

»Ich arbeite an einem Forschungsinstitut in Århus. Seit fast zwei Jahren.«

Die Kellnerin knallte einen Teller mit einer Frikadelle und Kartoffelsalat auf den Tisch. Adrian riss die Senftüte auf und drückte einen gelben Streifen neben das Petersilienbüschel.

Breite Hände. Gründlich gewaschen, aber rissig, und in den Rissen saßen Spuren von altem Dreck. Sie würden sich warm anfühlen, riesig groß. Er war zu ihr gekommen, nur auf einen Anruf hin: Hallo, bist du der Adrian Barnes, der mich früher in Henglinghausen besucht hat? Fünf Sekunden lang war es still geblieben, dann hatte er gesagt: Dhani? Bist du das? Und war am nächsten Morgen ins Auto gestiegen, irgendwo in der Nähe von Husum, und quer durch Norddeutschland nach Rostock gefahren. Zu ihr. Weil sie ihn brauchte.

»Eigentlich war ich ganz zufrieden, und ich dachte, meine Chefin wäre es auch ...«

So viele Lücken. Maria und ihre Besuche bei Robert und Doris: nichts wusste er darüber, nichts. Afrika. Die leeren Jahre. Die Hoffnung, in Århus endlich am richtigen

Ort angekommen zu sein. Er musste es auch so verstehen. Früher hatte er immer alles verstanden. Nichts, was sie tat, hatte ihn je überrascht.

»Aber jetzt läuft meine Stelle aus, und meine Chefin will sie nicht verlängern. Stattdessen soll ich an ein Institut wechseln, an dem sie Rüstungsforschung betreiben! Dabei hat Maria diese Leute immer verachtet, sie und Timo, diese Institute, die mit ihrer tollen Ausstattung und ihren tollen Gehältern die Besten eines Jahrgangs zu sich locken und sie dann Waffen bauen lassen … Jahrelang habe ich das von ihr gehört, und jetzt sollte ich da plötzlich mitmachen … Und dann, kaum dass ich wusste, was sie vorhat, stand schon der Sicherheits-Oberarsch dieses Instituts vor der Tür, zusammen mit zwei anderen Männern, und sie sagten – sie wollten …«

Falsch, falsch: Davon hatte sie gar nicht reden wollen, und jetzt war alles wieder da. Blitzende Bilder. Dunkelheit. Schreien. Klebriges Blut. Pochen in ihrer Handfläche, sie drückte die Finger in den Verband, schloss die andere Hand darum, bis das Brennen alles erstickte.

»Dhani? Dhani?«

Hände um ihre Hände, so warm, so groß. Ruhig, zuverlässig, bis sie wieder atmen konnte, bis sie die Musik wieder hörte, Radiomusik; bis sie ihn wieder ansehen konnte, und lächeln, und sagen: »Iss erst mal auf.« Als er fertig war, ging er ohne zu fragen zum Tresen und zahlte, kam zurück und nahm ihre Tasche, legte den Arm um sie und ging mit ihr hinaus.

»Ich kann das jetzt nicht alles erzählen.«

Nicht jetzt; vermutlich nie, aber auf keinen Fall in diesem Moment, da endlich das innere Zittern nachließ, der Drang, sich in irgendeiner Ecke zusammenzukrümmen, den sie seit sechsunddreißig Stunden in Schach hielt. Während der Fährfahrten, im Zug, im Bus; in dem Zweibettzimmer im Hostel, dessen zweites Bett zum Glück nicht belegt war, so dass sie die Nacht hindurch am offenen Fenster sitzen konnte, in eine Decke gewickelt, und simple Rechenaufgaben lösen: die Zahl der Sekunden in einem Kalenderjahr bestimmen; den größten gemeinsamen Teiler der zwei Zahlen finden, die entstanden, wenn man das heutige Datum und ihr Geburtsdatum jeweils ohne Punkte und Nullen zusammenschrieb; oder Marias Geburtstag und die Postleitzahl von Marsberg; zwischendurch aufstehen und hin und her gehen, ans Fenster treten, kühlen Wind im Gesicht spüren; rauchen und auf die dunkle Glasfassade des Bürohauses gegenüber schauen und atmen, immer weiter gleichmäßig atmen.

Nun klang das Zittern endlich ab, und Wärme sickerte herein, durch ihren Rücken, durch seine Hände. Adrians Wärme. Er saß hinter ihr auf den breiten Stufen, die vom Kai zum Wasser hinabführten. Den rechten Arm fest um sie gelegt. Irgendwo hinter ihnen hupten Autos, Menschen gingen vorbei: weit entfernt, harmlos.

»Später vielleicht. Nicht jetzt.«

Er widersprach nicht. Er hatte sie nie zu etwas gedrängt. Sie schloss die Augen, drehte sich ein wenig nach rechts, so dass sie den Kopf bei ihm anlehnen konnte. Er strich ihr die Haare hinters Ohr. Sein Holzfällerhemd war weich, es roch nach Waschmittel, ganz leicht nach Benzin.

Wo bin ich gewesen?

Die Erinnerung leuchtete auf, als hätte jemand ein Bild

in ihren Kopf hineinprojiziert. Blass und doch voller Details. Tanzende und funkelnde Staubkörner, ein Fleck auf einer Grastapete. Adrian, wie er zur Haustür hereinkam, helles Sonnenlicht im Rücken. Sie lief zu ihm und fasste ihn am Hosenbein.

Er hockte sich hin. Na, wo bin ich gewesen? Sie schnupperte an seinen Haaren, seiner Jacke und riet: Im Labyrinth.

Labyrinth. Ein Wort ohne Bedeutung. Und doch brachte es eine solche Traurigkeit mit. Traurigkeit vermischt mit Wärme. Labyrinth, Staub im Sonnenlicht, der Geruch von Holz, Adrians Hände … Sie suchte nach anderen Gesichtern, anderen Stimmen: ihre Mutter, müsste sie sich nicht vor allem an ihre Mutter erinnern? Warum tauchte, wenn sie *Mutter* dachte, immer nur dieses andere Bild auf, Schnee auf totem Gras, das Auto, der Mann; ihre Mutter, wie sie davonlief. Waren das Erinnerungen, oder waren es Träume, Kinderträume, die nichts widerspiegelten als ihre Ängste?

»War meine Mutter mit jemand zusammen? Fest?« Sie öffnete die Augen und rückte ein wenig herum, so dass sie ihn ansehen konnte. »Als ihr euch angefreundet habt?«

Warst du mit ihr zusammen? Das hätte sie fragen wollen. Bist du mein Vater? Aber der Schritt ins verminte Gebiet war zu groß.

»In Indien, meinst du?«

»Ich weiß nicht. Wart ihr damals in Indien?«

»Als ich sie kennengelernt habe? Ja.«

»Und hast du …«

Er schüttelte den Kopf, nachdrücklich. »Ich hätte es dir gesagt, Dhani. Glaub mir. Wenn ich dein Vater wäre, hätte ich es dir gesagt. Schon vor Jahren. Deinen Verwandten hätte ich es gesagt. Dann hätten sie mich nicht wegschicken können.«

»Sie haben dich weggeschickt?«

»Ja! Hast du das nicht gewusst? Deine Großmutter fand es gut, dass ich dich besuche, aber dein Onkel wollte es nicht. Ich war ihm nicht … solid genug.«

Solid. Er sprach es englisch aus. Und wie ein Echo hörte sie ihre Großmutter reden, im Wohnzimmer, während sie draußen im Flur stand und an der nicht ganz geschlossenen Tür lauschte: Selbst wenn er hundertmal der Vater ist. Es geht erst, wenn er in geregelten Verhältnissen lebt. Zwei Tage später – Sicherheitsabstand – hatte sie ihre Großmutter gefragt, was geregelte Verhältnisse waren. Ihre Großmutter hatte diesen kühlen Blick auf sie gerichtet, mit dem sie einem zu verstehen gab, dass sie einen durchschaute; dann hatte sie ruhig aufgezählt: feste Arbeit, fester Wohnsitz, Ehefrau oder zumindest Verlobte.

»Meine Großeltern dachten, du wärst mein Vater. Aber ihnen warst du auch nicht solid genug.«

»Ich weiß, Kleines, ich weiß.«

Er zog sie an sich, hielt sie fest. »Es tut mir so leid. Ich hatte es deiner Mutter versprochen, aber es hat nicht funktioniert …«

Was hast du ihr versprochen, dachte sie, dass du mich zu dir nimmst, falls ihr etwas zustößt? Ein unverheirateter Mann, der nicht mit mir verwandt ist? Wie habt ihr euch das vorgestellt? Aber sie fragte nicht, sie wollte es gar nicht wissen. Sie lehnte sich an und schloss wieder die Augen. Die Wellen klatschten gegen die unterste Stufe. Alles wird gut, kleine Dhani, alles wird gut. Komm zu Adrian, und alles wird gut. Vielleicht war es das, was sie sich gewünscht hatte, nur das. Nach Hause kommen. Jemanden haben, der alles heil machte.

»Ich habe dieses Bild im Kopf.« Sie hielt die Augen geschlossen. »Wir stehen auf einer Wiese – du, ich, noch ein paar Leute. In bunten Sachen. Es liegt Schnee. Ein Stück weiter steht meine Mutter …«

Sie spürte den Moment, in dem er erschrak. Seine Hand zuckte in ihrer, als hätte er sich verletzt.

»Sie streitet mit jemand. Dann rennt sie weg, und wo sie hinrennt, ist die Wiese zu Ende. Und sie fällt, sie fällt und ist weg.«

Seine Hand lag jetzt neben ihrer. Zur Faust geschlossen. Sie hätte jede seiner Bewegungen gespürt, doch er schien nicht einmal zu atmen.

»Ich hatte keine Ahnung, dass du dich erinnerst«, sagte er endlich. Seine Stimme klang fremd. Er zog den Arm weg, rückte zur Seite und stützte die Ellbogen auf die Knie.

»Dann ist es also wirklich passiert.«

»Ja. Das ist wirklich passiert.« Er blickte auf seine Hände, knetete sie, als wären sie steif.

»Wer waren die anderen? Mit wem hat sie vorher gestritten?«

Er hielt den Blick gesenkt. Und zögerte. Zögerte, weil er erst überlegen musste, was er ihr erzählen wollte. Was nicht. Eben war er ihr noch so nah gewesen. Jetzt saß neben ihr ein Mann, den sie nicht kannte; der ihr Dinge vorenthielt, ihr vielleicht immer schon Dinge vorenthalten hatte, und sie hatte es nur nicht gemerkt, damals, als Kind.

»Mit wem hat sie gestritten, Adrian?«

»Das war Nandin.«

»Einer von euch?«

»Einer von uns, ja.« Er zögerte wieder. »Giselas Exfreund.«

Exfreund. Der sie doch sicherlich einmal gern hatte. Der mit ihr stritt und sie auslachte und dann zusah, wie sie auf den Abgrund zurannte.

»Ist sie absichtlich gesprungen?«

Er blickte aufs Wasser.

»Adrian! Ist sie absichtlich gesprungen?«

»Ich weiß es nicht.« Endlich sah er sie an, und etwas Wärme kehrte in sein Gesicht zurück. »Ich weiß es nicht, Dhani. Wirklich nicht. Sie war sehr wütend, und sie ist wie blind losgerannt, aber ... Sie wusste, dass da die Klippen sind. Wir alle wussten es. Wir waren nicht zum ersten Mal dort.«

Dort. Wo immer *dort* war. Spielte es eine Rolle? Spielte es eine Rolle, wie viele Einzelheiten sie erfuhr, wenn er die wichtigste Frage nicht beantworten konnte? Er hatte Monate – Jahre – mit ihr zusammengelebt, wieso wusste er nicht, weshalb sie gesprungen war? Konnte man so völlig ahnungslos sein?

»Es war ein Grundstück am Stadtrand von Visby«, fuhr er fort. »Es gehörte den Eltern von Bengt. Es stand ein Sommerhaus darauf, Bengt hielt dort Meditationskurse ab. Offene Abende, einmal pro Woche. Manchmal fuhr er auch einfach so hin, allein oder mit Indrasena.«

Wer immer Indrasena war. »Dann war das nicht der Ort, wo wir gewohnt haben.«

»Nein, nein. Das war auf der anderen Seite von Gotland. An der Westküste. Bei Ljugarn. In einem Haus mitten im Wald.« Seine Stimme klang wieder lebendiger –

jetzt, da er über die Zeit davor reden durfte. »Es gehörte auch den Eltern von Bengt. Sie waren sehr reich, eine prominente Familie …«

So viel wusste sie schon aus Lees Bericht. Eglunds Vater war ein bekannter schwedischer Politiker gewesen, ein Weggefährte von Olof Palme, der sich mitten im Kalten Krieg für Entspannung zwischen Ost und West eingesetzt hatte und nicht wollte, dass sich Schweden zu eng der NATO anschloss. Seine Karriere war an dem Tag zu Ende gegangen, als sein Sohn wegen Rauschgifthandels verhaftet wurde.

»Bengt ist Bengt Eglund, richtig?«

Jede Spur eines Lächelns verschwand aus seinem Gesicht. »Das weißt du alles schon.«

»Ich habe einen Zeitungsbericht von damals gelesen. Darüber, wie er verhaftet wurde. Er war euer Anführer, oder?«

Er sah sie an, als wäre sie eine Unbekannte, die ohne jedes Recht Erklärungen forderte. Dann lachte er auf. »Das hat uns die Polizei damals auch ständig gefragt. Wer war der Anführer. Wer gab die Befehle. Als wären wir eine Verbrecherbande. Dabei waren wir nur ein Haufen Leute, die gern zusammenwohnten. Klar, unser Lebensstil war nicht so, wie man es kannte – aber wir haben doch niemandem geschadet! Die meiste Zeit haben wir gearbeitet wie alle andern – wir mussten schließlich von irgendwas leben. Nur unsere Freizeit, die haben wir halt nicht vor dem Fernseher verbracht. Wir haben uns nicht zugesoffen, wir haben unsere Kinder nicht verprügelt … Wir wollten in Frieden leben, weiter nichts. Auf unsere Art. Und das war zu viel verlangt.«

»Ihr habt mit Drogen gehandelt.«

Er wandte sich mit einem Ruck ab. »Ich nicht.«

»Aber einige von euch.«

Er antwortete nicht.

»Meine Mutter?«

Das brachte ihn endlich zu ihr zurück, den Adrian von früher. Er sah sie an, sah sie wirklich an, und schien endlich zu begreifen, dass sie nicht fragte, um ihn in die Enge zu treiben. Um ihm etwas vorzuwerfen. Sondern weil es auch ihre Geschichte war. »Nein, Dhani. Niemals. Gisela hätte das nie getan. Sie war so schockiert, als sie es herausfand ...«

Doch seine Stimme war wieder flach geworden. Er log ihr etwas vor; oder wenn er nicht log, so sortierte er zumindest die Fakten, packte einige davon in eine Schublade, die er zu verschließen gedachte. Gleich würde er sagen: Mir ist kalt, kleine Dhani, oder: Lass uns über etwas anderes reden.

Sie fasste nach seiner Hand. »Erzähl mir doch von ihr.« Und als er nur ihre Hand drückte und schwieg: »Bitte. Erzähl mir, wie sie war.«

Gisela und Nandin, Indrasena und Bengt. So hatte Adrian sie in Indien kennengelernt: als Gruppe von vier, als kleines, eng vernetztes komplexes System. Eingebettet in das Heer der Sannyasin, der Schüler von Bhagwan, später Osho genannt, die zu Tausenden aus den reichen Ländern der Welt nach Poona kamen, um zu meditieren, zu arbeiten, Bhagwan sprechen zu hören, neue Menschen zu werden.

Unter ihnen diese vier. Bengt, der Sohn eines reichen

Politikers, der Kluge und Wortgewandte. Indrasena, das Diplomatenkind aus Schweden, das nie länger als zwei Jahre am selben Ort gelebt hatte, das gern tanzte und sich verliebte und letztlich doch zu Bengt gehörte. Nandin, der Deutsche, der schon damals viel umherreiste und wenig über sich erzählte, von dem Adrian erst auf Gotland erfuhr, dass er eigentlich Rainer hieß. Der häufig mit Bengt stritt, ohne dass Adrian die Gründe durchschaute.

Und Gisela. Die Ruhige aus Westfalen. Die jeder nett fand, die man oft übersah. Die immer auszugleichen versuchte. Die Indrasena beruhigte, wenn sie zu viel geraucht oder geschluckt oder getrunken hatte. Die stets wusste, wohin Nandin gefahren war und wann er zurückkommen würde. Die sich Bhagwans Worte merkte; die sich aber auch Bengts Worte merkte und mit ihm und Nandin und Adrian über die Widersprüche diskutierte. Die Bengt mit Nandin versöhnen konnte und Indrasena mit Bengt. Die am häufigsten von allen *wir* sagte.

Bengt und Gisela, Nandin, Indrasena. Als Ersten der vier lernte er Bengt kennen: durch eine Debatte zwischen ihm und drei Bhagwan-Schülern, in die er zufällig hineingeriet. Ein Streitgespräch über die Frage, was das Ziel der Suche war, die sie alle nach Poona geführt hatte; ob sie nicht Gefahr liefen, einen Zustand maximalen Wohlbefindens mit der Erleuchtung zu verwechseln. Es war eine Frage, die Bengt immer wieder stellte, in Poona und auch später auf Gotland: Was sucht ihr? Wollt ihr nur, dass es euch gut geht – dass sich eure Ängste, Schuldgefühle, Minderwertigkeitsgefühle auflösen? Oder wollt ihr wirklich etwas Neues erfahren? Als Adrian nach Poona kam, hatte Bengt sich unter den treuen Anhängern Bhagwans bereits eine feste Schar von Feinden geschaffen, und seine Diskussionen mit ihnen bestanden nur noch im ritualisierten Austauschen von Argumenten, die alle längst kannten; aber Adrian begriff beim Zuhören zum ersten Mal, weshalb ihn Poona langweilte: weil so viele Sannyasin von Bhagwans Lehren offenbar nur das *Ganz entspannt im Hier und Jetzt* wichtig nahmen.

Als die Diskussion zu Ende war, folgte er Bengt ins Freie; ein anderer Zuhörer folgte ihm ebenfalls, eine Frau: So lernte er Gisela kennen. Die stille Gisela, die im großen Kreis gewöhnlich nur zuhörte und sich ihre Fragen für später aufsparte, wenn sie Bengt für sich allein hatte. Mit der Bengt immer geduldig und liebevoll sprach, auch wenn sie seine Meinungen nicht teilte. Die man stets in Bengts Nähe sah, so dass Adrian anfangs dachte, die beiden seien ein Paar.

Bis Indrasena von einem Ausflug nach Bombay zurückkehrte.

Indrasena. Sie hörte nie zu, wenn Bengt diskutierte; Streitgespräche langweilten sie. Eine Erleuchtung, die mit Geschwätz und schlechter Laune erkauft werden müsste, könne ihr gestohlen bleiben, sagte sie, als Gisela sie einmal zur Rede stellte; und lächelte Bengt zu, so dass er seine Argumente vergaß und zurücklächelte und mit ihr davonging.

Zusammen mit Indrasena kehrte auch Nandin aus Bombay zurück, Giselas Freund, aber damals bemerkte Adrian ihn kaum. Er sah nur noch Indrasena. Indrasena mit den großen Augen. Die nie irgendetwas erklärte. Die nie fragte, was der nächste Tag bringen würde. Gleich beim ersten Fest nach ihrer Rückkehr zog sie Adrian mit sich auf die Tanzfläche, hielt ihn an beiden Händen fest, damit er ihr nicht wieder entwischte, lachte ihn an, gab ihm einen Kuss. Später noch einen.

So fing es an.

»Es war unmöglich.«

Er sagte es nach langer Pause; als hätte er zunächst prüfen müssen, ob dieses Fazit, das Fazit von damals, tatsächlich stimmte. Während er schwieg, hatte sie sich eine Zigarette gedreht und fast zu Ende geraucht, an die Mauer neben der Treppe gelehnt; ihr war längst kalt, aber Adrian schien das Stillsitzen zu brauchen, Unterarme auf den Knien, Hände verschränkt, Blick auf die unterste Betonstufe gerichtet, die vom Wasser überspült wurde. Stillhalten gegen den Aufruhr, den die Erinnerung offenbar immer noch auslöste, nach siebenundzwanzig oder noch mehr Jahren.

»Wegen Bengt«, sagte sie.

Er hob den Kopf und sah sie an, als müsste er sich erst vergewissern, dass dort ein Mensch saß, kein Gespenst. »Natürlich.«

Denn Indrasena gehörte zu Bengt, und damit war es selbstverständlich unmöglich, dass Adrian sich dauerhaft mit ihr einließ. Obwohl Bengt nicht die leiseste Spur von Eifersucht zeigte, der souveräne, ausgeglichene Bengt – doch Adrian hielt es einfach nicht aus, etwas zu tun, das ihn verletzt hätte. Nach vier wundervollen Wochen und zwei einsamen Nächten ging er zu Indrasena und sagte ihr, dass sie sich trennen müssten. Sie lachte und erwiderte: kein Problem.

Und verschwand am nächsten Morgen aus Poona. Es dauerte fast zwei Wochen, bis Adrian, Bengt und Nandin sie fanden. In Bombay, in einem billigen, verdreckten Hotel. Völlig high. Als sie Bengt erkannte, fing sie an zu weinen.

Als sie Adrian sah, begann sie zu schreien.

Bengt schickte ihn aus dem Zimmer. Später schickte er ihn nach Poona zurück; noch später, als es ihm gelungen war, Indrasena zur Rückkehr zu überreden, bat er Adrian, Poona zu verlassen. Er machte ihm keine Vorwürfe – im Gegenteil, fast entschuldigte er sich. Er hätte offener mit ihm reden sollen, ihm die Situation erklären. Indrasena vertrage keine Zurückweisung, nicht die kleinste – ihre Eltern, die in allem, was nur Geld kostete, großzügig seien, hätten sie emotional hungern lassen, darum sauge sie jetzt Liebe auf wie ein Schwamm, es sei nie genug, nie wirklich genug; und wenn man ihr ein Stück Liebe wegnehme – oder auch nur den Anschein erwecke – *er* wisse, dass Adrian sie nach wie vor gern hatte, aber sie wisse es nicht, sie brauche unaufhörlich Beweise – wenn man ihr Liebe wegnehme, falle sie in sich zusammen. So schlimm wie dieses Mal sei es allerdings noch nie gewesen, sie habe immer schon mehr Drogen genommen, als gut für sie sei, aber jetzt habe sie angefangen, Heroin zu spritzen. Sie wollten versuchen, sie davon wegzubekommen, die Chancen stünden gar nicht schlecht – aber es wäre besser, wenn sie *ihm* hier nicht mehr begegne, das sehe er doch sicher ein.

»Also bist du weggefahren«, sagte sie, und wieder sah er sie an, als hätten sie sich beide in den Jahrzehnten verirrt. »Obwohl du sie geliebt hast.«

Aber wen hatte er geliebt? Indrasena? Bengt? Die ganze Gruppe der vier, die so eng zusammenhielt, damals? Oder seine Vorstellung von einer Gruppe, in der jeder bereitwillig auf Glück verzichtete, um alle gemeinsam glücklich zu machen?

»Eben darum«, sagte er. »Bengt hatte recht. Es war der einzige Weg, ihr zu helfen.«

Und meine Mutter? hätte sie gern gefragt. Wie glücklich war sie? Während ihr alle um Indrasena herumgetanzt seid?

»Wann war das? Wann bist du weggegangen?«

Er musste nachdenken. »1977. Im Frühjahr. April vielleicht.«

Acht Monate, bevor sie geboren wurde. Während Adrian sich in Indrasena verliebt und wieder von ihr getrennt hatte, während sie verschwunden war und Bengt und Nandin und Adrian nach ihr gesucht hatten – irgendwann in dieser Zeit war ihre Mutter schwanger geworden.

Von Nandin? Von jemand, den Adrian nicht einmal erwähnte? Oder vom wundervollen, vernachlässigten Bengt?

Adrian reiste von Indien nach Thailand, lernte in einem Kloster meditieren, freundete sich mit zwei Briten und einem Holländer an und kehrte mit ihnen in einem umgebauten Bus über Pakistan, Afghanistan, den Iran, die Türkei, Griechenland und Jugoslawien nach Deutschland zurück. Drei Jahre später lief er in Amsterdam einem Bekannten aus Poona über den Weg und erfuhr, dass Nandin ebenfalls in der Stadt war.

Er besuchte Nandin im Hotel. In Poona hatten sie sich wenig zu sagen gehabt, aber jetzt begrüßte Nandin ihn wie einen Freund. Er spendierte ihm Schnaps – viele Schnäpse –, fragte ihn über seine Reisen aus, über die Leute, die er kennengelernt hatte; wovon er lebte; ob er Geld brauchte; ob er diesen Meditationskram wirklich ernst nahm. Du solltest nach Gotland fahren, sagte er schließlich. Bengt hat da seine eigene Gruppe gegründet, die sind alle so drauf wie du. Nur dass man bei ihnen nie genau weiß, ob sie Buddha anbeten oder Bengt. Und während Adrian ihm betrunken zu erklären versuchte, dass man Buddha nicht anbetete, sondern nur wie einen Lehrer verehrte, sagte Nandin: Indrasena ist auch da.

Adrian fuhr hin. In Visby fand er heraus, dass Bengt regelmäßig offene Meditationsabende abhielt, und wartete an einem dieser Abende vor dem Haus über den Klippen, bei eisiger Kälte, bis die Veranstaltung vorbei war und Bengt als Letzter herauskam.

Er freute sich, Adrian zu sehen. Er glaubte auch, dass Indrasena sich freuen würde – sie sei viel ruhiger geworden, viel stabiler –, aber er wollte lieber erst mit ihr reden, bevor er Adrian ins Waldhaus einlud. Gleich am nächsten Vormittag ließ er Adrian ausrichten, dass er willkommen war.

So traf Adrian sie wieder: Indrasena, Gisela und Bengt. In einem einsam gelegenen Haus am Rande eines Urlauberstädtchens. Fünfzehn Menschen lebten dort nach Regeln, die Bengt für sie erfunden hatte, einer Mischung aus klassischen Meditationspraktiken, Bhagwanschen Lehren, vorchristlichen einheimischen Ritualen und noch einigem mehr. Umgeben von seinen Schülern wirkte Bengt ruhiger und abgeklärter; er hörte noch zu, wenn man die alten Fragen aufwarf, lächelte noch über kluge Argumente; aber er diskutierte nicht mehr. Du hast immer nur zwei Möglichkeiten, sagte er zu Adrian, und zwischen ihnen entscheidest du stündlich. Willst du dem, was wir hier tun, weiter eine Chance geben? Oder willst du gehen?

So einfach.

Wenn man die Fragen richtig stellt, wird alles einfach, sagte Gisela später.

Gisela war Bengts eifrigste Schülerin geworden, sie versäumte nie eine Meditation, schwänzte nie den Küchendienst, lächelte nie über einen Witz, über den Bengt nicht gelacht hätte. Wenn es Meinungsverschiedenheiten gab und Bengt nicht im Haus war, zitierte sie seine Worte, um zu schlichten; *der kleine Bengt,* nannte Nandin sie deswegen, nicht nur hinter ihrem Rücken, *little Bengt.* Denn auch Nandin gehörte nach wie vor zu ihnen, zu diesem eng vernetzten komplexen System. Wohin seine Reisen ihn auch führten, mindestens einmal im Monat kam er ins Waldhaus – übernachtete dann in Giselas Zimmer –; manchmal wohnte er auch monatelang dort und verschwand nur zwischendurch für kurze Zeit. Wenn er da war, beteiligte er sich am Leben der Gruppe; und niemanden schien sein Grenzgängerleben zu stören, am wenigsten Bengt, der eigentlich Beständigkeit lehrte.

Lernt zur Ruhe zu kommen. Lernt abzuwarten. Hört auf, euch von euren Sehnsüchten jagen zu lassen.

Adrian versuchte es. Fast zwei Jahre lang. Er stand täglich um halb sechs auf, meditierte eine Stunde lang gemeinsam mit allen, fuhr dann an Werktagen sieben Mitglieder der Gruppe im Kleinbus zu ihren Arbeitsstellen auf Bauernhöfen und in Dorfläden; arbeitete selbst fünf Stunden lang im Hafen von Visby, wo er beim Be- und

Entladen half; kaufte auf dem Heimweg ein; reparierte nachmittags im Waldhaus Dachrinnen und Fenster; holte die anderen von der Arbeit ab und verbrachte den Abend mit Singen und Meditieren; und fand immer noch Zeit, um mit Dhani Blaubeeren zu sammeln oder am Strand Verstecken zu spielen – zwischen den Felsen, erinnerst du dich, Dhani? Hohe Felssäulen, aus denen die Ostsee und der Wind steinerne Wesen geformt hatten, einen Bären, einen Affen – erinnerst du dich? Wir gaben ihnen Namen und erfanden Geschichten für sie.

Erinnerte sie sich? Grauer Stein in einem gleichmäßigen, milchigen Licht – war das eine Erinnerung oder etwas, das sie nach seinen Worten erfand? Er erzählte so schön, er hatte immer wunderschöne Geschichten erzählt, abends, wenn sie nicht einschlafen konnte – weißt du, dass es mal eine Prinzessin gab, die genauso hieß wie du? Und der dämmrige Raum füllte sich mit Bildern, während draußen die Bäume rauschten und unten im Haus gesungen wurde … War das eine Erinnerung? An Gotland? Ganz sicher nicht an Henglinghausen, dort hatte nie jemand gesungen, und es hätte ihm nie jemand erlaubt, ihr gute Nacht zu sagen, wenn sie schon im Bett lag, sie hatte sich immer im Wohnzimmer von ihm verabschieden müssen. Oder hatte sie es erfunden, später, als sie so oft an ihn dachte und sich wünschte, er käme sie noch einmal besuchen? Sie sah ihn so deutlich vor sich … Aber seine Haare waren in dem Bild von Grau durchzogen.

»Wie alt bist du?«, fragte sie. »Wann bist du geboren?«

Er wandte sich ihr zu, ohne Ärger darüber, dass sie auf seine Frage nicht einging. Der vertraute Adrian von damals, der nichts, was sie sagte, je unwichtig fand. »1954. Ende September. In ein paar Wochen werde ich einundfünfzig.«

Fünf Monate älter als ihre Mutter. »Und was du mir gerade erzählt hast, wann war das?«

»Ich bin im Februar '81 ins Waldhaus gezogen.«

»Dann warst du siebenundzwanzig, als du mit mir gespielt hast.«

»Siebenundzwanzig, achtundzwanzig. Warum?«

Sie schüttelte den Kopf. »Und Bengt?«

»Er war ein oder zwei Jahre älter.«

»Indrasena?«

»Jünger. Bestimmt zwei Jahre jünger als ich. Der älteste von uns allen war Nandin. Er war damals schon über dreißig.«

Sie sah an ihm vorbei aufs Hafenbecken. Auf das dunkle Wasser, die Segelboote an den Stegen, die Masten, die vor dem Himmel hin und her kippelten, ein wenig nach rechts, ein wenig nach links, regellos. »Meine Mutter wäre dieses Jahr fünfzig geworden. Im Februar.« Als sie von den Klippen sprang, war sie so alt, wie ich jetzt bin – das sagte sie nicht. »Was hat sie damals gemacht? Im Waldhaus? Ist sie auch arbeiten gegangen?«

Er schüttelte den Kopf. »O nein, das wollte sie nicht. Deinetwegen.«

Da war ein winziges Zögern vor dem letzten Wort. Und er wandte den Blick ab. Eine Lüge. Vielleicht. Oder nur Unsicherheit?

»Sie hat viel für die Gemeinschaft getan. Sie hat die Mahlzeiten geplant. Die Einkäufe. Sie hat eingeteilt, wer wann wo sauber machte und in der Küche half. Sie hat das Geld verwaltet, unser gemeinsames Geld, von dem wir alles bezahlt haben, was wir zum Leben brauchten. Sie hat die Sachen geschneidert, die wir im Haus anhatten – schöne Sachen, bunt und bequem, sie hat den Stoff gekauft und für uns alle genäht. Sie wusste immer, wo alles war …«

Die Hausfrau. Hausfrau, genau wie ihre Mutter und alle weiblichen Reinerts vor ihr. Musste man wirklich von zu Hause weglaufen, in Indien einem Guru lauschen, ein uneheliches Kind zur Welt bringen, sich am Ende der Welt im Wald verkriechen – um Hausfrau zu werden?

»… sie hat Bengts Vorträge auf Band aufgenommen und abgetippt, sie fand, man sollte ein Buch daraus machen …«

Hausfrau und Sekretärin. War es ihnen allen so ergangen? Hatte ihre jahrelange sogenannte spirituelle Suche sie nur dorthin geführt, wo sie am Ende ohnehin angekommen wären?

Hausfrau.

Hafenarbeiter.

Waffenhändler?

»Und sie hat sich um Indrasena gekümmert.«

Indrasena. Die lebensfrohe Indrasena. Als Adrian ins Waldhaus zog, begrüßte sie ihn mit einem Lächeln und einem Kuss auf die Wange. Lief dann an ihm vorbei ins Freie, in viel zu großen Stiefeln hinaus in den Schnee, und verstreute Brotkrumen für die Vögel. Wann immer sie sich später auf dem Flur oder in einem Zimmer begegneten, lächelte sie ihm zu; stiller als früher, sehr viel stiller, aber es war immer noch ein schönes Lächeln. Bengt hatte ihn gebeten, mit ihr nicht über die Zeit in Indien zu sprechen, also tat er es nicht, aber sie schien auch sonst über nichts reden zu wollen; manchmal fragte er sich, ob das Lächeln verbergen sollte, dass sie nicht mehr genau wusste, wer er war. Sie ging nicht arbeiten, half nur ein wenig im Haus: den Tisch decken, Gemüse putzen. Sie unternahm lange Spaziergänge, mit Bengt oder allein, sammelte Blumen und buntes Laub und schmückte damit den Meditationsraum. Sie malte, große abstrakte Bilder, die immer an Feuer, an Licht denken ließen; auch eine Wand im Meditationszimmer hatte sie so bemalt. Manchmal, selten, sah man sie tanzen, immer allein, zu unhörbarer Musik; häufiger legte sie eine der wenigen Schallplatten auf, die es im Waldhaus gab, setzte sich in den leeren Meditationsraum und hörte still zu; ab und zu gesellte sich Gisela zu ihr, und dann sangen sie gemeinsam, Gisela mit klarer Stimme, Singen war das Einzige, bei dem sie alles Zögern hinter sich ließ; Indrasena leiser und brüchiger.

Eines Nachmittags, Monate nach seinem Einzug, kam Adrian zufällig aus dem Badezimmer im ersten Stock, als Bengt gerade das Zimmer betrat, das er gemeinsam mit Indrasena bewohnte. Über Bengts Schulter hinweg sah Adrian, dass Indrasena zusammengekrümmt auf dem Bett lag und am ganzen Körper zuckte. Sie rief Bengt heiser etwas entgegen; dann schloss Bengt die Tür.

»Du musst mich für völlig beschränkt halten«, sagte er. Jetzt schien auch er die Kälte zu spüren, er rieb die Hände aneinander, wie um sie zu wärmen. Sie hatte inzwischen das warme Sweatshirt übergezogen, das sie am Vormittag gekauft hatte, die Jacke bis oben zugeknöpft und sich auf eins der neuen T-Shirts gesetzt und fror trotzdem, aber sie wollte ihn nicht unterbrechen, nicht jetzt.

»Dass ich es erst so spät begriffen habe. Ich war zu sehr mit meinen eigenen Problemen beschäftigt. Mein Vater hatte vor kurzem die Army verlassen – er trank seit Jahren, aber jetzt hatte er einen Geländewagen zu Schrott gefahren, und sie konnten sich nicht mehr blind stellen, sie hatten ihm gesagt, er müsste gehen. Meine Mutter wollte, dass ich mit in die USA zurückkam. Ich sollte auf ihn aufpassen, klar. Damit er drüben nicht alles versoff. Aber ich hatte mir schon vor Jahren etwas geschworen: dass ich nie wieder ein Zimmer betrete, in dem er sich aufhält. Meine Mutter hat er in Ruhe gelassen, aber ich war immer sein Punchingball ... Keine tolle Geschichte, Dhani, so was passiert ständig und überall auf der Welt. Aber damals hat es mich beschäftigt. Ich wollte nicht mit in die USA, aber ich wollte ein guter Sohn sein, verstehst du? Deine Mutter hat es verstanden ... Wir haben damals viel miteinander geredet. Gisela konnte großartig zuhören.«

Gisela, die Predigt-Abtipperin.

Die Streitschlichterin.

Die Indrasena-Betreuerin.

Die großartige Zuhörerin.

Gisela hatte sich angewöhnt, bei schönem Wetter nach dem Abendessen nach draußen zu kommen, wo Adrian gewöhnlich am Auto herumbastelte; sie brachte ihm einen Becher Kräutertee mit, setzte sich auf einen Hauklotz und sah ihm zu. Sie unterhielten sich über die Ereignisse des Tages; über Adrians Eltern und ihre Eltern; über das Gefühl, nie gut genug zu sein, egal, was man tat. Einmal sprachen sie über Nandin, und Gisela fing an zu weinen: Sie spüre gar keine Verbindung mehr zu ihm, er müsse immer über alles spötteln, ihm sei es so viel wichtiger, witzig und überlegen zu sein, als andere Menschen zu verstehen. An diesem Abend nahm Adrian sie zum ersten Mal in die Arme; schlief zum ersten Mal in ihrem Zimmer; am nächsten Tag schrieb sie Nandin einen Brief, sie wusste nach wie vor jederzeit, wo er zu erreichen war.

Von Gisela erfuhr Adrian endlich, was mit Indrasena nicht stimmte. Am Nachmittag hatte er sie zitternd und krank auf dem Bett liegen sehen; am Abend erzählte er Gisela davon, während er die Zündkerzen des Transporters prüfte; und Gisela hob gleichmütig, fast gelangweilt die Schultern und sagte: So sieht es eben aus, wenn sie den nächsten Schuss braucht. Als Adrian sie anstarrte, ergänzte sie: Sie ist nie vom Heroin weggekommen, hast du das etwa nicht gewusst?

Dabei hatte Bengt alles versucht. Er war ihr nach Bombay gefolgt und hatte sie nach Poona zurückgeholt, nicht nur das eine Mal, nein, viele Male, denn es zog Indrasena immer wieder nach Bombay. In billige Absteigen. In Kneipen, in denen sich der Abschaum Indiens traf. Ins Bordell – ja, auch ins Bordell, Adrian, so läuft es nun mal, irgendwann geht ihnen eben das Geld aus, selbst in Indien gibt es Heroin nicht umsonst.

Die Erbitterung in ihrer Stimme, als sie es erzählte. Die jahrelang aufgestaute, nie eingestandene Wut. Weil Bengt Indrasena liebte. Der selbstlose Bengt. Und Indrasena das schamlos ausnutzte. Sich Jahr um Jahr an ihn hängte, an den reichen Politikersohn, der alles für sie tat, ihr immer und immer wieder half. Ein einziges Mal hatten ihre Eltern eingegriffen und sie in eine Privatklinik in Schweden gesteckt, wo sie über ein Jahr lang blieb – aber kaum war sie draußen, rief sie Bengt an, und er holte sie nach Gotland ins Waldhaus. Und alles fing von vorne an.

»Aber sie muss sich doch gefragt haben, woher das Heroin kam!«

Zu laut, Dhani, viel zu laut: Zwei Spaziergänger auf dem Kai drehten die Köpfe. Und doch schien Adrian es nicht zu hören, er saß neben ihr und schwieg, den Blick auf seine Hände gerichtet. Er war so weit fort. Noch immer in den Strukturen von damals gefangen, dem komplexen System, das sie gemeinsam aufgebaut hatten, vierzehn erwachsene Menschen auf der Suche nach der sogenannten Erleuchtung.

Bengt, der Indrasena liebte.

Indrasena, die das Heroin liebte.

Adrian, der vermutlich immer noch Indrasena liebte.

Aber mit ihrer Mutter in einem Bett schlief.

Ihre Mutter, die sich bei Adrian ausweinte.

Und Bengt liebte.

Indrasena hasste.

Trotzdem stets zu allen nett war.

Bis sie das Nettsein nicht mehr aushielt? Und von den Klippen sprang?

»Lass uns mal weitergehen, ja?«, sagte sie. »Ich brauche Bewegung.«

An einem Mittwochmorgen im November – um kurz nach sieben, es war noch dunkel – kam die Polizei ins Waldhaus. Zwei Wagen mit Kripobeamten, ein Mannschaftswagen mit Uniformierten. Sie riefen alle Bewohner im Esszimmer zusammen und befragten sie nach Name, Herkunft, Alter, Beruf: elf Erwachsene und ein fünfjähriges Kind.

Bengt und Indrasena waren nicht da. Bengt hatte am Vorabend seinen Meditationskurs in Visby abgehalten, und Indrasena hatte ihn begleitet; sie hatten angekündigt, dass sie dort übernachten wollten.

Nandin war ebenfalls nicht im Waldhaus, allerdings schon seit zwei Wochen nicht mehr, nach ihm fragte niemand. Während drei Beamte im Esszimmer mit den Erwachsenen sprachen, durchsuchten ihre Kollegen Haus und Nebengebäude. Sie fanden Heroin und Spritzen: hinter einer lockeren Wandverkleidung in dem Zimmer, das Bengt und Indrasena bewohnten; in einer verschließbaren Metallkiste in dem kleinen Büro, das Bengt und Gisela benutzten; im Freien, am Rand der Lichtung, in einem halb verfaulten Baumstumpf. Die Menge in Bengts und Indrasenas Zimmer war am größten, sicher nicht nur für Indrasena bestimmt; hier fand sich außerdem ein Umschlag mit Geld und eine getippte Liste mit Namen. Die Beamten befragten die Hausbewohner dazu; niemand hatte etwas zu sagen.

Gisela saß während der Vernehmung blass und wie abwesend auf ihrem Stuhl. Dann, als die Durchsuchung vorbei war, die Kripobeamten in ihre Autos stiegen und die Uniformierten sich zur Abfahrt am Mannschaftswagen versammelten, sprang sie auf und ging hinaus, wortlos. Adrian folgte ihr und fand sie draußen auf der Wiese bei dem Kleintransporter der Kommune, sie knallte gerade die Fahrertür zu. »Dürfen die das?«, fragte sie laut auf Englisch, kam ihm entgegen und zeigte mit ausgestrecktem Arm zu den Polizisten. »Dürfen die unser Auto beschlagnahmen?«

»Wieso beschlagnahmen?«, fragte er, und sie blieb vor ihm stehen und rief noch lauter:

»Die Autoschlüssel sind weg!«

Er wusste nicht, was er tun sollte. Die Schlüssel steckten in seiner Jackentasche – er hatte am frühen Morgen Frostschutzmittel in die Scheibenwaschanlage gefüllt. Aber Gisela schien außer sich, zu aufgeregt, um Auto zu fahren.

»Wo willst du denn hin?«

»Zu Bengt. Ich muss mit ihm reden. Sofort.«

Er fragte sich, wie sie sich das vorstellte. Sicher hatte die Polizei auch das Haus bei Visby durchsucht, und Bengt war höchstwahrscheinlich verhaftet. Doch Gisela hatte sich schon abgewandt und wollte auf die Polizisten zustürmen.

Adrian hielt sie am Ärmel fest. »Warte.« Er holte die Schlüssel hervor. »Ich fahre dich hin.«

Er ging zum Transporter. Als er die Fahrertür öffnete, merkte er, dass ihm alle anderen folgten. Verschreckt, verfroren, noch in der orange-grünen Kleidung, die sie beim Meditieren trugen. Sie kletterten durch die Seitentür in den Transporter und hockten sich zusammengedrängt auf die Bänke.

Und auf der Eingangsveranda, vor der offenen Tür, stand sie, Dhani, die Fünfjährige, und sah den Erwachsenen nach.

Adrian kehrte um und hob sie hoch. Mit ihr auf dem Arm machte er einen schnellen Rundgang durchs Haus, schloss die Fenster und die Hintertür, vergewisserte sich, dass der Herd ausgeschaltet war und kein Wasser mehr lief. Dann ging er nach draußen, schloss die Vordertür ab, übergab Dhanavati an eine der Frauen, setzte sich hinters Steuer und fuhr los.

Niemand sprach. Gisela, neben ihm auf dem Beifahrersitz, blickte starr geradeaus. Auf den Wiesen und Brachen lag Schnee. Die Straßen waren rutschig, die Reifen des Transporters alt; erst vor zwei Tagen hatte Adrian Bengt erklärt, dass sie vor dem Winter noch neue brauchten.

Das zweite Grundstück der Eglunds lag am Südrand von Visby, wo der Fährhafen endete und die Klippen begannen: ein verwilderter Park zwischen der Hafenstraße und einem militärischen Übungsgelände. Ungemähte Wiesen, alte Kiefern und inmitten der Bäume ein kompaktes zweistöckiges Holzhaus, zu dem ein asphaltierter Weg führte.

Auf der Zufahrt parkte Bengts Fiat und davor ein hellblauer Volvo. Ein zweiter, dunkler Volvo stand auf der Wiese. Ein Mann wollte gerade einsteigen.

Gisela rief etwas und stieß die Beifahrertür auf, noch während der Transporter fuhr. Adrian bremste hart; sie sprang aus dem Wagen und lief zu dem Mann.

Es war Nandin. Ungewohnt bürgerlich in kurzem dunklem Wintermantel und dunkler Hose. Als er Gisela rufen hörte, drehte er sich um und kam ihr ein paar Schritte entgegen.

Die anderen stiegen aus und folgten Gisela, langsam und unentschlossen. Adrian hielt Dhanavati an der Hand. Gisela und Nandin schienen zu streiten; ihre Worte waren nicht zu verstehen.

Sie schlug ihm ins Gesicht.

Er packte sie am Handgelenk.

Sie riss sich los. Rannte davon. Nicht auf die Gruppe zu, sondern in die andere Richtung.

Rannte in weiten, leichten Schritten.

Noch ein Schritt. Noch ein Schritt.

Dann war sie weg.

»Wir schrien«, sagte Adrian. »Wir schrien alle. Wir liefen hin. Einer von den Männern versuchte runterzuklettern. Er wäre fast selbst abgestürzt.«

Sie hatten sich wieder einen Sitzplatz gesucht, an einem anderen Hafenbecken, auf einer Bank. Rentner führten Hunde spazieren, Touristen fotografierten einen alten Kran. Adrian saß vorgebeugt da, die Ellbogen auf den Oberschenkeln; sie saß neben ihm, die Füße auf die Sitzfläche gezogen, die Arme um die Knie geschlungen. Ihr war kalt. Immer noch kalt; und er redete und erzählte, wieder mit dieser flachen Stimme; überschüttete sie mit Details. Wer wo stand. Wer was sagte. Wie Nandin in sein Auto stieg, diesen dunklen Volvo, der in seiner Bürgerlichkeit so schlecht zu ihm passte, und in ein Funkgerät sprach. Ja, es war ein Funkgerät, Dhani. Kurz darauf kam ein Krankenwagen. Minuten später die Polizei. Ein Bergungstrupp der Feuerwehr; vielleicht war es auch nicht die Feuerwehr, das hatte er nicht mehr genau gesehen, er war zum Haus hinübergegangen, mit ihr an der Hand; er hatte ihr in der Küche Milch warm gemacht; er erzählte ihr sogar, dass er Honig hineingerührt hatte. Später hatten die Polizisten sie abgeholt und zur Wache mitgenommen. Dort hatte man sie voneinander getrennt.

Bengt war verhaftet. Nandin unauffindbar. Indrasena wurde von ihren Angehörigen in die Privatklinik zurückgebracht. Den nichtschwedischen Mitgliedern der Kommune wurde gesagt, dass man sie nicht mehr brauchte und sie gut daran täten, das Land zu verlassen.

Adrian blieb trotzdem noch einige Tage, zusammen mit zwei Frauen aus Südschweden. Aber hier wurde die Geschichte verworren; was sie in dieser Zeit im Waldhaus taten, verstand sie nicht. Vielleicht strichen sie einfach ziellos umher, sprachlos, jeder für sich. Zufällige Überlebende eines Kriegs, deren Dorf verwüstet wurde, die noch nicht begreifen können, dass sie von nun an heimatlos sind. Erst als ihnen der Strom abgestellt wurde, stiegen sie in den Transporter, fuhren mit der Fähre aufs Festland und weiter nach Malmö, verkauften das Auto, teilten das Geld und trennten sich.

»Er hat euch an die Polizei verraten, oder? Nandin hat herausgefunden, dass Eglund mit Heroin handelt – jeder von euch hätte das herausfinden können, ihr hättet euch nur ein Mal fragen müssen, woher das Geld für Indrasenas Stoff kam. Habt ihr geglaubt, das bezahlen die Eltern? Aber ihr habt weggesehen. Alle. Nur Nandin nicht, er hat begriffen, was los war, und ist zur Polizei gegangen. Warum? Weil er auf Bengt eifersüchtig war? Oder hatte er einfach genug von euch allen, von eurer …«

Sie verstummte, sie fand nicht das richtige Wort. Blindheit, Leichtgläubigkeit? Treue zu dem einen Mann, der ihnen stets versichert hatte, sie seien auf dem richtigen Weg? Die Angst, ohne ihn ins Nichts zu fallen?

Adrian sah sie an, so verzweifelt, als wäre es eben geschehen. »Ich weiß es nicht, Dhani. Ehrlich. Ich weiß es nicht. Glaub mir, ich habe mich das oft gefragt. Warum ich so blind war. So verdammt blind. Ich habe ihm einfach vertraut … Gisela muss das noch viel mehr schockiert haben, und sie war sowieso schon bedrückt, in den Wochen davor, sie mochte kaum noch mit mir reden – es war immer noch die alte Geschichte, du weißt schon, sie und Bengt und Indrasena, sie kam nicht darüber hinweg …«

Die alte Geschichte. Seit Indien, seit ihrer ersten Begegnung mit Bengt, immer dieselbe alte Geschichte. Nichts, worüber man reden musste. Die Dinge sind, wie sie sind, Gisela, entweder man kommt mit ihnen klar, oder man geht.

So einfach. Nicht wahr, Gisela? Adrian? Bengt? So lächerlich einfach. Und keiner von euch hat es geschafft.

Adrian, der Indrasena liebte.

Ihre Mutter, die Bengt liebte.

Indrasena, die das Heroin liebte.

Bengt, der möglicherweise Indrasena liebte, der aber noch viel mehr das Geld liebte, das ihm der Heroinhandel einbrachte.

Nandin, der sie alle verriet. Der lachte, als ihre Mutter ihn anschrie. Er hätte sie festhalten können. Er hatte direkt neben ihr gestanden.

Aber er hatte gelacht.

Ihr kotzt mich an, dachte sie. Ihr kotzt mich an.

Sie stand auf. »Ich muss los. Ich muss vor fünf am Überseehafen sein und mein Ticket abholen.«

Es kostete ihn offensichtlich Mühe, dieser Kurve zu folgen, der Kurve zurück in die Realität. Es dauerte Sekunden, bis er fragte: »Wo willst du denn hin?«

»Nach Lettland. Zu Eglund. Er lebt jetzt in Riga.«

Einen Moment lang war sein Gesicht völlig leer. Dann stand er auch auf und legte ihr die Hände auf die Schultern. Vorsichtig und doch voller Wärme. »Willst du nicht erst mal mit zu uns kommen?«

Die Versuchung war groß. Sich von ihm umarmen lassen. Weinen und weinen und mit den Fäusten auf ihn einprügeln, mit Kinderfäusten auf einen Mann, den nichts jemals umstoßen konnte. Auf den Adrian von früher. Weinen und sich trösten lassen und mit ihm davonfahren, an einen Ort, an dem ihr nichts geschehen konnte. An dem alles wieder heil wurde. Einen Ort im Phasenraum, der durch keinen einzigen denkbaren Pfad mit dem Hier und Jetzt verknüpft war.

Ja klar, kleine Dhani. Unverknüpft. Nur hast du leider Adrians vollen Namen in mindestens einer E-Mail erwähnt. Und Jens und seine Arschlöcher haben deine Mails gelesen. Was meinst du, wie viele Stunden sie brauchen, bis sie seine Adresse wissen und bei ihm vor der Tür stehen?

Ganz unabhängig von der Frage, wer damit noch gemeint war: *zu uns*.

Sie fasste nach seinen Händen. Zog sie von ihren Schultern, aber hielt sie fest. »Ich muss los«, sagte sie noch einmal.

Er sah sie lange an. Löste seine Hand aus ihrer verletzten und strich ihr die Haare aus dem Gesicht.

»Du könntest mich zum Hafen fahren. Und mir Geld leihen.«

Es roch nach Abgasen und nassem Beton. Und schon nach Meer. An dem Terminalgebäude, vor dem sie warteten, rollten Lastwagen vorbei. Sie sah ihnen nach, wie sie den Platz überquerten und die Laderampe der Fähre ansteuerten. Am liebsten wäre sie ihnen zu Fuß gefolgt, aber das war nicht erlaubt. Der Angestellte am Fahrkartenschalter hatte darauf bestanden, dass ein Kollege sie hinüberfuhr.

»Findest du es wirklich so wichtig?«, fragte Adrian neben ihr. »Von wem die Samenzelle war?«

»Du hast es doch auch wissen wollen.« Sie drehte sich um. »Oder nicht? Du hast sie gefragt, sonst wüsstest du nicht, dass du nicht mein Vater bist.«

Sie sah, wie er schluckte. Hatte er wirklich geglaubt, sie würde *das* nicht erraten? Dass ihre Mutter es damals in Indien ähnlich gehalten hatte wie Indrasena? Vielleicht nicht aus Freude am Flirten und Feiern – aber sie hatte doch sicher dazugehören wollen, zu diesem eng vernetzten Grüppchen, sie hätte keinen ihrer Freunde abgewiesen. Nicht Bengt, nicht Nandin, nicht Adrian.

Ihre Mutter, die Stille. Die Verständnisvolle.

Sie schaute wieder zur Laderampe. Zugmaschinen und Anhänger in allen Farben. Alt und dreckig oder blitzend neu. Kein einziger Pkw dazwischen.

»Ich frage mich einfach, wie Bengt es aufnimmt. Wenn du nach all den Jahren auftauchst und fragst, ob er dein Vater ist.«

Sie hob die Schultern. »Ich werde es dir berichten. Du darfst nur nicht die URL verlieren.« Sie hatte ihm die Internetadresse eines Forums aufgeschrieben, in dem Hobbyautoren ihre Texte veröffentlichten. Dort würden Jens und Kollegen sicherlich nicht mitlesen; dort las niemand mit, der nicht selbst Texte verfasste.

Dass Eglund inzwischen mit Waffen handelte, hatte sie ihm nicht erzählt.

»Es kommen doch nur die beiden in Frage, oder? Nur er und Nandin.«

Was für eine Auswahl von Vätern.

Ein Waffenhändler.

Ein Polizeispitzel.

Ein junger Mann trat aus dem Terminalgebäude und steuerte auf sie zu.

»Da kommt mein Fahrer.«

Sie umarmten sich. Adrian hatte feuchte Augen.

»Danke, Adrian. Danke für alles.«

»Pass auf dich auf, Kleines. Melde dich bald.«

Vom Deck der Fähre aus sah sie ihn auf dem Anleger stehen, ein einzelner Fußgänger, während hinter ihm die letzten Lastwagen über die Laderampe auf das oberste Autodeck fuhren. Neben ihr lehnten zwei Fernfahrer am Geländer und beobachteten, wie ein Kollege sein Gespann an seinen Stellplatz zu rangieren versuchte und immer und immer wieder neu ansetzen musste, weil er nicht nah genug an die Nachbarreihe herankam. Beide hielten Bierflaschen in der Hand und unterhielten sich träge auf Russisch. Endlich stand der Lastzug richtig, der Fahrer stieg aus, schloss ab und kam die Treppe herauf. Die beiden Männer hoben grüßend die Hand, der Neuankömmling nickte und ging nach drinnen.

Lastzüge. Fernfahrer mit Papieren in der Hand. Über dem Wagendeck zog eine Möwe zwei Kreise, setzte sich auf einen Mast, flog wieder auf.

Das Heck der Fähre hatte sich geschlossen. Die Schiffsmotoren liefen. Über die Dächer und Planen der Lastwagen hinweg sah sie immer noch Adrian auf dem Anleger stehen. Er entfernte sich, langsam. Sie hob die Hand und winkte. Er winkte zurück.

Es blieben so viele Lücken. Er wusste so wenig. Er hatte sein Leben lang so wenige Fragen gestellt. Auch von ihr hatte er nicht wissen wollen, was in Århus geschehen war; er hatte zugehört, das schon; was sie erzählte, hatte er bereitwillig aufgenommen; aber er hatte nicht nachgefragt.

Warmherzig. Ohne Neugier.

Nun stand er dort und sah ihr nach. Ohne zu winken inzwischen, während links von ihm ein weiteres Hafenbecken in Sicht kam; sah ihr nach und wurde kleiner und verschwand hinter einer weißen Skandinavienfähre. Der Fährhafen blieb hinter ihr zurück, ein Frachthafen, ein Marinehafen. Wald und eine lange Mole.

Offenes Meer.

ANNIKA

Wie ging es weiter? Nach Nilssons Besuch? Nachdem er mir seinen Bericht gebracht und von mir erfahren hatte, wo Dhanavati sich aufhielt? Es fällt mir schwer, mich zu erinnern, im Rückblick sind die Tage alle gleich. Angefüllt mit einer grauen Masse, die sich langsam über alles hinwegwälzte, was einmal bewohnt und lebendig war.

Aber natürlich lebte ich weiter, wir alle lebten weiter, Nina und ich, Paula und Bernd, Maike, die Nachbarn, Ninas Freundinnen, meine Eltern. Die Fragen – wo ist Adrian, hast du von ihm gehört, wie kommst du ohne ihn zurecht – wurden vorsichtiger. Gespräche verstummten, wenn ich hereinkam. Immer öfter überraschte ich andere dabei, wie sie Blicke wechselten, die ich nicht bemerken sollte. Eiderstedt machte sich seinen eigenen Reim auf Adrians Verschwinden.

Mir war es gleichgültig. Offener Spott hätte mich vielleicht aufgerüttelt, aber das Getuschel ließ sich leicht ignorieren. Ich merkte nicht einmal, wie sehr ich mich isolierte. Wie selten ich nur noch Gespräche führte, die diesen Namen auch verdienten. Die Leute wussten nicht, wie sie mit mir umgehen sollten, und ich half ihnen nicht. Ich wollte gar nicht über Adrian sprechen. Ich hatte mich davon überzeugt, dass ich nichts tun konnte als warten, bis Nilsson sich meldete. Oder bis ich von Adrian hörte. Warten und mich um den Alltag kümmern. Er war schwierig genug geworden, seit Adrian nicht mehr seinen Teil dazu beitrug.

Der Besuch von Dhanavatis Chefin und ihrem Mitarbeiter samt Hündin leuchtet als farbiger Tupfer aus diesen Wochen heraus – nicht weil ich etwas Neues erfuhr, denn letztlich bestätigten sie mir nur, dass in der Rüstungsforschung tatsächlich auch Mathematiker gebraucht werden, ein Punkt, den ich Nilsson nie ganz geglaubt hatte. Sondern weil ich mit Maria Kingsley über Adrian reden konnte. Über den Adrian, in den ich mich verliebt hatte, mit dem ich ein Kind in die Welt gesetzt hatte. Über die Jahre in Berlin, in denen wir uns zwei Straßen von der Mauer entfernt ein Zuhause eingerichtet hatten, mit guten Freunden, einem Balkon voller Pflanzen und gerade genug Geld, um von einem Monat zum anderen zu überleben. Bis die Mauer fiel und wir plötzlich im Zentrum einer Stadt lebten, in die aus allen Ecken der Welt fremde, aufgeregte Menschen strömten, und ich merkte, dass ich schwanger war. Ich redete und erzählte, während ich zugleich Papierstücke auf Drahtgeflecht klebte – denn auch diese Besucher waren unangemeldet erschienen und hatten mich bei der Arbeit gestört, aber Marias Gegenwart machte mich nicht befangen, sie saß so selbstverständlich in dem alten Korbstuhl, als wäre sie eine Kollegin, eine alte Bekannte – und mit jedem Satz, den ich sprach, wurde der Adrian von damals lebendiger, der ruhelose, aber liebevolle, der mir immer wieder half, die Welt und meine Angst vor ihr zu vergessen. Er trat neben den Adrian, mit dem ich die Jahre in Eiderstedt verbracht hatte, den zuverlässigen und stabilen, und fragte: Welchen von uns meinst du denn nun? Und später, als wir zusammen mit Nina, Timo

Helm und dem Hund auf dem weiten Strand vor Sankt Peter spazieren gingen und Maria über Dhanavatis Onkel sprach, gesellte sich ungebeten ein dritter Adrian dazu. Der Adrian, über den ich nichts wusste. Der auf Gotland eine Frau geliebt hatte, die bereits ein Kind von einem anderen hatte. Der sich für ihren Tod verantwortlich fühlte. Der offensichtlich glaubte, an ihrer Tochter etwas gutmachen zu können, was er ihrer Mutter schuldig geblieben war. Der Adrian, den mein Adrian zwanzig Jahre lang vor mir versteckt hatte.

Auch davon erzählte ich Maria. Keinem anderen Menschen gegenüber hätte ich es ausgesprochen. Denn ganz Eiderstedt schien stumm zu sagen: Wir haben es ja kommen sehen. Für alle Menschen in meiner Nähe – für Paula und Maike, meine anderen Freunde, für meine Eltern – war Adrian ein Außenseiter geblieben. Ein Fremder. Und Fremde sind unberechenbar. Maria dagegen hörte nur zu, schweigend und aufmerksam, während wir in Sankt Peter vor der Eisdiele saßen und Nina mit Timo drinnen vor der großen Speisekarte stand und ihm auf Englisch die Eissorten erklärte. Maria hörte zu, den Kopf ein wenig schief gelegt, dachte nach und sagte schließlich in ihrem angestrengten Deutsch: »Aber ist es nicht immer so? Auch von einem Menschen, den man gut kennt, kennt man nur einen Teil.« Sie zögerte und legte mir schließlich eine Hand auf den Arm. »Er ist freiwillig bei dir und Nina. Du hast ihn nie zu etwas gezwungen. Warum willst du dir jetzt einreden, dass es eine Lüge war?«

Doch auch sie und Timo waren letztlich nur nach Eiderstedt gekommen, weil sie sich Sorgen um Dhanavati machten, weil sie wissen wollten, ob wir von ihr gehört hatten. Nachdem ich ihnen erzählt hatte, dass Dhanavati wohl nach Riga gereist war, kehrten sie nach Dänemark zurück, und ich wartete wieder. Ich sah zu, wie Nina ein paar Tage lang innerlich strahlte und mit Begeisterung englische Vokabeln lernte, aber plötzlich damit aufhörte, wie sie die Freude an den Pferden verlor und immer öfter ganze Nachmittage allein in ihrem Zimmer verbrachte, ich sah zu und wartete und tat nichts. Zwei Wochen vergingen, dann kam ein Brief von Nilsson, den ich mit zitternden Fingern öffnete. Er enthielt zwei Zeilen Text auf einem ansonsten leeren Blatt. Keine Unterschrift, keine Anrede, nur: *Ich habe mit Frau Reinerts gesprochen. Sie weiß nicht, wo sich Adrian Barnes aufhält.*

Wie viel er verschwiegen hat.

Dieser Jens.

Zwei Wochen später schickte er mir unerwartet eine E-Mail mit einem Anhang, in dem er ausführlicher über seine Wiederbegegnung mit Dhanavati schrieb. Auch darin stand nichts über Adrian. Trotzdem hätte ich schon damals erraten können, dass ich mich geirrt hatte, dass Adrian nicht weggefahren war, um Dhanavati zu suchen. Dass sie nicht annähernd so wichtig für ihn war, wie ich geglaubt hatte.

Wäre irgendetwas anders gekommen, wenn ich das früher begriffen hätte? Vielleicht. Ich weiß es nicht. Vielleicht.

Abend in Ljugarn. Niemand ist auf der Straße, nur ein einzelner Radfahrer überholt mich lautlos und verschwindet in einer Einfahrt hinter Hecken. Die meisten Häuser, die ich passiere, sind dunkel, sie stehen verlassen auf ihren

Grundstücken, auf feuchten Wiesen, von kahlen Bäumen eingerahmt, umhüllt von Dunst. Das Licht der Straßenlaternen erreicht kaum ihre Holzfassaden, so dass man die Farben mehr errät als erkennt: hellgelb, rot, weiß, hellblau.

Als ich das Hotel betrete, noch gefangen in der Stille, kommt der Besitzer die Treppe zum ersten Stockwerk herunter. Er bleibt stehen.

»Alles in Ordnung?«, fragt er nach kurzem Zögern auf Englisch.

»Ja, vielen Dank.«

Wieder eine Pause. »Möchten Sie vielleicht einen Tee oder Kaffee? Sie sehen aus, als wäre Ihnen kalt.«

Nachdem ich die Frage verstanden habe, bedanke ich mich, und er setzt sich wieder in Bewegung. »Gehen wir in die Küche.«

Nun würde ich doch am liebsten ablehnen: Konversation auf Englisch mit einem Fremden, bei hellem Lampenlicht, dem fühle ich mich nicht gewachsen. Aber er ist schon in dem Durchgang neben dem kleinen Empfangstresen verschwunden. Ich folge ihm in eine große Küche, sie ist warm und voller Düfte. Zimt. Hefe. Zerlassene Butter.

So vertraut. Wie auf dem Reiterhof von Paula und Bernd hat die Küche zwei Gesichter: die eine Hälfte ist auf schnelles Wirtschaften für viele Menschen eingerichtet, die andere dagegen kramig und wohnlich. Ein großer Tisch. Abgeschabte Stuhlkissen. Eine Hängelampe, an der man sich vermutlich ständig den Kopf stößt. Bunte Vorhänge vor den Fenstern.

Mein Gastgeber hantiert am anderen Ende mit Wasserkessel und Teekanne. Ein großer Mann um die sechzig, hager und etwas gebeugt, mit ruhigen, sicheren Bewegungen. Er blickt sich zu mir um und deutet auf den Tisch. Ich setze mich und öffne den Reißverschluss meiner Jacke.

Auf dem Tisch steht ein Korb mit Äpfeln. Daneben ein Schneidebrett und ein kleines Messer. Eine Schale mit gehackten Mandeln. Eine andere mit Zucker und Zimt. Am Kopfende, dicht bei der Heizung, eine zugedeckte Schüssel. Backtag. Backtag in Schweden, und es sieht genauso aus wie bei uns.

Mein Gastgeber stellt Steingutbecher auf den Tisch, schaut unter das Tuch, das über die Backschüssel gebreitet ist, und dreht am Thermostat der Heizung.

»Was backen Sie?« Ich hoffe jedenfalls, dass ich das frage: Ich bin nicht sicher, ob *bake* wirklich ein englisches Wort ist oder ob ich es erfunden habe.

»Äppelkaka och …« Das zweite Wort verstehe ich nicht. »Apple cake. And …« Er überlegt und hebt dann die Schultern. »For my daughter's daughter. She will be ten tomorrow.«

Apfelkuchen für seine Enkelin. »Can I help you?«

Er zögert und zeigt dann auf die Äpfel. Nimmt einen aus dem Korb und fährt mit der anderen, geschlossenen Hand darüber, als würde er ein Messer halten. »You could …« Den Rest verstehe ich nicht. »If you like.«

»Schälen?« Ich halte das Messer in die Höhe.

Er nickt und geht wieder in den anderen Teil der Küche hinüber. Ich ziehe meine Jacke aus und hänge sie über die Stuhllehne. Meine Finger fühlen sich klamm an.

Und schmutzig. Ich stehe auf und gehe zum Spülbecken. Es steht voller Töpfe. Der Mann sieht zu mir her, ich reibe mir die Hände, er deutet zur Tür. In dem engen

Flur, durch den wir gekommen sind, entdecke ich eine zweite Tür, dahinter eine winzige Toilette.

Als ich in die Küche zurückkomme, dampft Tee in meinem Becher, und mein Gastgeber stäubt Mehl auf die Tischplatte. Ich setze mich, trinke Tee und schäle Äpfel, er legt einen Kloß Hefeteig auf die bestäubte Fläche und rollt ihn zu einem langen dünnen Rechteck.

Es ist warm. Still. Die Äpfel duften. Irgendwann blickt er auf und lächelt mich an, und ich merke, dass ich vor mich hingesummt habe. Wie zu Hause.

»What's your name?«

»Annika.«

Er wiederholt es. Die As spricht er fast wie Ä. »I'm Carl.« Dieses A klingt dunkel. Er geht zum Herd und kommt mit einer kleinen Kasserolle zurück, nimmt einen Backpinsel und bestreicht das Rechteck aus Teig mit weicher Butter. »Where are you from, Annika?«

»Eiderstedt. Near Hamburg. A small town, near the sea.« *Town* ist sicher nicht das richtige Wort, weder für Eiderstedt noch für Westerkoog, aber was macht das schon.

»Smaller than Ljugarn?«

»Much smaller. Only … ten houses. Maybe.«

»No tourists?«

»Oh, lots of tourists.« Wir lächeln uns an. Wie schnell er etwas gefunden hat, das uns verbindet.

Als ich nach dem nächsten Apfel greife, legt er kurz seine Hand auf meine, greift mit der anderen nach einem Messer und zeigt mir, dass ich die Äpfel vierteln soll. Ich teile den ersten und entferne Kerngehäuse, Reste der Schale und braune Stellen. Er bringt mir einen Teller. Ich setze das Messer an einem der Viertel an. »Small pieces?«

»Yes. Very small.« Er sagt noch etwas, das ich nicht verstehe. Ich schneide das Viertel in dünne Scheiben. Er legt wieder die Hand auf meine, nimmt mir das Messer weg und hackt die Scheiben klein.

»Ah, very small.«

Er lacht, berührt flüchtig meine Schulter und wendet sich wieder seinem Teig zu. Mit ruhiger Hand streut er Zimt und Zucker darüber, rollt das Rechteck der Länge nach auf und schneidet die Rolle in Scheiben. Die Schnecken legt er in Papierförmchen, die Förmchen auf zwei Backbleche, die Bleche deckt er zu und rückt sie auf Stühlen an die Heizung. Mein Magen knurrt. Ich greife nach einem ungeschälten Apfel. »May I eat one?«

»Yes, of course.« Er reibt sich das Mehl von den Fingern, gießt uns Tee nach und geht zum Kühlschrank hinüber. Eine Minute später stellt er einen Teller mit brötchenförmigem Zwieback und einen kleinen Napf Frischkäse neben mir auf den Tisch. Dann kehrt er in den anderen Teil der Küche zurück und beginnt mit Butter, Eiern, Milch, Schüsseln und Töpfen zu hantieren. Ich löffele mit einem Zwieback Frischkäse aus dem Napf, esse und sehe ihm zu. Er arbeitet schnell und sicher: Zutaten abmessen, Eier schaumig schlagen, die heiße Milch vom Herd nehmen, bevor sie überkocht. Nach fünf Minuten ist auch dieser Teig fertig. Er holt den Teller mit Apfelstücken, rührt sie hinein, legt ein Backblech mit Papier aus und streicht den Teig darauf glatt. Er trägt das Blech zum Tisch, streut erst den Rest Zucker-Zimt-Mischung darüber, dann die Mandeln und schiebt das Blech in den Backofen. Dann setzt er sich mir gegenüber und nimmt sich auch einen Zwieback.

»So you're on holiday, Annika?«

Holiday. Urlaub. Sein Tonfall ist neutral, aber wir wissen beide, dass er mir ein *Ja* nicht glauben wird. Wer kommt schon im November nach Ljugarn, um Urlaub zu machen. Ich nehme das Foto von Adrian aus dem Portemonnaie und lege es vor ihm auf den Tisch.

»Ich suche jemand.« Ich habe lange in unserer Fotokiste gekramt, bevor ich mich für dieses Bild entschieden habe. Paula hat es beim Sommerfest auf dem Reiterhof aufgenommen. Adrian sitzt an einem Holztisch im Freien, ein Messer in der rechten Hand, eine lange Salami in der linken. Die Sonne scheint ihm ins Gesicht. Der Wind hat ihm die unordentlichen grau-schwarzen Haare aus der Stirn geblasen, und er lacht jemanden an, der neben Paula sitzt. Nina. Daran erinnere ich mich. Er hat Nina angelacht und sie irgendetwas gefragt. Im Juni. Diesem Juni. Zweieinhalb Monate, bevor er wegging.

Carl nimmt das Foto und betrachtet es ohne Eile, nebenher trinkt er Tee. Schließlich legt er es wieder auf den Tisch. Seine Miene verrät mir nichts. »Er sieht nett aus.« Den nächsten Satz verstehe ich nicht. Carl wartet kurz und sagt dann: »Du meinst, er ist hier?«

Ich *weiß* es, würde ich so gern antworten. Ich weiß es, diesmal weiß ich es genau. Drei Monate lang habe ich mich geirrt, habe mich von einer alten Angst täuschen lassen. Aber diesmal bin ich sicher.

Doch ich spreche es nicht aus. Hier in dieser stillen Küche scheint die ganze Welt zuzuhören. Hellwach und feindselig bereit, auf ein Wort von mir, ein allzu zuversichtliches Wort, sämtliche Karten neu zu mischen und aus dem, was ich erraten habe, doch noch eine Unwahrheit zu machen.

»Er hat einmal hier gelebt. Vor über zwanzig Jahren. In der Nähe von Ljugarn. In einem Haus im Wald. Zusammen mit vielen anderen Menschen, vielleicht zwölf oder fünfzehn. Sie waren eine Sekte.« Ich bin nicht sicher, ob ich das richtige Wort benutze, doch das macht nichts: Er hat mich schon verstanden. Die Art, wie er plötzlich meinem Blick ausweicht, zeigt es mir. Er kennt die Geschichte, die ich erzähle. »Sie hatten ihre eigene Religion, ein Gemisch aus anderen Religionen, eine Erfindung. Sie wohnten dort, bis die Polizei einen von ihnen verhaftet hat. Er hatte mit Drogen gehandelt. Er kam ins Gefängnis. An dem Tag starb eine Frau. Die anderen gingen fort. Vor dreiundzwanzig Jahren.« Ich deute auf das Foto. »Ich glaube, er ist wieder hergekommen.«

»Warum sollte er das tun, Annika?«

Ich sehe ihn an. Ja, er kennt diese Geschichte, und er hört sie nicht gern, nicht aus dem Mund einer Fremden. Genauso würde ich reagieren, wenn jemand nach Westerkoog käme und mich über die Vorbesitzer des Reiterhofs ausfragen würde. »Du weißt, welches Haus ich meine, nicht wahr? Es gehört der Familie Eglund. Eine Frau aus dem Ort kümmert sich darum, sie hat damals dazugehört. Ingela. Sie wohnt nicht dort, das Haus steht leer, aber sie kümmert sich darum, dass es nicht verfällt. Du kennst sie, nicht wahr, Carl? Du kennst sie.«

Er blickt auf das Foto und schweigt, und wieder versammelt sich die Stille um uns. »Ist er dein Mann?«, fragt er schließlich.

»Ja.« Ich räuspere mich leise, vorsichtig. »Wir sind nicht verheiratet, aber wir leben zusammen. Seit vielen Jahren. Wir haben eine Tochter. Nina. Sie ist zwölf.«

Da entspannt sich etwas in seinem Gesicht. Vielleicht weil er an seine Enkelin denkt, seine Tochter und ihren Mann.

»Ich kenne Ingela. Du hast recht. Ich weiß auch, von welchem Haus du sprichst.« Er wirft einen Blick auf die Uhr, die über der Spüle hängt, und ich schaue ebenfalls hin. Es ist erst halb neun. Ich hätte gedacht, es müsste Mitternacht sein. »Sie arbeitet in Visby, morgen früh werden wir sie nicht erreichen. Aber ich könnte sie jetzt gleich noch anrufen und fragen, ob du dir das Haus ansehen kannst.«

»Wenn du mir sagst, wo sie wohnt …«

»Nein, Annika.« Er beugt sich vor und legt mir eine Hand auf den Arm. »Es tut mir leid. Aber sie würde nicht mit dir reden. Ich habe schon einmal Gäste zu ihr geschickt, die mich auch nach dem Haus gefragt haben … Sie hat ihnen den Schlüssel gegeben, aber hinterher war sie sehr verärgert. Ich musste ihr versprechen, es nie wieder zu tun. Nie wieder jemand zu ihr zu schicken. Sie will von den alten Geschichten nichts hören.«

»Aber dann müsstest du den Schlüssel holen …«

»Der Schlüssel ist noch hier.« Er lässt meinen Arm los, steht auf, geht zu einem Schränkchen und kramt in einer Schublade herum. »Sie wollte damals nicht, dass die Besucher noch einmal zu ihr kommen. Deshalb haben sie den Schlüssel bei mir hinterlegt. Hier ist er.« Er hält ihn in die Höhe. »Ich rufe sie einfach an, ja, Annika?«

Ich nicke müde. Was soll ich in dem Haus: nach Fußspuren suchen? Nach einem Haar, das von Adrian stammt? *Sie will von den alten Geschichten nichts hören.* Es ist, als wollten mich die Götter bestrafen. Jeder schützt seine eigene heile Welt, stimmt's, Annika? Aber kann es wirklich sein, dass ich siebenhundert Kilometer weit gereist bin und nun an den letzten paar hundert Metern bis zu Ingela scheitere?

Irgendwo draußen telefoniert Carl, vermutlich steht er an der Rezeption. Seine Stimme klingt ruhig, aber sicherlich spricht er immer so. Ich schließe die Augen und stelle mir vor, wie es vor drei Monaten war: Ingela hört es an der Tür läuten, öffnet, und vor ihr steht eine junge Frau, Dhanavati, und möchte das Haus besichtigen, in dem sie als Kind gelebt hat.

Und ein oder höchstens zwei Wochen später klingelt dann Adrian. Aber mir wird gesagt, ich solle nicht an der Vergangenheit rühren. Ich bin nicht diejenige, die die Toten weckt, Ingela. Meinetwegen hättet ihr sie alle in Frieden ruhen lassen können.

Auf dem Schränkchen steht eine angeschlagene Tasse mit einem Sammelsurium von Stiften. Ich nehme einen Filzschreiber heraus, drehe das Foto von Adrian um und schreibe auf Deutsch: *Ich möchte nur wissen, wo Adrian ist. Sonst werde ich keine Fragen stellen.* Und darunter: *I am looking for Adrian. That is all.* Ich unterschreibe mit *Annika Otten.*

Als ich den Stift zurückstelle, kommt Carl wieder herein. Er lächelt mir zu. »Es ist so, wie ich es mir gedacht habe. Sie will nicht mit dir reden. Aber du darfst dir gern das Haus ansehen.«

Er hält mir den Schlüssel hin. Ich weiß nicht, welche Reaktion er erwartet hat, jedenfalls verschwindet das Lächeln, und er wirkt verlegen, vielleicht auch ein wenig verärgert.

»Danke«, sage ich rasch und stehe auf. »Vielen Dank für deine Mühe.« Ich nehme den Schlüssel und stecke ihn ein. Dann reiche ich ihm das Foto. »Wenn du sie siehst – kannst du ihr das bitte zeigen? Aber du musst sie nicht fragen, ob sie Adrian kennt. Ich weiß, dass sie ihn kennt. Sag ihr, dass ich ihn suche. Sonst will ich gar nichts von ihr. Ich möchte nur wissen, wo Adrian ist.«

DHANAVATI

Die Fähre war voll müder Fernfahrer, die Russisch oder Lettisch sprachen. Sie tranken Bier, alberten herum, saßen gähnend vor den Fernsehern, standen zu den Mahlzeiten friedlich an der Essensausgabe Schlange. Das kleine Grüppchen von Passagieren, die ohne Lkw gekommen waren, hielt sich vorsichtig im Hintergrund. Zum Abendessen gab es Braten und eine dunkelbraune, würzige Masse, die anscheinend aus Getreide und Gemüse bestand. Vor den großen Fenstern wurde die Ostsee allmählich dunkel, Leuchttürme und Schiffslaternen hingen in dunstigem Zwielicht zwischen den Reflexionen des Speisesaals.

Sie hatte einen Schlafsessel gebucht, aber der Raum, in dem die Sessel standen, war unerträglich, halbdunkel, keine Fenster. Auf dem Gang spielte ein lärmendes Grüppchen Männer irgendein Spiel, bei dem klackernde Holzsteine auf einem hochbeinigen Tisch hin- und hergestoßen wurden, eine Mischung aus Shuffleboard und Billard. Sie sah eine Zeitlang zu, trank ein Bier; versuchte sich mit zwei Männern zu unterhalten, die gerade genug Englisch sprachen, um *Wo soll ich abladen?* fragen zu können, kaufte dann noch zwei Flaschen Bier, bevor die Bar schloss, und setzte sich draußen auf das kleine Sonnendeck, von dem aus sie vorhin dem Einparken zugeschaut hatte. Beim Einchecken hatte man ihr eine Decke gegeben, sie wickelte sich fest hinein.

Rauchte. Trank. Hörte Musik, aber sparsam, denn der Akku des iPods war schon halb leer.

Cause I tried to find heaven, cause I thought that I could.

I thought that I could.

Als ihr doch kalt wurde, ging sie hinein und gesellte sich wieder zu den Shuffleboard-Spielern, sah eine Zeit lang zu und spielte dann mit; ungeschickt, weil sie mit der linken Hand nicht richtig zugreifen konnte, aber was schadete das.

Vormittags schlief sie in einem Sessel in der geschlossenen Bar, die Füße auf dem Sims unter dem Panoramafenster. Mittags unterhielt sie sich mit einer Familie aus Deutschland, Vater, Mutter, Tochter und Schwiegersohn, die in Lettland Freunde besuchen wollten. Als sie gefragt wurde, was sie vorhatte, sagte sie, ihr Vater halte sich geschäftlich in Riga auf. Die Mutter lächelte ihr zu, für sie war die Welt wieder in Ordnung: Die junge Frau reiste zwar allein, aber sie fuhr zu ihrem Papa.

Ihrem Papa, dem Waffenhändler.

Nachmittags belegten Fernfahrer die Plätze ganz vorn in der Bar, sie schalteten ihre Mobiltelefone ein und stellten sie an die Panoramascheibe gelehnt auf den Sims: so weit in Richtung Heimatnetz, wie es auf der Fähre möglich war. Bis zur Kaffeezeit hatte keines geklingelt.

Einer der Shuffleboard-Spieler hatte ihr in der Nacht angeboten, sie nach Riga mitzunehmen. Es dauerte eine Weile, bis sie ihn beim Abendessen unter den frisch geduschten und rasierten Männern wiederentdeckte. Als sie ihn fragte, ob sein Angebot noch galt, wusste er erst nicht, wovon sie sprach, aber dann sagte er: »Ja. Ja. Sure. Yes.«

Sie müsse jedoch zu Fuß von Bord und durch die Passkontrolle gehen. Er würde sie oben an der Hafenausfahrt auflesen.

Sie hoffte jedenfalls, dass das gemeint war.

Die Fußgänger sollten über das unterste Wagendeck von Bord gehen. Ein enge, unendliche Treppe hinunter: Sie brauchte Minuten, bis sie den Mut dazu fand. Am Fuß der Treppe traf sie die deutsche Familie wieder, sie standen vor der Stahltür zum Wagendeck und trauten sich nicht hinaus. Aber hier zu warten war unmöglich: Sie zog die Tür auf und stieg über die Schwelle.

Direkt vor ihr stand ein Lkw. Es stank nach Abgasen, weil alle Motoren schon liefen, die Halle dröhnte von ihrem Lärm. Sie tastete sich zwischen Lastwagen und Metallwand entlang, stieg über Ketten, zwängte sich an Außenspiegeln vorbei. Hinter ihr rief jemand, sie blickte über die Schulter und sah, wie die Mutter einen Koffer über einen Vorsprung zu zerren versuchte. Sie kehrte um und half ihr und marschierte dann weiter, den Koffer in der unverletzten Hand. Noch eine Zugmaschine, eine Wolke aus Abgasen, ein Anhänger, ein Anhänger, eine Zugmaschine – die Rampe.

Sie stürmte hinauf und blieb erst stehen, als sie Beton unter sich hatte und die Frau erneut rief. Sie stellte den Koffer ab. Die Familie sammelte sich. Man schimpfte. Unglaublich. Ich dachte, ich sterbe. Noch einmal mache ich so was nicht mit.

Sie ließ die vier zur Grenzkontrolle vorangehen und blieb dicht hinter ihnen, als gehörte sie dazu. Die Grenzer waren mürrisch, aber nicht gründlich, sie warfen flüchtige Blicke auf die Ausweise und gar keine auf das Gepäck. Vor der Baracke wartete ein Mann neben einem roten Opel auf die Familie. Dhanavati wünschte ihnen einen schönen Urlaub und ging weiter, die Zufahrt hinauf.

Nach dreihundert Metern überholte sie der erste Lastwagen. Wo die Zufahrt in eine breite Straße mündete, stellte sie ihre Umhängetasche ab und drehte sich eine Zigarette. Die Lastwagen kamen in großen Abständen, höchstens zwei pro Minute. Ab und zu hupte ein Fahrer, wenn er an ihr vorbeikam, oder ließ die Scheinwerfer aufblitzen. Sie grüßte jedes Mal zurück.

Der vierunddreißigste Lastwagen hielt.

»Riga. Riga, meitenit. Wake up. Riga.«

Sie riss die Augen auf. Ein leerer Parkplatz, von wenigen Laternen erleuchtet, dahinter eine Reihe von flachen Hallen. Sie schüttelte den Kopf, rieb sich das Gesicht, spähte auf die Uhr im Armaturenbrett. 23:56. Dreieinhalb Stunden Fahrt durch lettisches Flachland, von dem sie nichts gesehen hatte als Asphalt im Scheinwerferlicht.

»Thanks. Thank you very much indeed.«

Sie löste den Gurt. Ihr Fahrer sah so müde aus, wie sie sich fühlte. Eine Zeitlang hatten sie versucht, sich zu unterhalten, aber sein Englisch enthielt zu wenige Vokabeln, die sich auf die normalen Dinge des Lebens anwenden ließen, also hatte er schließlich Musik aufgelegt. Und sie hatte die Augen geschlossen.

»Do you know a hotel in Riga?« Er schien sie nicht zu verstehen. Sie wiederholte: »Hotel?«

Er hob beide Hände: Woher sollte er das wissen? Er hatte offensichtlich genug, von ihr oder von der weiten

Fahrt, die ihn doch nur zu einem anderen Parkplatz geführt hatte, einer weiteren Nacht in der Fahrerkabine. Sie hob die Umhängetasche vom Boden auf und stieß die Beifahrertür auf. »Thank you.«

Der Fahrer sagte etwas, das sie nicht verstand, und zeigte über die linke Schulter nach hinten. »Hotel?«, fragte sie. Er zögerte, nickte, sagte »Centrs« und zeigte noch einmal in die gleiche Richtung.

»Thanks«, sagte sie zum vierten Mal, stieg aus und schlug die Tür zu. Der Lastwagen rollte an, auf die Hallen zu.

Sie hängte sich die Tasche über die Schulter und blickte in die Richtung, in die er gezeigt hatte. Dort war ein Autobahnverteiler, auf hohen Pfeilern, der die Autos auf eine hell erleuchtete Brücke schleuste. Eine düstere Straße führte unter den Rampen und Schleifen hindurch. Sie folgte ihr in ein Wohngebiet, an dunklen Holzhäusern und parkenden Autos vorbei, zu einem Platz. Einer riesigen Kirche.

Einem Hotel.

Der Portier öffnete vorsichtig, mit vorgelegter Kette. Ja, sie hätten ein Zimmer frei, sagte er nach längerem Zögern auf Englisch, blickte an ihr vorbei, befand sie offenbar für harmlos und ließ sie ein. Das Zimmer koste siebzig Euro, sagte er, während er zu seinem Pult zurückkehrte, und sie müsse eine Nacht im Voraus bezahlen oder die Summe per Kreditkarte garantieren. Sie war zu müde, um zu streiten, holte schweigend das Portemonnaie hervor, legte Adrians Kreditkarte aufs Pult und daneben einen 500-Kronen- und einen 10-Euro-Schein. »Suchen Sie sich eins von beidem aus. Die Kreditkarte gehört meinem Vater. 500 Kronen sind etwas weniger als 70 Euro. In Euro habe ich die Summe nicht.« Er zögerte, nahm die Kreditkarte und ließ sie einen Anmeldeschein ausfüllen.

Gab ihr frisches Verbandszeug für ihre Hand.

Ein kleines Zimmer. Frisch renoviert. Dunkles Holz, ein gelber Baumwollüberwurf auf dem Bett, helle Wände, ungemustert. Sobald sie sich ausgezogen hatte, löschte sie das Licht und öffnete Vorhänge und Fenster. Dann legte sie sich ins Bett, den Blick auf das bleiche Rechteck gerichtet, in den Ohren die Musik ihrer Mutter.

Cause I thought that I could.

I thought that I could.

Nach dem Frühstück ging sie zur Rezeption und erklärte, dass sie noch eine Nacht bleiben wollte. Der Portier gab ihr einen kleinen Stadtplan von Riga und zeichnete einen Kreis an die Stelle, wo das Hotel lag. Sie bedankte sich und trat ins Freie.

Ein sonniger Tag, der Himmel blass. Man roch das Meer, vielleicht auch den Fluss, es erinnerte an Århus. Auch die Möwen. Sie ging in Richtung Zentrum, an riesigen Markthallen vorbei zum Bahnhof, zog an einem Automaten lettisches Geld und geriet dann auf dem Vorplatz in ein Labyrinth aus Holzbuden, Klapptischen und Bauchläden. Gedränge und Lärm, unverständliche Gespräche, Frauen in abgeschabten Kunstlederröcken und polierten hochhackigen Schuhen, zielstrebig und schnell: zwei Sätze, etwas Geld, dann trugen sie eine Plastiktüte davon, mit Gemüse oder Putzzeug oder einem Kochtopf. Sie kaufte eine Rosinenschnecke und eine Flasche Wasser und hielt unbekannte Münzen in der Hand.

Eine neue Stadt. Neue Menschen. Eine Ahnung von Freiheit, als würde jemand flüstern: Du könntest auch all deine Pläne vergessen.

Sie verließ den Platz, überquerte eine breite Straße und schlenderte durch einen Park. Fand die Straße, die sie suchte, und bog in sie ein, die Kirchtürme der Altstadt im Rücken. Stadtvillen, ein Museum und wieder ein Park, sozialistische Betonbauten, Holzhäuser und Jugendstilfassaden. Sie passierte das Haus mit der richtigen Hausnummer, wandte sich hinter einer orthodoxen Kirche nach rechts und setzte sich auf ein Mäuerchen. Aß die Rosinenschnecke, trank das Wasser und rauchte.

Es schien so einfach. Hineingehen. Nach Eglund fragen. Mit Eglund reden. Wo waren die Arschlöcher? Stand niemand Wache? Hatte man sie schon bemerkt?

War sie den Arschlöchern längst egal?

Nur ein Weg, es herauszufinden.

Sie trat die Zigarette aus, stand auf und überquerte die Straße. Das Haus war frisch renoviert und wirkte nüchtern, nur am Schmucksims unter dem Dach erkannte man, wie alt es war. Und an der Eingangstür: geschnitztes Holz. Eine Videokamera entdeckte sie nicht. Sie drückte auf die Klingel neben dem Schild *Riga Consulting*.

Eine Männerstimme. Unverständliche Worte. Sie rieb mit den Fingernägeln der verbundenen Hand über das Blech der Sprechanlage und sagte sehr schnell auf Deutsch: »Gibt es eine überabzählbare Teilmenge der reellen Zahlen, die in ihrer Mächtigkeit kleiner ist als die der reellen Zahlen?«

»Ka ludzu?«

Sie rieb weiter und versuchte den gleichen Satz auf

Dänisch, blieb allerdings schon bei *überabzählbar* stecken und sagte statt dessen: »Weiß auch nicht, was das heißt.« Der Mann rief laut etwas dazwischen, dann sagte er langsam und betont: »Who is there?«; sie antwortete auf Deutsch: »Man muss jederzeit statt *Punkten, Geraden, Ebenen Tische, Stühle, Bierseidel* sagen können«, und fügte auf Dänisch ihr Hilbertsches Lieblingszitat an: »Eine Fakultät ist keine Badeanstalt.«

Es summte.

Sie drückte gegen die Tür und stand in einem holzgetäfelten Vorraum, es roch nach Politur und Farbe. Ein Messingschild verwies sie in den ersten Stock. Die Treppe war mit einem roten Läufer ausgelegt und schwang sich elegant nach oben.

An der nächsten Tür erwartete sie ein Mann wie aus einem Mafiafilm: dunkler Anzug, Sonnenstudiobräune, die Haare drei Millimeter lang. Knopf im Ohr. Er stand breitbeinig auf der Schwelle, beide Hände einsatzbereit. Über der Tür war eine Kamera montiert.

»Can I help you?«

Sie blieb stehen, entschied sich gegen weiteres Sprachengewirr und antwortete auf Englisch: »Guten Tag. Mein Name ist Reinerts.« Sie griff in die Innentasche ihrer Jacke, ließ sich Zeit dabei, damit er nicht nervös wurde, holte das Portemonnaie hervor und zeigte ihm ihren Ausweis. »Dhanavati Reinerts. Ich möchte Herrn Eglund sprechen.«

»Haben Sie einen Termin?«

»Nein, aber ich bin sicher, dass er mich trotzdem sehen möchte. Es geht um eine private Angelegenheit. Ich bin seine Tochter.«

Acht Sekunden lang blieb es still. Sie fragte sich, ob er selbst nachdachte oder das den Leuten überließ, die durch die Kamera zuschauten.

»Herr Eglund hat keine Kinder«, sagte er schließlich.

»Doch, hat er.«

Der Mann lächelte verächtlich.

»Wieso fragen Sie ihn nicht?« Sie hielt ihm noch einmal den Ausweis hin. »Hier, zeigen Sie ihm den, damit er den Namen wiedererkennt. Ich würde ihn ja in die Kamera halten« – sie deutete mit dem Kinn nach oben – »aber da komme ich nicht ran.«

Er zögerte wieder, diesmal nur kurz, dann nahm er den Ausweis und gab den Weg frei. »Bitte. Kommen Sie herein.«

Sie trat ein und war umgeben von Licht: weiße Wände, weiße Böden, weiße Lederstühle und ein Tisch aus Glas, übergossen von bleichem Sonnenschein. Es roch nach Linoleum und Kaffee. Der Türwächter ging an ihr vorbei zu einem Empfangstresen, drückte dort am Computer auf zwei Tasten und verließ den Raum durch eine zweite Tür. Sie ging zum Glastisch und warf einen Blick auf die Zeitschriften. Segelboote. Palmen und Strand. Man hätte glauben können, man sei in einem Reisebüro. Aber vielleicht waren auf den Booten ja Granatwerfer installiert. Sie trat ans Fenster und sah hinaus, ohne etwas wahrzunehmen. Ihre Hände waren kalt.

Drogenhändler. Waffenhändler.

Vater oder nicht Vater.

Der Mann kam durch eine dritte Tür wieder herein, hielt ihr diese Tür auf und forderte sie mit einer Geste zum Eintreten auf. Als sie an ihm vorbeiging, roch sie sein

Rasierwasser; dann etwas anderes, Chemisches; jemand griff ihr in die Haare; und der Raum füllte sich mit dunklem Wasser.

Luft, Luft. Sie riss den Kopf hoch, atmete ein, es brannte bis tief in die Lunge – verätzt, ihr Magen krampfte, und es stank … Tränen, abwischen, aber die Hände hingen fest, hinter ihrem Rücken hingen sie fest … Atmen. Weiteratmen. Nicht zerren, das half nicht, sie hingen fest …

Hinter der Stuhllehne.

Ein Stuhl.

Betonboden.

Eine Halle.

Ihre Beine waren auch gefesselt.

Flecken auf ihrer Hose. Der Jacke. Feucht. Wie das stank. Sie hatte sich vollgekotzt, während sie weg war, nein, weiteratmen, Dhani, tief atmen …

Stimmen.

Falsch. Eine Stimme. Weit entfernt.

Unverständlich. Russisch vielleicht. Eine Männerstimme. Aufgebracht.

Pause. Wieder die Stimme.

Pause. Eine zweite Stimme. Tiefer. Beschwichtigend.

Die erste Stimme, laut und wütend. Ein Scheppern, die zweite Stimme.

Stille. Jetzt ruhig, Dhani. Nimm dich zusammen, rede mit ihnen. Bestimmt lässt sich mit ihnen reden. Sie war doch keine Bedrohung, sie wollte nur …

Eine Hand in ihren Haaren, jemand riss ihren Kopf herum, ein Mann, ganz nah, er schrie ihr ins Gesicht. Ihr Magen zuckte, krampfte, sie würgte und spuckte, Kaffee,

Wasser, Essensbrocken ... Er fuhr zurück, fluchte und schlug zu.

Ihr Kopf flog nach rechts, noch ein Schlag, ein Tritt, sie kippte, der Stuhl kippte, kalter Beton, sie hörte sich schreien, weit weg, schreien und keuchen, und er brüllte, unverständlich.

Und Stille.

Stille. Schritte.

Jemand beugte sich über sie.

Zerrte an ihren Handfesseln. Nahm den Stuhl weg. Drehte sie auf den Rücken.

Ein breites Gesicht, bleich.

Schweißgeruch.

In ihr schrie es, schrie und schrie, ein kleines Kind, dem niemand half. Er sagte etwas, sie verstand es nicht, er packte sie an der Jacke und zerrte sie hoch, bis sie saß. Sie winkelte die Beine an und beugte sich über die Knie, er fasste ihr in die Haare und zog den Kopf wieder nach oben.

Goss ihr Wasser übers Gesicht.

Wasser aus einer Plastikflasche. Es brannte auf der Haut, lief kalt in ihr T-Shirt, sie wollte ausweichen, er hielt fest.

»You drink, yes?«

Er drückte ihr die Flaschenöffnung an die Lippen. Sie schaffte es, Wasser in den Mund zu bekommen, drehte den Kopf weg, spülte den Mund aus und spuckte.

Er lachte. Er tätschelte ihr die Wange. Dicke Finger – ein dicker Mann, dunkle Haare klebten an seinem Schädel. Er hielt ihr die Flasche wieder hin, diesmal trank sie, noch ein Schluck, noch ein Schluck, ihr Magen hielt stand.

Jemand rief. Der Andere. Die Flasche rutschte ab, Wasser spritzte auf ihr T-Shirt, sie drückte das Gesicht auf die Knie, geh weg, schrie das Kind, geh weg, schick ihn weg. Der Mann neben ihr stand auf und antwortete, schick ihn weg, bitte schick ihn weg.

Er zog ihren Kopf wieder nach oben. Sagte etwas. Sie verstand nichts, nichts. Er schob sein Gesicht dicht an ihres heran. »Listen. You listen?«

Sie hielt den Atem an. Nickte.

»You quiet. You okay. Understand?«

Sie versuchte etwas zu sagen. Ihre Lippen bewegten sich nicht.

Er schüttelte sie. »Quiet. You quiet. Understand?«

»I'm quiet. Yes. Don't ...« Sie hörte es selbst kaum.

Er schüttelte sie wieder. »You quiet. You okay. Okay?«

»Okay.« Etwas lauter. »Yes. Okay.«

Er ließ sie los, holte ein Taschenmesser hervor und zerschnitt den Plastikriemen um ihre Fußgelenke. Kabelbinder, dachte sie, selbst die Polizei benutzt heute Kabelbinder, wer hat das erzählt?

»Now. You get up.« Er steckte das Messer ein, packte sie von hinten an den Oberarmen und zog sie hoch.

Kalter Schweiß. Schwarze Flecken vor ihren Augen. Die Füße weit weg, den Boden spürte sie kaum. Der Mann schob, ihre Beine bewegten sich, irgendwie, er schob und hielt sie gleichzeitig aufrecht. Sie roch seinen Schweiß, über das Erbrochene hinweg, alter Schweiß, Tag für Tag übereinandergeschichtet, mit Stoff und Haaren und Haut verklebt. Er schob sie schneller voran. Zu einer Trennwand, durch eine Tür, in einen Gang voll schimmelnder Kartons. Auf eine Metalltür zu. An den Wänden hingen Schilder mit kyrillischer Schrift.

Die Tür ging auf, der Andere stand vor ihr. Angst wie ein Faustschlag in den Bauch, sie bekam keine Luft, ihre Knie fingen an zu zittern, jeder Muskel fing an zu zittern, und er sah ihr dabei zu. Er sah langsam an ihr herunter, bis zu der dreckigen stinkenden Hose, dann spuckte er ihr ein Wort entgegen und schlug zu.

Mit etwas Weichem. Es wischte ihr durchs Gesicht, der Dicke fasste danach und zog es ihr über den Kopf.

Sie sah nichts mehr. Nichts. Eine Mütze, eine Skimaske – sie sah nichts, er stieß sie vorwärts, vorwärts ins Dunkle, alles dunkel, sie bekam keine Luft, der Boden schwamm weg …

Ein Knall, und Wind fegte um ihre Beine, blies ihre Jacke auseinander. Luft kroch durch das Gewebe der Maske, Luft und ein wenig Licht. Er schob sie weiter, schneller, schneller, sie hörte ihn atmen, hörte sich atmen, schnell, flach, damit sie nicht schrie.

»Stop.«

Sie blieb stehen. Jemand packte ihre Fußgelenke, sie hoben sie hoch, alles schwankte, drehte sich, sie legten sie hin, aber die Welt schwankte weiter. Wippte und schwankte.

Plätschern. Ein Boot.

Sie wälzte sich auf den Rücken. Jemand zog die Maske nach oben.

Eine Pistole. Die Mündung vor ihrem Auge.

Sie lag still.

Er lächelte. Setzte die Mündung unter ihrem Auge auf und kratzte eine Spur in ihre Haut, um den aufgeplatzten Mundwinkel, über den Kiefer, den Hals hinunter und über den Stoff des T-Shirts bis zur linken Brust, dort drückte er den Lauf hinein, dass sie fast schrie; und ließ ihr Gesicht nicht aus den Augen.

Das Boot schwankte, der Dicke sagte etwas. Der Andere nahm die Pistole weg und warf eine Plane über sie.

Sie atmete ein. Langsam. Kontrolliert. Hielt das Würgen, das Schluchzen in Schach. Der Motor sprang an, der Boden vibrierte, kippte, kippte zur anderen Seite. Wellen klatschten. Sie fuhren, fuhren und fuhren, und sie lag still, in einer Pfütze, starrte auf die Innenseite der Plane, zählte beim Einatmen bis zwei, beim Ausatmen bis drei, ruhig, ganz ruhig, okay, you okay. Ringe von Licht auf der Plane: Von links drang Sonnenschein unter die Plane und spiegelte sich in der Pfütze, in der sie lag, diese stinkende schleimige Pfütze reflektierte die Sonne, fließende Ringe, so wunderschön. Jetzt flackerten sie, Schatten? Bäume? Wenn sie sich hochstemmte und über Bord spränge, was würde passieren?

Ertrinken.

Eine Kugel im Kopf.

Okay. You okay.

Der Motor wurde leise. Verstummte. Ein Stoß. Schwanken. Jemand zog die Plane weg.

Der Dicke. Ihr Freund, ihr guter Freund.

Hinter seinem Gesicht der Himmel.

Eine Amsel zeterte.

Er zog ihr die Maske über die Augen. Sie packten sie an Oberarmen und Fußgelenken. Hoben sie hoch. Legten sie ab. Jemand fasste sie unter den Armen und zog, bis sie stand; der Dicke, sie roch ihn, der Dicke, ihr Freund. Er schob sie vor sich her, über Holz, durch Gras, über Asphalt oder Stein. Neue Stimmen. »Step«, sagte der Dicke, da stolperte sie schon, seine Finger bohrten sich in ihre Arme, sie tastete sich die Stufen hinauf.

Kein Wind mehr. Eine Tür fiel ins Schloss.

Du willst doch diesen Eglund nicht jetzt noch kontaktieren?

Lee, ich würde dir so gern erzählen, wie scheiße das ausgegangen ist.

Andere Stimmen. Nach rechts abbiegen, wieder nach rechts; anhalten; jemand klopfte. An eine Tür wie in einem Hotel.

Von drinnen antwortete jemand. Sie wurde wieder nach vorn geschoben, und wieder zum Stehen gebracht.

Stimmen. So viele Stimmen. Jemand lachte laut auf. Dann ihr Bewacher, der mit der Pistole. Lange und wütend.

Jemand zog ihr die Maske vom Kopf.

Licht, viel zu viel Licht, es stach in den Augen, sie tränten sofort. Große Fenster. Gleißendes Wasser. Vor dem Fenster ein Schreibtisch, an dem jemand saß, sie kniff die Augen zu, blinzelte Tränen weg, da saß ein Mann.

Skandinavisch hellblonde Haare. Jemand stand neben ihm, zeigte ihm etwas; drehte sich um und kam auf sie zu. Der mit der Pistole. Er sah ihr ins Gesicht, spuckte ihr wieder ein Wort entgegen und stieß sie an, als er vorbeiging. Sie taumelte. Zwei Hände hielten sie fest. Der Dicke, sie konnte ihn riechen.

»Du verstehst wohl kein Russisch?«

Der Skandinavier stand vor ihr. Eglund. Es musste Eglund sein. Sein Englisch erinnerte an das von Maria.

Er hielt etwas vor ihr in die Höhe. »Wo hast du die her?«

Ein Viereck. Eine Plastikkarte. Die Aufschrift … Sie kniff wieder die Augen zusammen.

»Wo hast du die her?«

Adrian Barnes.

Seine Kreditkarte.

»Von ...« Es war kaum zu hören. Sie räusperte sich und versuchte es wieder. »Von ihm. Von Adrian.«

»Er hat sie dir gegeben? Wann?«

Wann? Wann war das gewesen? Wie sollte man das beantworten können? »In Rostock. Als er mich zur Fähre gebracht hat.«

»Welche Fähre?«

»Rostock – Liepaja.« Ein Bild tauchte vor ihr auf. Die Website der Reederei, der Fahrplan. »Mittwochs und sonntags. Fährt sie. Also Mittwoch. Am Mittwoch.«

»Vorgestern.«

»Kann sein, ja.« Sie sah ihn an. So lässig gekleidet. Sonnengebräunt. Als hätte er die letzten Stunden – und überhaupt sein halbes Leben – auf seiner Segelyacht zugebracht. »An ihn erinnern Sie sich also, ja? An Adrian, aber nicht an meine Mutter?«

Er schien überrascht. Dann lächelte er. »Na, vielleicht fällt sie mir ja ein, wenn ich dich genauer ansehe.«

Er fasste sie am Kinn, drehte ihren Kopf, nach rechts, dann nach links, sein Daumen grub sich in die Stelle, wo der andere zugeschlagen hatte. Arschloch, dachte sie. Du Arschloch. Meine Mutter hat sich umgebracht, deinetwegen. Und du machst hier deine Späße.

Er ließ sie los, trat einen halben Schritt zurück und holte ein Taschentuch hervor. Wischte sich damit die Finger. »Du siehst aus, als hätten sie dich aus dem Müll gefischt. Und du riechst auch so.«

Er sah auf die Uhr – eine elegante Uhr um ein perfekt gebräuntes Handgelenk – und sprach an ihr vorbei. Der Dicke säbelte an ihrer Handfessel herum. Ihre Arme kamen frei, sie nahm sie nach vorn, und sofort schoss Schmerz zu den Schultern hinauf. Ihre Finger waren Würste, unförmig und violett, sie spürte sie nicht. Abgeschürfte Haut an den Handballen. Rote Streifen um die Handgelenke. Und jetzt ein Prickeln, ein Stechen, sie legte die verbundene Hand in die rechte und fühlte weit weg eine Berührung. Wieder packte sie jemand am Arm und zog sie zur Tür; nicht der Dicke, sie blickte sich um, der Dicke war weg, ein Neuer schob sie aus dem Zimmer, einen Flur entlang, in eine Halle.

Holzdielen, blank poliert. Treppe mit geschnitztem Geländer. Keine zehn Meter entfernt die Eingangstür und daneben ein Fenster, durch das man eine weite Wasserfläche glitzern sah. So nah, so schön. Unerreichbar. Der Mann zog sie zur Treppe, sie stieg neben ihm hinauf, langsam, mit zitternden Knien, nach fünf Stufen außer Atem.

Oben ließ der Mann ihren Arm los und deutete mit dem Zeigefinger mehrmals nach unten. Hier warten, hieß das vermutlich. Vielleicht. Nur wenige Schritte entfernt stand eine Holztruhe. Sie ging hinüber und setzte sich.

Ihr war schlecht. Alles tat weh. Das Kleinkind in ihr hatte sich auf leises Wimmern verlegt: Mein Kopf, mein Magen, sieh nur meine Hände – der Verband ist ganz nass, und das von dem Dreckwasser – mir ist kalt, meine Füße sind nass … Wäre ich doch nie hergekommen.

An diesen Ort bist du auch nicht freiwillig gekommen.

Neben ihr war ein Fenster, sie sah hinaus. Hohe Kiefern. Ein asphaltierter Platz. Wasser. Ein Steg, an dem zwei Motorboote lagen, eine Yacht und eins in Ruderbootgröße: Mit dem waren sie vermutlich hergefahren. Weit draußen zog ein Segelboot vorbei. Dahinter kam wieder Land: ein See also oder ein breiter Fluss. Nirgendwo Häuser. Wie lange waren sie mit dem Boot unterwegs gewesen? Wie schnell fuhr so ein Boot? Sie gab es auf. Sie konnten überall sein.

Die Sonne schien durchs Fenster herein. Sie wärmte ihr die Schulter. Auf dem Fensterbrett lagen ein paar Muschelschalen. Sie stellte sich Eglund beim Strandspaziergang vor. Warum nicht? Mit einer Frau an seiner Seite, dreißig Jahre jünger als er. Hinter ihm zwei Leibwächter. Die Waffen einsatzbereit. Was hatte Lee ihr geschrieben? *Für solche Leute gibt es keinen Bereich im Leben, der nicht irgendwie auch mit ihren Geschäften zu tun hat.* Wie recht du hast, Lee. Ich würde dir das wirklich gern noch sagen.

Ihre linke Gesichtshälfte pochte. Das linke Auge tränte und tränte. Im Mund hatte sie den Geschmack von Erbrochenem, ihr Hals war immer noch wund, wie verätzt. Ihre Handgelenke brannten, als hätte jemand sie mit glühendem Draht umwickelt.

Aber sie lebte. Vermutlich musste man das als Erfolg werten.

Eglund kam die Treppe herauf, mit jedem Schritt nahm er zwei Stufen. Als er sie auf der Truhe sitzen sah, hielt er inne, einen Moment lang schien er etwas sagen zu wollen, dann wandte er sich mit einem Ruck ab und verschwand im Gang. Eine Tür klappte. Minuten später noch einmal.

Er kam zurück.

Einen Wäschestapel auf dem Arm.

Sie starrte ihn an. Er zeigte mit dem Kopf zur Treppe und lief vor ihr ins nächste Stockwerk hinauf. Als sie im

Dachgeschoss ankam, wartete er neben einer geöffneten Tür.

Ein Badezimmer. Sie blieb im Flur stehen und schaute hinein: Es hatte ein Fenster. In die Dachschräge eingelassen, so dass man vermutlich nur Himmel sah, aber ein Fenster. Auf dem Klodeckel lagen Kleidungsstücke und Handtücher. Obenauf eine Zahnbürste, noch in der Verpackung. Fläschchen und Tuben. Pflaster.

»Die Sachen werden dir nicht passen, aber sie sind besser als deine. Das Spray desinfiziert, die Salbe hilft gegen die Schwellung.«

Oh, wie fürsorglich. Er erwartete hoffentlich nicht, dass sie sich bedankte.

Als sie an ihm vorbeigehen wollte, streckte er den Arm aus und blockierte die Tür.

»Hör zu, kleines Mädchen. Dieses Haus – das ganze Grundstück – ist voll mit meinen Leuten. Ohne meine Erlaubnis kommst du hier nicht weg. Hörst du mir zu? Also sei klug und versuch es gar nicht. Denn wenn du es versuchst – wenn du überhaupt irgendetwas tust, worum dich niemand gebeten hat –, werde ich wissen, dass Juri recht hat.«

»Womit denn recht?«

»Juri ist der junge Mann, dem du auf die schönen neuen Schuhe gekotzt hast. Helles Wildleder. Er kann sie wegwerfen. Juri findet das gar nicht komisch.« Er sagte es lässig, als würde er einen Witz erzählen – und sah dann zu, wie sich die Angst in ihr ausbreitete.

Juri, wie er zuschlug. Wie er mit der Pistole auf ihr Auge zielte. Wie er den Lauf in ihre Brust drückte und sie dachte: Jetzt schießt er. Nur weil es Spaß macht.

Sie räusperte sich. »Womit soll er recht haben?«

»Er glaubt, dass du ein Spitzel bist.«

Sie schüttelte sofort den Kopf, aber er hatte das Erschrecken schon bemerkt, natürlich hatte er es bemerkt, und er fuhr noch etwas leiser fort: »Ich habe ihm versprochen, dass er dich persönlich entsorgen darf, wenn es stimmt.« Er ließ den Arm sinken und gab den Weg ins Bad frei. »Gib ihm keinen Grund, sich mit dir zu befassen, während ich nicht im Haus bin.«

Abendlicht auf den Kiefern. Die Sonnenstrahlen schafften es nicht ganz bis ins Zimmer, aber sie verliehen dem Dunkelgrün der Nadeln Wärme und brachten die Zapfen zum Glühen. Jeden einzelnen. Als hätte jemand durchgezählt. Als gäbe es wirklich einen Gott, der von jedem Spatzen wusste, wann er eine seiner Federn verlor.

Oder wie immer dieser Spruch genau hieß. Eine Nachwirkung der Angst vermutlich, dass sie plötzlich an Götter dachte. Der Wunsch, jemandem zu danken. Jemand anderem als dem König der Schläger dort unten.

Sie hatte geduscht, sich die Haare gewaschen, die Sachen angezogen, die Eglund ihr gebracht hatte: eine schwarze Samthose, die zu lang war, und einen weiten dunkelroten Pullover. Sie hatte sich zweimal die Zähne geputzt und den Mund ausgespült, den dreckigen Verband weggeworfen und die Schnittwunde, die aufgeplatzten Lippen, die wund geriebenen Handgelenke desinfiziert und mit Salbe bestrichen. Auf ihr Klopfen hin hatte ihr Aufpasser das Bad aufgeschlossen und sie zwei Türen weiter in dieses Zimmer gesperrt. Es war klein. Aber es hatte ebenfalls ein Fenster.

Nackte Holzdielen, ein Sofa mit einer zusammengefalteten Decke. Eine Flasche Mineralwasser auf dem Tisch – inzwischen leer – und ein Teller mit Pommes frites und Chicken Nuggets. Bengt Eglund, der perfekte Gastgeber. Waffenhändler und Gentleman. Ihr Magen hatte genau drei Streifen Pommes frites akzeptiert, einzeln und langsam gekaut, danach hatte sie sich auf das Sofa gelegt, unter der Decke zusammengerollt, Kleinkind auf der Suche nach Wärme; und war wohl tatsächlich eingedöst, denn jetzt war es Abend.

Im Haus war es still. Sie stand am weit geöffneten Dachfenster, der Harzgeruch der Kiefern wehte herein, der Geruch von sonnenwarmer Teerpappe, hin und wieder Möwengeschrei. Das Haus war offensichtlich aus Holz gebaut, groß und verwinkelt, das Werk irgendeines protzigen Reichen, mit einem achteckigen Turm, rundum verglast. Eglund hatte dort vermutlich ein Maschinengewehr stationiert. Zum Schutz von *Riga Consulting*. Ihr Zimmer lag auf der Rückseite, mit Blick auf Rasen, Kiefern und eine Art Pavillon mit Glaswänden, weit rechts und fast ganz von Bäumen verdeckt. Keine Mauer in Sicht und kein Zaun. Vermutlich war das Grundstück so groß wie ein Flugplatz und wurde von bewaffneten Patrouillen und Kampfhunden bewacht.

Sie hätte gern geraucht, aber die Taschen ihrer Jacke waren leer. Kein iPod. Sogar die Papiertaschentücher fehlten. Eine Zeitlang hatte sie versucht, mit Krümeln aus der Panierung der Chicken Nuggets Wolframs Regel 110 für zelluläre Automaten durchzuspielen; hatte versucht, den Gedankengang eines Artikels über probabilistische CAs zu rekonstruieren, den sie vor der Fahrt nach Sennewitz gelesen hatte – Sennewitz! Wie lange war das her? Nichts half. Ihre Finger waren steif. Vom Fettgeruch wurde ihr übel. Ihre Gedanken sprangen immer wieder zu den gleichen Fragen zurück, wie von Gummibändern gezogen.

Was hat er gefragt. Was hast du gesagt. Was hättest du stattdessen antworten sollen.

Wie konnte aus dem Mann im Waldhaus, von dem Adrian erzählt hatte, dieser Mann dort unten werden.

Unwichtig. Bei einem System, von dem man nur zwei Zustände kannte, die so weit auseinanderlagen, war es sinnlos, nach Übergangsregeln zu suchen. Besser, man behandelte den Wechsel wie einen Neustart.

Besser, man konzentrierte sich aufs Überleben.

Es klopfte. Es wurde aufgeschlossen. Der Aufpasser winkte sie heraus. Sofort war die Angst wieder da, eine andere Angst als in Århus, körperlicher und direkter. Als stiege man in kaltes Wasser, während man die Treppe hinabging, so dass die Bewegungen langsamer wurden, die Empfindungen dumpf, immer stärker überlagert von Kälte; die Gedanken brüchig; das innere Schreien immer höher und dünner, bis man es nicht mehr hörte, sondern nur noch als Vibration spürte, als ein Zittern in jedem Winkel des Körpers.

Durch die Halle. Durch den Seitengang. In Eglunds Arbeitszimmer.

Er saß hinter seinem Schreibtisch und rauchte Zigarillo, vor sich eine Aktenmappe, die er zuschlug, als sie hereinkam. Wie irgendein Büromensch. Er schaute sie an, einmal langsam von oben bis unten, und sie sah sich in seinem Blick wie in einem Spiegel.

Ungekämmte Haare. Ein Pullover, in dem sie ertrank. Hosenaufschläge, die über den Boden schleiften. Keine Schuhe.

Er schickte den Aufpasser mit einem Nicken nach draußen und deutete mit dem brennenden Zigarillo auf den Stuhl vor dem Schreibtisch. Sie setzte sich. Sie sahen sich an.

»Du hast dir eine verdammt ungünstige Zeit ausgesucht, um hier hereinzuplatzen«, sagte er schließlich. »Wir stecken in wichtigen Verhandlungen, und zum Abendessen kommt Besuch. Also wirst du mir jetzt sehr schnell und ehrlich ein paar Fragen beantworten. Es gibt da nämlich ein paar Punkte, die ich ganz und gar nicht verstehe. Willst du rauchen?«

Sie nickte, räusperte sich. »Mein Tabak …«

»Der hat den Transport nicht überstanden. Janis hat dir neuen gekauft.«

Ein Päckchen Tabak klatschte neben ihr auf den Fußboden und rutschte unter den Schreibtisch.

Sie fuhr herum. An der Tür saß ein Mann in einem Sessel, farblos, sehr still. Neben dem Sessel lag ihre Umhängetasche.

»Ihr wart in meinem Hotelzimmer!«

»Ja, natürlich. Wir haben deine Sachen geholt, deine Rechnung bezahlt, deine Schlüsselkarte abgegeben. Der Portier glaubt, dass du bei deinem lettischen Cousin übernachtest. Du schuldest uns hundertvierzig Euro. – Nun komm, Kind. Reg dich doch nicht über Kleinigkeiten auf. Die Hotelleute hätten dir ganz bestimmt nicht geholfen. Hier.« Er bückte sich, fischte das Päckchen Tabak unter dem Schreibtisch hervor und warf es ihr in den Schoß.

»Jetzt rauch erst mal und beruhige dich. Mit dir ist ja gar nichts anzufangen.«

Unter der Lasche steckte eine Schachtel Blättchen. Sie riss sie auf, nahm ein Blättchen heraus und zupfte Tabak aus der Packung. Die Finger der linken Hand mochten sich kaum bewegen. Die der rechten Hand zitterten. Der Tabak rutschte vom Papier, sie hob ihn wieder hinauf, und wieder, schaffte es endlich, das Blättchen zu rollen, leckte es an und knipste die heraushängenden Fäden ab. Eglund sah schweigend zu. Bei aller Eile: So viel Zeit würde er wohl immer haben, dass er zusehen konnte, wie andere sich vor ihm fürchteten. Sie streckte die Hand nach seinem Feuerzeug aus, er schnippte es zu ihr herüber und schob den Aschenbecher in ihre Richtung.

Sie sog den Rauch tief in die Lunge. Sofort wurde ihr schlecht, ihr Magen krampfte sich zusammen, sie würgte und fing an zu husten. Sie hörte Eglund fluchen und merkte, dass er aufstand, tastete blind nach dem Aschenbecher und versuchte weiterzuatmen. Jemand nahm ihr die Zigarette weg und führte ihre Hand zu einem Glas, sie schloss die Finger darum, er hob es ihr an den Mund.

»Trink. Los, keine Widerrede. Trink.«

Schnaps. Hitze lief durch ihren Hals, ihre Brust, sammelte sich zu einer glühenden Kugel; ihr Magen krampfte noch einmal und entspannte sich plötzlich. Sie atmete tief ein und musste aufstoßen.

»Trink aus.« Sie gehorchte. Eglund nahm ihr das Glas weg, goss nach und drückte es ihr wieder in die Hand. »So. Das trinkst du auch noch. Schön langsam.« Er richtete sich auf. »Wieso bist du nur nicht zu Hause geblieben bei deiner …«

Er verstummte abrupt und wandte sich ab. Sie rieb sich die Tränen aus den Augen und sah zu, wie er sich wieder in seinem Sessel niederließ. »Zu Hause bei Mama? Wolltest du das sagen?«

Er schwieg. Sein Zigarillo war ausgegangen; er zündete es umständlich wieder an.

»Du erinnerst dich an sie, hab ich recht? Du erinnerst dich genau.«

»Das, kleine Dhanavati, ist völlig unwichtig.« Er lehnte sich zurück und blies Rauch zur Decke. »Ich habe nicht vor, nett zu sein, nur weil ich deine Mutter gekannt habe.«

»Gekannt, ja? So wie man tausend Leute kennt? Adrian sagt, sie wäre in dich verliebt gewesen. Sie hat sich deinetwegen umgebracht.«

Aber es war, als würde man gegen eine Gummiwand schlagen. Keine Wirkung außer einem dumpfen Schmerz in der eigenen Hand.

»Hat Adrian das wirklich gesagt? Oder hast du es dir so zusammengereimt?«

Sie gab keine Antwort.

»Und dass ich dein Vater bin, hast du dir auch zusammengereimt. Aber da hast du Pech gehabt, kleines Mädchen. Ich habe nämlich keine Familie. Keine Tochter, keine Söhne. Nicht mal einen Goldhamster, mit dem man mich erpressen könnte.«

Sie starrte ihn an.

»Hast du das begriffen? Hast du da drinnen irgendwie so etwas wie einen Verstand? – Ah, Janis.« Er setzte sich auf.

Sie drehte sich um. Janis stand in der offenen Tür, einen Teller in der Hand. Offenbar war er irgendwann hinausgegangen; sie hatte es gar nicht bemerkt. Er kam herüber, stellte den Teller auf dem Schreibtisch ab und zog sich schweigend zu seinem Sessel zurück.

Eglund schob ihr den Teller hin. Es lagen kleine runde Scheiben Schwarzbrot darauf, ohne Sorgfalt mit Butter bestrichen und mit Salz und Pfeffer bestreut.

Ihr Magen knurrte. Sie stellte das Glas weg, nahm eine Scheibe Brot und biss hinein.

»So, das ist schon besser. Jetzt isst du etwas, trinkst deinen Grappa und beruhigst dich ein bisschen. Ja? Wir haben nämlich wirklich nicht den ganzen Abend Zeit.«

Er nahm einen zerknickten Umschlag von einem Stapel Aktenmappen, zog zusammengefaltete Papierbögen heraus und warf sie vor ihr auf den Tisch.

Lees Bericht.

»Ich hoffe, du hast diesem Schmitz kein Vermögen bezahlt. Was er da über mich schreibt, hättest du auch in der Zeitung nachlesen können.«

»Er …«

»Was ich nicht verstehe, ist, wieso du dich bei der Suche nach deinem Papa so auf mich konzentriert hast. Es haben fünf oder sechs Männer im Waldhaus gewohnt, aber nach dem Bericht hier hast du dich nur für mich interessiert. Und ein bisschen für Adrian. Warum, Dhanavati?«

»Weil ich nur die zwei Namen wusste. Adrian hat mich in Deutschland noch ein paarmal besucht. Dein Name stand in der Zeitung, als sie dich verhaftet haben. Adrian hat dann noch jemand erwähnt: Nandin, eigentlich Rainer. Aber das war später, und er wusste den Nachnamen nicht. Weißt du ihn?«

Eine Pause. Eglund schien plötzlich nicht ganz bei der

Sache. »Nandins Nachname?«, sagte er endlich. »Der hat sich bestimmt längst geändert.«

»Aber …«

»Halt den Mund.« Dann schien er sich innerlich zur Ordnung zu rufen, er schubste den Teller noch weiter in ihre Richtung und sagte etwas freundlicher: »Hier, iss noch was. Aber stiehl uns nicht die Zeit.«

Doch die nächste Frage ließ auf sich warten. Er saß da, das Zigarillo glomm, der Rauch stieg senkrecht zur Decke auf, ein glattes Band ohne Falten und Schlingen; und Janis und sie warteten stumm, bis der Meister weitersprach. Besser, man behandelte den Wechsel wie einen Neustart – aber es drängte sich doch auf, die beiden Bilder übereinanderzulegen, Eglund mit Anfang fünfzig über Eglund mit Mitte zwanzig, wie er im Waldhaus im Kreis seiner Anhänger saß – vielleicht nicht rauchte, aber doch schwieg, wie jetzt, Ruhe gebietend, den Blick auf etwas gerichtet, das sonst niemand sah. Und seine Umgebung in Ehrfurcht versunken.

»Bleiben wir bei den Ungereimtheiten.« Ohne Übergang war er mit der Aufmerksamkeit wieder bei ihr, er zog noch einmal am Zigarillo und drückte es aus, mit knappen, präzisen Bewegungen. »Du reist von Århus bis nach Riga, um mit mir zu reden, aber du hast praktisch kein Gepäck. Kein Handy. Nichts, was irgendwelche Adressen oder sonst etwas Persönliches enthält. Nur diesen Bericht von dem sogenannten Detektiv. Aber auf deinem iPod ist Musik, die im Waldhaus ständig lief. Du warst damals – wie alt? Vier? Und da erinnerst du dich an die Musik?«

»Ich …«

»Du kommst also nach Riga, marschierst in mein Stadtbüro, gibst dich als meine Tochter aus – meine Leute schaffen dich hierher –, und du lässt sie machen, ohne dich irgendwie zu wehren. Juri war gar nicht nett zu dir, du hattest eine Scheißangst, als du ankamst, aber hast du ein Mal mit der Polizei gedroht? Oder behauptet, dass dein Anwalt weiß, wo du bist, oder ein Journalist oder dein Freund, der Profiboxer? In dem Bericht von deinem Detektiv steht nun wirklich nicht viel, aber schon das bisschen müsste genügen, um ein nettes Mädchen wie dich zu erschrecken. Trotzdem kommst du ohne Rückendeckung zu mir? Wieso hast du mir nicht vorher eine E-Mail geschickt?«

Arschloch, dachte sie. Du Arschloch. Als wenn es dich kümmern würde, was mir passiert ist. »Hättest du die Mail denn gelesen? Wieso sollte ich Zeit verschwenden? Und ich *habe* nun mal niemand erzählt, was ich vorhatte. Die Gründe sind doch egal, oder? Willst du plötzlich meine Lebensgeschichte hören? Ich denke, du hast keine Zeit?«

»Ich denke, dass du mir etwas verschweigst, kleine Dhanavati. Und du hast noch genau zehn Sekunden, um es mir zu sagen.« Er sah auf die Uhr.

Kein Lächeln. Er würde sie ohne zu zögern an Juri weiterreichen, wenn ihm ihre Antwort nicht genügte.

Ich habe nicht vor, nett zu sein, nur weil ich deine Mutter gekannt habe.

»Ich hatte Besuch«, sagte sie und räusperte sich, denn ihre Stimme spielte nicht mit. »In Århus. Sie sagten, sie wären vom LKA Berlin. Sie wollten, dass ich mich bei dir einschleime und deine Organisation ausspähe.«

Stille; aber die Stille schmeckte jetzt anders. Dies war es, was ihn interessierte, nur dies, alles andere war lästiges

Beiwerk gewesen. Sie hörte ein leises Rascheln und merkte, dass Janis neben ihr stand, den Blick nicht auf sie, sondern auf Eglund gerichtet.

»Du hast natürlich abgelehnt«, sagte Eglund. Sein Tonfall war völlig neutral.

»Deine Geschäfte interessieren mich nicht. Ich will nur wissen, was damals auf Gotland passiert ist. Weshalb meine Mutter sich umgebracht hat.«

Er hörte kaum zu, die letzten zwei Sätze wehten einfach an ihm vorbei. »Und das war's? Du hast nein gesagt, und sie sind gegangen?«

»Nein.« Plötzlich konnte sie ihn nicht mehr ansehen, dieses Arschloch, von dem sie geglaubt hatte, er würde ihr weiterhelfen. Wie blöd musste man eigentlich sein, um auf die Idee zu kommen? Auf dem Schreibtisch lag noch die Packung Tabak, sie griff danach und drehte eine neue Zigarette. Ihre Hände zitterten nicht mehr, wenigstens das, auch wenn sie immer noch die Kälte spürte, kalte Kacheln, deren Fugen man mit den Fingerspitzen entlangfuhr … Nein. Geh da nicht wieder hin. Sie leckte das Blättchen an.

»Sondern was? Muss man jedes Wort einzeln aus dir herauskitzeln?«

»Was für eine treffende Wortwahl.« Man hörte die Wut, aber es war ihr egal. »Soll ich deinem Juri etwa noch Tipps geben? Mal's dir doch selbst aus. Wenn es dir Spaß macht.«

Sie griff nach dem Feuerzeug und zündete die Zigarette an. Diesmal akzeptierte ihr Magen den Rauch, und sie sog ihn tief ein. Eglund schwieg und schwieg, aber sie sah ihn nicht an, sie rauchte und beobachtete, wie sich die Glut das Papier hinauffraß.

Janis räusperte sich. Eglund lehnte sich zurück. »Und am Ende …«

»Ich habe nicht bis zum Ende gewartet. Ich bin vom Balkon aufs Schuppendach gesprungen, vom Schuppen in den Nachbarhof, von da bin ich zum Hafen gelaufen. Deshalb habe ich kein Gepäck. Nur was ich unterwegs gekauft habe. Mein Telefon habe ich weggeworfen. Und der iPod steckte einfach zufällig noch in der Jacke. Die Platte stand bei meinem Großvater auf dem Dachboden. Ich habe sie selbst digitalisiert, das ist nun wirklich kein Kunststück. Ich kann dir gern zeigen, wie man es macht.«

Der Atem ging ihr aus, sie schwieg und blickte sich nach dem Glas um. Es war noch halbvoll. Sie trank es aus, die Flasche stand daneben, sie goss sich nach. Drückte die Zigarette aus, zog einen Fuß auf die Sitzfläche des Stuhls, schlang den linken Arm um das Bein und legte die verletzte Hand auf dem anderen Oberschenkel ab. Trank in kleinen Schlucken. Der Alkohol nahm der Wut die Schärfe, sie fror nicht mehr, sie war nur noch müde. Eglund unterhielt sich mit Janis. Sie redeten eine dieser unverständlichen Sprachen; auf einer Konferenz hatte mal jemand von einer Reise nach Estland berichtet: Klar war man auf Ausländer eingerichtet, es gab sogar dreisprachige Speisekarten – Estnisch, Russisch und Finnisch. Sie schloss die Augen und drückte die Stirn gegen das Knie. Weg. Sie wollte weg. Nie mehr Fragen stellen. Nie mehr an früher denken. Den Kopf ausschalten, alle Gedanken davontreiben lassen, auseinandertreiben, auf dem Wasser …

Eglund sagte etwas auf Englisch. Sie hob den Kopf, sein Gesicht schwamm in ihr Blickfeld und wurde scharf. »Janis will, dass du die Männer beschreibst«, sagte er.

»Arschlöcher. Auch. Nur ein anderer Typ.« Sie ließ das Knie los und stellte den Fuß auf den Boden. »Warum? War Janis auch beim BND?«

Und Stille. Dass man glaubte, die Welt wäre aus dem Takt geraten, beim Übergang von einem Zustand zum nächsten plötzlich steckengeblieben. Was geschah in einem zellulären Automaten, wenn der nächste Zeitschritt nicht klappte? Weil der Mechanismus klemmte? Wer reparierte das?

Eglund hatte schon wieder etwas gefragt. »Was?«

»Wieso glaubst du, dass sie vom BND sind?«

Sie rieb sich die Schläfe, hob dann die Schultern. »Es ist nur eine der Möglichkeiten. Als sie mich nachts gesucht haben – sie waren allein. Zu dritt. Keine Polizei. Keine Århuser Polizei.« Konfus, dachte sie. Du redest wirr. »Der sie zu mir gebracht hat« – hatte sie Jens schon erwähnt? – »der hat mir erzählt, dass er bei der Bundeswehr war. Im Ausland. Kosovo. Beim BND sind jede Menge Bundeswehrleute.« Ein schwieriges Wort. Sie wiederholte es. »Bundeswehrleute. Deswegen. Es ist eine Vermutung.«

Eglund sah sie lange an. »Okay. Beschreib die Männer.«

Geht nicht, wollte sie sagen, aber schon tauchten Bilder auf. Mäusezähne. Spitzes Gesicht. Der andere? Groß, ein Schrank. Er redete wenig. Der Kleine redete unaufhörlich.

Von Jens stellte sich kein Bild ein. »Den könnt ihr euch im Internet ansehen. IAI Bindestrich Köln Punkt DE. Nilsson. Jens. Technischer Leiter und Sicherheitsbeauftragter.« Bitte sehr. Fehlerfrei ausgesprochen.

Auf Deutsch. »Technical support and security. Oder so.«

»Was heißt IAI?«

»Institut für Angewandte Informatik.«

»Ein Forschungsinstitut mit einem Sicherheitsmann vom BND?«

Ausgerechnet sie sollte ihm das erklären? »Ex-BND. Glaube ich. Sie machen viel Rüstungsforschung.«

»Und wie bist du an diese Leute geraten?«

Meine Chefin hat mich an sie verkauft, dachte sie. Nachmittagssonne auf dem Wasser, Frohnert und Wiebecke auf der Terrasse. Du hast keine Ahnung, was Lassa-Fieber ist, stimmt's, Dhani? »Sie haben mir eine Stelle angeboten.«

»Am IAI?«

Sie nickte.

»Als was?«

»Mathematikerin.«

Er grinste; dann verschwand das Grinsen. »Im Ernst?«

»Dynamik komplexer Systeme. Kannst du auch im Internet nachlesen.«

»Schon gut, ich glaube dir ja.«

Sie versuchte an seinem Gesicht abzulesen, ob er log, doch es veränderte sich zu schnell, mit jedem Blinzeln war es wieder fremd, zeigte irgendetwas Neues. Spott. Ärger.

Traurigkeit?

Er hatte etwas gesagt, und sie hatte wieder nicht aufgepasst, ihr Verstand musste den Worten hinterherlaufen und sie aus Einzelsilben zusammenklauben. Einen Punkt müssen wir noch klären. Das hatte er gesagt. »Welchen Punkt?«

»Woher wussten diese Leute, dass du mich suchst?«

Sie dachte nach. »Aus meinem Notebook. Einer Mail.« In ihrem Glas war noch ein Rest Grappa. Sie trank ihn aus. »Von Lee.« Sie zeigte mit dem Glas auf Lees Bericht, und

Eglund nickte. »Der eine – Jens – hat sich mein Notebook beschafft und deinen Namen entdeckt. Er hat seine Kollegen angerufen. Ex-Kollegen. Was weiß ich. Die kamen zu mir.«

Janis sagte etwas. Eglund antwortete, dann wieder Janis. Er redete und redete.

Sie sah aus dem Fenster. Auf dem Bootssteg saß ein Mann in einem Rest Abendsonne. Auf einem Klappstuhl. Ein Wachposten, was sonst, aber er sah so entspannt aus – man müsste sich dazusetzen, die Beine vom Steg baumeln lassen … sich sonnen, schwimmen, sich sonnen und alles vergessen.

»Janis glaubt dir nicht«, sagte Eglund. »Er meint, sie hätten nicht gleich deine privaten Mails gelesen, nur weil du dich auf eine Stelle beworben hast.«

»Das habe ich auch nicht gesagt.« Dann erklär es jetzt noch einmal, Kind, sagte Maria in ihren Gedanken. Kind. Maria, du redest wie dieser Mann, der aus den Kriegen in Afrika Geld saugt.

»Sie hatten ein Problem. Am IAI. Eine Sicherheitslücke.«

Janis stand jetzt neben Eglund, er versperrte den Blick nach draußen. Sie sahen sie an.

Sie begriffen es nicht.

»Zwei getrennte Systeme. Meine privaten Angelegenheiten: hier.« Sie legte die Hände so auf den Tisch, dass sie einen stehenden Zylinder formten: eine Mauer, eine Grenze zwischen Innen und Außen. »Meine Fragen. Lee. Wer meine Mutter gekannt hat.« Sie hob die Hände und setzte sie zehn Zentimeter weiter rechts wieder ab. »Das IAI. Geheime Projekte. Über die plötzlich was im Internet stand.« Sie löste die linke Hand aus der rechten und schob sie nach links, Daumen und Finger zum Kreis geschlossen. Dann bewegte sie die Hände aufeinander zu, bis sich die Daumennägel berührten. »Scheinbar getrennt, aber über Maria waren sie gekoppelt, darum ergab eine kleine Veränderung bei mir« – sie öffnete und schloss die linke Hand – »eine Riesenreaktion bei ihnen.« Sie spreizte die Finger der rechten, legte sie auf die linke, drückte beide flach auf den Tisch. Aus irgendeinem Grund war ihr rechter kleiner Finger mit Butter beschmiert. Sie leckte ihn ab. »Eine typische Eigenschaft komplexer Systeme. Habt ihr schon mal ein chaotisches Pendel gesehen?«

Sie sah von Eglund zu Janis; aber Janis war gar nicht mehr da, und Eglund saß auf der Schreibtischkante und sagte: »Dass ein erwachsenes Mädchen von zwei Grappa betrunken wird. Wer ist Maria?«

»Drei. Grappa. Maria ist meine Chefin in Århus. War meine Chefin. Ach, was weiß ich.«

»Und sie hatte schon länger mit dem IAI zu tun? Ist es das, was du uns sagen wolltest?«

»Sie …« Unmöglich, das alles zu erklären. »Ja. Genau.«

»Gut, dann komm jetzt.« Er stand auf und streckte die Hand aus. »Komm. Ich bringe dich wieder nach oben.«

Sie stand auf, ohne sich helfen zu lassen, und ging mit sorgfältigen Schritten zur Tür. Eglund folgte ihr. Die Treppe hinauf. Die zweite Treppe hinauf. Den Flur entlang; noch einmal zurück und ins Bad, während Eglund draußen wartete; dann ins Zimmer. Sie setzte sich auf das Sofa.

Er blieb vor ihr stehen. »Bist du Vegetarier, oder hattest du Angst, dass wir dich vergiften?«

»Was?«

Er nahm den Teller mit den ungegessenen Chicken Nuggets und Pommes frites vom Nachttisch. »Kein Wunder, dass der Grappa so anschlägt. Ich werde mal sehen, was noch im Haus ist.«

Aber er ging nicht. Er stand vor ihr und sah sie an, als wüsste er plötzlich nicht mehr weiter.

Sie legte den Kopf in den Nacken. »Du erinnerst dich an sie, oder? An meine Mutter?«

Er zögerte und lächelte dann, wie gegen seinen Willen. »Ich erinnere mich an dich. An diesen Blick, vorhin. Deine Mutter war krank, du standest vor ihrem Zimmer und wolltest nicht, dass ich reingehe. Du warst höchstens so groß« – er zeigte es mit der flachen Hand – »ich hätte dich umpusten können, aber du hast mich angesehen wie der liebe Gott persönlich. Meine Mutter braucht Ruhe, hast du gesagt. In perfektem Englisch. Du hattest es wohl vom Arzt gehört …«

»Was war mit ihr? Wieso war sie krank?«

Er zögerte wieder. Das Lächeln war fort. »Du erinnerst dich nicht daran, richtig? Nicht an mich, nicht an das Haus, vermutlich kaum an deine Mutter. Eigentlich an nichts aus dieser Zeit. Also was spielt es für eine Rolle? Wieso befasst du dich nicht lieber mit deinem jetzigen Leben? Das scheint mir chaotisch genug. Grab doch nicht noch Probleme aus, die nichts mit deiner Gegenwart zu tun haben.«

»Ich erinnere mich, wie sie von den Klippen gesprungen ist. Daran erinnere ich mich genau.«

Einen Moment lang glaubte sie, sie hätte gewonnen. Dann wandte er sich ab und ging zur Tür.

»Bist du reingegangen? Damals?«

Er drehte sich um. »Damals warst du – wie alt? Drei oder vier. Einer Vierjährigen würde auch Juri nichts tun. Aber jetzt bist du siebenundzwanzig. Und es hat dich niemand eingeladen. Janis zeigt dir nachher noch ein paar Fotos, und du wirst ihm sagen, ob einer deiner Freunde dabei ist. Morgen früh bringt dich jemand in die Stadt. Wenn du klug bist, fährst du dann nach Hause und vergisst, was vor über zwanzig Jahren passiert ist. Aber das geht mich nichts mehr an. Und es ist mir auch egal. Schlaf gut, Dhanavati.« Er zog die Tür leise, aber mit Nachdruck hinter sich zu. Und schloss von außen ab.

ANNIKA

Der Golfplatz von Ljugarn ist eine Lichtung im Wald: Man fährt auf der Hauptstraße landeinwärts, bis die Häuser aufhören, dann zwei Kilometer eine Schotterstraße entlang. Am Golfplatz zweigt eine überwucherte Fahrspur ab, die noch tiefer in den Wald hineinführt. Carl hat mir den Weg auf der Karte markiert, ich finde ihn leicht.

Das Waldhaus steht für sich allein auf einer Wiese, umgeben von Fichten. Ein zweistöckiges Holzhaus, langgestreckt, aber letztlich nicht groß, mehr als fünfzehn Menschen können hier kaum gelebt haben. Der hellgelbe Anstrich blättert, graues verwittertes Holz schaut hervor. Aber das Dach scheint heil, die Fensterscheiben sind nicht zerbrochen. Von Carl weiß ich, dass die Eglunds es eine Zeitlang an Urlauber vermietet haben, nachdem ihr Sohn verhaftet und die Kommune aufgelöst worden war. Inzwischen steht es leer – aber Ingela schaut regelmäßig vorbei, sie achtet darauf, dass es nicht verfällt. Ingela, die einmal zu der Kommune gehört hat und später zurückgekehrt ist und sich den Eglunds als Hausverwalterin angeboten hat. Weil sie an keinem anderen Ort mehr heimisch werden konnte. Vielleicht.

Als ich aussteige und die Wagentür zuschlage, huscht der Knall wie ein aufgeschrecktes Tier über die Lichtung und verliert sich zwischen den Bäumen. Ein Eichelhäher krächzt. Dann senkt sich Stille über das Haus, die Wiese, den Wald, eine Stille, die mich umschließt und mich von der übrigen Welt isoliert.

Seit gestern Abend, seit den Augenblicken auf der Mole, bin ich mir immer fremder geworden. Als ich im Hotel im Bett lag – einem Bett, das niemandem gehört, weil schon zu viele darin geschlafen haben – und dem Tröpfeln der Nebelfeuchte lauschte, dem Knarren der Äste, dem seltsam stillen Meeresrauschen, konnte ich spüren, wie die eigentliche Annika in Westerkoog einzuschlafen versuchte, Adrians Bettseite zugewandt und sein Kopfkissen dicht neben sich, so dass sie sich wenigstens einreden konnte, einen Rest seines Geruchs wahrzunehmen. Und nun ist sie wach und geht ihren alltäglichen Aufgaben nach, besucht vielleicht in diesem Moment den Optiker in Tönning, dessen Schaufenster sie regelmäßig gestaltet, und bespricht mit ihm, ob er in diesem Jahr nicht statt der etwas abgenutzten Krippe eine Pappmaché-Karawane aufstellen möchte, die drei Weisen aus dem Morgenland mitsamt ihren Dienern, Packeseln und Kamelen.

Während hier vor dem Haus der Eglunds die andere, fremde Annika durch hohes, bleiches Gras und tote Brennnesseln geht, in der Hand den Schlüssel zur Hintertür, den die eigentliche Annika nie angenommen hätte. Im Begriff, ungebeten in Adrians Vergangenheit einzudringen.

Eine Treppe führt zu einer kleinen Veranda vor dem Hauseingang hinauf. Zwischen den Stufen wächst Unkraut. Die Fenster sind schmutzig. Auf der Wiese zwischen Haus und Fahrweg haben sich Bäume angesiedelt, die Birken sind bereits größer als ich. Ein Schuppen, weit rechts, ist in sich zusammengestürzt und fast unter Brombeergestrüpp verschwunden.

Von der Veranda verläuft ein Pfad zum Fahrweg hinüber, eine kaum sichtbare Spur, in der das welke Gras flacher liegt und Brennnesseln abgeknickt sind. Offenbar betritt Ingela das Haus durch die Vordertür, wenn sie herkommt und nach dem Rechten sieht. Zur Hintertür führt kein Pfad, ich kämpfe mich durch Gestrüpp, trete auf zerbrochene Dachziegel und einmal auf eine alte Wäscheklammer aus Holz. Tau sickert in meine Schuhe. Die Hintertür ist nicht weit von der rechten Hausecke entfernt. Das Schloss knackt und hakt, die Tür kreischt, als ich dagegendrücke.

Eindringlingsalarm.

Der Eingang führt direkt in die Küche. Steinfußboden, eine altmodische Doppelspüle aus Porzellan, um deren Abfluss sich ein rostbrauner Ring gebildet hat. Über der Spüle zwei Hängeschränke, beide leer, andere Möbel gibt es nicht mehr. Durch eine zweite Tür betrete ich einen düsteren Flur, schaue rechts und links in die Zimmer. Nichts, nur Staub und tote Fliegen. Es riecht nach feuchtem, moderndem Holz.

Der Flur mündet in die Eingangshalle. Eine Treppe führt nach oben, an ihrem Fuß steht eine Tür halb offen. Im Vorbeigehen werfe ich einen Blick hindurch und sehe eine bemalte Wand.

Ich stoße die Tür weit auf und trete ein. Ein großer Raum, mit Fenstern zur Vorderfront und zur Seite. Diffuses Sonnenlicht fällt herein. Das Gemälde nimmt die rechte Wand ein, es ist kreisrund und reicht bis an die Decke. Der äußere Teil erinnert an ein Mandala: mehrere ineinandergefügte Ringe aus unterschiedlichen Symbolen, stilisierten Tieren, Blüten, Menschen. Weiter innen verschwimmen die Formen, und die Farben werden intensiver, von dunklem Blau wechseln sie über Meerblau und Türkis zu Rottönen, Goldtönen, fast weißem Gelb.

Himmelsfarben. Sonnenuntergangsfarben. Fein abgestimmt. Als würde man aus einer komplizierten, düsteren Welt durch einen Tunnel ins Licht blicken.

Einige Schritte vor der Wand liegt eine große runde Steinplatte auf den Dielen, auf der sich ein Gebirge aus Wachs erhebt. Dicke Kerzen und schlanke hohe, viele so weit heruntergebrannt, dass ihre Dochte im Gebirge versunken sind. Daneben zwei Metallschalen, eine mit krümeligen Resten von Verbranntem, die andere mit etwas, das wie zerdrücktes Orangeat aussieht, aber nach Harz duftet. Streichhölzer und eine in Silberfolie verpackte Rolle, die mit *Charcoal* beschriftet ist.

Vor den Kerzen und den Metallschalen, nicht weit von dem Kamin in der rechten Wand, liegt ein Sitzkissen auf dem Boden. Ich sehe sie vor mir, wie sie hereinkommt: Ingela, die Verwalterin, nach ihrem Rundgang durch das Haus. Zehn Jahre älter als ich, wie Adrian. Kurze Haare? Grau geworden? Zunächst geht sie zum Kamin, nimmt Anmachholz aus dem Korb, schichtet es zu einem kleinen Haufen, schiebt ein Stück Birkenrinde darunter, zündet es an. Geht zu den Kerzen hinüber und zündet sie an, kehrt zum Kamin zurück und legt größere Scheite auf. Etwas fahrig stelle ich mir ihre Bewegungen vor, im Geist ist sie immer schon beim nächsten Schritt. Anders, ganz anders als Adrian, der jede Arbeit, auch die alltäglichste, mit Aufmerksamkeit ausführt. Dem darum nie ein Feuer wieder ausgeht, der sich nie schneidet oder mit dem Beitel verletzt. Wäre er bei ihr, würde er ihr die Streichhölzer aus der Hand nehmen, das Holz ein wenig umschichten, ein anderes Stück Rinde wählen, dann zuschauen, wie das Holz Feuer fängt, und genau im richtigen Moment ein erstes dickeres Stück nachlegen.

Aber er ist nicht hier. Er gehört nicht mehr hierher, nicht in dieses Haus. Vielleicht hat er es sich einmal angeschaut, aber sicherlich kommt er nicht regelmäßig her. Er ist nicht nach Ljugarn gefahren, um zu dem alten Leben zurückzukehren, zu Eglunds erfundenen Ritualen.

Glaube ich. Hoffe ich.

Und es liegt nur ein Sitzkissen im Zimmer.

Im oberen Flur reiht sich Tür an Tür. Kleine Zimmer mit kleinen Fenstern, zwischendurch ein Bad, eine Abstellkammer, noch ein Bad. Die Zimmer sind leer. Auf den Dielen liegt Staub, aus den Hähnen fließt kein Wasser. Im fünften oder sechsten Zimmer trete ich ans Fenster, blicke ins Freie, lausche hinaus in die Stille. Auf der Wiese liegt diffuses Sonnenlicht, umgrenzt von langen Schatten. Der Tau schimmert: kein Funkeln, sondern ein weißer Glanz, der den Dingen die Farbe nimmt. Unter den Bäumen steht Dunst.

Eine blasse Welt, ohne Schärfe.

So friedlich. Als hätten sie mit ihren Meditationen damals ein Energiefeld erschaffen, das dieses Haus bis heute schützt. Wenn ich einmal hier gelebt hätte, würde ich mich vielleicht auch zurücksehnen. Wenn es mein Zuhause nicht gäbe. Wenn ich mich hier zum ersten Mal heimisch gefühlt hätte. Umgeben von Menschen, denen ich nicht erst beweisen musste, dass ich etwas wert war.

Ja, vielleicht würde ich mich zurücksehnen. Aber ich würde nicht bleiben. Es sei denn, mein Leben erschiene mir so leer, dass ich nichts aufgäbe, wenn ich bliebe. Dann würde ich vielleicht auch nach Ljugarn ziehen, mir irgendeine Arbeit suchen und allabendlich herkommen. Und die Toten heraufbeschwören, die leeren Zimmer mit ihren Stimmen, ihrem Lachen füllen. Ihrer vergangenen Wärme.

Aber Adrian braucht keine Geister. Er müsste nur nach Hause kommen.

Im letzten Zimmer auf der Vorderseite, einem etwas größeren Eckzimmer, liegt eine Matratze auf dem Fußboden. Sonst nichts, nur eine Matratze. Breit genug für zwei Menschen. Ohne Kissen, ohne Decke. Ich lege die Hand darauf. Kalt und feucht. Ich setze mich, lege mich, drehe mich auf die Seite, blicke aus dem Fenster in den Himmel. Adrian? Adrian und Ingela? Will ich das wissen?

Ich stehe wieder auf, trete ans Fenster. Auch von hier blickt man auf die Wiese und den Fahrweg.

Neben meinem Mietwagen steht ein Mann.

Mein Herz setzt aus und fängt an zu hämmern.

Aber es ist nicht Adrian. Zu schmal in den Schultern. Die Haare zu kurz und zu hell. Die Art, wie er jetzt den Kopf dreht, ist völlig anders. Er blickt den Fahrweg entlang, und dort taucht ein zweiter Mann auf. Kleiner und dicker. Runder Kopf. Er telefoniert.

Ganz kurz fühle ich mich an Schulz und Nagel erinnert, aber sicherlich hat keiner von diesen Leuten jetzt noch einen Grund, mir zu folgen. Bestimmt sind es Einheimische. Vielleicht rufen sie Ingela an, um ihr zu sagen, dass vor dem Waldhaus ein fremdes Auto parkt. Dann weiß sie, dass sie jetzt nicht herkommen darf.

Aber sie wäre ohnehin nicht gekommen, sie ist in Visby bei der Arbeit.

Und Adrian?

Ich war so sicher, dass ich ihn in Ljugarn wiedersehen würde, aber jetzt, da ich hier bin, scheint die Entfernung zu ihm größer denn je. Warum? Ist er schon abgereist? Oder liegt es daran, dass der Adrian aus den Jahren auf Gotland nicht mein Adrian ist? Und wenn es so ist, welchen von beiden werde ich finden?

Die Männer sind fort. Den Fahrweg entlang davongegangen. Die Welt ist wieder still und leer. Ich kehre in den Flur zurück. Ganz hinten führt eine schmale Treppe, fast eine Leiter, zum Dachboden hinauf.

An seiner Stirnseite hat jemand ein Zimmer eingebaut: Sperrholzwände, ungestrichen, darin eine Tür, sie steht offen.

Von innen sind Wände und Dachschrägen tapeziert, weiß mit einem Getümmel aus grünen, gelben und roten Schneemännern. Kinder-Tapete, es ist fast das gleiche Muster wie in Ninas Zimmer in Westerkoog. Nur dass es bei ihr Igel und Hasen sind. Hüpfende Ziegen. Die Tapete hat Adrian ausgesucht. Kurz bevor er bei uns einzog. Nina war gerade sieben geworden und in einer ihrer erwachsenen Phasen, von mir hätte sie so ein Muster nicht akzeptiert, aber Adrian war längst ihr Ritter, ihr Held, er konnte überhaupt nichts falsch machen.

Ich hocke mich hin, an den Türpfosten gelehnt, und lege den Kopf auf die Arme. Wie lange das her ist. Wie sicher ich mich damals gefühlt habe. Sicher, dass er nicht wieder weggehen würde, diesmal nicht. Weil er mich gern hatte – natürlich, das auch –, aber vor allem, weil er sich in Nina verliebt hatte. Sie hatte ihm nur einmal anbieten müssen, ihren Nachtisch mit ihm zu teilen – bei seinem ersten Besuch in Westerkoog, am Ende eines quälenden Mittagessens in unserer Küche, bei dem keiner wusste, worüber man reden sollte. Er verlegen und auf der Hut, ich misstrauisch und erst recht auf der Hut, Nina stumm und verwirrt, weil sie nicht verstand, was mit den Erwachsenen los war. Während ich die Suppenteller abräumte, sagte sie plötzlich: »Willst du auch?« und schob ihm ihre Glasschale mit Vanilleeis und pürierten Himbeeren hin. Ihr Lieblingsnachtisch. Es gab nur noch die eine Portion. Adrian lehnte lächelnd ab, aber sie gab nicht nach, sie rutschte vom Stuhl und holte ihm einen Löffel, und dann saßen sie da und löffelten Eis, immer schön abwechselnd, Nina passte auf. Ich sah ihnen zu. Irgendwann hob er den Kopf und lächelte mich an, vorsichtig, als wollte er fragen: Darf ich es noch einmal versuchen? Ich lächelte zurück. Wie hätte ich nein sagen können.

Ninas Held. Aber zwei Jahrzehnte vorher hat er bereits dieses Zimmer tapeziert. Für Dhanavati. Dort liegt sie, unter dem kleinen Giebelfenster, zusammengerollt auf einer Matratze. Über ihr tanzen und torkeln Schneemänner über die Dachschräge. Sie ist drei oder vier.

Ihre Mutter kommt herein. Gisela. Blass und schmal in einem flattrigen Kleid. Es ist bunt, aber die Farben verschwimmen im Dämmerlicht. Sie streicht ihrer Tochter über den Kopf, so leicht, dass sich kaum ein Haar bewegt. »Gute Nacht«, sagt sie mit müder Stimme, richtet sich auf und geht hinaus.

Die Treppen hinunter. In den großen Raum mit der bemalten Wand, zu Adrian, Eglund und all den anderen. Sie sitzen im Halbkreis, Kerzen brennen, sie singen. Ihre Stimmen wehen in die Dachstube herauf – und Giselas

Stimme erhebt sich über die anderen, rein und hell klingt sie jetzt, wie befreit, und Dhanavati liegt still und hört ihr zu. Sie schläft nicht, sie lauscht der Stimme ihrer Mutter, die weiter und weiter davonfliegt, während ihr Zimmer und das ganze Haus immer tiefer im Dunkeln versinken.

Da fällt ein Streifen Licht auf die Dielen. Die Zimmertür knackt. Adrian kommt herein. »Schläfst du?«, fragt er – dabei weiß er genau, dass sie wach ist, aber es gehört zum Spiel, dass er fragt. Dhanavati schüttelt den Kopf. Adrian stellt eine Kerze in einem Messinghalter neben der Matratze ab und setzt sich auf den Fußboden. Dhanavati rutscht auf ihn zu, er beugt sich vor – ihre Köpfe sind so nah beieinander, dass man ihre Worte draußen nicht hört.

»Habe ich dir je von der Prinzessin erzählt, die genauso heißt wie du?«

Und dann fing er an zu erzählen. Vor über zwanzig Jahren. Dhanavati hat es mir beschrieben, als sie bei uns war. Ein wahres Knäuel von einer Geschichte, kompliziert und verschlungen, allabendlich weitergesponnen. Die Abenteuer der Prinzessin Dhanavati, die hoch in den Bergen in einem Schloss aus Schnee und Eis wohnte.

Achtzehn Jahre später habe ich gehört, wie er die Geschichte Nina erzählte. Die gleiche Geschichte. Nur dass die Prinzessin Nina hieß.

DHANAVATI

Sie stand auf dem Fünfmeterturm eines Schwimmbads, allein. Tief unter ihr das Becken, eine dunkle Grube: Es war Nacht. Jemand klopfte, und sie sprang; und in dem Augenblick, da sie sich abstieß, erkannte sie, dass das Becken leer war. Dass sie auf Beton aufschlagen würde. Sie fiel, ihr Herz raste, sie fiel immer schneller.

Und landete auf einem Bett. Fuhr hoch, da war die Dachluke, ein graues Rechteck in der Nacht; kühle Luft wehte herein. Im Metallrahmen spiegelte sich ein wenig Licht, der Mond vielleicht oder eine Laterne.

Durch den Spalt unter der Tür drang ebenfalls Licht.

Sie saß und wartete darauf, dass ihr Herzschlag sich beruhigte.

Im Haus war es still.

Aber es hatte geklopft.

Oder nicht?

Wer sollte klopfen?

Sie wartete.

Nichts.

Sie stand auf, tappte zur Tür, drückte die Klinke hinunter.

Die Tür ließ sich öffnen.

Sie zog sie einen Spalt weit auf. Lauschte. Nichts. Sie öffnete die Tür weiter und schaute hinaus. Der Flur war leer und unbeleuchtet, erst über der Treppe brannte Licht.

Im Schloss steckte kein Schlüssel.

Sie drückte die Tür wieder zu und überlegte. Tastete im Dunkeln nach ihrer Kleidung und zog sich an. Ihre eigene Kargohose, ihre Jacke. Jemand hatte die Sachen gewaschen, Janis hatte sie ihr getrocknet gebracht, als er gekommen war, um ihr Fotos zu zeigen.

Sie band die Schnürsenkel. Stand auf und öffnete erneut die Tür. Der Flur war immer noch leer.

Sie ging leise zur Treppe, blieb vor der ersten Stufe stehen und beugte sich über das Geländer.

Alles still. Niemand zu sehen.

Noch war nichts passiert. Noch hatte sie nichts unternommen, was sich nicht erklären ließe. Ich habe ein Geräusch gehört. Ich musste aufs Klo.

Sie setzte den Fuß auf die oberste Stufe, verlagerte vorsichtig das Gewicht. Sehr leises Knarren. Die nächste Stufe. Die nächste. Siebzehn Stufen bis zum ersten Stock, und auch hier war alles still, und nur die Treppenbeleuchtung brannte. Sie ging rasch weiter, bis zu dem Absatz auf halbem Weg zum Erdgeschoss.

Von hier konnte sie in die Halle blicken.

Leer. Still. Kein Licht außer von einer kleinen Lampe, die an einem Tisch links neben dem Fuß der Treppe befestigt war. Auf dem Tisch stand ein geöffnetes Notebook, auf der Tastatur lag ein Taschenbuch, aufgeschlagen, mit dem Einband nach oben. Sie stieg ganz hinunter, blieb stehen und lauschte. Nichts.

Wer hatte geklopft? Wer hatte aufgeschlossen?

Sie ging zur Haustür. Zumindest diese Tür musste doch abgeschlossen sein, niemand setzte Wachposten auf den Bootssteg, hielt sich bewaffnete Schläger und ließ den Eingang unverschlossen. Doch sie wusste es schon, bevor sie die Klinke berührte. Die Tür ließ sich öffnen, geräuschlos.

Sie zog sie einen haarfeinen Spalt weit auf. Licht sickerte herein, vermutlich von einer Lampe über dem Eingang. Sie wartete, lauschte, öffnete weiter und sah dunkle Flecken über die Vortreppe huschen: breite, diffuse Schatten, von Motten, die die Lampe umkreisten. Sie öffnete noch weiter und roch das Wasser. Etwas klickte ganz leise, unregelmäßig, Kiefernnadeln gegen ein Fenster vielleicht, Mottenflügel gegen den Glasschirm der Lampe …

Sie stand da, die Hand auf der Klinke.

Hinausgehen oder nicht hinausgehen.

Ohne Geld, ohne Ausweis wegzulaufen war unsinnig.

Ohne zu wissen, wo sie war.

Ohne ein einziges Mal mit Eglund über ihre Mutter geredet zu haben.

Sie drehte sich um.

Am anderen Ende der Halle stand Eglund.

Ihre Hand zuckte von der Klinke zurück, als wäre sie heiß. Er kam auf sie zu, Leinenhose und weit offenes Hemd, Strandschuhe, die auf dem Steinboden kein Geräusch machten. Er fasste an ihr vorbei und drückte die Tür zu.

»Wo willst du denn hin, Dhanavati?«

Obwohl er leise sprach, war die Wut deutlich zu hören. Er stand ganz nah vor ihr, sie roch Chlorwasser auf seiner Haut und sah Druckstellen von einer Schwimmbrille links und rechts von seiner Nase.

»Haben wir dir nicht erklärt, dass du nicht unbewacht herumlaufen sollst? Habe ich mich in dir getäuscht? Bist du doch eine kleine Spionin?«

»Nein!« Sie spürte die Wand im Rücken, viel zu nah. Ihr Herz schlug so hart, dass es in der Kehle weh tat. »Die Tür war offen. Diese hier, und die oben auch. Jemand hat geklopft, ich bin aufgewacht und hab nachgesehen, und es war nicht mehr abgeschlossen …«

»Jemand hat geklopft? Was redest du da?«

»Es ist wahr!«

Er sah sie an. Ihre Gesichter waren nur wenige Handbreit voneinander entfernt.

»Du hast geträumt.«

»Die Tür war offen! Also bin ich runtergegangen – ich wollte wissen, was los ist …«

»Und Michail?« Er deutete mit dem Kopf Richtung Treppe.

»Hier war niemand! Sonst wäre ich doch nie runtergekommen.«

Schweigen. Sie hörte sich atmen, viel zu schnell. Und dann wanderte sein Blick endlich von ihr weg, zur Haustür, er streckte die Hand aus und drückte die Klinke herunter, langsam, als wollte er prüfen, wie gut der Mechanismus funktionierte.

Die Tür öffnete sich. Er trat auf die Vortreppe hinaus.

Leiser Nachtwind. Direkt über Eglunds Kopf stand der Mond, ein blasser Halbkreis hinter dünnen Wolken.

Sie machte einen Schritt ins Freie. Sofort fuhr er herum und stieß sie vor sich her wieder nach drinnen.

»Was ist denn …«

»Psst.« Er nahm einen Schlüsselbund aus der Hosentasche, schloss von innen ab und fasste sie am Ärmel. »Sei still und komm mit.«

»Aber …«

»Sei still!« Er zog sie zur Treppe. Sie stiegen hinauf, dicht nebeneinander, er bewegte sich schnell und leise.

Plötzlich blieb er stehen. Im nächsten Moment hörte sie es auch: Schritte, über ihnen.

Eglund ließ sie los und stieg eine Stufe höher, so dass er halb vor ihr stand. Die Schritte hielten inne. Im Dachgeschoss lehnte sich jemand über das Geländer.

Juri. Er hielt seine Pistole in beiden Händen, der Lauf zeigte genau auf sie.

Ein paar Sekunden lang rührte sich niemand.

»Juri«, sagte Eglund dann ruhig, fast beiläufig, und ergänzte etwas auf Russisch. Juri antwortete, zögerte und senkte die Waffe. Eglund drehte sich zu ihr um, legte den Arm um sie und schob sie die Treppe hinauf.

Im ersten Stock kam ihnen Juri entgegen. Immer noch mit der Pistole in der Hand. Die Männer redeten. Eglund hielt sie weiter fest.

Plötzlich deutete Juri nach oben, und seine Stimme wurde laut. Eglund schüttelte den Kopf und lachte; drückte sie noch fester an sich, gab ihr einen Kuss auf die Wange und fuhr ihr mit der freien Hand durch die Haare.

Als würde sie in kaltes Wasser fallen. Sie konnte nicht atmen, Arme und Beine waren starr. Eglunds Finger gruben sich in ihre Schulter, er lachte, irgendwo weit entfernt, Juri starrte sie an; sie wurde in den Flur geschoben, in ein Zimmer; eine Tür schlug; Eglund ließ sie los.

Ein Schlafzimmer. Sein Schlafzimmer. Sie wich zurück, bis sie das Bett zwischen sich hatten, ein breites Bett, schon aufgedeckt. Ich schreie gleich, sagte jemand in ihr, ganz sachlich, wie man sagt: Das Wasser kocht gleich. Eglund redete; plötzlich stand er wieder dicht vor ihr und sagte: »Entspann dich. Ich mach mir nichts aus kleinen Mädchen.«

Ihr Gesicht brannte. Tränen stiegen ihr in die Augen. Nimm dich zusammen, blödes Gör, dachte sie wütend. Wir blamieren uns nicht noch mehr!

Sie merkte, dass sie sich die Schulter rieb, dort wo er zugepackt hatte. Im gleichen Augenblick schaute er auch hin, wandte sich heftig ab und marschierte ums Bett. Wütend. Wütend, weil sie ihm ständig in die Quere kam. Nicht einmal schwimmen gehen konnte er in seinem eigenen Haus, ohne über sie zu stolpern. Die Suse, die nach ihrem Papa suchte. Das dumme Mädchen.

Er setzte sich auf einen Stuhl, mit dem Rücken zu ihr, und zog Socken und Schuhe an. Sitzen war definitiv eine gute Idee, sie wich in die andere Zimmerecke zurück, zu einem Sessel. Ein guter Sessel. Mit Leder bezogen. Nicht so weich, dass man versank. Gleich neben ihr bewegten sich leise die Vorhänge: Ein Luftzug von draußen, kühl auf dem Gesicht.

Siehst du: kein völlig geschlossener Raum. Und jetzt Ruhe bitte, Dhani. Ruhe.

Eglund war aufgestanden und nahm etwas aus dem Schrank. Streifte es über. Riemen, die sich auf dem Rücken kreuzten. Er öffnete eine Schublade im Nachttisch, griff hinein und steckte eine Pistole in die Halterung an den Riemen. Holte eine Lederjacke aus dem Schrank und zog sie an.

Er kam zu ihr herüber und blieb zwei Schritte vor dem Sessel stehen. »Du wartest hier, ja? Egal was passiert. Egal wer welche Türen aufschließt – selbst wenn jemand kommt und verspricht, dir zu zeigen, wo ich meine Atomsprengköpfe aufbewahre. Du gehst nicht nach draußen, hörst du?«

Wie unglaublich witzig. Sie hob die Schultern.

»Versprich es.« Er zögerte, kam näher und hockte sich hin, eine Hand auf der Armlehne des Sessel. »Versprich es mir, Dhanavati.«

»Meinetwegen. Versprochen.«

»Schön.« Er richtete sich auf. »Das Bad ist da drüben. Schlaf einfach ein bisschen.«

Ja, klar doch. Nichts leichter als das.

Er wandte sich ab. Schloss die Zimmertür auf. Ging hinaus. Schloss hinter sich ab.

Sie lauschte. Keine Schritte mehr.

Sie blickte sich im Zimmer um.

Es war groß. Sehr ordentlich. Teuer eingerichtet, aber nicht protzig. Warmes Licht von einer Nachttischlampe und einer Leuchte, die auf einem kleinen Schreibtisch stand. Es roch nach Tabak. Ganz schwach nach irgendeinem Rasierwasser.

Auf dem Schreibtisch lag ein Notebook.

Was war das jetzt, eine Falle? Noch eine Herausforderung, sich beim Schnüffeln ertappen zu lassen?

Nein. Er hatte längst das Interesse an ihr verloren. Er hatte sie geschüttelt und ausgeklopft, bis alle Informationskrümel herausgefallen waren; danach hatte er sie als unbedeutend beiseitegelegt. Was ihn jetzt beschäftigte, war die Frage, wer von seinen Leuten hinter seinem Rücken Türen aufschloss und Wachposten weglockte. *Das* war wichtig. Dass in seinem Haus etwas vorging, wovon er nichts wusste.

Sie war unwichtig.

Es hat dich niemand eingeladen.

Ich mach mir nichts aus kleinen Mädchen.

Nicht einmal einen Goldhamster, mit dem man mich erpressen könnte.

Stiehl uns nicht die Zeit.

»Nun wach auf!«

Direkt vor ihr Eglunds Gesicht.

Faltig. Die Augenlider schlaff. Graue Haare zwischen den hellblonden.

Alt.

Er nahm die Hand von ihrer Schulter und wandte sich ab. Außer der Nachttischlampe brannte kein Licht. Sie setzte sich im Sessel auf und stellte die Füße auf den Boden.

Auf dem Bett lag ihre Umhängetasche.

Daneben ihr iPod. Ein fremdes Ladegerät. Ihr Portemonnaie.

»Komm, steh auf, wir müssen los.«

Sie fuhr sich mit der unverletzten Hand durch die Haare und rieb sich vorsichtig das Gesicht. Die linke Seite fühlte sich geschwollen an. Die Unterlippe war aufgeplatzt und feucht. In den wundgeriebenen Streifen um die Handgelenke pochte das Blut. In der Schnittwunde an der linken Hand ebenfalls. Ihr linkes Auge tränte. Ihr Nacken war steif.

Das nur bei der ersten flüchtigen Inspektion.

»Schläfst du noch?« Er stand wieder vor ihr, etwas Dunkles in der Hand. Ein Schal. »Hier. Auf dem Wasser wird's kalt. Beweg dich. Bitte.«

Sie stemmte sich aus dem Sessel in die Höhe. Ihr Rücken tat weh, kurz über dem Kreuz, ein Holm des Motorboots hatte sich dort hineingedrückt. Ihre rechter Fuß war eingeschlafen, der linke …

Ende der Aufzählung, Dhani. »Ich muss noch ins Bad.«

Er seufzte sehr deutlich. »Schnell, ja?«

Sie nahm ihre Tasche mit. Das Bad hatte ein Fenster, sie kippte es an, ließ zwei Sekunden lang den Wind über ihr Gesicht streichen. Draußen war es nach wie vor dunkel. Wo wollte er mitten in der Nacht mit ihr hin?

Zum Boot. Sie an irgendeiner verlassenen Uferstraße von Riga absetzen lassen. Wenn er richtig gut aufgelegt war, gab er ihr vielleicht noch Geld für ein Taxi. Wirklich ein toller Erfolg, diese Reise. Betäubt werden, gefesselt werden, sich prügeln lassen, kotzen – sterben vor Angst, um sich dann von einem arroganten Wichser sagen zu lassen, dass es ihm egal war, ob er sie gezeugt hatte oder nicht.

Sie zog Jacke und T-Shirt aus, wusch sich einhändig mit kaltem Wasser, kramte Deo, Zahnbürste und Zahnpasta hervor. Anziehen, kämmen, einpacken. Wenigstens fühlte sie sich jetzt wach.

Als sie das Bad verließ, lehnte Eglund neben der Tür zum Flur. Er griff augenblicklich nach der Klinke. »Fertig, ja?«

»Kannst du dir nicht wenigstens fünf Minuten Zeit nehmen und mir zwei Fragen beantworten? Es ist noch stockdunkel, und …«

»Es ist Viertel nach fünf, und wenn es nach mir ginge, würde ich seit vier Stunden schlafen. Also komm jetzt, ja?«

»Aber …«

»Wir reden auf dem Boot. Okay? Auf dem Boot.«

Er öffnete die Tür einen Spalt breit, schaute in den Flur hinaus und winkte ihr. »Komm. Und bleib die ganze Zeit dicht bei mir.«

Sie gingen durch den stillen Flur zur Treppe, die Treppe hinunter, in die Halle. An dem Tisch neben der Treppe saß jetzt ein Mann, er stand auf, als sie herunterkamen, und schloss ihnen die Haustür auf. Eglund legte ihr eine Hand auf den Rücken. Sie traten ins Freie.

Es war nicht mehr vollständig dunkel. Der Himmel wurde grau, über dem Wasser lag Dunst, der schimmerte, als hätte er das Licht des vorigen Tags in sich aufgesogen. Sie überquerten eine Zufahrt, weiter rechts parkten Autos, noch weiter entfernt stand eine Baracke, über deren Eingang Licht brannte. Nirgendwo Menschen. Sie betraten den Steg, die Holzbohlen hallten, auf der dunklen Yacht tauchte jemand aus der Kajüte auf und sah ihnen entgegen.

Der Dicke. Sie wollte stehenbleiben, Eglund schob sie weiter. Der Dicke lief außen an der Kajüte entlang zu einer Öffnung in der Reling, stieg auf den Anleger, lächelte ihr zu wie einer Freundin, bückte sich und löste eine der Leinen, mit denen die Yacht festgemacht war.

Sie ging durch die gleiche Öffnung an Bord und sprang auf das hintere Deck hinunter. Der Boden vibrierte unter ihren Füßen. Eglunds Hände lagen jetzt auf ihren Schultern, er schob sie auf die Tür zu, aus der der Dicke gekommen war.

Eine offene Glasschiebetür, dahinter ein niedriger dunkler Raum. Sie fasste mit beiden Händen nach dem Türrahmen. »Ich bleibe draußen.«

»Es ist besser …«

Sie stemmte sich gegen den Druck seiner Hände und wich zur Seite aus. »Ich bleibe draußen!«

Er sah ihr ins Gesicht. Nahm die Hände fort. »Wir lassen die Tür offen. Okay?« Er ging nach drinnen, bückte sich und hantierte an der Innenseite der Schiebetür herum. »Jetzt ist sie blockiert. Siehst du?« Er zerrte am Türgriff. »Du kannst dich gleich dahinter auf den Fußboden setzen. Es ist besser, wenn man dich von Land aus nicht sieht.«

Warum? wollte sie fragen; aber musste sie es verstehen? Vermutlich wollte er doch nur verhindern, dass sie zur Villa zurückfand.

»Kann ich rauchen?«

»Ja, sicher.« Er verschwand nach hinten, im Dunkeln. Sie machte einen Schritt ins Innere und überprüfte, dass der Türstopper tatsächlich eingerastet war. Dann stellte sie ihre Tasche davor.

»Du traust mir …«

Sie drehte sich um, und er verstummte mitten im Satz, seine Stimme starb einfach weg. Er stand einen Meter entfernt und sah sie an. Sekundenlang.

Über ihnen waren Schritte zu hören. »Mach es dir bequem.« Er drückte ihr einen Aschenbecher in die Hand, schob sich an ihr vorbei und war fort.

So viel zum Thema *Wir reden auf dem Boot.* Sie setzte sich direkt an die geöffnete Tür, den Rücken gegen die Wand gelehnt, den Aschenbecher neben sich. Wasser rauschte auf, die Yacht legte sich schräg und richtete sich langsam wieder auf. Sie drehte sich eine Zigarette.

Ab nach Hause, Kind.

It will be so good for your soul.

Maria, wenn du wüsstest, wohin es mich verschlagen hat. Waffenhändler. Polizeispitzel. BND-Agenten. Hättest du mir geholfen, Maria? Wenn ich in der Nacht zu dir gekommen wäre – dir von den Arschlöchern erzählt hätte –, hättest du mir das Gleiche geraten wie alle? Forget about your daddy, get on with your life? Auf dich hätte ich vielleicht gehört, Maria.

Vielleicht.

Für kurze Zeit.

Wasser klatschte gegen den Rumpf, in gleichmäßigem Rhythmus. Durch die Türöffnung wirbelte kalte Luft herein. Eglunds Schal war im Schlafzimmer liegengeblieben. Sie schloss die Jacke bis zum obersten Knopf und richtete den Kragen auf, dann trat sie ins Freie.

Die Yacht hatte das Meer erreicht. Das Ufer blieb hinter ihnen zurück, Sandstrand vor Kiefernwald, in dem noch die Dunkelheit hing. Wellen liefen darauf zu, in langen silbrig blauen Fronten, auf deren Kämmen es golden flirrte.

Die Farben des Himmels. Sie ging zum Heck, schlang die Arme um den Oberkörper und schaute nach Osten. Der Himmel war ein transparenter Dom, durch den man tief ins Weltall blickte. Ins Unendliche. Nur noch von den geodätischen Linien des Raumes gelenkt. Schwarze Vögel zogen tief über das Wasser. Wo sich die Parallelen der Wellenfronten trafen, färbte sich der Horizont langsam gelb. Die Küste war jetzt weit entfernt, aber man erkannte noch die Flussmündung, durch die sie das Meer erreicht hatten, eingefasst von langen Sandbänken. Ein Nebenarm, nicht der breite Strom, an dem Riga lag, wie immer er hieß.

Zwischen den Bäumen schaute hier und da ein Hausdach hervor. Außer ihrem war kein Boot unterwegs.

Die Yacht wurde langsamer. Der Motor verstummte.

Schritte, hinter ihr. Sie drehte sich um.

Der Dicke stieg vom Bug her zu ihr herunter. Als er sie sah, hielt er inne und blickte verärgert, dann zeigte er nach oben. »You go up.« Er verschwand in der Kajüte.

Eglund saß an einem Tisch im hinteren Teil des Oberdecks. Die Arme entspannt über die Rücklehne der Sitzbank gebreitet. Lederjacke. Wind in den Haaren. Reich und selbstsicher. Sie setzte sich ihm gegenüber. Er beobachtete sie, aus dem Schatten heraus, denn natürlich hatte er seinen Platz so gewählt, dass er den Osthimmel im Rücken hatte. Während auf ihr Gesicht, ihr zerquetschtes, verquollenes Gesicht, kaltes Morgenlicht fiel. Ihr linkes Auge tränte mal wieder. Sie rutschte auf der Bank herum, bis sie ihm halb das Profil zuwandte, und holte den Tabak hervor.

Schritte auf der Treppe. Der Dicke stellte einen Korb zwischen ihnen auf den Tisch, sagte etwas und zeigte auf sie. Eglund nickte und deutete mit dem Kopf zur Treppe. Der Dicke verschwand nach unten, Eglund nahm eine Thermoskanne und zwei Kaffeebecher aus dem Korb.

»Ich bin erst rausgegangen, als wir auf dem offenen Meer waren.«

Er hob kurz den Kopf, aber sagte nichts, sondern goss schweigend Kaffee ein.

»Ich habe überhaupt kein Interesse daran, dir die Polizei auf den Hals zu schicken.«

Er schraubte die Thermoskanne zu. »Das habe ich auch nicht angenommen.« Er stellte ihr einen Becher hin und packte weiter aus. Ein Baguette. Ein Brotmesser. Eine

Plastikdose; er öffnete sie: Käseecken, Röllchen aus rohem und gekochtem Schinken, kleine Frikadellen.

»Was wäre passiert, wenn ich letzte Nacht rausgegangen wäre? Nur aus Neugier?«

Ein Plastikbecher mit Oliven. Ein zweiter mit Cherrytomaten. Papierservietten. Er schob die Servietten unter die Dose. »Wärst du rausgegangen? Wenn ich nicht dazugekommen wäre?«

»Unwahrscheinlich.« Doch sie sah sich dort in der Halle stehen, hörte die Stille, sah die flatternden Schatten. Roch den Fluss, spürte die Weite gleich vor der Tür, nach so vielen Stunden im engen Zimmer. »Aber drinnen hätte mich Juri erschossen. Wenn du nicht dazugekommen wärst.«

Er stellte den Korb auf den Boden. »Milch und Zucker haben wir anscheinend vergessen.«

»Wieso war Juri so passend zur Stelle?«

Er hob die Augenbrauen. »Er schläft im Haus.«

»Aber …«

»Wieso zerbrichst du dir den Kopf, Dhanavati? Es ist nicht dein Problem.«

Nicht ihr Problem. Wenn Leute Türen aufschlossen und sie weckten, damit sie hinaus ins Freie ging und sich als Spitzel erschießen ließ. »Ihr hattet einen Tipp bekommen. Habe ich recht? Jemand hatte euch gewarnt, dass demnächst eine Frau auftauchen würde, die sich als deine Tochter ausgibt. Eine Spionin des BND.«

Und Schweigen. Ein Gesicht, das nichts verriet. Genauso gut hätte sie ihn fragen können, wie viel eine Wagenladung Maschinengewehre bei ihm kostete.

Sie nahm ihren Kaffeebecher in die rechte Hand, legte die verletzte Hand darum und konzentrierte sich darauf, die Oberfläche ruhig zu halten. »Ich habe ein bisschen nachgedacht. Wenn die Arschlöcher in Århus wirklich gewollt hätten, dass ich für sie spioniere, hätten sie es anders angefangen. Freundlicher. Indirekt. Sie hätten versucht, mich mit irgendetwas zu ködern. Stattdessen …« Nein. Das würde sie ihm nie erzählen. Nicht dem Chef von Juri. »Darum frage ich mich, ob sie nicht etwas ganz anderes erreichen wollten. Zum Beispiel genau das, was passiert ist oder fast passiert wäre. Ich renne zu dir – du hältst mich für den erwarteten BND-Spitzel – erst recht, wenn ich nachts beim Herumschnüffeln erwischt werde, weil irgendjemand die Türen aufschließt und mich weckt – Juri erschießt mich – und der echte Spitzel reibt sich die Hände. Das wäre nämlich meine Vermutung. Dass der BND längst jemand von deinen Leuten auf der Gehaltsliste hat. Juri vielleicht. Oder Janis?«

Er schwieg weiter. Sehr lange. Endlich beugte er sich vor und verschränkte die Hände auf dem Tisch. »Und nun warnst du mich. Wie lieb von dir. Seit wann bist du denn auf meiner Seite?«

Ihre Hände zuckten, Blut schoss ihr ins Gesicht. »Ich wollte nur …«

»Ich weiß. Du wolltest mir zeigen, dass du auch nicht völlig naiv bist. Aber du hast immer noch nicht mal zur Hälfte begriffen, was hier vorgeht. Nicht mal zur Hälfte. Darum bitte ich dich jetzt ein letztes Mal: Lass die Finger davon. Du hast mir erzählt, was in Århus passiert ist, du hast zwei von den Männern auf Janis' Fotos wiedererkannt – das genügt. Wichtig ist jetzt, dass wir diese Leute dazu bringen, dich in Ruhe zu lassen. Solange sie glauben, sie könnten über dich an mich herankommen …«

»Oh, du machst dir Sorgen um mich. Wie lieb von dir. Seit wann interessiert es dich denn, ob du mit deinen Geschäften Schaden anrichtest?«

Aber sie prügelte schon wieder mit blanken Fäusten auf eine Gummiwand ein. Nichts veränderte sich an seiner Fassade. »Ich habe eine Schwester«, sagte er endlich. »Acht Jahre jünger als ich. Du siehst ihr geradezu lächerlich ähnlich.«

Du lügst, sagte jemand augenblicklich in ihr, über lautes Rauschen hinweg, du lügst, du lügst! Doch die Welt sackte schon unter ihr weg, da war nichts mehr, kein Boden, kein Halt; und er saß einfach da, zurückgelehnt, völlig entspannt, als hätte sich nichts Wesentliches geändert. Er hatte ihre Mutter und all seine Freunde verarscht, hatte ihnen den Guru vorgespielt und hinter ihrem Rücken Heroin verkauft – er bezahlte Leute wie Juri … Heißes schwappte über ihre Finger, ihre Hand schloss sich von selbst fester um den Becher und hob sich; sie sah den Kaffee schon fliegen, geradewegs in sein Gesicht; und stellte den Becher mit Sorgfalt auf dem Tisch ab.

»Du hast mich entführen lassen«, ihre Stimme war so leise, sie erkannte sie kaum, »verprügeln und fesseln … Du hast mich behandelt wie … ein Stück Dreck – und hast die ganze Zeit gewusst, dass ich deine Tochter bin?«

»Nein.«

Er schien unendlich weit fort, dort auf der anderen Seite des Tisches; in diesem harten Licht, das plötzlich über allem lag, als hätte man die alte Welt gegen eine Kopie ausgetauscht, mit schärferen Konturen und nichts als Leere zwischen den Dingen; seine Hände bewegten sich durch die Leere, ein Stück auf sie zu; wieder zurück.

»Anfangs war ich überzeugt, dass du gar nicht Dhanavati bist. Ich dachte, sie hätten uns jemand geschickt, der zu ihnen gehört. Einen Profi. Verstehst du? Sonst hätten wir nie …«

Aber sie hatte es noch zu deutlich im Ohr. Ich habe nicht vor, nett zu sein, nur weil ich deine Mutter gekannt habe. »Gestern hast du anders geredet. *Nachdem* du wusstest, wer ich bin.«

»Ich weiß. Es tut mir leid …« Er fuhr sich mit der Hand übers Gesicht, als wollte er die Entschuldigung sofort wieder wegwischen. »Ich erwarte nicht, dass du das verstehst.«

»Tu ich auch nicht.« Sie sah ihn an. Wie man in einen Spiegel schaut. Gab es da irgendetwas von ihr? Die Augenfarbe, vielleicht. Seine Haare waren zu hell, der Mund zu breit und zu gerade, die Ohren … Wer kannte schon die Form der eigenen Ohren? Müsste man nicht eine Verbindung spüren, irgendeine Art von Wärme? Und da war nichts, definitiv nichts. Sie beugte sich vor. »Aber keinen Stress: Ich will es gar nicht verstehen. Weißt du eigentlich, wie sich das anfühlt? Wenn dich so ein Sadist bedroht und du weißt, er kann tun, was ihm einfällt, du hast keine Chance, dich zu wehren? Warst du schon mal auf der falschen Seite? Oder sitzt du immer nur in deinem Chefsessel und passt auf, dass dir niemand zu nahe kommt?«

Und nun war doch eine winzige Reaktion zu erkennen, ein Pendelausschlag, zu schwach, um das System in Bewegung zu setzen. »Das ist aber eine dumme Frage, Dhanavati. Ich war fünf Jahre lang im Gefängnis.«

»Soll ich dich etwa bedauern? Du hast mit Heroin gehandelt – du hast deine eigene Freundin süchtig gemacht – deinetwegen ist meine Mutter von den Klippen gesprungen – und jetzt kommst du her und erzählst mir … Ach, was rede ich überhaupt mit dir.« Sie stand auf.

Er war eine halbe Sekunde nach ihr an der Treppe, hielt sie am Ärmel fest, und als sie sich losriss und zurückwich, blockierte er den Weg nach unten.

»Du wolltest die Wahrheit hören, kleines Mädchen. Und jetzt läufst du weg?«

»Red nicht mit mir wie mit einem Kind!«

»Du benimmst dich wie eins! *Du* bist zu *mir* gekommen und hast Fragen gestellt. Was hast du denn geglaubt, was du herausfindest – dass deine Mutter mit Buddha geschlafen hat?«

Sie holte aus, aber er schaffte es mühelos, den Schlag abzufangen. Sie wich noch weiter zurück, er machte einen Schritt auf sie zu, blieb stehen und fuhr sich erneut mit der Hand übers Gesicht.

»Es tut mir leid. Wirklich. Ich wollte nicht schlecht über deine Mutter reden. Ich hatte sie gern. Aber …«

»Du hast dich einen Scheißdreck für sie interessiert! Du hast sie allein nach Haus fahren lassen – ihr Kind allein kriegen – du hast sie nicht mal gefragt, ob es von dir war!«

»Natürlich habe ich sie gefragt. Aber sie musste ja immer alles mit sich allein abmachen! Sie hat mir gesagt, vermutlich wäre Nandin der Vater. Rainer. Der Mann, mit dem sie zusammen war. Wieso hätte ich ihr nicht glauben sollen? Woher sollte ich wissen, dass sie mir etwas vorlog, dass sie die ganze Zeit diese Wut in sich hineinfraß? All die Jahre dachte ich, wir wären Freunde – ich konnte mich immer auf sie verlassen, sie hat sich um Indrasena gekümmert wie eine Schwester – dabei muss sie krank vor Eifersucht gewesen sein, sonst hätte sie nie …«

Er verstummte abrupt, atmete tief ein und sagte sehr sachlich: »Vermutlich weißt du gar nicht, wovon ich rede. Indrasena und ich waren seit unserer Schulzeit zusammen. In Indien hat sie angefangen …«

»Heroin zu spritzen. Ich weiß. Aber was wolltest du eben sagen? Was hätte meine Mutter nicht getan, wenn sie nicht eifersüchtig gewesen wäre?«

Er zögerte. »Das willst du gar nicht wissen.«

Fast hätte sie wieder zugeschlagen. »Verdammt! Kannst du nicht mal mit deinen Machtspielen aufhören und einfach meine Frage beantworten?«

Doch er zögerte weiter. Vermutlich wusste er gar nicht mehr, wie man das machte: offen mit jemandem reden, ohne vorauszuberechnen, welche Antwort den größten Vorteil einbrachte.

»Gut. Wie du willst. Deine Mutter hat versucht, Indrasena wegen Heroinhandels verhaften zu lassen. Nur ist der Plan schiefgegangen. *Ich* bin im Gefängnis gelandet.«

Ihr Herz hämmerte plötzlich so laut, dass sie ihre Stimme wie aus der Ferne hörte. »Sie hat gewusst, dass du mit Heroin handelst? Sie hat das die ganzen Jahre hindurch gewusst? Und nichts gesagt?«

Er lachte auf. Er schien sich tatsächlich zu amüsieren. »Nein, Dhanavati. Ich habe nicht mit Heroin gehandelt. Ich habe immer nur gerade so viel gekauft, wie Indrasena brauchte. Der Drogendealer unter uns war Nandin. Schon immer. Seit wir alle in Indien waren. Es wundert mich wirklich, dass Adrian das nicht gemerkt hat. Er muss sich verdammt gründlich blind gestellt haben. Gisela wusste es jedenfalls. Ich wusste es auch. Allerdings dachte ich bis fast zum Schluss, Nandin würde nur mit Gras handeln und mir das Heroin für Indrasena nur deshalb beschaffen, weil wir so gute Freunde waren. Also sollte ich vielleicht nicht über Adrian spotten. Ich war genauso blind. Und Gisela hat ihm immer vertraut – ich glaube, er war der Einzige, mit dem sie je offen geredet hat. Das hat er ausgenutzt. Er hat ihr erzählt, Indrasena wollte selbst ins Heroingeschäft einsteigen, um nicht mehr von mir abhängig zu sein. Man müsste ihr unbedingt das Handwerk legen. Und Gisela hat das alles geglaubt. Sie war wohl immer der Meinung, dass Indrasena mich ausnutzt. Also hat Nandin Heroin beschafft, Gisela hat es in dem Zimmer versteckt, das Indrasena und ich bewohnten, und Nandin hat die Polizei informiert. Nur eins hat er ihr wohl verschwiegen: dass er zu dem Heroin auch eine Kundenliste gepackt hatte. Mit meinen Fingerabdrücken. Denn Nandin wollte natürlich, dass ich verhaftet wurde. Das war das Ziel der ganzen Aktion.«

Ihre Mutter, wie sie mit Nandin stritt.

Mit Nandin, nicht mit ihm.

Nandin ins Gesicht schlug.

Und davonlief.

Weg. Weg von ihnen allen.

»Du lügst mich doch an. Warum sollte Nandin denn so etwas tun?«

Er lehnte sich an den Tisch und verschränkte die Arme. Entspannt, wieder ganz Herr der Lage. »Warum? Weil er als Gegenleistung neue Papiere bekam. Der gute Nandin hatte bei seinen Drogengeschäften jemand betrogen, den man besser nicht gegen sich aufbrachte. Also bat er einen Freund bei der schwedischen Polizei um Hilfe, der redete mit anderen Freunden, und die boten Nandin an, ihm zu helfen, wenn er dafür sorgte, dass ich als Drogenhändler verhaftet wurde.«

»Aber …«

»Oh, nicht weil sie etwas gegen mich hatten. Es ging ihnen nur um den Skandal. Mein Vater war ein einflussreicher Politiker. Ein Vertrauter von Olof Palme, falls dir das noch etwas sagt. Als ich verhaftet wurde, war es für ihn mit der Politik vorbei.« Er lächelte. »Das kommt davon, wenn man nach höherer Erkenntnis strebt, Dhanavati. Man achtet nicht mehr auf den Dreck, durch den man watet.«

»Das hast du doch frei erfunden. Woher willst du das alles überhaupt wissen? Du wärst der Letzte gewesen, dem sie davon erzählt hätten!«

»Oh, da täuschst du dich aber. Nandin hat seine neuen Papiere vom BND bekommen – Amtshilfe für die schwedischen Kollegen – und meine Kontakte zum BND sind längst nicht so schlecht, wie du glaubst. Diese Leute suchen immer mal jemand, der Ware in Regionen liefert, in denen ihre Regierungen offiziell keine Geschäfte machen dürfen. So etwas verbindet. Da tut man dem anderen gern mal einen Gefallen.« Er lächelte wieder. Man hätte ihm fast glauben können, dass ihn das alles nicht mehr berührte. »Nur Nandins aktuellen Namen wollten sie mir nicht verraten. Sie hatten wohl Zweifel, dass ich wirklich nur aus Neugier frage.«

Ihre Mutter, wie sie davonrannte.

Weg von ihnen allen.

Mit langen Schritten.

Während sie alle zusahen.

Während Nandin zusah. Zusah, wie sie von ihm wegrannte, wie sie von den Klippen sprang. Zusah und in sein Auto stieg und wegfuhr.

Zu seinem neuen Leben.

Seinen Freunden vom BND.

Und *er* redete darüber wie über ein Geschäft, bei dem man ihn betrogen hatte. Eine Niederlage, die er noch ausgleichen musste.

»Er hat deine Mutter belogen«, sagte Eglund. Als wollte er sie besänftigen; reg dich nicht auf, kleines Mädchen, so etwas kommt eben vor. »Er selbst konnte das Heroin nicht bei uns verstecken, weil ich ihm kurz vorher gesagt hatte, er sollte sich vom Waldhaus fernhalten. Ich hatte endlich einmal mitbekommen, wie er mit Indrasena redete, wenn er dachte, ich wäre nicht in der Nähe. Wie er es genoss, wenn sie ihn um ihren Stoff anbettelte. Also hat er deine Mutter dazu gebracht, ihm zu helfen. Er wusste, dass sie unglücklich war. Ich wünschte, sie hätte mit mir darüber geredet, aber sie hat wohl nur Nandin vertraut. Und als sie dann begriffen hat, was sie angerichtet hatte – dass man mich verhaftet hatte und dass Indrasena ihretwegen tot war …«

Es war wie ein Schlag in den Magen. »Indrasena ist tot?«

Zum ersten Mal schien er verunsichert. Er schwieg und sah sie an, als würde er sich plötzlich fragen, welche Rolle er ihr eigentlich vorspielte. »Hat Adrian das nicht erwähnt?«

»Er hat gesagt, ihre Eltern hätten sie in eine Klinik gebracht!«

»Ach Gott. Das hat er geglaubt? Es stimmt, das haben ihre Eltern damals verbreiten lassen – nur keinen Skandal, das war immer ihr Motto. Aber dass er wirklich gedacht hat … Nein, sie ist tot, Dhanavati. Sie hat das Heroin gefunden, das deine Mutter in unserem Zimmer versteckt hatte. Das war an dem Tag, bevor die Polizei kam. Sie hat etwas davon abgezweigt und mit nach Visby genommen. An dem Abend habe ich wie üblich meinen Meditationskurs abgehalten, in einem Haus dort am Stadtrand. Indrasena hat mich begleitet. Vor dem Kurs habe ich ihr oben im Wohnzimmer ihre übliche Dosis gegeben – und während ich dann unten mit den Gotländer Hausfrauen zusammensaß, hat sie sich noch eine Spritze gesetzt. Als ich zwei Stunden später nach oben kam, war sie tot.«

Ihre Mutter, wie sie davonlief. Lief und von den Klippen sprang. Weil sie am Tod von Indrasena schuld war.

Der Frau, die Bengt liebte.

Den sie liebte.

Den sie ins Gefängnis gebracht hatte.

»Nun schau nicht so bekümmert. Es ist nicht deine Schuld.«

»Natürlich nicht.«

»Ich werfe ihr das längst nicht mehr vor. Du solltest es auch nicht tun.«

Der großmütige Bengt. Aber man musste nur seiner Stimme lauschen, der Art, wie er Indrasenas Namen aussprach, um zu wissen, dass es nicht stimmte. Er hatte ihnen nicht verziehen. Nandin nicht, und auch nicht ihrer Mutter. Sicher war er vernünftig genug, sich nicht stattdessen an der Tochter zu rächen. Aber sich darüber freuen, dass er diese Tochter selbst gezeugt hatte? Da erwartest du denn doch ein bisschen viel, kleine Dhani.

Sie sah an ihm vorbei nach Osten. Die Sonne war längst aufgegangen. Sie hatte es nicht bemerkt. »Wolltest du mich nicht in die Stadt bringen?«

»Richtig.« Doch er rührte sich nicht. Er schien auf irgendetwas zu warten.

»Ich habe einen Flug für dich gebucht«, sagte er schließlich. »Riga – Kopenhagen – Århus. Heute Nachmittag bist du zu Hause.«

»Nett von dir.«

Er wartete noch einen Moment. Dann wandte er sich ab und setzte sich ans Steuer.

Klarer Himmel bis zum Horizont; das Wasser so still, dass es nicht funkelte, nur im Rhythmus der Wellenfronten liefen Farbwechsel hindurch, von silbrigem Glanz zu hellem Blau. Weit draußen zog eine Fähre vorbei. Irgendwo dort lag Gotland. Visby. Das Waldhaus, in dem sie viereinhalb Jahre gelebt hatte und an das sie sich kaum erinnerte. Wo er den Guru gespielt hatte und ihre Mutter die Vertraute, die alles verstand. Bis sie ihn und seine Liebste und ihren eigenen Liebsten und alle anderen im Waldhaus verraten hatte.

Sie und Nandin.

Falls er nicht log.

Warum sollte er lügen?

Die Yacht bog nach Süden ab und hielt auf eine breite Flussmündung zu. Zwei Molen, die weit ins Meer hinausreichten, dann flache Ufer, sandig, bewaldet. Nebenarme und Hafenbecken. Kohlehalden. Öltanks. Kräne, Containerplätze, Schiffe. Sie trat neben das Steuer. Er blickte sich nicht um. Turmdächer blitzten im Sonnenlicht. Eine Brücke kam näher, von winzigen Autos befahren. Frachtkähne und Sportboote zogen vorbei. Der Dicke stand am Bug und schaute nach vorn.

Kurz vor der Brücke bogen sie links in ein Hafenbecken. Sportboote lagen an schwimmenden Holzstegen. Er verlangsamte die Fahrt, zog eine enge Kurve, bis der Bug wieder zur Ausfahrt zeigte, und steuerte die Landzunge an, die das Hafenbecken vom Hauptstrom trennte. Der Dicke bückte sich nach einem Tau.

»Wenn deine Kontakte zum BND so gut sind«, sagte sie, »was wollten dann diese Männer von mir? Sind sie doch nicht vom BND?«

Er drehte sich zu ihr herum, langsam, vielleicht um Zeit zum Nachdenken zu gewinnen. »Sagen wir: Sie arbeiten nicht nur für den BND.«

Wieder schien er auf etwas zu warten. Als sie schwieg, sagte er: »Vermutlich werden sie dich in Ruhe lassen. Aber sicherheitshalber solltest du jedem, wirklich jedem erzählen, dass ich dich nur ausgelacht habe. Weil es mir völlig egal ist, ob ich eine Tochter habe.«

»Ja klar. Was auch sonst.«

»Zu deiner eigenen Sicherheit.«

»Ja klar.«

»Um alles andere kümmere ich mich. Also mach dir keine Gedanken.« Er deutete mit dem Kopf zum Ufer. »Ich habe dir ein Taxi gerufen. Es wartet da drüben. Brauchst du Geld?«

Nicht von dir, dachte sie. Niemals von dir.

Er las es ihr am Gesicht ab. Ganz flüchtig merkte man ihm Ärger an. Dann hob er die Schultern. »Guten Flug.«

Making my time rhyme

ANNIKA

An Donnerstagnachmittagen spielt in Ljugarn niemand Golf, nicht Anfang Dezember. Der Parkplatz ist leer, das Clubhaus, eine Holzhütte, ist verschlossen. Niemand, der mich fragen könnte, weshalb ich hier in der Kälte im Auto sitze, Stunde um Stunde.

Carl hat nur den Kopf geschüttelt, als ich ihn bei meiner Rückkehr vom Waldhaus gefragt habe, ob er Ingela das Foto schon gezeigt hat: So schnell sind wir hier nicht, Annika. Offenbar arbeitet Ingela in einem Supermarkt in Visby, morgens fährt sie früh hinüber und kommt am Nachmittag zurück. Heute Abend will Carl mit ihr reden. Morgen beim Frühstück wird er mir sagen, was sie geantwortet hat.

Warum die Eile, Annika?

Ich weiß es selbst nicht. Gestern war ich noch so sicher, dass ich Adrian hier finden würde. Als könnte ich im Boden den Widerhall seiner Schritte spüren, als würde in den Stimmen der Menschen etwas von seiner Stimme mitschwingen. Heute ist das alles verblasst. Vielleicht liegt es nur daran, dass sich der andere Adrian in den Vordergrund schiebt: der im Waldhaus gelebt hat, der mit der drogensüchtigen Indrasena und ihrem Drogenhändler – ob das nun Eglund war oder Nandin – und der geduldigen Gisela unter einem Dach gewohnt hat, der Adrian, den ich nur aus Dhanavatis und Nilssons Berichten kenne. Vielleicht werde ich diesen Adrian hier finden, und er wird mir so fremd sein, dass ich sage: Bleib in Ljugarn, komm nicht zu uns zurück.

Vielleicht. Aber wäre nicht selbst dieser Adrian zu mir ins Hotel gekommen? Sobald Ingela ihm von Carls Anruf erzählt hat? Von der Frau aus Deutschland, die nach ihm fragt? Würde er sich wirklich vor mir verstecken? Und wenn ja: Mit wem habe ich dann all die Jahre zusammengelebt?

Es ist kalt. Der Kaffee, den ich in einem Pappbecher aus dem Ort mitgebracht habe, ist ausgetrunken. Von den zwei Zimtschnecken ist nur eine halbe übrig, die Wasserflasche enthält nur noch wenige Schlucke. Zwei Mal bin ich schon ausgestiegen und auf dem leeren Parkplatz umhergegangen, damit mir warm wird, aber jetzt wage ich es nicht mehr. Ingela könnte mich bemerken, bevor ich sie kommen höre, und gewarnt sein. Und einfach umkehren.

Zwanzig vor vier. Die Sonne ist vor einer Stunde hinter den Kiefern jenseits des Golfplatzes verschwunden. Der Dunst, der sich um die Mittagszeit in den Schatten der Bäume zurückgezogen hat, kriecht wieder hervor. Er stiehlt der Welt ihre Kontraste, stiehlt ihr das Licht. Es ist längst zu dunkel, um im Auto zu lesen, aber ich muss die Ausdrucke und Berichte auch gar nicht mehr lesen. Ich kenne sie fast auswendig. So oft habe ich sie auf Hinweise durchgekämmt, sie hin und her gewendet und mit dem verglichen, was mir Dhanavati erzählt hat, als sie bei uns in Westerkoog war, was mir Nilsson bei unserem letzten Treffen verraten hat.

Immer ist das Ergebnis das gleiche.

Falls ein Fehler in meinen Überlegungen steckt, werde

ich das jetzt nicht mehr herausfinden. Jetzt hilft nur noch, auf Ingela zu warten und ihr die richtigen Fragen zu stellen.

Halb fünf. Sich das Denken zu verbieten ist sinnlos. Erst recht, sich zu versichern, dass man alles bedacht hat. Kann man jemals alles bedenken? Was ist, wenn sie für ihre Ausflüge zum Waldhaus weder Auto noch Fahrrad benutzt? Wenn sie zu Fuß geht, quer durch den Wald, auf Pfaden, die ich nicht bemerkt habe, die sie gut kennt und auch bei Dunkelheit findet? Pfade, die nicht am Golfplatz vorbeiführen? Vom Ortsrand bis zum Waldhaus sind es auf geradem Weg kaum mehr als zwei Kilometer. Was ist, wenn sie längst im Haus ist, Kerzen anzündet und meditiert, und wieder geht, ohne dass ich sie bemerke?

Ich öffne das Seitenfenster. Es ist so still. Nicht einmal die Bäume rascheln im Wind. Zehn Minuten vor fünf. Sicher hat sie schon Feierabend. Im Auto ist es ebenso kalt wie im Freien. Wenn ich jetzt den Motor anlasse, um zu heizen, wird sie es hören. Es hören und erraten, dass ich auf sie warte.

Ich schließe das Fenster, ziehe den Zündschlüssel ab, trinke den letzten Schluck Wasser, stecke die Bäckertüte in die Außentasche meiner Jacke, nehme die Taschenlampe vom Beifahrersitz und steige aus.

Der Lichtfleck der Lampe huscht über Bäume. Dann über Büsche, die niedrige Mauer entlang, die den Parkplatz vom Fahrweg trennt. Eine Lücke in der Mauer markiert die Einfahrt, ich präge mir die Richtung ein und schalte aus. Der Parkplatz ist mit grobem Kies bedeckt, bei jedem Schritt kicke ich Steine davon, ich hebe die Füße höher und gehe stetig geradeaus. Im Freien ist es nie vollständig dunkel: Die Spitzen der Kiefern zeichnen ein schwarzes Zackenmuster an den Himmel. Sterne blinken durch den Dunst.

Am Rand der Schotterstraße bleibe ich stehen und schaue zurück. Das Auto ist in der Dunkelheit fast verschwunden, niemand, der vorbeifährt, wird es bemerken. Kein Motorengeräusch, kein Fahrradquietschen ist zu hören. Nirgendwo Licht. Ich folge der Straße, am Parkplatz entlang und dann weiter in den Wald, bis sich in der schwarzen Wand aus Bäumen eine blassere Lücke auftut. Die Fahrspur, die zum Waldhaus führt.

Es ist nicht mehr schwierig, im Dunkeln zu gehen. Meine Augen haben sich angepasst, und meine Füße scheinen die Hindernisse zu spüren. Ganz weit entfernt bellt ein Hund, und nun höre ich auch einen Automotor, aber das Geräusch wird rasch leiser und verliert sich. Links vom Weg flattert etwas auf und fliegt davon. Dann wieder Stille.

Wann war ich zum letzten Mal so allein unterwegs? Ohne dass irgendjemand davon wusste? Es muss zehn oder noch mehr Jahre her sein. In Berlin, sicherlich in Berlin: Während der ersten Monate dort gab es niemanden, der sich für mein Kommen und Gehen interessierte. Es weckte in mir das Gefühl, nicht ganz vorhanden zu sein. Ein Schatten.

Wie jetzt. Wenn ich jetzt immer weiterginge, einfach weiter, tiefer in den Wald hinein: Würde ich dann verschwinden? Mich auflösen, nicht mehr auffindbar sein – nie mehr zum Auto zurückkehren, zum Hotel, keine Rechnungen mehr bezahlen müssen, keine Geldsorgen mehr, kein Getuschel, weil der ausländische Freund sich nun doch aus dem Staub gemacht hat, irgendwann musste es ja so kommen …

Nina nicht mehr wiedersehen. Das ist der Punkt, den ich nie verstehen werde. Dass jemand weggeht und sein Kind im Stich lässt. Es abschüttelt wie eine tote Last.

Wie soll man so einem Menschen je wieder vertrauen.

Rechts von mir weicht die Dunkelheit vom Weg zurück. Die Lichtung, darauf als schwarzer Umriss das Waldhaus. Es scheint in Nebel zu schwimmen. Ich gehe auf dem Fahrweg weiter, bis ich die Vorderfront ganz überblicke.

Links vom Eingang schimmert rötliches Licht hinter den Fenstern.

In dem Raum mit dem Wandgemälde brennen Kerzen.

Nein. Die Farbe stimmt nicht. Es brennt das Kaminfeuer.

Ich mache einen Schritt nach vorn, da höre ich Quietschen. Von rechts, vom Golfplatz her, nähert sich ein Licht.

Hüpfend und schwankend. Jemand kommt auf dem Fahrrad den Weg entlang.

Ich weiche in das Gestrüpp am Wegrand zurück, verfange mich mit den Hosenbeinen in Dornenranken, kämpfe mich durch und drücke mich an den Stamm einer Kiefer. Dort ziehe ich mir den dunklen Schal bis über die Nase und stehe still. Das Quietschen kommt näher. Das Licht streift keine zwei Meter von mir entfernt über das Gestrüpp, springt dann zur Lichtung hinüber und erlischt. Quietschen und Schaben. Jetzt lehnt sie das Fahrrad an, denke ich, und dann: Wenn sie eben gekommen ist, wer ist dann im Haus?

Adrian.

Der Impuls vorzuspringen ist so stark, dass ich die Fäuste balle und den Atem anhalte. Die Frau – denn es ist tatsächlich eine Frau, obwohl ich sie nur als Schatten vor der nebeldunklen Wiese sehe, erkenne ich es an ihrer Art sich zu bewegen – die Frau geht auf das Haus zu, langsam und mit ungleichmäßigen Schritten, aber ohne zu zögern, offenbar ohne Furcht.

Dann bleibt sie stehen. Sie schaut zum Haus.

Minutenlang rührt sie sich nicht. Endlich geht sie weiter, noch langsamer jetzt. Wenige Schritte vor dem Eingang bleibt sie wieder stehen.

Die Haustür öffnet sich. Jemand tritt auf die Schwelle. Ein Mann. Er hält eine Petroleumlampe in die Höhe.

Es ist nicht Adrian. Groß, helle Haare: Es könnte der Mann sein, den ich am Vormittag vor dem Waldhaus gesehen habe. Es könnte irgendjemand sein.

»Hej«, sagt er: das gleiche schwedische Hej, mit dem auch Carl mich begrüßt. Obwohl er nicht laut spricht, kann ich es deutlich verstehen.

Die Frau antwortet nicht. Sie sieht ihn nur an.

Er weicht einen halben Schritt zurück und hält die Petroleumlampe höher. »It's cold out there. Why don't you come in?«

Fans4Fans > TV > Missing > Freistil

Riga

Von dh.rei | Veröffentlicht am: 03.09.2005 um 11:08 Uhr

Special Agent Nicole Scott geht die Ereignisse in Riga noch einmal durch und notiert, was sie erfahren hat:

Es war nicht einfach, E ueberhaupt zum Reden zu bringen. Aus dem Guru ist ein Waffenhaendler mit vielen Feinden geworden. Entsprechend muss man sich die Leute vorstellen, mit denen er sich umgibt. Die Begruessung fiel ruppig aus, und es brauchte Stunden, bis E bereit war, Auskunft zu geben.

Dann verkuendete er unvermittelt, er sei der Vater von D. (1) Er will das aber nicht gewusst, sondern erst bei der Begegnung mit D auf Grund einer Aehnlichkeit erraten haben. (2) Was die Vorgaenge um G's Tod angeht, behauptet er, nie mit Drogen gehandelt zu haben. (3) N habe ihn bewusst belastet, um E's Vater politisch in Misskredit zu bringen. (4) Zu diesem Zweck habe N eine grosse Menge Heroin in dem Zimmer verstecken lassen, das E mit der drogenabhaengigen I bewohnte. (5) Bei dieser Aktion habe ihm G geholfen, in dem Glauben, das Ganze richte sich gegen I. (6) I habe das Heroin entdeckt, zu viel davon genommen und sei daran gestorben. (7) G habe sich schuldig und betrogen gefuehlt, deshalb sei sie von den Klippen gesprungen. (8) N habe nach der Aktion seinen Namen geaendert, E wisse nicht, wo er sich aufhaelt. (9)

Was von alldem soll man glauben? Fast jeder Punkt wirft Fragen auf.

1/2: Wenn die viel diskutierte Samenzelle tatsaechlich von E stammte, wieso hat G es ihm nicht gesagt? (Weil sie wusste, dass es ihn nicht interessieren wuerde? Es interessiert ihn naemlich einen Dreck. Das wurde sehr klar.)

3: N wuerde die Geschichte vermutlich andersherum erzaehlen. Wie entscheidet man, wem man vertrauen soll? Durch Wuerfeln? Fakt ist, dass G vor dem Sprung von den Klippen mit N gestritten hat. Sie hat ihn geohrfeigt, nicht E. (Allerdings war E auch nicht mehr greifbar, da verhaftet, also beweist das wirklich etwas?)

4/5: Fakt ist auch, dass E's Vater nach der Verhaftung seines Sohns politisch erledigt war. (E behauptet, sein Vater waere ein Vertrauter von Olof Palme gewesen. Hat der sich nicht fuer Abruestung eingesetzt? Und der Sohn verschiebt Waffen. Das ist so absurd, dass man es glauben moechte. Oder?)

6/8: Es waere eine Erklaerung. Kann man es glauben? E als unschuldig Verfolgter. Darf man das glauben?

7: Sorry. Das war hoffentlich kein Schock. E sagt, die Geschichte von I's Rueckkehr in die Klinik haetten ihre Eltern erfunden, um den Ruf der Familie zu schuetzen. Passt das ins Bild? (Man koennte natuerlich auch hinfahren und auf dem Friedhof nachschauen. Vorausgesetzt, dass man den Nachnamen weiss. Weisst du ihn?)

Vielleicht sollte Nicole Scott das tun. Hinfahren. Nachschauen. Auf dem Friedhof. In dem Haus. Wuerde das helfen? Durch die letzte Aktion ist die Zahl der Fragen eher gestiegen. Manchmal scheint es ihr unwahrscheinlich, dass ueberhaupt eine widerspruchsfreie Loesung existiert.

Oder ist es nur so, dass ihr die Loesung nicht passt?

Vielleicht ist sie auch einfach muede. Vielleicht sollte sie wirklich erst mal nach Schweden fahren und sich ausruhen.

NILSSON

Sie zu finden war das Leichteste von allem. Nachdem ich bei meinem zweiten Besuch in Eiderstedt von Ihnen erfahren hatte, dass sie sich auf Gotland aufhielt, hatte ich ein Foto von ihr ausgedruckt – von der Website des AIMSEP, in miserabler Qualität – und mir komplizierte Suchstrategien überlegt, aber es wäre gar nicht nötig gewesen. Als ich in Ljugarn ankam, fuhr ich einmal durch den Ort, um mir einen Überblick zu verschaffen, kam zum Hafen, schaute zur Mole, und da saß sie. Ganz am Ende der Mole, auf der Mauer. Die richtige Haarfarbe, die richtige Haltung. Unverwechselbar.

Ich stieg aus, schloss ab und ging zu ihr hinüber. Der Wind kam vom Meer, Wellen klatschten gegen die Mole, deshalb bemerkte sie mich erst, als ich fast neben ihr stand.

Ich hatte erwartet, dass sie erschrecken würde, vielleicht sogar in Panik geraten, aber sie schien nicht einmal sonderlich überrascht. Höchstens etwas verunsichert.

Vom Bier benebelt. Eine geöffnete Dose stand neben ihr auf der Mauer, zwei leere lagen auf dem Boden, und die Plastiktüte zu ihren Füßen enthielt reichlich Nachschub. Um halb fünf Uhr nachmittags. Vielleicht fand sie deshalb nicht gleich die richtigen Beschimpfungen.

Endlich räusperte sie sich, räusperte sich noch einmal, weil ihre Stimme offenbar nicht gehorchte, und sagte: »Hau ab, Jens. Nimm deine Kumpels und verschwinde.«

»Ich bin allein hier.« Obwohl ich wusste, dass sie mir nicht glauben würde, ergänzte ich: »Das waren nicht meine Kumpels.«

Sie wandte sich ab, eher gelangweilt als verärgert.

»Ich kann dir aber sagen, wer sie zu dir geschickt hat. Der Bruder meines Chefs. Wie er sich heute nennt, weiß ich nicht, aber früher einmal hieß er Rainer. Er war lange Zeit mit deiner Mutter zusammen.«

Sie fuhr herum und rutschte unbeholfen von der Mauer. Die Bierdose kippte um, doch sie merkte es nicht. Sie machte einen taumeligen Schritt auf mich zu und blieb wieder stehen. »Nandin? Nandin ist Frohnerts Bruder?«

Ich glaube, ich stand erst einmal nur da und starrte sie an. Denn sie sah einfach furchtbar aus. Riesige gerötete Augen. Rissige Lippen. Auf der linken Wange ein Bluterguss, der gerade von grün zu gelb verblasste. Ein Blick, der offenbar Mühe hatte, sich an mir festzuhalten.

Dann sah ich, dass sie weinte. Die Tränen liefen ihr über das Gesicht, und sie schien es nicht zu spüren.

»Du hast das gewusst. Du hast das die ganze Zeit gewusst ...«

»Nein! Himmel, nein!«

»Du Arschloch!« Sie drängte sich an mir vorbei und lief davon.

Ich hätte sie leicht aufhalten können. Aber es hätte sie nur noch wütender gemacht. Also sammelte ich ihre Bierdosen ein, warf die leeren in einen Papierkorb, stellte die Plastiktüte ins Auto und fuhr zurück in den Ort. Nach fünfzig Metern kam ich an einer Bushaltestelle mit Wendeschleife vorbei, stieg aus und studierte den Fahrplan.

Der nächste Bus nach Visby fuhr erst morgens um sechs. Der Ort wirkte still, viele der Holzhäuser waren offenbar unbewohnt. Auch im Hafen hatten kaum noch Boote gelegen. Die Sommersaison war vorbei.

Dhanavati entdeckte ich nirgends. Ich fuhr durch den ganzen Ort und landeinwärts aus ihm hinaus bis zur Abzweigung nach Visby. Niemand stand am Straßenrand und versuchte mitgenommen zu werden.

Natürlich hätte sie einen Mietwagen haben können. Sogar mit dem Fahrrad ließ sich Visby erreichen, wenn man ausdauernd genug war. Aber in ihrem jetzigen Zustand kam wohl beides kaum in Frage. Außerdem hatte sie auf mich nicht nur betrunken gewirkt, sondern auch sehr müde. Sie würde sich nicht zur Abreise aufraffen können.

Im Vorbeifahren hatte ich im Ort einen Lebensmittelladen entdeckt und schräg gegenüber ein Café mit einem Vorgarten. Der perfekte Observationsposten, wenn man jemanden suchte, der gerade seinen Biervorrat im Stich lassen musste. Ich stellte das Auto in einer Nebenstraße ab, setzte mich mit einer Tasse Kaffee in den Vorgarten und wartete.

Tatsächlich dauerte es fast eineinhalb Stunden, bis Dhanavati auf einem Fahrrad die Straße heraufkam. Sie stellte das Rad an der Treppe zum Laden ab und ging hinein, ohne mich zu bemerken. Ich überquerte die Straße und setzte mich auf ein Mäuerchen.

Fünf Minuten später kam sie heraus, eine gut gefüllte Plastiktüte in der Hand. Als sie mich entdeckte, hielt sie kurz inne. Wieder schien sie nicht überrascht.

Ich stand auf. »Wie wäre es zwischendurch mit einem Kaffee?«

»Hau ab.« Sie ging an mir vorbei zum Fahrrad und stellte die Plastiktüte in den Korb.

»Ich habe es nicht gewusst, Dhani. Ich schwöre es dir. Ich konnte sehen, dass Frohnert viel daran lag, dich ans IAI zu holen – das war offensichtlich –, aber den Grund hat er mir nicht verraten. Erst als ich aus Århus zurückkam. Als ich ihm erzählt habe, was Schulz und Nagel mit dir gemacht haben.«

Sie fuhr herum. Ich kam ihr zuvor: »Er war entsetzt. So gut kann niemand schauspielern. Er wusste nicht, was sie vorhatten. Ich wusste es auch nicht. Ich schwöre es dir. Ich habe nichts davon gewusst.«

»Du hast sie zu mir gebracht.«

»Frohnert hatte mich darum gebeten! Er sagte, du wärst ohne dein Zutun in eine gefährliche Situation geraten …«

Sie hörte nicht zu. »Von dir haben sie überhaupt erst erfahren, dass ich Eglund besuchen wollte. Ohne dich hätten sie nie von mir gehört. Du hast in meinen E-Mails geschnüffelt – du hast deine BND-Kollegen auf mich angesetzt – du hast ihnen von meiner Klaustrophobie erzählt – und jetzt kommst du und willst mir einreden, du wärst ahnungslos gewesen? Für wie blöd hältst du mich?«

»*Ich* war blöd, Dhani. Ich habe ihnen ihre Märchen geglaubt. Sie sagten, Eglund hätte diesen Detektiv zu dir geschickt, um dir weiszumachen, er wäre dein Vater. Sie wollten angeblich nur herausfinden, was er damit bezweckte. Zugleich hat mich Frohnert förmlich bekniet, ihnen zu helfen. Er könnte mir die Hintergründe nicht erklären, aber es wäre zu deinem Schutz. Es wäre geradezu lebenswichtig. Das hatte er vermutlich wörtlich von seinem Bruder. Und er dachte ja, sein Bruder wäre dein Vater.«

Ich beobachtete ihr Gesicht, während ich sprach, doch es verriet mir nichts. Als ich fertig war, sah sie mich lange schweigend an. »Verstehe«, sagte sie schließlich, und es klang fast so kühl wie früher. »Und als ihr Nandin dann gefragt habt, was ihm einfällt, seiner eigenen Tochter Schläger auf den Hals zu schicken – was hat er da gesagt? ›Tut mir echt leid, aber die Versuchung war zu groß – in Wirklichkeit ist sie nämlich die Tochter von jemand, den ich bis aufs Blut hasse‹? Hat er euch auch erzählt, wie die Sache weitergehen sollte? Dass er Eglund schon eine Warnung zugespielt hatte: Demnächst würde ein BND-Spitzel bei ihm auftauchen und sich als seine Tochter ausgeben? Hat er das erwähnt? Dass er erreichen wollte, dass Eglund mich umbringt? Das eigene Kind?«

Ich muss sie ziemlich entsetzt angestarrt haben, denn sie atmete tief ein und fuhr ruhiger fort: »Fahr nach Hause, Jens. Fahr nach Hause und sag deinem Chef und seinem Bruder, es hätte fast funktioniert. Sie haben nur einen Punkt nicht bedacht. Ich bin meinem Papa scheißegal. Es wäre ihm scheißegal gewesen, ob er mich umbringt.« Sie umfasste die Lenkergriffe, klappte den Fahrradständer hoch und setzte den linken Fuß aufs Pedal.

»Ich bin doch nicht hier, weil Frohnert es will!«

Einen winzigen Moment schien sie zu zögern. Dann sagte sie noch einmal: »Fahr nach Hause«, und schwang das rechte Bein über den Sattel. Das Rad wankte, aber sie hielt es senkrecht. Sie überquerte den holprigen Vorplatz, bog auf die Straße ein und fuhr Richtung Hafen davon.

Inzwischen wird Ihnen aufgefallen sein, dass ich damals in meinem Bericht einiges unterschlagen habe. Als ich ihn schrieb, wusste ich schon, dass Frohnert Dhanavatis Onkel war. Oder vielmehr, dass er glaubte, ihr Onkel zu sein. Er hatte es mir gesagt, als ich aus Århus zurückkam – nach meinem ersten Besuch in Westerkoog – und unangemeldet in sein Büro stürmte, voller Wut, weil er mich zum Komplizen von Schulz und Nagel gemacht hatte. Vermutlich hatte er gar nicht vor, mich einzuweihen, aber als ich ihm beschrieb, was ich an dem Morgen in Dhanavatis Wohnung mit eigenen Augen gesehen hatte, sprudelte es förmlich aus ihm heraus. »Er ist ihr Vater! Er würde ihr nie etwas tun!«

»Wer ist ihr Vater?«

»Rainer. Mein Bruder.«

Es erklärte so manches. Denn dass Frohnerts Interesse an Dhanavati über das Übliche hinausging, war tatsächlich deutlich zu spüren gewesen. Ich sehe ihn noch in diesem Hotelzimmer in Sennewitz sitzen, als ich abends vorbeischaute, um ihm zu sagen, dass Dhanavati zu meinen Kandidaten für *blind seer* gehörte und ich sie deshalb überprüfen musste, bevor er sie ans IAI holte. Er wurde ganz still. Er schien in sich zusammenzusinken. Und auf dem Schreibtisch stand eine geöffnete Piccoloflasche Sekt, daneben ein fast leeres Glas. Als hätte er ganz für sich allein gefeiert. Weil er am Nachmittag mit Dhanavati geredet hatte und glaubte, sie würde sein Stellenangebot annehmen. Seine Nichte. Mathematikerin an seinem Institut.

Nachdem Frohnert einmal begonnen hatte, über seinen Bruder zu sprechen, war er kaum noch zu bremsen. Mehrere Jahre jünger und der Liebling der Eltern – sehr intelligent, aber ein schlechter Schüler – charmant, widersprüchlich, unbeherrscht: Das ist so ungefähr das Bild, das dabei entstand. Während Ulrich Frohnert zielstrebig seine Karriere vorantrieb, mit unter dreißig promovierte, mehrere Jahre in Amerika verbrachte, mit vierzig zum Professor berufen wurde und mit siebenundvierzig die Leitung des IAI übernahm, schaffte Rainer das Abitur erst verspätet, ging für zwei Jahre zur Bundeswehr, verweigerte sich anschließend allen Versuchen, ihn für ein Studium zu gewinnen, gründete stattdessen mit einem Schulfreund eine Kneipe in Dortmund, die schnell zum Treffpunkt aller ziel- und planlosen Jugendlichen der Umgebung wurde, lernte dort Dhanavatis Mutter Gisela kennen, als sie eben den Staub Ostwestfalens von ihren Füßen geschüttelt hatte, ließ seinen Kumpel kurz vor dem Bankrott der Kneipe im Stich und fuhr mit Gisela nach Indien.

Sein Bruder Ulrich missbilligte all diese Aktivitäten selbstverständlich von Herzen. Trotzdem ist es denkbar, dass er Rainer stets ein wenig beneidet hat. Vielleicht nicht um das Leben, das er führte – aber um die Sorglosigkeit, mit der er Konventionen und die Rechte anderer beiseiteschob, wenn sie ihn störten. Auf jeden Fall ließ er Rainer nach dessen Rückkehr aus Indien mehrfach bei sich wohnen, oft viele Wochen lang. In diesen Jahren – Ende der Siebziger und bis in die Achtziger hinein – zog Rainer von einer europäischen Stadt zur nächsten, mit langen Zwischenstopps in Eglunds Waldhaus auf Gotland und eben bei seinem Bruder. Bei einem dieser Besuche erwähnte er wie nebenbei, dass er mit einer der Frauen im Waldhaus eine kleine Tochter hatte. So erfuhr Frohnert von Dhanavati.

Muss ich extra erwähnen, dass Rainer in seiner eigenen Version der Geschehnisse nur aus den reinsten Motiven zu

Eglunds Verhaftung beigetragen hat? Dass er sich erst nach qualvoller Gewissenserforschung dazu durchrang, seinen Freund an die schwedische Polizei zu verraten – dass er es vermutlich nie getan hätte, wenn er nicht den schlimmen Einfluss eines professionellen Drogenhändlers auf seine kleine Tochter gefürchtet hätte? Glaubt man meinem Chef, war Rainer ein Held, und ein Märtyrer obendrein, denn nach dem Verrat an Eglund musste er aus Furcht vor dessen Rache einen neuen Namen annehmen und seine geliebte Tochter im Stich lassen.

So weit Rainers Geschichte. Ich hoffe, Sie sind angemessen gerührt. Was mich betrifft, gibt es nur einen Punkt, den ich uneingeschränkt glaube: dass Frohnert (mein Frohnert) geradezu glücklich war, als er herausfand, dass die Mathematikerin D. Reinerts, die in Århus an Epidemiemodellen arbeitete, mit Vornamen Dhanavati hieß und aus Ostwestfalen stammte. Das waren die einzigen Informationen über seine angebliche Nichte, die er bis dahin besaß. Er beschloss augenblicklich, sie von ihrer bisherigen Chefin zu sich ans IAI zu locken. Sie zu fördern und über ihre Zukunft zu wachen, als wäre sie seine eigene Tochter. Er selbst hat keine Kinder. Ich glaube, er sah Dhanavati bereits als seine geistige Erbin.

Insofern war er tatsächlich entsetzt, als er hörte, zu welchen Mitteln Schulz und Nagel gegriffen haben. Allerdings legte sich das recht schnell. In den folgenden Tagen war er auffallend schwer zu erreichen, und als ich ihn endlich zu fassen bekam, erklärte er mir doch tatsächlich, das Ganze sei ein Missverständnis gewesen, mittlerweile sei alles bereinigt, ich brauchte mir keine Sorgen zu machen.

Der Gute.

Der Grund für diesen Sinneswandel wurde mir klar, als Sie mir bei meinem zweiten Besuch in Westerkoog den Text zeigten, den Dhanavati in dem Forum für Serienfans veröffentlicht hatte. Daraus ging hervor, dass Dhanavati gar nicht Frohnerts Nichte ist. Offenbar hatte Frohnert das inzwischen auch erfahren. Von seinem Bruder natürlich, zu dem er ja anscheinend nach wie vor Kontakt hat. Obwohl dieser Bruder unter falschem Namen ein neues Leben begonnen hat. Dass Rainer – wie immer er jetzt heißt – ihn belogen und ausgenutzt hat, um irgendeine alte Rechnung mit Eglund zu begleichen, scheint ihn wenig zu kümmern. Entsetzt war er nur, so lange er dachte, seine eigene Nichte sei zu Schaden gekommen. Irgendwann möchte ich ihn schon einmal fragen, ob es ihm wirklich so gleichgültig ist, was sein Bruder mit Fremden anstellt. Manche Dinge darf man nicht unkommentiert lassen. Aber das nur am Rande. Für Ihre Suche nach Barnes ist das alles ohne Belang.

Von meinem zweiten Treffen mit Ihnen weiß Frohnert übrigens bis heute nichts. Bei meiner Rückkehr nach Köln habe ich ihm Märchen über einen Krankheitsfall in der Verwandtschaft erzählt und zehn Tage Urlaub genommen.

Am nächsten Nachmittag war ich in Ljugarn.

Viel mehr gibt es gar nicht zu berichten. Natürlich bin ich nicht gleich wieder nach Hause gefahren, sondern habe mir ein Hotelzimmer genommen, Dhanavatis Ferienhütte ausfindig gemacht – der Hotelbesitzer Carl erwies sich als bestens informiert – und noch einmal versucht, mit ihr zu reden. Und noch einmal. Beim nächsten Mal schickte sie mich wieder weg, beim übernächsten Mal trank sie einen Kaffee mit mir, kurz darauf fuhren wir nach Visby und kauften ihr Laufschuhe, und von da an trafen wir uns regelmäßig zum Joggen. Die Bewegung tat ihr gut: Sie schlief besser, aß mehr, trank weniger Bier und fand allmählich aus dem seelischen Tief heraus, in das sie nach dem Treffen mit Eglund hineingerutscht war.

Was in Riga genau passiert ist, hat sie mir übrigens nie erzählt. Wir haben zwar mehrfach darüber diskutiert, welche Absichten Rainer Frohnert verfolgt haben könnte, als er Nagel und Schulz zu ihr schickte – ob er tatsächlich nur eine alte Rechnung mit Eglund begleichen wollte oder ob auch geschäftliche Interessen mitspielten, und wenn es ihm um Rache ging, wofür er sich eigentlich rächen wollte? Aber über die Begegnung mit ihrem Vater sagte sie stets nur, er habe sie wieder weggeschickt, weil er keine Tochter gebrauchen könne. Sicherlich hat sie da einiges verschwiegen. Schon aus dem »Bericht« im Fanforum geht hervor, dass sich Eglund ausführlich mit ihr unterhalten haben muss. Aber ich bohrte nicht nach. Dass sie den Wunsch hatte, ihren Waffenhändler-Vater möglichst schnell zu vergessen, war ja nur positiv. Und sie sollte auf keinen Fall den Eindruck bekommen, dass ich sie über Eglund aushorchen wollte.

Natürlich sprachen wir auch über ihre Mutter und über ihre Kindheit auf Gotland. Wir besuchten Orte, an denen sie gespielt hat, fanden das Haus, in dem die Kommune damals wohnte, und bekamen über den Hotelbesitzer Carl Kontakt zu der Frau, die es für Familie Eglund verwaltet, so dass wir es besichtigen konnten. Viel hat sich daraus jedoch nicht ergeben. Das Haus ist nach der Auflösung der Kommune jahrelang an Urlaubergruppen vermietet worden, so dass von der ursprünglichen Einrichtung kaum etwas übrig ist. Und die Frau, die sich um das Haus kümmert, erwies sich als ausgesprochen abweisend. Carl behauptete zwar, sie habe früher einmal selbst zu der Kommune gehört, aber uns gegenüber tat sie so, als könnte sie sich an nichts und niemanden erinnern.

Auch an Ihren Adrian nicht. Damit bin ich endlich bei dem Grund, weshalb ich Ihnen noch einmal schreibe. Eigentlich war mit meinem letzten Brief alles gesagt: Ich habe Barnes nicht zu Gesicht bekommen, und auch Dhanavati hat nichts mehr von ihm gehört. Andererseits ist es sicher sinnvoll, wenn Ihnen die Hintergründe all dieser Ereignisse zumindest in groben Zügen bekannt sind – schon damit Sie gewarnt sind, falls sich Schulz und Nagel doch noch einmal bei Ihnen melden sollten. Zum anderen sind mir Zweifel gekommen, ob Sie der ersten kurzen Mitteilung überhaupt geglaubt haben. Darum hier noch einmal ausführlich. Ich habe nicht nur Dhanavati nach Barnes gefragt, sondern auch die Hausverwalterin Ingela und Carl. Niemand hat ihn gesehen. Höchstwahrscheinlich war er nie hier.

DHANAVATI

Die wichtigste Formel war unauffindbar. Sie hob die obersten Blätter hoch – falsch –, wühlte dann tief im Papierhaufen und zog ein Blatt heraus wie eine Losfee – falsch –, packte den ganzen Haufen und trug ihn in die Küche, legte ihn auf dem Fußboden ab.

Hier war es wenigstens warm. Es roch sogar noch nach der Dosensuppe, die sie vorhin heiß gemacht hatte. Tomaten. Gemüse. Hackfleischbällchen.

Gemütlich.

Sie kehrte kurz ins Nebenzimmer zurück und holte Stifte, Geodreieck und Schreibblock. Der Block war schon wieder fast aufgebraucht, hatte sie ihn nicht erst gestern gekauft?

Vorgestern.

Vorvorgestern.

Egal. Alles egal. Sie schob den benutzten Suppenteller weg, legte das Schreibzeug auf den Tisch, nahm das Sitzkissen vom Stuhl, warf es vor dem Papierhaufen auf den Fußboden und setzte sich.

Der Nachbarshund bellte.

Hier unten war es nicht ganz so warm: Die kühle Luft, die durch das leicht geöffnete Fenster sickerte, fiel ihr genau in den Nacken und lief ihr von dort den Rücken hinunter. Blöd. Zumal es nachts inzwischen verdammt kalt wurde. Aber Schließen kam nicht in Frage.

Und sie würde auch nicht darüber nachgrübeln, wie sie jemals ein normales Leben führen sollte, wenn sie es nach Einbruch der Dunkelheit nicht in geschlossenen Räumen aushielt. Tagsüber kam sie inzwischen zurecht; wenn die Räume Fenster hatten und nicht zu klein waren; wenn sich nicht zu viele Menschen um sie drängten …

Nein, Dhani. Hier sind keine anderen Menschen. Das Licht brennt, das Fenster steht einen Spalt weit offen, die Zimmertüren sind unverschlossen, und an der Haustür steckt der Schlüssel von innen. Du könntest jederzeit hinaus.

Der Hund bellte.

Sie reckte sich, angelte die Bierdose vom Tisch, trank und stellte die Dose neben sich auf den Fußboden. Nahm das oberste Blatt Papier und kniff die Augen zusammen. Tolle Skizze. Was sollte das darstellen, die Erde, die Erdbahn? Abhandlung über die Geometrie des Hühnereis. Als wäre jemand betrunken gewesen, haha. Jedenfalls: Gezeichnet hatte sie nur gestern Nacht, bei der Berechnung des Tagesbogens, also gehörte das Blatt zu Projekt Nummer drei.

Drei. Ganz rechts. Sie legte es vor den Kühlschrank und griff nach dem nächsten.

Zahlenkolonnen. Divisionen. O Gott. Die sinnfreie Suche nach vollkommenen Zahlen. Wie weit war sie gekommen, bis zur vierten? Dann war ihr die euklidsche Formel wieder eingefallen, und danach hätte sie nur immer höhere Zweier-Potenzen aufschreiben müssen, das wäre nicht mal um vier Uhr morgens spannend genug, um die Klaustrophobie in Schach zu halten.

Der Hund bellte und bellte.

Also: Projekt zwei. Vor die Tür zur Speisekammer. Das nächste Blatt gehörte wieder zum Tagesbogen; diesmal hatte die Skizze sogar eine Legende. Breite = β. Schiefe = σ. TB_{WWS} = Tagesbogen Wintersonnenwende. Na bitte. Vorbildlich. Haufen drei.

Stimmen.

Sie hielt inne. Der Hund war still, aber jemand sprach. Im Freien. Ihr Nachbar vermutlich, dem auch diese Ferienhütte gehörte.

Jemand antwortete. Sie stand auf, schnell, vor ihren Augen tanzten Punkte, sie stieß gegen den Stuhl, schob sich an ihm vorbei zur Tür und streckte die Hand nach dem Lichtschalter aus.

Nein. Wenn jetzt das Licht ausging, würde er erraten, dass sie hier war und ihn gehört hatte.

Dummes Zeug, das wusste er längst! Und wenn nicht, erzählte es ihm soeben ihr Nachbar. Denn die beiden unterhielten sich, leiser, die Stimmen ununterscheidbar.

Dann: Stille.

Sie öffnete die Tür zum Flur, lief zur Haustür, schloss auf und zog den Schlüssel ab, schaltete die Außenleuchte ein, trat auf die Veranda hinaus und schloss hinter sich ab. Steckte den Schlüssel ein.

Er war nur noch wenige Schritte von der Veranda entfernt.

»Das ist nah genug.«

Sofort blieb er stehen. Das Licht der Außenlampe reichte gerade so weit, dass sie sein Gesicht erkennen konnte.

»Wie hast du mich gefunden?«

»Das war leicht. Dein Vermieter hat die Bettwäsche

für dich im Hotel ausgeliehen – seine eigene hatte er zum Saisonende schon ausrangiert, die neue war noch nicht gekauft.« Er lächelte. »Ich habe ein Zimmer in dem Hotel. Der Besitzer hält gern mal ein Schwätzchen. Du weißt doch, wie es in kleinen Orten zugeht.«

»Was willst du?« Und bevor er antworten konnte: »Falls jetzt noch eine Entschuldigung kommt: Die werden durch Wiederholung nicht besser. Und falls du mir allen Ernstes einreden willst, du hättest dir Sorgen gemacht …«

Plötzlich wusste sie nicht weiter. Das Schweigen zog sich.

»Ich würde dir nicht glauben«, sagte sie endlich.

Und das war genau das Falsche. Denn sein Lächeln verschwand zwar, aber er ging nicht, er stand nur da und sah sie an. Dann kam er näher, stieg zwei Stufen zur Veranda herauf, zögerte, hob die Hand und strich ihr vorsichtig über die Wange. »Ich fahre nicht einfach so nach Hause, Dhani.«

Wieder fiel ihr keine Antwort ein.

»Wir könnten uns morgen zum Frühstück treffen. In meinem Hotel.«

Sie schluckte und schüttelte den Kopf.

»Dann danach. Zu einem Spaziergang. Du könntest mir die Gegend zeigen.«

Als wenn sie irgendetwas über die Gegend wüsste. »Um die Zeit schlafe ich.« Wieder falsch. Ein Rückzug. Jetzt würden sie nur noch über die Uhrzeit verhandeln.

Doch er setzte nicht nach, sondern blickte von ihr weg zu den erleuchteten Fenstern der Küche. Dann nach oben zur dunklen Mansarde. »Und was machst du nachts?«

Rumkritzeln.

Bier trinken.

In einer Blase aus trübem Licht treiben und grübeln.

Mich fürchten.

»Aufs Hellwerden warten.« Sie wandte sich ab und holte den Schlüssel hervor. »Morgen um eins im Café. Gegenüber vom Laden.« Sie schloss auf und blickte über die Schulter. »Geh jetzt weg, Jens.«

Er stieg die Stufen wieder hinunter und überquerte die dunkle Wiese. Sie wartete, bis sich seine Silhouette zwischen den Büschen links und rechts der Zufahrt abzeichnete. Dann öffnete sie die Tür und schloss von innen ab.

In der Küche: verdrecktes Geschirr, verdreckter Herd, leere Bierdosen, Papier auf dem schmutzigen Fußboden. Nebenan im unbenutzten Schlafzimmer: Papier. Im Bad: feuchte Handtücher, die säuerlich rochen. Spritzer auf dem Spiegel. Haare im Abfluss der Dusche. Im oberen Stock: ein Bettgestell ohne Matratze im Schlafzimmer; nebenan im Wohnzimmer Wäschehaufen auf Sesseln und Stühlen und neben dem Tisch eine Matratze mit zerwühltem Bettzeug. Staubmäuse. Leere Bierdosen.

Sie lebte im Slum und hatte es nicht bemerkt.

Sie trug die Bierdosen nach unten, öffnete die Kammer unter der Treppe und inspizierte zum ersten Mal seit ihrer Ankunft das Putzzeug. Es gab sogar Waschmittel. Sie schleppte den Staubsauger nach oben, sammelte sämtliche Kleidung ein, zog Sweatshirt, Hose und Socken aus und warf sie dazu, stopfte alles im Bad in die Waschmaschine, zusammen mit sämtlichen Geschirr- und Handtüchern, wählte irgendein Programm und schaltete ein. Sie saugte im Wohnzimmer Staub, trug einen Sessel und vier Stühle ins Schlafzimmer, rückte den anderen Sessel an den Kamin, den Tisch und die zwei übrigen Stühle ganz nach rechts, zog die Matratze nach links, so dass ringsum Platz war und sie im Liegen freien Blick auf die Fenster haben würde, und stellte eine Nachttischlampe ans Kopfende.

Es sah fast aus wie planmäßig eingerichtet.

Sie schüttelte das Kopfkissen auf und breitete die Bettdecke zum Auslüften über den Sessel. Öffnete zwei Fenster.

Bad putzen.

Küche putzen.

Die drei unangebrochenen Bierdosen ausgießen, alle Dosen in eine Plastiktüte stecken.

Fenster wieder schließen.

Wäsche aus der Maschine nehmen und in dem geputzten Duschbecken stapeln.

Flur saugen.

Treppe fegen.

Um halb zwei wurde sie hungrig und wärmte sich die restliche Suppe; aß, wusch ab und räumte auf. Um zwanzig vor vier hatte sie sämtliche beschriebenen Papierbögen in drei Stapel sortiert, die nebeneinander auf dem Küchentisch lagen, und saß davor, den Stift in der Hand. Um halb fünf schob sie alle Blätter zu einem Haufen zusammen, trug sie nach oben und verbrannte sie im Kamin. Um Viertel vor sechs war es hell genug, um draußen Wäsche aufzuhängen und die Bierdosensammlung neben das Fahrrad zu stellen.

Um zehn nach sechs legte sie sich ins Bett.

Um fünf nach zwölf schien ihr die Sonne ins Gesicht. Sie setzte sich auf, rieb sich die Stirn, kämmte sich mit den Fingern die Haare. Als sie ans Fenster trat, schloss sich die letzte Lücke in einer schweren Wolkendecke und verschluckte die Sonne. Sie lief in Unterwäsche nach draußen und nahm die Wäsche ab.

Fünf Minuten später regnete es.

Er war schon da.

Einen Moment lang blieb sie an der Tür stehen und genoss einfach die Wärme. Den Duft von Kaffee und frischem Hefegebäck. Die ruhigen Stimmen, die nur kurz verstummten, als sie hereinkam. Es gab vier Tische, alle waren besetzt.

Er hatte sie sofort bemerkt und sah ihr entgegen. Als sie näher kam, stand er auf.

Unbeholfen.

Er war nervös.

»Hi.« Dann lächelte er. Voller Freude. Echter Freude. Er hatte sie schon oft angelächelt, aber es war immer Vorsicht mit im Spiel gewesen. Natürlich. Schließlich hatte er sich stets fragen müssen, ob er nicht gerade – wie hieß er noch? – *blind seer* zulächelte. Jetzt lächelte er, wie sie es sich damals von ihm gewünscht hätte.

Und sie stand hier und wärmte sich daran. Wieso war eigentlich irgendjemand in ihr so verdammt schnell bereit, ihm zu verzeihen?

»Möchtest du einen Kaffee?«

»Schwarz. Bitte.«

Sie setzte sich. Er ging zum Tresen.

Dann rührten sie in ihren Tassen und schwiegen. Ringsum unterhielten sich Schweden, unaufgeregt. Die Bedienung kam hinter dem Tresen hervor, setzte sich auf einen Hocker und nahm ein aufgeschlagenes Buch von der Anrichte. Draußen bestäubte der Regen die Tische und Stühle auf der Terrasse, die zusammengefalteten Sonnenschirme, den grauen Steinboden.

Sie hätte ihn gern gefragt, ob sein Chef wusste, dass er hier war. Ob es folglich auch Nandin wusste.

Sie hätte ihn auch gern gefragt, was er seiner Frau erzählt hatte.

»Woher wusstest du, dass ich hier bin?«

»Durch den Text in diesem Serienforum. Da hast du geschrieben, dass du nach Gotland fahren würdest.«

»Den hast du entdeckt?«

Er grinste ein wenig; offenbar merkte man ihr die gekränkte Eitelkeit an. »Die Freundin von Adrian Barnes hat ihn mir gezeigt. Sie machte sich Sorgen um ihn, er ist kurz nach dem Treffen mit dir weggefahren und hat sich nicht wieder gemeldet. Sie dachte, er wäre vielleicht bei dir.«

»Ich habe ihn nicht gesehen. Keine Ahnung, was er treibt.« Sie rührte in ihrem Kaffee. In der Tassenmitte schwamm eine Insel aus Schaumbläschen und drehte, drehte, drehte sich um sich selbst. »Vielleicht hat es ihn schockiert, dass Indrasena tot ist.« Immerhin musste sie ihm nicht erst erklären, wovon sie sprach. Es hatte Vorteile, mit dem Menschen zu reden, der einen ausspioniert hatte. »Er hat sie geliebt. Alle haben sie Indrasena geliebt. Die Drogensüchtige, die anscheinend nie einen Handschlag für andere getan hat. Meine Mutter war ständig für alle da. Sie hat für sie *genäht.* Sie hat ihnen allen zugehört. Adrian war auch wirklich gern mit ihr zusammen. Aber sein Herz? Das hängt an Indrasena.« Sie leckte den Löffel ab und legte ihn neben die Tasse. Präzise senkrecht zur Tischkante. »Bei Eglund das Gleiche. Alles dreht sich um Indrasena. Dass meine Mutter sich umgebracht hat, kratzt ihn kaum. Aber dass Indrasena tot ist, darüber weint er bis heute.«

Und ihre Mutter hatte ihren Tod verschuldet. Traf man sich drüben wieder? Wenn man so schnell hintereinander starb, die eine spät abends, die andere am Vormittag? Traf man sich bei irgendeiner Kontrollstelle, an der entschieden wurde, zu welcher Abteilung des Jenseits man Zutritt bekam? Dann hatte ihre Mutter auch dort wieder zusehen dürfen, wie Indrasena liebevoll ins Lichte, Warme komplimentiert wurde. Während sie selbst …

»He. Dhani.«

Seine Hände auf ihren Händen. Ihren geballten Fäusten. Sie öffnete sie; erstaunlich, wie viel Konzentration das verlangte.

»Es ist über zwanzig Jahre her. Du warst damals fünf.«

»Das weiß ich.«

»Du bist für nichts davon verantwortlich. Es ist ihr Chaos. Das deiner Eltern und ihrer Freunde. Lass dich nicht im Nachhinein noch hineinziehen. Es ist verständlich, dass du Bescheid wissen wolltest, aber …«

»Freut mich. Dass das wenigstens einer von uns versteht. Ich frage mich nämlich echt, was ich mir davon versprochen habe. Ich *wusste,* dass sie sich umgebracht hat. Ich habe es mit eigenen Augen gesehen …«

Nein. Nicht immer und immer wieder den gleichen Film. Sie zog ihre Hände weg und stand auf. »Lass uns ein bisschen rausgehen, ja?«

Draußen legte er den Arm um sie. Sie überquerten die Terrasse, wandten sich auf der Hauptstraße nach links und bogen gleich hinter dem Café wieder links ab. Richtung Meer. Eine Nebenstraße, die von Hecken und Zäunen eingefasst war. Hohe Kiefern, Sommerhäuser. Der Nieselregen legte sich als kühler Film auf ihr Gesicht. Die Straße endete an einer holprigen Wiese, die im Sommer wohl als Campingplatz benutzt wurde. Sie gingen durchs Gras bis zu dem letzten flachen Hügel, hinter dem die Wiese zum Strand hin abfiel. Dort setzten sie sich unter eine Kiefer, in den Schutz eines tief herabreichenden, dicht benadelten Asts. Es war windstill, kein Grashalm bewegte sich. Sie lehnten nebeneinander am Baumstamm, ihre Arme berührten sich. Eine Krähe landete auf dem Strand, pickte lustlos im angespülten Tang und flog wieder auf. Weiter draußen verschwand das Meer hinter Regenschleiern.

»Ich dachte, es hilft, wenn ich ihre Gründe verstehe. Weshalb sie von den Klippen gesprungen ist. Aber jetzt weiß ich die Gründe, und ich verstehe sie immer noch nicht. Sie ist einfach … weggelaufen. Sie hatte eine Tochter. Ich war fünf! Würdest du …«

Nein. Das war die falsche Frage. Sie setzte sich auf, winkelte die Knie an und schlang die Arme darum.

»Ein Stück den Strand entlang gibt es eine Gegend mit merkwürdigen Felsformen. Das Labyrinth. Da habe ich früher öfter gespielt, jedenfalls hat Adrian das erzählt. Ich bin hingefahren. Ich dachte, vielleicht erinnere ich mich da an sie …«

Graue Felssäulen auf grauem Kies. Graues Meer.

Nur in den Tümpeln leuchteten Farben. Grüne Algenschleier, bunte Steinchen.

Sie berührte das Wasser, und das Bild verzerrte und wellte sich; sie tauchte die Hand tiefer hinein, bis auf den

Grund; und hielt still, bis auch die Steine wieder still dalagen.

Eine Schatztruhe. Mit einem Deckel aus Licht.

Rings umher Wächter aus Stein.

Guck doch mal, Mama.

Ein schimmernder Stein in ihrer Hand, ihrer kleinen Kinderhand, blass gelb und durchscheinend, ein Edelstein.

Guck doch mal. Doch ihre Mutter war schon fort, sie ging zwischen den Felsen davon, am Känguru vorbei, den Hang hinauf, zu den Bäumen. In den Wald. Zum Haus. Zu den anderen aus der Gruppe.

»Aber ich sehe sie nie wirklich vor mir. Nur einen Schatten. Von dem ich nicht mal weiß, ob ich ihn erfinde. Als hätte sie in meinem Leben keine Rolle gespielt. Und ich nicht in ihrem ...«

Er legte den Arm um sie. Sie ließ die Knie los und lehnte sich an. Zog die Jacke enger um sich, schob die Hände in die Ärmel.

»Vielleicht war es ja so. Vielleicht war die Liebe zu Eglund derart wichtig für sie, dass für alle anderen kein Platz blieb.«

Außer für Nandin.

Und für Adrian? Warum dann nicht für sie? Weil kleine Kinder lästig waren, weil sie einem auf dem Weg zur Erleuchtung nicht halfen? Oder lag es an ihr, stand ihr die eigene Wut im Weg, so dass sie die Erinnerungen einfach nicht fand?

»Wenn ich nur mehr darüber wüsste.«

Er drückte sie an sich. »Es ist einfach so verdammt lange her, Dhani. Selbst die Leute, die dabei waren, erinnern sich doch nur noch an das, woran sie sich erinnern wollen.

Du hast getan, was du konntest. Du hast Barnes befragt und deinen Vater …«

Wie leicht ihm das über die Lippen ging. Deinen Vater.

»Mehr wirst du wohl nie herausfinden.«

Sie schwieg.

Er beugte sich vor und sah ihr ins Gesicht. »Du hast nicht vor, Nandin zu suchen, oder? Wie auch immer er sich heutzutage nennt? Sag mir, dass du nicht nach ihm suchen wirst.«

Sie lachte. »Keine Sorge. Mein Bedarf an Arschlöchern ist gedeckt. Ich mag zwar manchmal jemand vertrauen, der früher beim BND war, aber ich bin nicht lebensmüde.«

Er lehnte sich wieder gegen den Baumstamm. Sie lehnte sich an ihn. Allmählich kroch Kälte durch ihre Jacke, in ihre Ärmel, den Rücken hinauf. Nicht mehr lange, und sie würden weitergehen müssen. Irgendwohin.

Der Sache eine Richtung geben. Irgendeine.

»Dir wird kalt, oder?«

Sie antwortete nicht, sondern griff nach seiner freien Hand und zog auch diesen Arm um sich. Winkelte die Beine steil an und machte sich klein. Schloss die Augen.

Wellen plätscherten über Kiesel.

Seine Lippen berührten ihre Haare. Ihr Ohr.

»Dhani?«

Ganz leise.

»Wir sollten uns mal wieder bewegen.«

Irgendwohin.

»Du könntest mir das Labyrinth zeigen.«

Nein. Nicht jetzt. Jetzt keine Gespenster.

Sie öffnete die Augen, richtete sich ein wenig auf. »Wir könnten Laufschuhe kaufen. In Visby.«

»Laufschuhe?«

»Ich würde gerne mal wieder joggen. In Ljugarn gibt es keine.«

»Okay. Laufschuhe. Also los.«

Sie hob seine Arme an, duckte sich unter ihnen hindurch, drehte sich dabei und stand auf. Zog ihn an den Händen in die Höhe.

Er stand dicht vor ihr. Seine Hände in ihren Händen. Warm. Er roch nach Shampoo und nach etwas, das sie nur von ihm kannte. Kiefernnadeln. Vielleicht. Er sah ihr in die Augen; und dachte genau das Gleiche wie sie, denn er wurde ganz still, nur seine Augen bewegten sich, sein Blick glitt abwärts, glitt wie eine Berührung über ihren Mund, ihren Hals.

»Oder wir trinken Kaffee. Bei mir.«

Sein Blick sprang zurück zu ihrem Gesicht. Er zögerte, beugte sich vor und küsste sie. Seine Zunge streichelte ihre Lippen.

Als sie den Mund öffnete, wich er zurück. »Überleg dir lieber genau, was für Einladungen du aussprichst.«

»Das überlege ich mir immer.«

In der Hütte roch es sauber, das Bettzeug duftete frisch gelüftet.

Das Kaffeetrinken ließen sie aus.

Er hatte Gummis dabei. Er würde später nie behaupten können, sie hätte ihn überrumpelt.

Als er fort war, um drei Uhr morgens, krochen wieder Dunkelheit und Stille in die Zimmer; aber friedvoll. In der warmen Höhle unter der Bettdecke hingen noch ihre vermischten Gerüche. Auf ihrer Haut, in ihrem Mund, zwischen ihren Oberschenkeln spürte sie noch seine Berührungen. Seine Zunge, seinen Mund. Seine Hände, überall. Sein Rücken schweißnass, sein Hintern angespannt unter ihren Händen. Sein Rhythmus, der sich scheinbar ihrem anpasste und sie dann doch wieder warten ließ, und wieder antrieb; bis sie es nicht mehr aushielt und einfach losrannte, und ihn über ihren eigenen Aufruhr hinweg erst stöhnen, dann aufschreien hörte. Schwer atmen. Still werden.

Irgendwann hatten sie tatsächlich Kaffee gekocht. Später hatten sie gebratene Nudeln mit Eiern gegessen, das Einzige, was sie an Vorräten im Haus hatte. »Kein Bier?«, hatte er nach einem Blick in den Kühlschrank gefragt, ein kleines bisschen zu beiläufig.

»Kein Bier.«

Natürlich war es nur eine Sache von Tagen. Früher oder später würde er wieder nach Köln fahren. Zu Frau und Kind. Früher oder später würde auch sie wegfahren müssen, irgendwohin, ihr Leben wieder in Bewegung setzen. Irgendwie. Stellenanzeigen studieren. Ihr altes Projekt zum Abschluss bringen.

Ihr Geld zählen, zu Adrian nach Eiderstedt fahren und ihm die Kreditkarte wiedergeben. Ihre Schulden bezahlen.

Sich mit Maria auseinandersetzen.

Früher oder später. Jetzt würde sie über nichts davon nachdenken, heute nicht und morgen nicht und mit etwas Glück noch mehrere Tage lang nicht. Ihr war warm. Alle Zimmertüren waren weit geöffnet. Auf den Fensterscheiben glitzerten Regentropfen im Licht der Außenleuchte, die sie eingeschaltet gelassen hatte, als er gegangen war. In drei Stunden würde es schon hell werden.

Seit der ersten Nacht in Riga hatte sie keine Musik mehr gehört. Eglund hatte ihren iPod aufgeladen und ihr sogar ein Ladegerät mitgegeben, der fürsorgliche Papa, doch beides lag unbenutzt auf der Kommode. Sie stand auf und tastete sich hinüber, fand den iPod, legte sich wieder hin und setzte die Ohrstöpsel ein.

And I thought I loved Harold and I really loved John,
I really loved Alphy and I almost loved Tom.

»Wenn du wählen müsstest«, sagte sie. »Welche Version der Geschichte würdest du glauben, Eglunds oder Nandins?«

Feuchter Wind blies ihr die Haare aus dem Gesicht, riss an den Zweigen der hohen Bäume, die auf dem Streifen Land zwischen dem Meer und der Stadtmauer von Visby wuchsen. Wenige Meter vor ihnen brachen sich die Wellen am befestigten Ufer. Manchmal spritzte die Gischt bis dicht vor ihre Füße. Sie hatten Laufschuhe gekauft, einen warmen Pullover und eine warme, regenfeste Jacke, eine Kargohose und ein englisches Sachbuch über die Geschichte der Verschlüsselungstechniken. Jens hatte sie gefragt, ob sie zum Friedhof wollte; aber sie verzichtete auch heute lieber auf Gespenster.

»Das würde voraussetzen, dass eine Version in jedem Fall wahr ist.«

Seit neustem lag immer ein leises Lächeln in seinem Blick. Selbst bei Themen wie diesem. Ganz offensichtlich war sie nicht die Einzige, der die jüngste Entwicklung gut bekam.

»Gut, dann ohne zu vergleichen. Nimm nur Eglunds

Version. Dass ihn irgendwelche Politiker und Geheimdienstler ins Gefängnis gebracht haben, um seinem Vater zu schaden.«

Beim Stichwort *Geheimdienst* bewegte er unruhig die Schultern. Bisher hatte er nicht zugegeben, dass er einmal selbst zum BND gehört hatte. Allerdings hatte er es auch nicht bestritten.

»Dhani – wie soll man heute noch feststellen ...«

»Ja, ich weiß. Aber ich rede von Wahrscheinlichkeiten. Und von deiner subjektiven Einschätzung. Ohne unhöflich sein zu wollen: Du *kennst* solche Leute. Jedenfalls die von der Abteilung Geheimdienst. Hätten deine Exkollegen so etwas gemacht?«

»Das war Anfang der Achtziger. Da war ich fünfzehn.«

Sie sah ihn an.

»Ja, schon gut.« Er fuhr sich durch die Haare. »Meine subjektive Einschätzung. Anfang der Achtziger, das heißt: NATO-Doppelbeschluss auf der einen Seite, Friedensdemos und der Ruf nach Abrüstung auf der andern. Die NATO wollte Schweden stärker an sich binden. Olof Palme dagegen stand für Neutralität und ein kernwaffenfreies Europa. Ein paar hohe schwedische Militärs haben ihn öffentlich als Verräter bezeichnet. Über den Sturz seines Weggefährten Eglund dürfte sich so mancher gefreut haben. Und bei den Ermittlungen nach Palmes Ermordung hat die Polizei keine gute Figur gemacht. Kurz und gut: Für möglich halte ich es. Ob es wahrscheinlich ist?« Er hob die Schultern.

Was auf jeden Fall bewies, wie ernst er sie nahm. Sie und all ihre offenen Fragen. Denn diese Fakten hatte man nicht einfach so im Kopf.

Jens hatte sich informiert. Es gab schon mehr als einen Grund, ihn zu mögen.

»Und Nandins Version?«

Er zögerte. »Rainer Frohnert hat definitiv gelogen. Zumindest in Teilen. Er hat seinem Bruder erzählt, er hätte deinen … er hätte Eglund nur verraten, um seine Tochter vor dessen schlimmem Einfluss zu schützen. Aber zu der Zeit muss er schon gewusst haben, dass du gar nicht seine Tochter bist. Denn das kann er nur von deiner Mutter erfahren haben.«

»Und die war schon tot.« Sie lächelte ihn an. »Schlau, Jens. Trotzdem, auch wenn das gelogen war …«

»Richtig. Eglund könnte trotzdem der Drogenhändler gewesen sein, und Rainer Frohnert hat ihn aus anderen Gründen verraten. Aber …« Wieder ein Zögern. Anscheinend war das bei ihm fest einprogrammiert: Sobald offenes Reden verlangt war, wurde erst einmal gezögert. »Ich weiß inzwischen mehr über die zwei Männer, die in Århus bei dir waren. Angeblich machen sie gern mal Geschäfte mit den Leuten, die sie eigentlich ausspähen sollen. Auch mit solchen, die auf dem gleichen Gebiet aktiv sind wie dein … Eglund. Also muss Rainer Frohnert selbst Verbindungen zur organisierten Kriminalität haben. Sonst würden diese Männer keine Aufträge von ihm annehmen.«

Sagen wir: Sie arbeiten nicht nur für den BND.

Du hast noch nicht mal zur Hälfte begriffen, was hier vorgeht.

Aber Eglund hatte es selbst nicht begriffen. Er hatte geglaubt, einer seiner Konkurrenten wollte ihn unter Druck setzen. Weil die Männer, die sie auf Janis' Fotos wiedererkannt hatte, für den Konkurrenten arbeiteten. Dass Nandin seine Hände im Spiel hatte, wusste er nicht. Da stand ihm womöglich noch eine Überraschung bevor.

Vielleicht sollte man ihn warnen.

O ja, Dhani. Das ist genau das, was er braucht. Deine Hilfe.

»Worauf ich hinauswill«, sagte Jens, »heute sind sie beide Verbrecher. Eglund und Nandin. Also ist es wohl völlig unwichtig, wer zuerst in das Geschäft eingestiegen ist.«

Sie fuhren nach Ljugarn zurück, aßen gebratene Nudeln mit Eiern und blieben bis tief in die Nacht zusammen. Liebten sich, dösten, stritten über Politik, lachten.

Sie verabredeten sich zum Joggen.

Sie besichtigten mittelalterliche Kirchen und steinzeitliche Grabanlagen.

Sie fuhren zum Labyrinth, spazierten umher, verloren sich aus den Augen und fanden sich wieder und gingen zu Fuß zum Waldhaus weiter, dessen Lage ihnen der Hotelbesitzer Carl beschrieben hatte. Das Haus stand leer. Jens weigerte sich einzubrechen.

Sie half Carl, sein neues Notebook mit dem Internet zu verbinden, und trank anschließend Tee mit ihm, während Jens von seinem Zimmer aus telefonierte. Carl verriet ihr, wer die Schlüssel zum Waldhaus besaß. Eine Frau, die eine Zeitlang auch im Waldhaus gelebt hatte. Ingela Irgendwas.

Der Name löste in ihrem Gedächtnis nicht die leiseste Resonanz aus.

Ein grauer Spätnachmittag; vielleicht war das der Grund, weshalb Ingelas Haus so trist wirkte. Ohne eigenen Charakter. Der Anstrich das gleiche dunkle Rot wie bei zwei Dritteln der Holzhäuser in Ljugarn.

Es dauerte lange, bis Ingela öffnete. Um die fünfzig, massig, verkniffen. Kein Lächeln, jedenfalls nicht für Fremde. Ihr Gesicht war teigig, und sie atmete schwer, eine Hand auf die Klinke gestützt, als hätten die wenigen Schritte bis zur Haustür sie angestrengt.

Hinter ihr ein Flur voller Gerüche.

Als Jens sie begrüßte, blickte sie misstrauisch; als er fragte, ob sie das Waldhaus besichtigen konnten, zeigte sich Ärger; als Jens dann erklärte, die junge Frau hier neben ihm habe als Kind im Waldhaus gelebt, ob Ingela sich nicht an sie erinnern könne – da zuckte es in ihrem Gesicht, als hätte sie Schmerzen, ihr Blick glitt von ihnen ab, hinaus in den dämmrigen Vorgarten, zur leeren Straße; als fände sie es unerträglich, diesem Eindringling in die Augen zu sehen, dieser lebendigen Person, die mitten in ihre Erinnerungen trampelte, mitten in die wundervollen Bilder von Indrasena und Adrian und Bengt, vor allem von Bengt. Sie schwieg so lange, dass Jens schließlich mit Nachdruck fragte: »Aber Sie *haben* doch die Schlüssel? Sie kümmern sich um das Haus? Ich weiß nicht, ob Ihnen das klar ist, aber die junge Frau ist Bengt Eglunds Tochter. Sie gehört zur Familie der Hausbesitzer. Sicher haben Sie nichts dagegen, wenn sie sich ihr Eigentum anschaut?« Da schrak sie auf, sah endlich doch auch *ihr* ins Gesicht, eine halbe Sekunde lang, und in dieser halben Sekunde sprang etwas auf sie über, das sie zunächst wie einen Geruch wahrnahm oder einen neuen Geschmack auf der Zunge und erst mit Verzögerung identifizierte: Angst.

Ingela war inzwischen in den Tiefen ihres Hausflurs

verschwunden. Man hörte Knarren, Klappern, Stille. Plötzlich schweres Atmen, ganz nah, Ingela hielt Jens einen Schlüssel hin und erklärte in hartem Englisch, dass sie durch die Hintertür hineingehen sollten. »Geben Sie den Schlüssel anschließend Carl.«

»Danke.« Die Tür begann sich zu schließen. »Noch eine Frage«, sagte Jens. »Haben Sie in letzter Zeit von Adrian Barnes gehört? Er wird vermisst, und …«

»No«, unterbrach sie, ein Wort wie ein Schuss. »He was not here.«

Dann standen sie vor der geschlossenen Tür.

»Glaubst *du*, dass die tatsächlich im Waldhaus gelebt hat?«, fragte Jens im Gehen.

»Warum sollte sie es sonst behaupten?«

»Vielleicht hat sie nur davon geträumt. Vielleicht war sie eine von den Frauen, die Eglund in Visby unterrichtet hat.«

Und hatte sich immer gewünscht, ständig in seiner Nähe zu sein.

»Möglich ist alles. Ich kann mich jedenfalls nicht an sie erinnern. Aber vor zwanzig Jahren sah sie vermutlich auch anders aus.« Sie hakte sich bei Jens unter. »Lass uns morgen hinfahren, ja? Nicht mehr heute.«

Nicht in diesem trüben Dämmerlicht.

Dicke Lackfarben, direkt auf den Putz aufgetragen. Ein spiraliges Muster, das nach innen heller wurde und sicherlich irgendetwas symbolisierte. Bei Kerzenlicht sah es vielleicht sogar schön aus. Eindrucksvoll, wenn man direkt davor auf einem Sitzkissen hockte. Jetzt, im Stehen, im grauen Tageslicht, wirkte es …

Belanglos.

Kitschig.

»Sie muss das sorgfältig wieder freigekratzt haben,« sagte Jens.

»Wer? Ingela?«

»Die übrigen Wände sind tapeziert.«

In einem vergilbten Blümchenmuster. Carl hatte erzählt, dass die Eglunds das Haus eine Zeitlang vermietet hatten. An Urlauber. Sicherlich war das Bild damals verdeckt. Sie ließ Jens' Hand los, ging zu der Ecke, in der die bemalte Wand an eine tapezierte stieß, und strich mit dem Finger die Kante entlang. So sauber abgetrennt ...

»Das ist so eine Art Mandala, oder?«, fragte Jens. Der Konstruktive. »So etwas habe ich schon in Büchern gesehen.«

Das Wort *Mandala* weckte immerhin vage Assoziationen. An Indien natürlich. Sie drehte sich einmal um sich selbst. Der Raum war groß. Abgesehen von dem Korb mit Brennholz neben dem Kamin gab es nur das Sitzkissen, eine Metallschale mit irgendwelchem Räucherwerk und eine Menge Kerzen.

Esoterikbedarf.

»Dann war das wohl das Meditationszimmer. Adrian hat es erwähnt. In dem Zimmer hat Indrasena eine Wand bemalt.«

Die bezaubernde Indrasena. Um die sich in diesem Haus offenbar alles gedreht hatte. Indrasena hatte die Wand bemalt, und danach hatten alle davor gesessen und das Bild angestarrt und sich eingeredet, es würde ihnen helfen, zu sich selbst zu finden. Sich aus dem Gefängnis ihrer Sehnsüchte zu befreien. Wie der weise Bengt es lehrte.

Bengt, der nach über zwanzig Jahren immer noch Indrasena nachweinte.

Der Nandin hasste. Bis heute.

Nandin, der Bengt hasste.

Adrian, der nicht verstand, wie es dazu kommen konnte.

Nur noch wenige Wochen, dann war es dreiundzwanzig Jahre her, und sie hatten sich immer noch nicht befreit. Sie gehorchten immer noch den Regeln des komplexen Systems, das sie hier erschaffen hatten. In diesem Haus. In diesem Zimmer. Während sie auf ihren Kissen hockten. Gisela und Indrasena, Eglund, Nandin und Adrian.

Ingela. Falls sie dazugehört hatte. Noch ein Schräubchen in der Elendsmaschine. Ingela, die das Bild freigekratzt hatte, die regelmäßig herkam, Kerzen anzündete, Räucherwerk abbrannte, Gespenster beschwor.

»Es ist zum Ersticken.« Sie drehte sich um und marschierte in die Eingangshalle hinaus, zur Haustür, aber natürlich war abgeschlossen, sie waren durch die Hintertür hereingekommen; sie ging zum Fenster neben der Tür, es klemmte und ließ sich nicht öffnen; plötzlich wünschte sie sich einen Stein, eine Axt: um die Scheibe einzuschlagen, um das ganze Haus zu Kleinholz zu hacken.

Schritte hinter ihr, Jens legte die Arme um sie. Sie lehnte sich an, atmete tief ein und aus. Er hielt sie fest. Wenigstens er war real.

»Komm, verschwinden wir«, sagte er. »Du musst dir das doch nicht antun.«

Sie hielt noch einen Moment seine Hände fest. »Gleich. Ich will kurz nach oben.«

Eine Treppe hinauf, zum Ende des Flurs, eine Leiter hinauf zum Dachboden. Halbdunkel und der scharfe Geruch von verwitterndem Holz. Eine eingebaute Kabine mit Wänden aus Sperrholz. Eine angelehnte Tür.

Staub auf den Dielen. Das kleine Fenster fast blind vor Dreck und mit Spinnweben verhangen. Tote Wespen, und dieser Geruch …

Der gleiche wie damals. Scharf, dass es in der Nase stach. Manchmal hatte es auch nach Räucherwerk gerochen.

Dort hatte es gestanden, dort auf dem Fußboden, neben der Kiste mit Treibholz und Muscheln. Ein Teller mit einem graubraunen Hütchen, das glühte; im Dunkeln glühte wie ein einzelnes Auge, denn Licht hatte es nie gegeben, irgendwann lege ich dir Strom hier herein: Adrians Stimme, aber *irgendwann* war nie gekommen.

Keine Lampe, keine Kerze – dafür war sie ja viel zu klein, am Ende steckst du noch deine Decke in Brand, schlaf doch einfach, es ist spät genug.

Und über ihr, an den Dachschrägen, die Schneemänner. Sie waren immer noch da. Eingestaubt, aber man sah sie noch grinsen. Hämisch grinsend schauten sie zu, während ihre Mutter ihr gute Nacht sagte, ihr noch einmal übers Haar strich, so leicht, dass man es kaum spürte, und ging; nickten sich zu und flüsterten, aber warteten noch ab, denn gleich würde Adrian kommen und eine Kerze mitbringen; lösten sich heimlich schon von den Wänden, während er seine Geschichten erzählte, und er merkte es nicht, denn sobald er hochschaute, hielten sie still; aber dann, wenn er fort war, wenn nur noch schwaches Abendlicht durch das Fenster hereinfiel, dann schwebten sie herab auf ihr Bett, ihre Decke, flüsterten und huschten umher; und sie musste still daliegen, damit sie ihr nichts taten; ganz still daliegen, während sie über ihr tanzten und den Raum in Besitz nahmen. Ganz still.

Raus. Sie knallte die Tür hinter sich zu, irgendetwas klirrte, sie lief zur Leiter, stieg hinunter bis zur dritten Sprosse von unten und sprang. Jens lehnte vorn am Geländer bei der Treppe, sie fasste ihn an der Hand und zog ihn mit sich ins Erdgeschoss. In den Seitenflur. In die Küche. Hinaus ins Freie.

»Carl hat nach dir gefragt.«

»Ah ja?« Sie legte den Kopf an seine Schulter. Ihr war ein wenig schwindelig von dem Aquavit, den sie nach dem Essen im Restaurant getrunken hatten; schwindelig, aber wohlig warm, es war sehr angenehm. Sie standen am Uferweg, vor ihnen das dunkle Meer, hinter ihnen die dunklen Häuser. Rechts huschte der Strahl des Leuchtturms durch den Dunst. »Funktioniert sein Internet wieder mal nicht?«

»Doch, doch, alles in Ordnung. Er war sehr beeindruckt.«

Sie lachte: Es war eine Sache von fünfzehn Minuten gewesen, wie Jens genau wusste; dass es länger als zwei Minuten gedauert hatte, lag nur daran, dass Carl den Zugang zu seinem Router irgendwann einmal mit einem Passwort geschützt, den Zettel mit dem Passwort dann aber verlegt hatte und auch erst sein halbes Büro durchsuchen musste, bevor er die CD mit dem Handbuch fand, das ihr verriet, wie man den Router auf Werkseinstellungen zurücksetzte.

»Deshalb lässt er dich jetzt auch fragen, ob du nicht Lust hättest, seinem Cousin bei einem IT-Problem zu helfen.«

So ein harmloser Satz. Doch der Tonfall war der des umsichtigen Jens von früher, der sich stets vorher überlegte, wie er etwas darstellen wollte.

»Seinem Cousin.«

»Ja.« Eine Pause. »In Värmland. Das ist an der norwegischen Grenze. Sein Cousin hat dort ein Hotel eröffnet. Eine Art Kreuzung zwischen Tagungshotel und Berghütte – jedenfalls stellt sich der Cousin wohl vor, dass reiche Geschäftsleute bei ihm ihre Konferenzen abhalten und zwischendurch wandern oder Ski fahren. Das Problem ist, dass man dieser Kundschaft natürlich modernste IT anbieten muss und der Cousin davon rein gar nichts versteht. Angeblich wollte ihm ein Freund alles kostenlos einrichten, aber der kann jetzt doch nicht aus Göteborg weg … Das alles kurz vor Beginn der Wintersaison. Also hat Carl mich gefragt, ob du vielleicht Lust auf ein paar Wochen in Värmland hättest. Geld gäbe es keins, nur Unterkunft und Verpflegung und Reisekosten. Die Landschaft soll aber traumhaft sein …«

Er schien überhaupt nicht mehr aufhören zu wollen. Als Nächstes würde er ihr das Wetter beschreiben. Seine Hand lag auf ihrer Schulter, als hätte er sie dort vergessen. Sie löste sich aus seinem Arm, drehte sich zu ihm um. Sofort verstummte er und sah sie an. Die nächste Straßenlaterne war weit entfernt, doch inzwischen kannte sie sein Gesicht, auch im Dunkeln.

»Du fährst nach Hause.«

»Ja. Übermorgen.«

Sie sah weg, hinaus aufs Wasser. Es tat weh. Erstaunlich weh. Dabei hatte sie natürlich damit gerechnet, es war immer nur eine Frage von Tagen gewesen; aber musste es denn schon heute sein? Wieso konnten sie die Zeit nicht noch etwas stillstehen lassen, sich noch etwas länger um die Fragen herumdrücken, für die sie keine Lösung wusste?

»Meine Tochter hat am Sonntag Geburtstag. Da möchte ich wieder in Köln sein.«

Fast hätte sie gelacht, trotz aller Traurigkeit. Es war so typisch für ihn, eine unanfechtbare Begründung vorweisen zu können. Die Tochter. Wie sollte sie da widersprechen. Am Ende stimmte es sogar, auch das wäre typisch für ihn: Er hatte immer die Fakten auf seiner Seite.

Sie legte ihm die Hände auf die Schultern und lächelte ihn an. »Übermorgen.«

»Ja.« Er hielt inne und nahm sichtlich Anlauf. »Du solltest nicht allein hierbleiben.«

Auch da hatte er recht: Schon bei der Vorstellung wurde ihr kalt. Allein, während der Ort immer stiller und die Nächte immer länger wurden; allein inmitten von Gespenstern.

»Ich sollte nach Århus fahren. Ende November läuft meine Stelle aus. Ich muss mir etwas Neues suchen – und irgendwie sehen, ob aus dem laufenden Projekt noch etwas rauszuholen ist …«

»Dazu musst du aber nicht in Århus sein. Arbeiten kannst du überall. Deine Kollegen könnten dir das Material schicken, das du brauchst – du könntest auf einem der Rechner in dem Tagungshotel deine Programme installieren …« Und als sie schwieg: »Du brauchst noch eine Pause, Dhani. Nimm dir die Zeit. Jobsuche, Umzug, das wird alles anstrengend genug.«

»Aber Maria …«

»Ruf sie doch an. Frag sie einfach. Sie freut sich bestimmt, von dir zu hören.«

Schon wieder richtig. Maria würde sich freuen. Sie würde auch mit sich reden lassen. Denn in die alltäglichen Arbeitsabläufe des AIMSEP war sie nie sehr stark eingebunden gewesen. Sie wurde nur dafür bezahlt, dass sie über ihr Epidemiemodell nachdachte. Das konnte sie tatsächlich überall.

»Ich überleg's mir.« Bevor er antworten konnte, legte sie die Arme um ihn und küsste ihn auf den Mund. »Falls ich heute noch dazu komme.« Sie küsste ihn wieder. »Du wirst mir sehr fehlen, Jens.«

Er zog sie so heftig an sich, dass es weh tat. Sekundenlang schien er nicht einmal zu atmen. Dann spürte sie, wie er sich entspannte, spürte seine Lippen auf ihrem Ohr, seine Zunge an ihrem Hals, seine Hand auf ihrer Brust; hörte sich stöhnen und fühlte, wie ihr Körper aufwachte, wie in jeden Winkel Wärme strömte. Ihre Hände glitten von selbst unter seine Jacke, sie zupfte sein Hemd aus dem Hosenbund, schob die Hände darunter. Küsste ihn und hielt ihn fest, hörte ihn etwas flüstern, das sie nicht verstand. Sie fragte nicht nach.

Date: Thu, 22 Sep 2005 19:14:17 +0200
From: dhansweden@web.de
To: mkingsley@aimsep.dk
Subject: Lebenszeichen

Maria,
falls du dir Sorgen machst: Mir geht es gut. Ich moechte mich nur noch eine Zeit lang von Aarhus fernhalten. In der Wohnung sind ein paar schlimme Sachen passiert. Ich nehme an, du weisst davon. Es ist nicht so, dass ich nicht mit dir darueber reden will. Nur noch nicht jetzt.

Ich bin in Schweden. Ein Bekannter hat mir angeboten, ein paar Wochen kostenlos in seinem neu gegruendeten Hotel zu wohnen, wenn ich ihm dafuer seine IT einrichte. Nebenher will ich am Epidemiemodell weiterarbeiten. In der Hoffnung, noch ein praesentables Ergebnis hinzubekommen, evtl. auch eine Veroeffentlichung, bevor die Stelle am AIMSEP auslaeuft.

Mir ist klar, dass ich diese Arbeit dem Vertrag nach am Institut durchfuehren sollte. Aber siehe oben. Ich hoffe sehr, dass du mit der vorgeschlagenen Loesung einverstanden bist. Bitte lass es mich wissen. Im Anhang schicke ich dir eine Liste von Dingen, die ich fuer die Arbeit brauchen wuerde. Vielleicht kann Timo sie mir zusammenstellen. Wie gesagt: falls du einverstanden bist.

Meine Mailadresse hat sich geaendert. Die alte benutze ich nicht mehr.

Seit ich weg bin, ist einiges passiert. Ich habe meinen Vater gefunden und weiss, warum meine Mutter sich umgebracht hat. Aber das ist Stoff fuer ein Gespraech. Nicht fuer E-Mails. Ich melde mich dann.

Bitte gruess Timo.

Deine Dhani

Fans4Fans > TV > Missing > Freistil

dh.rei | Verfasst am: 22.09.2005 um 19:31

Riga

(Fortsetzung; English version below)

Beim ersten Mal ausgelassen: Aussage 9. Dass N nach der Aktion gegen E seinen Namen geaendert hat und dass E nicht weiss, wo er sich aufhaelt.

Beim ersten Nachdenken hielt Nicole Scott diesen Aspekt der Geschichte fuer unwichtig. Zum Verstaendnis der Ereignisse von damals traegt er nichts bei. Inzwischen hat sich aber herausgestellt, dass N massgeblich daran beteiligt war, die zwei Schlaeger zu Nicole Scott zu schicken, von denen in Rostock kurz die Rede war. N lebt zwar unter falschem Namen, hat aber nach wie vor Kontakt zu seinem Bruder. Dieser Bruder leitet das Institut, an das Nicole Scott nach dem Willen ihrer Chefin wechseln sollte. Ueber den Sicherheitsbeauftragten des Instituts hat der Bruder erfahren, dass Nicole Scott Kontakt zu E aufnehmen wollte. Er hat daraufhin N benachrichtigt. Das alles weiss Nicole Scott von besagtem Sicherheitsbeauftragten.

N's Motive sind recht unklar. E und N sind offenbar in der gleichen Branche taetig, das Ganze koennte also einen geschaeftlichen Hintergrund haben. Nicole Scott glaubt das allerdings nicht. Ihrer Ansicht nach ist das Motiv Hass.

N hasst E. E hasst N. Gleichgueltig welcher Version der Ereignisse man glaubt, diese zwei Saetze bleiben wahr. Alle anderen Relationen verschieben und verzerren sich, wenn man den Standpunkt wechselt. Nur diese nicht. Es ist die einzige Invariante.

Ansonsten hat der Besuch auf Gotland Nicole Scott nichts eingebracht. Nur eine Begegnung mit Gespenstern. (Eins davon lebt uebrigens im Ort und besucht fast taeglich das Waldhaus. Um zu meditieren. Genau wie frueher, nur dass es da nicht ganz allein war. Es heisst Ingela. Sagt dir das was?)

Von Gespenstern hat sie nun definitiv genug. Sie wird sich anderen Themen zuwenden. Diese Suche ist abgeschlossen.

D.

Date: Thu, 22 Sep 2005 19:50:4 +0200
From: notmyproblem@gmx.de
To: info@rigaconsulting.lv
Subject: not my problem

You may wish to read this:
http://www.fans4fans.de/t2098f7-riga
This e-mail account will be deactivated in a few minutes.
No need to reply.

D.

Das Licht stimmte nicht. Der Himmel war zwar grau, doch zu bewegt; immer wieder fanden Sonnenstrahlen eine Lücke und breiteten Fächer aus dunstigem Licht über das Meer. Auch die Tageszeit war falsch: früher Abend statt Vormittag. Die Jahreszeit stimmte erst recht nicht.

Nur der Wind. Nasser Wind, der über kurzes schütteres Gras fegte, der an ihren Hosenbeinen zerrte wie damals an den bunten Röcken und Hosen. Sie fror. Ihre Augen tränten.

So weit gut.

Die Stelle wiederzufinden war lächerlich einfach. Obwohl sich alles verändert hatte. Keine hohen Bäume mehr, kein Haus. Auch den alten Zugang gab es nicht mehr, sie hatte der Straße landeinwärts folgen und an einem Kreisverkehr rechts abbiegen müssen, bevor sie auf eine Pforte in dem hohen Zaun stieß. Neben der Pforte hing ein Schild, sehr groß in Rot und Schwarz beschriftet. Am unteren Rand waren schematische Zeichnungen abgebildet. Sie hatte eine Weile gerätselt, bis sie sie erkannte.

Geschosse der verschiedensten Art. Ganz unten stand, wer das Schild angebracht hatte: das schwedische Militär.

Vom Meditationszentrum zum Truppenübungsgelände.

Das Einsammeln von Souvenirs war nicht zu empfehlen.

Immerhin war die Pforte offen gewesen.

Und dies war die richtige Stelle. Von hier aus hatte sie zugeschaut. Neben ihr Adrian und die anderen.

Das Auto, Nandins Auto, hatte dort näher bei den Klippen gestanden. Sie ging hinüber. An einer Gruppe niedriger Büsche vorbei, die es damals noch nicht gab.

Hier. Sie blieb stehen, schaute um sich. Kurz hinter der Pforte waren ihr zwei Jogger entgegengekommen; jetzt spazierte dort nur noch eine Person umher, nah beim Zaun. Sie bewegte sich schwerfällig; unwahrscheinlich, dass sie bei dem Wetter noch bis zum Klippenrand vorlaufen würde.

Also. Das Auto: hier. Nandin: zwei Schritte neben der Fahrertür. Sie drehte sich in die Richtung, in die er damals geblickt hatte: zum Haus zwischen den Bäumen, zu der Zufahrt. Zu ihnen allen, die sie dort beim Transporter der Kommune standen.

Ihre Mutter: ihm gegenüber. Sie trat einen Schritt vor, drehte sich um. Jetzt hatte sie ihn direkt vor sich.

Sah ihn grinsen.

Hörte ihn lachen.

Was regst du dich auf: Indrasena hat es doch auch erwischt.

Gründlich.

Nur ob dir dein Bengt das je verzeiht?

Sie holte mit der Rechten aus, als wollte sie zuschlagen.

Durch den Schwung drehte sie sich ein wenig nach links.

Vor ihr lag freies Gelände. Eine Ebene. Leer.

Sie rannte los. In langen Schritten.

An rostigem Metall vorbei.

An kniehohen Kiefern.

Der Wind traf sie von rechts, wehte ihr Haare über die Augen.

Die Kante kam näher.

Noch ein Schritt. Noch ein Schritt.

Wellen. Gischtkämme. Ein Fächer aus Licht. Kurz vor dem Horizont ein Schiff.

Ihre Beine hatten angehalten. Aus eigenem Beschluss. Fünfzig Zentimeter vor ihr hörte die Ebene auf. Sie trat dicht an die Kante und beugte sich vor.

Eine senkrechte Wand, vielleicht fünfzehn Meter tief. Darunter ein steiler Hang aus Geröll. An seinem Fuß brachen sich Wellen.

Da unten. Irgendwo. Da unten hatte sie gelegen, mit gebrochenem Genick oder eingeschlagenem Schädel, zerschmettertem Brustkorb, gerissenen Adern. Vielleicht mit dem Gesicht im Wasser, so dass sie ertrunken war, bevor ihre Verletzungen sie umbrachten; aber vielleicht hatte sie auch in den Himmel geschaut, einige kurze Sekunden lang, in den grauen Himmel und zu der Kante hinauf, von der sie gesprungen war; vielleicht hatte sie noch gesehen, wie die ersten ihrer ehemaligen Freunde zu ihr herabblickten, schrien, winkten; vielleicht hatte sie aber auch nichts mehr erkannt, und die Schreie waren im Klatschen der Wellen untergegangen, im Knirschen und Rollen der Kiesel, über die das Wasser zurückflutete, im Wind, im Rauschen in ihren Ohren.

Sekunden. Zeit genug, sich klar zu machen, was man da eben weggeworfen hatte.

Sie richtete sich auf. Zwanzig Meter vor ihr segelte eine Möwe. Der Fächer aus Licht hatte sich intensiviert, das Wasser an seiner Basis leuchtete gelb. Das Schiff war ein wenig näher gekommen, weiß, es hielt auf den Hafen von Visby zu.

Ihre Fähre. Vermutlich. Mit der sie zum Festland fahren würde, die erste Etappe auf der Reise nach Värmland. Während Jens' Flieger wohl schon zum Landeanflug auf Stockholm ansetzte.

Der Wind blies stetig. Nass. Kalt. Trotzdem war nichts wie früher. Damals war sie ein Kind gewesen. Sie hatte dabeistehen müssen, hilflos. Andere hatten bestimmt, was sie sah, wie viel sie erfuhr.

Jetzt konnte sie Fragen stellen.

Hinschauen.

Und dann einfach gehen.

Sie wandte sich ab. Ging langsam los, hängte sich die Tasche diagonal über die Brust, suchte zugleich mit dem Blick die Pforte im Zaun und fing an zu laufen. In dem Tempo, das sie kilometerweit durchhalten konnte. An Büschen vorbei. Über eine alte Fahrspur hinweg. Die Frau – es war eine Frau – schlich noch immer am Zaun entlang. Als würde sie etwas suchen. Zehn Meter rechts von der Pforte.

Jetzt drehte sie sich um. Sah zu ihr her. Aber rührte sich nicht. Ein breites Gesicht, faltig. Vage bekannt, aber woher sie sie kannte, fiel ihr nicht ein. Sie lief weiter, auf die Straße hinaus, nach links, wieder nach links, Richtung Hafen.

ANNIKA

Weit hinter mir im Wald raschelt etwas. Ein Vogel überquert mit schweren Flügelschlägen die Lichtung. Meine Füße sind kalt, mein Rücken steif. Ich bewege die Schultern und versuche mich zu entspannen, dann taste ich mich zum Weg vor.

Es gibt keinen Grund mehr, den Atem anzuhalten und jedes Geräusch zu vermeiden. Sie werden mich nicht hören. Sie werden auch nicht aus dem Fenster blicken, denn warum sollten sie mit Zuschauern rechnen. Der Fahrweg führt nirgendwo hin als zum Waldhaus. Außer Ingela kommt niemand hierher.

Jedenfalls war es viele Jahre lang so. Aber heute hat jemand im Haus auf sie gewartet. Jemand, der sich nicht scheut, in ein Haus der Familie Eglund einzubrechen, oder der noch immer einen Schlüssel besitzt. Den Ingela nicht erwartet hat, den sie trotzdem sofort erkennt. Der Englisch mit ihr spricht, sie aber mit schwedischem *Hej* begrüßt. Dessen Aufforderung einzutreten sie folgt, als wäre es ganz unmöglich, sich ihm zu widersetzen.

Bengt Eglund. Alles passt zu dem Bild, das ich mir von ihm gemacht habe. Dhanavati hat kaum über ihren Vater geredet. Aber Jens Nilsson hat ihn mir beschrieben.

Denn wir haben uns noch einmal getroffen. Kurz vor meiner Abreise, wenige Tage nachdem Dhanavati bei uns in Westerkoog war. Bei diesem Besuch, bei einem Spaziergang am Strand, während es bereits dämmerte und am Bohlenweg die Laternen angingen, hat er endlich darüber gesprochen, was in Dhanavatis Wohnung geschehen war.

Und er hat mir von seiner Begegnung mit Eglund erzählt. Es war wenige Tage nach seiner Rückkehr aus Ljugarn, als er vermutlich eben begann, sich damit abzufinden, dass das Leben genau so weitergehen würde wie vor seiner Reise. Am dritten oder vierten Arbeitstag, als er nachmittags vom Institut zu der Sporthalle fuhr, wo er einmal pro Woche Badminton spielte, knallte plötzlich etwas, und der linke Hinterreifen verlor Luft.

Das geschah auf einer schmalen Landstraße durch ein Waldstück, dem einzigen Abschnitt seiner Route, auf dem wenig Verkehr herrschte. Vielleicht hätte ihn das misstrauisch machen sollen, doch er tat einfach, was jeder getan hätte, er fuhr an den Straßenrand und stieg aus. Während er den Schaden begutachtete, näherte sich ein anderes Auto. Nilsson wich zum Heck seines Autos aus, um den Wagen vorbeizulassen, der andere bremste jedoch und hielt an. Das Beifahrerfenster öffnete sich, und Nilsson blickte in die Mündung einer Pistole.

Die nächsten Schritte erfolgten sehr schnell: *Profis bei der Arbeit* nannte Nilsson es später. Der Fahrer stieg aus, kam auf ihn zu und durchsuchte ihn – ein dicker Mann, der stark nach Schweiß roch. Als er fertig war, stieg der Beifahrer ebenfalls aus, hielt Nilsson aber weiter mit der Pistole in Schach. Er war groß, um die fünfzig und auf lässige Art gut gekleidet.

»Sie haben hoffentlich einen Ersatzreifen dabei.« Er sprach Englisch.

Als Nilsson nicht antwortete, sagte er etwas Unverständliches zu dem Dicken, das wie Russisch klang. Der Dicke öffnete Nilssons Fahrertür, zog den Schlüssel ab und schloss den Kofferraum auf. »Da«, sagte er. Ja.

Inzwischen war ein dritter Mann zu Fuß dazugekommen, in der Hand das Gewehr mit Zielfernrohr, mit dem er wohl den Reifen zerschossen hatte. Er trat zu dem Dicken, legte das Gewehr am Straßenrand ab und nahm Nilssons Wagenheber aus dem Kofferraum.

»An der Sporthalle wartet ein Freund auf mich«, sagte Nilsson. »Wenn ich nicht pünktlich auftauche …«

»Ruft er augenblicklich die Polizei. Wer täte das nicht.« Der Anführer öffnete die hintere Tür ihres Wagens. »Mein Name ist übrigens Eglund, falls Sie das noch nicht erraten haben.« Er winkte einladend mit der Waffe. »Fahren wir doch ein Stück. Wir müssen nicht alle hier herumstehen.«

Nilsson stieg ein. Mir erzählte er später, er sei sicher gewesen, dass Eglund nur mit ihm reden wollte. Vielleicht stimmt es sogar, vielleicht sind er und Leute wie er derart in der Welt der Drohungen zu Hause, dass sie jede Geste richtig deuten. Und vielleicht fürchten sie sich trotzdem, aber nehmen es als unvermeidlich hin, so wie ich es hinnehme, dass ich bei der Arbeit schmutzig werde. Jedenfalls reden sie nicht über Angst. Nilsson hat beim Erzählen nicht ein Wort darüber verloren, wie ihm bei der Begegnung zumute war.

Sie fuhren nur wenige hundert Meter weit, der Dicke am Steuer, Eglund neben Nilsson auf dem Rücksitz. Am Ende einer Fichtenschonung bogen sie in einen Feldweg ein, passierten eine geöffnete Sperre, bogen noch einmal ab und hielten. Rechts lag eine gerodete Fläche. Links versperrte die Schonung den Blick zur Straße.

Eglund stieg aus und hielt Nilsson die Tür auf. »Setzen wir uns da drüben hin.« Er zeigte zu einer Bank am Wegrand. Sie gingen hinüber und setzten sich, jeder an ein Ende der Bank. Eglund hatte die Waffe eingesteckt und schlug entspannt die Beine übereinander, als hätten sie einen friedlichen Spaziergang hinter sich. Der Dicke lehnte an der Motorhaube.

»Also«, sagte Eglund. »Erklären Sie es mir. Bei allen anderen verstehe ich, was sie antreibt. Ihr Chef, sein Bruder mit den vielen Namen, seine zwei Schläger, der Mann, mit dem er heutzutage Geschäfte macht – keiner gibt mir Rätsel auf. Nur Sie, Jens. Schaut man sich Ihren Lebenslauf an, könnte man meinen, dass Sie die abenteuerlichen Jahre längst hinter sich haben. Trotzdem haben Sie die Sache ins Rollen gebracht. Sie haben herausgefunden, dass diese junge Frau nach mir suchte, weil sie mich für ihren Vater hielt. Sie haben Nandin darüber informiert. Indirekt, ich weiß, aber durch Sie hat er es erfahren. Sie haben seinen Schlägern geholfen, sie so einzuschüchtern, dass sie vom Balkon gesprungen ist, um zu entkommen. Und am Ende, als wohl jeder geglaubt hätte, die Aktion wäre abgeschlossen, sind Sie zu ihr nach Gotland gefahren. Warum?«

»Woher …«

»Sie hat es in einem Text erwähnt, den sie in einem Internetforum hinterlegt hat. Oh, nicht für mich. Für Adrian. Wer das ist, wissen Sie ja wohl. Außerdem hat mir einer Ihrer Mitarbeiter verraten, dass Sie vor zwei Wochen überraschend verreist sind. Zu einer kranken Tante, glaube ich. Sie haben gar keine Tante, oder, Jens? Also. Schenken wir uns die Ratespiele. Was wollen Sie?«

Nilsson zögerte. Ihm sei vieles durch den Kopf gegangen, sagte er mir, viele Möglichkeiten, diesem Mann zu vermitteln, wie unerfreulich er es fand, dass es ihn überhaupt gab. »Von Ihnen? Gar nichts«, sagte er schließlich. »Obwohl, das stimmt nicht ganz. Ich würde Sie verdammt gern dazu zwingen, Ihre Waffenschiebereien so abzuwickeln, dass Sie Ihre Tochter nicht in Gefahr bringen. Aber das ist aussichtslos, oder? Selbst wenn …«

Eglund fiel ihm ins Wort. »Darum habe ich mich längst gekümmert. Die Einzelheiten müssen Sie nicht interessieren, aber die Situation ist entschärft.«

»Und für wie lange? Wie viele Leute wissen inzwischen, dass Sie eine Tochter haben, die mit dem nicht eben alltäglichen Namen Dhanavati durch die Welt läuft? Wie lange wird es dauern, bis der nächste Ihrer Konkurrenten auf die Idee kommt, Sie auf diese Art unter Druck zu setzen?«

Und nun wirkte auch Eglund nicht mehr gelassen. »Wollen Sie mir erklären, wie ich meine Geschäfte führen soll?«

Nilsson stand auf. »Das ist das Einzige, was Sie interessiert, habe ich recht? Hauptsache, Ihr Geschäft läuft reibungslos. Alles andere ist unwichtig. Dhanavati hat es mir gleich gesagt, aber ich habe ihr nicht geglaubt. Ich dachte, es kann doch nicht sein, dass einem Mann die eigene Tochter so egal ist. Aber Sie fragen ja nicht mal, wie es ihr ging, als ich sie wiedergesehen habe. Wie lange es gedauert hat, bis sie es ohne Panikanfall durch den Tag schaffte, bis sie nicht mehr augenblicklich einen Albtraum bekam, wenn sie nachts mal einschlief …«

Er unterbrach sich zu spät. Es blieb lange still. Auf Eglunds Gesicht spiegelte sich Wut, die jedoch wieder verblasste und etwas anderem Platz machte, das Nilsson nicht deuten konnte.

»Ich fass es nicht«, sagte Eglund schließlich. Er sah ihn an, als wollte er in einem Buch lesen, den Kopf in den Nacken gelegt. Dass er zu ihm aufschauen musste, schien ihn nicht zu stören. »Und sie hat Ihnen einfach so verziehen?«

»Von *einfach so* war nicht die Rede«, sagte Nilsson, und merkte plötzlich, dass er lächelte. Er wandte sich ab und blickte auf die völlig uninteressante gerodete Fläche.

Hinter ihm war es still. »Ich will das mal glauben«, sagte Eglund dann und stand auf. »Es ist zwar eine verdammt große Überraschung, aber was weiß ich schon von diesem Mädchen. In dem Fall habe ich allerdings einen Rat für Sie.«

»Ich brauche …«

»Doch. Diesen brauchen Sie, Jens. Eins wissen Sie nämlich noch nicht: Nandin – Rainer – mein alter Freund – hat meinem Konkurrenten, wie Sie ihn nennen, in den letzten Jahren mehrfach Informationen über Rüstungsprojekte der Bundeswehr geliefert. Forschungsergebnisse zum Beispiel. Ich glaube eigentlich nicht, dass er die gestohlen hat. Die wird ihm wohl jemand gegeben haben. Ihr Chef hat Sie schon einmal für die Machenschaften seines Bruders eingespannt. Inzwischen hat er ein nettes kleines Druckmittel gegen Sie in der Hand. Ihre Reise nach Gotland. Denn ich nehme doch an, dass Ihre Frau nicht weiß, weshalb Sie dort waren? Ihr Chef weiß es mit Sicherheit. Daher mein Rat: Suchen Sie sich einen anderen Job, Jens. Umgehend. Bevor er und sein Bruder Sie in etwas hineinziehen, das man Ihnen nicht mehr so leicht vergibt.«

Das war alles. Danach haben sie sich getrennt. Eglund

und der Dicke fuhren weg, Nilsson kehrte zu Fuß zu seinem Auto zurück, an dem der Reifen inzwischen gewechselt war. Innerhalb von zwanzig Minuten war zwischen ihnen alles geklärt: ein kurzes Gespräch unter Männern, bei dem kein nebensächlicher Satz fiel.

Und zwei Monate später, bei seinem dritten Besuch in Eiderstedt, hat Nilsson es mir wörtlich wiedergegeben. Ich hatte ihn angerufen, nachdem Dhanavati bei uns in Westerkoog war. Wir hatten uns eine Stunde vor Ladenschluss in Sankt Peter getroffen, waren über den Bohlenweg durch die Salzwiesen zum Strand hinaus und am Wasser entlanggegangen, in der Dämmerung, bis mir kalt wurde und ich vorschlug, im Restaurant im Pfahlbau einen Kaffee zu trinken. Dort saßen wir uns dann gegenüber, in einem zugigen, fast leeren Saal, und Nilsson gab mir Satz für Satz sein Gespräch mit Eglund wieder. Rede und Gegenrede. Ohne Beiwerk, ohne jeden Kommentar. Sein Tonfall war kühl und abwägend, sein Blick sehr konzentriert. Als würde er jede seiner Antworten daraufhin prüfen, ob es nicht eine bessere gegeben hätte.

Mag sein, dass ich ihm Unrecht tue, aber für mich schwang in dieser Ernsthaftigkeit Bewunderung mit. Dhanavatis Vater hat ihn beeindruckt. Vielleicht nicht durch das, was er tut, aber durch die Art, wie er es tut. Durch seine Lässigkeit und Ruhe. Seine Unangreifbarkeit. Sicherlich ist Nilsson auch stolz darauf, dass es ihm gelungen ist, diesen Mann aus der Fassung zu bringen. Aber vor allem hätte er selbst gern einen so undurchdringlichen Panzer. Eine Haut, an der verwirrende Gefühle abperlen.

Ich bin ihn leid. Darauf läuft es wohl hinaus. Ich bin es leid, mir verwickelte Geschichten anzuhören, die voller

Fakten stecken und das Wesentliche trotzdem aussparen. Glaubt er wirklich, dass man ihn nicht durchschaut, nur weil er einige Dinge verschweigt? Glaubt er, ich wüsste nicht, weshalb er sich noch ein drittes Mal mit mir getroffen hat? Doch nicht etwa, weil er sich für meine läppische Suche nach dem völlig unwichtigen Adrian Barnes interessiert.

Sondern weil ich die einzige Person auf der Welt bin, mit der er über Dhanavati reden kann. Jedes Detail, das ich von ihrem Besuch bei uns erzählt habe, hat er in sich aufgesogen: wie sie aussah, wo sie übernachtet hat, was sie über die zwei Monate in Värmland erzählt hat. Dass sie nach Århus zurückgekehrt ist, dass sie sich mit ihrer Chefin Maria ausgesöhnt hat, dass sie sich auf Stellen bewirbt, aber noch keine Zusage hat. Dass sie nach Westerkoog gekommen ist, um Adrian die Kreditkarte wiederzugeben und ihre Schulden zu bezahlen. Im Gegenzug hat Nilsson zwar auch meine Fragen nach Ingela beantwortet, aber in welch gelangweiltem Ton. Ohne Neugier, ohne wissen zu wollen, weshalb ich mich nach dieser Frau erkundigte, die seiner Meinung nach nie zur Kommune gehört hat. Was kümmert es ihn, ob ich Adrian wiederfinde oder meine Zeit vergeude. Seinetwegen darf ich gern einem Hirngespinst nachjagen.

Und nun stehe ich hier auf dem Waldweg, im Dunkeln, nur noch wenige Schritte von meinem Hirngespinst entfernt, aber jemand ist mir zuvorgekommen. Vor dem Haus schwebt der Dunst, so still, als wäre Ingela nie hindurchgegangen. Die Haustür hat sich geschlossen, wieder brennt nur hinter den Fenstern links vom Eingang Licht. Im Meditationszimmer.

Worüber mögen sie reden? Bei diesem Wiedersehen nach dreiundzwanzig Jahren? Und was tue ich jetzt? Warten? Es ist kalt. Hinübergehen, anklopfen und nach Adrian fragen, als wären wir allesamt gute Bekannte und Adrian hätte nur vergessen, mir zu sagen, wann er wen besuchen will? Oder soll ich für heute aufgeben und es morgen neu versuchen? Aber wird Ingela noch einmal herkommen? Jetzt, da Eglund sie gefunden hat? Wird dieser Abschnitt ihres Lebens nicht ab heute beendet sein?

Meine Beine haben sich in Bewegung gesetzt, ohne mein Zutun. Ich betrete die Wiese und taste mich schrittweise über den holprigen Boden vor, durch das taufeuchte Gras auf die erleuchteten Fenster zu. Sie liegen recht hoch. Zunächst sehe ich nur unruhigen Feuerschein an der Zimmerdecke. Dann bewegt sich ein Hinterkopf in das Bild. Helle Haare, kurz geschnitten. Eglund. Er hält sich etwas ans Ohr, dreht plötzlich den Kopf und verschwindet im nächsten Moment aus meinem Blickfeld.

Eine Autotür schlägt zu. Hinter mir. Ich wirble herum, ein starkes Licht flammt auf, der Strahl streicht über die Wiese und trifft mein Gesicht. Ich hebe die Hände, um ihn abzuschirmen, mein Herz hämmert, Nilssons Geschichte fällt mir ein, und jemand sagt in meinem Kopf: So macht man es mit Tieren. Erst blendet man sie, damit sie nicht weglaufen. Dann schießt man.

»Wer ist denn da?«, rufe ich auf Deutsch, dann noch einmal auf Englisch. Niemand antwortet. Das Licht kommt näher, ich höre raschelnde Schritte. »Bitte, wer ist da?«

»Who are you?«, fragt jemand in meinem Rücken. Ein Mann. Ich fahre wieder herum, aber meine Augen sind geblendet, und vor dem Haus steht eine Wolke aus feinen

Tröpfchen, die im Licht des Scheinwerfers schimmern. Ich erkenne nichts.

»Was tun Sie hier?« Er spricht weiter Englisch. Vermutlich steht er auf der kleinen Veranda. Der Mann mit dem Scheinwerfer hat sich weiterbewegt, das Licht erfasst mich jetzt schräg von rechts. Die Veranda bleibt im Dunkeln.

»Ich suche Adrian. Adrian Barnes. Ist er hier?«

Einen Moment herrscht Schweigen, dann sagt er etwas, das ich nicht verstehe. Als ich nicht reagiere, wiederholt er ungeduldig und überdeutlich: »Ihre Hände. Zeigen Sie mir Ihre Hände.«

Damit er sieht, ob ich bewaffnet bin. Gleich wird sich sein dicker Leibwächter von hinten heranschleichen und mich durchsuchen, während er von der Veranda aus mit einer Pistole auf mich zielt, so wie er Nilsson auf der Landstraße bedroht hat, und wenn ich mich falsch bewege, wenn ihn irgendetwas nervös macht, wird er schießen. Auf dieser stillen Lichtung im schwedischen Wald wird er mich erschießen, und niemand im weit entfernten Eiderstedt wird je erfahren, was mit mir geschehen ist.

Ganz langsam nehme ich die Hände aus den Jackentaschen und halte sie Eglund hin. Wie ein Kind, das man gefragt hat, ob es sich die Finger gewaschen hat. Eglund sagt etwas, das ich nicht verstehe, der Scheinwerfer erlischt – und im gleichen Moment fängt jemand an zu lachen, irgendwo dort vor mir im Dunkeln. Eine Frau lacht, laut und böse.

»Look at you!«, ruft sie schrill. Zugleich tritt sie auf die Veranda heraus, die Petroleumlampe in der erhobenen Hand. Endlich erkenne ich wieder etwas, ich sehe Eglund vorn auf der Veranda stehen, halb abgewandt, und hinter ihm steht Ingela und deutet auf seine Hand, auf die Pistole in seiner Hand, und sie lacht und ruft: »You criminal!«

Was sie danach sagt, kann ich nicht verstehen, sie spricht zu wütend und zu schnell, »you blame me« höre ich heraus, mehrmals, und noch einmal, noch lauter: »You criminal!«

Dann endet ihr Wortschwall, wie abgeschnitten. Eglund hat sich zu ihr umgedreht, aber er antwortet nicht. Einen Moment lang scheint niemand zu wissen, wie es weitergehen soll.

»She's Adrian's girlfriend«, sagt Ingela sehr viel ruhiger. »She's been asking for him. Send her away.«

Sie wendet sich ab. Gleich wird sie im Haus verschwinden und wieder unerreichbar sein.

»Warten Sie!«, sage ich laut auf Deutsch und mache zwei Schritte auf die Veranda zu. »Einen Augenblick! Ich habe nur eine Frage, dann gehe ich wieder. Ich will nur wissen, wo Adrian ist.«

Sie ist stehengeblieben, dreht sich nun langsam um und sieht mich zum ersten Mal wirklich an. »I don't speak German«, sagt sie nach langer Pause.

Aber ich habe längst keine Zweifel mehr. Ich gehe noch näher heran, bis ich ihr Gesicht deutlich sehe. Es ist voller Falten, die im Licht der Petroleumlampe Schatten werfen. Ihre Augen erinnern an Dhanavati, ihre glatt zurückgekämmten Haare haben eine ähnliche Farbe, durchsetzt von Grau. Sie ist ähnlich groß. Sonst finde ich nichts von ihrer Tochter. Nicht in ihrer harten Stimme, nicht in ihrem Mund, der aussieht, als hätte sie vor Jahren das Lächeln verlernt, nicht in ihren steifen und schweren Bewegungen. Dhanavati bewegt sich leichtfüßig, als wäre es eine Freude, zu gehen, zu gestikulieren, über Pfützen zu springen. Wenn sie einen anschaut, ist ihr Blick nicht immer freundlich, aber hellwach. Es stimmt, ich habe sie einmal gehasst, aber nur als ein Phantom aus Adrians Vergangenheit. Als sie in Westerkoog vor mir stand und sich in einen realen Menschen verwandelte, war das schnell vorbei. Und selbst wenn der Hass noch lebendig wäre: Dies hier hätte ich ihr nie gewünscht.

»Ich verstehe es nicht«, höre ich mich sagen, entgegen allen Vorsätzen für dieses Treffen. »Es ist mir wirklich unbegreiflich. Ich meine nicht, dass Sie von den Klippen gesprungen sind. Oder dass Sie danach für tot gelten wollten – dass Sie es schwer fanden, mit dem fertig zu werden, was Sie unabsichtlich angerichtet hatten. Das kann ich mir alles erklären. Irgendwie. Aber dass Sie der eigenen erwachsenen Tochter ins Gesicht sehen und so tun, als wären Sie ihr nie begegnet, als wüssten Sie nicht mal genau, wer sie ist – und sie weggehen lassen, dreiundzwanzig Jahre lang haben Sie sie nicht gesehen, und dann, als sie vor Ihnen steht, reden Sie wie mit einer Fremden mit ihr und lassen sie einfach wieder gehen …«

Ihr Blick ist starr geworden und ihr Mund schlaff, sie sieht aus, als könnte sie sich nie wieder bewegen. Aber dann wendet sie sich mit einem Ruck ab, stützt sich kurz gegen den Türrahmen und verschwindet im Haus. Die Tür fällt zu.

Ich will ihr folgen. Eglund blockiert den Zugang zur Veranda.

»Sie müssen jetzt gehen«, sagt er auf Englisch. »Ich weiß nicht, was Sie zur ihr gesagt haben …«

Nichts, was sie nicht weiß! denke ich. Englische Worte

fallen mir nicht ein. Ich will mich an Eglund vorbeidrängen. Er fasst mich am Arm.

»Es hat keinen Sinn. Adrian ist nicht mehr hier. Er ist vor zwei Wochen abgereist. Gisela weiß nicht, wo er ist.«

Ich sitze im Mietwagen, im Dunkeln. Sehr lange. Als ich schließlich den Motor anlasse und losfahre, sind meine Arme und Hände so schwach, dass ich es kaum schaffe, das Auto auf dem Waldweg zu halten. Schlaglöcher werden vor meinen Augen zu Kratern. Ein Kaninchen rennt ins Schweinwerferlicht, ich bremse, doch mein Fuß rutscht ab. Zum Glück ist das Kaninchen schneller.

Am Ortseingang von Ljugarn fahre ich auf den Vorplatz der Tankstelle und stelle den Motor aus. Ich verschränke die Arme auf dem Lenkrad und legte den Kopf darauf. Nachdenken möchte ich, nachdenken, dies kann doch nicht das Ende sein, ich bin so weit gereist, ich hatte in allem richtig geraten, und jetzt ist er einfach nicht mehr hier?

Two weeks ago. Vor zwei Wochen. Was habe ich vor zwei Wochen gemacht? Wann war Dhanavati bei uns? Wieso ist sie nicht früher gekommen? Wieso hat sie uns nicht gleich besucht, sobald sie aus Värmland zurück war, wieso ist sie erst nach Århus gefahren, hätte Maria denn nicht warten können? Wieso hat sie nicht von Schweden aus angerufen? Wieso habe ich – ich – ich – drei Monate lang einfach zu Hause gesessen und nichts unternommen? Nur ein paar zaghafte Fragen gestellt, Nilsson nach Ljugarn geschickt und gewartet und gewartet? Wieso habe ich nicht viel früher angefangen nachzudenken? Den Zettel mit seiner Frage – *Aber wo wohnt sie jetzt?* – hatte ich längst gefunden. Dhanavatis Bericht im Internet hatte ich längst gelesen. Wieso habe ich nicht ein einziges Mal kühl überlegt, welches Detail aus diesem Bericht Adrian so aufgeschreckt haben konnte, dass er zwei Tage später verreist ist?

Hätte ich das schon erkennen können? Bevor ich von Dhanavati erfahren habe, was Adrian ihr über das Waldhaus erzählt hat?

Ich weiß es nicht. Mein Kopf ist zu müde. Die Ereignisse lassen sich nicht ordnen. Und spielt es denn eine Rolle? Two weeks ago. Vor zwei Wochen hat er Ljugarn verlassen.

Aber er ist nicht nach Hause gekommen.

Ich richte mich auf, öffne das Fenster und atme die kalte Luft tief ein. Nach einer Weile lasse ich den Motor an und fahre langsam die Hauptstraße entlang bis zum Hafen.

Dort liegt eine Yacht an der Mole. Genau wie ich erwartet habe. In der Kajüte brennt schwaches Licht. Ich steige aus, schließe leise die Tür und gehe zum Hafenbecken hinüber.

Dort bleibe ich stehen. Es hat doch keinen Sinn. Ich weiß ja nicht einmal, ob Eglund wieder zurück und an Bord ist. Ob er nicht immer noch mit Gisela spricht. Vielleicht schrecke ich hier nur einen weiteren Leibwächter auf und werde noch einmal mit der Waffe bedroht. Und selbst wenn er zurück ist, wie soll ich ihn dazu bewegen, mir zu verraten, was Gisela über Adrian gesagt hat? Tief in der Nacht? In meinem simplen, hilflosen Englisch? Den Eglund, von dem Nilsson und Dhanavati erzählt haben, der alles Unerwünschte an sich abprallen lässt?

Und will ich es denn überhaupt wissen? Was spielt es für eine Rolle, was zwischen Gisela und Adrian geschehen ist? Vor zwei Wochen ist er aus Ljugarn abgereist. Aber er ist nicht nach Hause gefahren. Hätte es da wirklich etwas geändert, wenn ich früher gekommen wäre?

Neun Uhr vormittags, und ich frühstücke zum letzten Mal in Ljugarn. Carl hat mir geholfen, meinen Flug vorzuverlegen – eigentlich hatte ich die Rückreise erst für übermorgen geplant, aber umzubuchen ist billiger, als weitere Übernachtungen zu bezahlen.

Meine Tasche ist schon gepackt, in einer Stunde muss ich aufbrechen. Carl hat mir frische Hefeschnecken mit Apfelstücken, Brot, Käse und Wurst und Kaffee serviert, doch es fällt mir schwer, etwas zu essen. Meine Hände sind zittrig. Mein Kopf fühlt sich an wie mit Watte ausgestopft.

Ich habe wenig geschlafen. Als ich ins Hotel zurückgekehrt bin, war mir so kalt, dass mich auch die Bettdecke nicht wärmen konnte. Schließlich habe ich mich tief in der Nacht in Carls Küche geschlichen, Kräutertee gekocht und ihn dort am Küchentisch getrunken. Sicherlich hat Carl am Morgen den benutzten Becher bemerkt. Sicherlich hat er mir auch angesehen, wie schlecht ich geschlafen habe. Doch er hat nichts dazu gesagt. Er wird erraten haben, dass ich Ingela ohne seine Hilfe gefunden habe. Ingela, aber nicht Adrian. Würde ich sonst wieder abreisen?

Es regnet. Die Wolken hängen so tief, dass es aussieht, als würden sie die Kronen der Pappeln streifen. Auf dem Asphalt stehen Pfützen. In einem kahlen Obstbaum hockt eine Krähe. Selbst sie sieht bedrückt aus.

Ein Mann kommt die Straße herauf, vom Hafen her. Er trägt eine hellbraune Regenjacke, seine Haare und sein Gesicht sind nass. Eglund. Als er am Fenster vorbeikommt, dreht er den Kopf, als hätte er meinen Blick gespürt. Er zögert und hebt grüßend die Hand.

Die Außentür klackt. Carl begrüßt ihn auf Schwedisch, sie unterhalten sich munter. Dann kommen sie beide herein.

»Annika? Dieser Herr würde gern mit dir sprechen.«

»Über Adrian«, ergänzt Eglund.

Mein Magen zieht sich zusammen. »Ich muss bald zum Flughafen.«

»Zeit genug«, sagt Carl und lächelt mir zu. Er scheint zu glauben, dass der Besucher gute Nachrichten bringt. Während Eglund die Jacke auszieht, sie ausschüttelt und über einen dritten Stuhl hängt, geht Carl zur Anrichte und holt eine Kaffeetasse. Er wirft einen Blick auf die Reste meines Frühstücks, fragt Eglund etwas auf Schwedisch und wendet sich dann an mich: »Möchtest du noch etwas?«

Ich schüttle den Kopf. Carl hebt prüfend die Kaffeekanne an, schenkt Eglund ein und geht hinaus.

Eglund setzt sich, deutet auf meinen Teller und sagt irgendetwas. Mein Englisch hat mich ganz im Stich gelassen, aber sicher war es irgendeine Floskel. Ich hebe die Schultern. Soll er es sich passend auslegen.

»Es tut mir leid, dass wir Sie gestern so kurz abgefertigt haben«, sagt er jetzt langsamer. *Wir.* »Gisela war … schockiert. Gleich zwei Personen, die wussten, wer sie ist.« Er lächelt. Er scheint zu erwarten, dass ich mich mit ihm unterhalte, als hätten wir uns beim Elternabend kennengelernt.

»Hat sie Angst, dass ich Dhanavati davon erzähle?«, frage ich. Sofort verflüchtigt sich das Lächeln. »Das ist unnötig. Ich werde nicht zu ihr gehen und sagen: Deine Mutter ist gar nicht tot, sie hatte nur keine Lust, sich um dich zu kümmern.«

Man hört mir die Verachtung an, doch er wirkt nicht verärgert, eher kühl interessiert. »Dann werden Sie Dhanavati anlügen?«

»Es ist unwahrscheinlich, dass ich sie wiedersehe. Aber wenn ich sie sehe, und wenn wir über Gotland reden, werde ich lügen. Natürlich.«

»Finden Sie nicht, dass sie es wissen sollte?«

Da kocht Zorn in mir hoch, und es fällt mir schwer, überhaupt einen Satz zu formulieren. »Warum muss sie das wissen? Wozu? Wollen Sie denn …« Ich bleibe stecken. Noch nie habe ich mich so hilflos gefühlt.

Eglund wartet höflich ab, ob ich weitersprechen will, dann sagt er, immer noch kühl und sachlich: »Sie war bei mir, weil sie die Wahrheit wissen wollte.«

»Sie hat nach ihrem Vater gesucht!« Ich atme tief ein und aus und nehme noch einmal Anlauf. »Sie war bei Ihnen. Sie haben sie weggeschickt. Danach ist sie hier hergekommen. Sie hat mit Carl geredet, Carl hat sie zu Gisela geschickt. Wussten Sie das? Dhanavati war bei ihr. Bei ihrer Mutter. Und ihre Mutter hat so getan, als würde sie sie nicht kennen! Das wollen Sie ihr jetzt sagen?«

In diesem Moment kommt Carl herein und serviert uns frischen Kaffee und einen Teller mit zwei Hefeschnecken. Eglund bedankt sich auf Schwedisch. Ich reiße ein Stück von einer Schnecke ab, kaue und versuche mich zu beruhigen. Wenn dieser Mann tatsächlich so wenig an seiner Tochter interessiert ist, wird er nicht zu ihr fahren. Und wenn doch …

»Falls Sie vorhaben, sie öfter zu sehen, ist es natürlich

etwas anderes«, sage ich, sobald Carl fort ist. »Dann müssen Sie es ihr wohl verraten. Aber dann …«

»Nein.« Er antwortet ein wenig zu schnell. Dann zögert er und sagt schließlich mit großer Entschiedenheit etwas, das ich nicht verstehe. Als ich den Kopf schüttle, ergänzt er langsamer: »Das würde sie nicht wollen. Unser Treffen in Riga ist nicht eben harmonisch verlaufen.«

»Na und?« Ich sage es auf Deutsch, eine englische Entsprechung fällt mir beim besten Willen nicht ein.

»Na und, Annika?«, wiederholt er, ebenfalls auf Deutsch. »Na und?«

Vielleicht soll es spöttisch klingen, doch dazu sieht er mich zu unverwandt an. Als würde er tatsächlich auf eine Erklärung hoffen.

»Adrian und ich haben eine Tochter. Nina. Sie ist zwölf. Adrian ist vor drei Monaten weggefahren, seitdem hat er nicht ein einziges Mal angerufen oder geschrieben. Nina hat nichts von ihm gehört. Er war nicht bei ihrem wichtigsten Basketballspiel. Er hat vorher nicht mit ihr geübt. Er hatte ihr versprochen, mit ihr nach Husum zu fahren und eine neue Lampe für ihr Zimmer zu kaufen. Und einen Teppich. Nina sollte aussuchen dürfen. Adrian hatte Geld für eine Bootsreparatur bekommen, davon wollte er es bezahlen. Aber dann ist er weggefahren, und das Geld hat er mitgenommen …«

All unsere Sorgen fluten auf mich herab. Die Schulden. Das knappe Heizöl. Der lange Winter fast ohne Touristen. Sicher, Dhanavati hat mir das Geld wiedergegeben, das sie von unserem Konto abgehoben hatte – aber jetzt muss ich die Reise bezahlen, Nina braucht neue Winterschuhe …

Nichts davon geht diesen Mann etwas an. »Sie ist

sehr wütend auf Adrian. Aber wenn er jetzt wiederkäme, würde sie ihn doch nicht wegschicken! Sie würde ihn beschimpfen. Aber sie würde ihn nicht wegschicken.«

»Und Sie meinen, Dhanavati würde mich auch nicht wegschicken?« Er schweigt eine Weile. Dann lacht er, ein wenig verächtlich. »Das kann man kaum vergleichen.«

»Darum geht es nicht …«

»Natürlich geht es darum. Außerdem gelten alle anderen Gründe weiter. Ich würde sie in Gefahr bringen. In meinem Leben ist kein Platz für eine Tochter.«

Du könntest ja auch dein Leben ändern, denke ich, aber plötzlich bin ich es leid. Warum soll denn ausgerechnet ich dieses Problem für ihn lösen? Außerdem hat er recht. Dhanavati ist ohne ihn besser dran. Ohne ihn und diese Mutter.

»Sie haben gesagt, dass Sie etwas über Adrian wissen.«

»Richtig. Adrian.« Der Themenwechsel ist ihm offensichtlich willkommen, er setzt sich bequemer hin und schlägt die Beine übereinander. »Er war mehrere Wochen lang hier. Bei Gisela. Er hatte sie einmal sehr gern. Und er wusste schon immer, dass sie noch lebt … Sie scheinen mir nicht überrascht, Annika.«

»Ich hatte es erraten.« Wieder bleibe ich stecken. Weil mir selbst das englische Wort für *Zettel* fehlt. »Er hatte etwas aufgeschrieben. Bevor er weggefahren ist. Er wusste, dass sie noch lebt, aber nicht, wo sie wohnt. Also ist er sie suchen gefahren. Dann hat Dhanavati noch einmal etwas im Internet geschrieben und darin Ingela erwähnt. Da muss ihm klar geworden sein, dass Ingela Gisela ist.«

»Ja.« Er lächelt mir zu, als hätte ich bei einem Rätselspiel eine kluge Antwort gegeben. »Dann wissen Sie sicher auch, dass er ihr damals geholfen hat. Die neuen Papiere hat ihr Nandin beschafft, und Nandin hat auch dafür gesorgt, dass sie für tot erklärt wurde, aber Adrian war derjenige, der ihn dazu überredet hat. Er hat sie als Einziger im Krankenhaus besucht – denn sie war nach dem Sturz schwer verletzt, sie wäre tatsächlich fast gestorben. Es hat lange gedauert, bis sie wieder gehen konnte ... Ich verstehe das nicht, Annika.« Auf einmal ist seine Stimme lebendig. Als hätte er vergessen, sich vor mir in Acht zu nehmen, als fände er es plötzlich denkbar, dass nicht jedes Gegenüber ein Gegner ist. »Dass sie von den Klippen gesprungen ist – das geschah aus dem Augenblick heraus. Da war sie verzweifelt. Aber dass sie es wirklich nötig fand, sich jahrzehntelang vor mir zu verstecken ...«

Sie wird sich wohl vor euch allen versteckt haben, denke ich. Vor ihrem ganzen bisherigen Leben. Weil alles so schrecklich schiefgelaufen war. »Sie hat Sie ins Gefängnis gebracht.«

»Ja sicher! Und ich war wütend. Sehr wütend. Aber ich hätte ihr doch nichts getan!«

Ich hebe die Schultern. Letztlich glaube ich ihm. Aber auch er muss doch den Hass gehört haben, der gestern in Giselas Lachen mitschwang. In ihrer Stimme, als sie vor dem Waldhaus stand und ihn als Verbrecher beschimpfte. Auch er muss sich schon gefragt haben, ob Gisela damals tatsächlich geglaubt hat, Nandins Aktion richte sich gegen Indrasena. Ob sie nicht doch ihren Guru zu Fall bringen wollte. Um endlich einmal zu ihm durchzudringen.

»Sie hat sich vor sich selbst versteckt«, sage ich. »Das glaube ich. Vor ihrem eigenen ... Unglücklichsein.« *Unhappiness.* Was für ein unzureichendes Wort. Aber er nickt, er scheint zu verstehen, dass ich mehr meine. Eifersucht. Wut. Jahrzehnte unerfüllter Wünsche.

Darum ist Adrian sie suchen gefahren. Nachdem er Dhanavatis ersten Internetbericht entdeckt hat. Nicht um Gisela Vorwürfe zu machen, weil sie Nandin geholfen hat, den wunderbaren Bengt ins Gefängnis zu bringen. Sondern weil er erraten hat, wie unglücklich sie gewesen sein muss, um sich dazu verleiten zu lassen. Er wollte sie trösten. Sie aus ihrer Verbitterung befreien. Glaube ich. Vermute ich.

Und darum ist er am Ende gegangen. Weil Gisela gar keinen Trost wollte. Das ist etwas, das er noch nie ertragen konnte: Wenn jemand neben ihm unglücklich ist und nicht zulässt, dass er etwas dagegen tut.

»Er wollte ihr helfen«, sage ich laut. »Adrian wollte ihr helfen. Deshalb war er so lange bei ihr. Aber es ist ihm nicht gelungen, und schließlich hat er aufgegeben. – Warum ist er dann nicht nach Hause gekommen?«

Ich sehe ihm ins Gesicht, während ich frage – und ich sehe, wie er sich vor mir verschließt. »Was? Was weiß ich noch nicht?«

»Er war bei mir. Vor zwei Wochen. Er ist von Ljugarn aus direkt nach Riga gefahren.« Er spricht nicht gleich weiter, und einen Augenblick lang höre ich ihn sagen: Ich habe ihn umgebracht. Es tut mir leid, Annika. »Er hat mir erzählt, dass Gisela noch lebt. Er fand, ich sollte Bescheid wissen.«

Ich versuche, in seinem Gesicht zu lesen. Es verrät mir nichts. Da ist er, der Panzer, den sie alle beschrieben haben. »Und dann? Wohin ist er gefahren? Was hatte er vor?«

»Das weiß ich nicht.«

Er weiß es nicht. Eine so weite Reise, so viele Menschen – so viele unendlich komplizierte Geschichten –, und am Ende stehe ich doch vor einer Wand. Von Gotland ist er nach Riga gefahren. Von Gisela zu Bengt. Und dann?

»Wieso ist er nicht nach Hause gekommen? Wieso?«

Etwas entspannt sich in seinem Gesicht, doch er gibt keine Antwort. Bisher haben wir beide Carls frischen Kaffee nicht angerührt. Jetzt nimmt er seine Tasse und trinkt in kleinen Schlucken, als wäre der Inhalt noch so heiß, dass man sich an ihm verbrennt.

»Wieso?«

Er stellt die Tasse ab und schiebt sie weg. »Ich weiß es nicht, Annika. Er hat es mir nicht erklärt. Vielleicht sucht er …« Diesmal ist offenbar er derjenige, dem die richtigen Worte fehlen. »… den Ort, an dem er sich selbst verloren hat, irgendwann vor langer Zeit. Vielleicht reist er durch seine Vergangenheit, in der Hoffnung, dass alles besser wird, wenn er ihn findet.«

Was ist denn so schlecht?, denke ich. Was ist an seinem heutigen Leben so schrecklich, dass er es nicht erträgt? Was meint er denn wiederfinden zu müssen? »Wie kann man sich selbst verlieren?«

Er stutzt. Dann lächelt er. Sein erstes echtes, spontanes Lächeln. »Sie verstehen das wirklich nicht.«

»Nein. Was verliert man da? Wer ist man denn, wenn man sich selbst verloren hat?« Doch während ich spreche, während er zuhört und dann offenbar über eine Antwort nachdenkt, sehe ich mich wieder auf der Mole stehen. Und in die Dunkelheit schauen, und der anderen, der eigentlichen Annika zuschauen, wie sie ihrem anderen, richtigen Leben nachgeht. Mit einem Ruck schiebe ich meinen

Stuhl zurück und stehe auf. »Lassen Sie nur. Es spielt keine Rolle. Ich muss jetzt fahren.«

Ich gehe in den Vorraum hinaus. Meine Reisetasche steht vor dem Empfangspult. Carl taucht aus dem Gang zur Küche auf, ich bezahle, Carl ergreift meine Hand mit beiden Händen und küsst mich auf die Wange. »Alles Gute, Annika.«

Eglund ist mir in den Vorraum gefolgt. Als ich nach der Reisetasche greife, kommt er mir zuvor und trägt sie zur Tür. Der Regen hat aufgehört, die Wolkendecke lichtet sich. Wir gehen schweigend zu dem kleinen Parkplatz neben dem Hotel. Ich entriegele die Wagentüren, Eglund öffnet den Kofferraum und stellt die Tasche hinein.

Dann dreht er sich zu mir um. »Ich werde Dhanavati nicht sagen, dass ihre Mutter noch lebt. Ich werde ihr nicht schreiben und nicht zu ihr fahren. Gisela wird sich sowieso nicht melden. Aber was ist mit Ihnen, Annika?«

»Das wissen Sie doch. Wahrscheinlich werde ich sie gar nicht wiedersehen. Aber wenn wir uns sehen, werde ich es für mich behalten. Soll ich …« Das englische Wort für *schwören* fällt mir nicht ein, also hebe ich nur die rechte Hand.

Er lächelt flüchtig. »Und Adrian?«

Ich wende mich ab. »Er belügt sie doch seit Jahren.«

Die Wolken sind nach Osten davongeweht worden, mein Flugzeug startet in einen blassblauen Himmel. Ein oder zwei Minuten lang sehe ich Gotland unter mir. Fahles Land. Wälder. Visby mit seinen roten Ziegeldächern und alten silbergrauen Mauern. Die Klippen, von denen Gisela gesprungen ist, umsäumt von feiner weißer Brandung.

So schön. Ich müsste bedrückt sein, schließlich habe ich nichts erfahren, nichts, was ich nicht schon erraten hatte. Diese Reise von nur drei Tagen hat mich über achthundert Euro gekostet, und ich trage nichts davon als ein kleines bisschen Gewissheit.

Trotzdem fühle ich mich wie befreit. Vielleicht weil ich einfach genug gefragt habe. All meine Fragen habe ich hier abgeladen. Dort unten liegen sie nun, irgendwo auf den Wiesen, zwischen den Bäumen, der Wind treibt sie umher, manche bleiben an abgestorbenen Farnwedeln hängen und zerfallen gemeinsam mit den Pflanzen zu Humus und einer Mixtur von Düften, andere wehen aufs Meer hinaus und versinken im Wasser.

All meine Fragen. Nur eine ist übriggeblieben. Eglund hat sie gestellt. Ich saß schon angeschnallt hinter dem Steuer und wollte eben den Motor anlassen, da klopfte es am Seitenfenster, ich öffnete, und Eglund beugte sich zu mir herab, eine Hand auf dem Autodach.

»Wie ist es mit Ihnen, Annika?«

»Was?«

»Ihre Tochter würde ihn nicht wegschicken, wenn er wieder nach Hause käme. Aber wie ist es mit Ihnen?«

Und ich musste nachdenken. Dabei war ich noch in der Nacht so sicher gewesen, dass es das Wichtigste auf der Welt war: Adrian wiederzufinden. »Ich weiß es nicht. Ich weiß das erst, wenn er da ist. Warum?«

»Ich kenne eine Menge Leute. In vielen Ländern. Ich könnte herumfragen. Das heißt nicht, dass wir ihn sicher finden. Aber es ist eine Möglichkeit.«

Ich sah ihn an. Er meinte es ernst. »Er könnte überall sein!«

»Sicherlich nicht überall.« Er sprach ganz sachlich, ein Geschäftsmann, der ein Problem lösen wollte. »Sie könnten mir eine Liste der Orte schicken, an denen er einmal gelebt hat.« Er lächelte. »An denen er sich selbst verloren haben könnte. Schicken Sie mir eine E-Mail.« Er richtete sich auf und nahm die Hand vom Autodach. »Wenn Sie sicher sind, dass Sie es wollen.«

Funkelndes Meer. Das Flugzeug schwenkt nach rechts, unter mir liegt nur noch Wasser. Ich lehne mich zurück und schließe die Augen. Mein Sitznachbar unterhält sich über den Mittelgang hinweg mit zwei älteren Frauen.

Seit fünfzehn Jahren bin ich nicht mehr so weit gereist. Adrian habe ich nicht gefunden.

Er könnte überall auf der Welt sein.

Im Augenblick ist es mir egal.

NACHWEIS DER ZITIERTEN LIEDTEXTE

Alle zitierten Liedtexte stammen aus Songs von der LP »Golden Hour of Melanie«, Pye Records Ltd., 1977

Die Zwischenüberschriften sind folgenden Songs entnommen:
Ruby Tuesday – Mick Jagger/Keith Richards 1967
I Really Loved Harold – Melanie Safka 1970
Candles In The Rain – Melanie Safka 1970
Leftover Wine – Melanie Safka 1972

Im Text werden außerdem diese Songs zitiert:
What Have They Done to My Song Ma – Melanie Safka 1971
Carolina In My Mind – James Taylor 1968
Mr. Tambourine Man – Bob Dylan 1965